검사의 추억, 그리고
검수완박

검사의 추억, 그리고 검수완박

나는 검사, 추억은 계속된다

박찬록
지음

이 책에는 '검수완박'이 되면
다시 보지 못할 귀중한 내용들이 담겨 있다.

필자는 '검수완박'이 되면 왜 국민들이 피해를 보는지
20여 년 동안 검사 생활을 하면서 겪은
구체적 사례를 들어 얘기하고 있다.

바른북스

프롤로그

　지난 정부는 '기회가 평등한 사회, 과정이 공정한 사회, 결과가 정의로운 사회'를 통하여 '공정하고, 반칙과 특권이 없는 사회'를 추구한다고 천명하였다. 과연 그대로 실현되고 있는가?

　끊임없이 발생하는 사회 지도층 자녀들의 입시 관련 비리 등으로 국민들의 실망감이 이만저만이 아니었다. 많은 학부모들의 분노를 사기도 하였다.

　누구는 금수저를 물고 태어나 좋은 대학에 입학하는데, 누구는 원하는 대학에 가지 못하는 것에 대해 능력 없는 부모를 원망해야 하는가? 누구는 '현대판 음서제'를 이용하여 좋은 대학에 입학하는데, 누구는 개천에서 용이 될 필요 없이 그냥 '붕어, 개구리, 가재'로 살아가는 데 만족해야 하는가? '기울어진 운동장'의 어려움 속에서도 '희망의 사다리'를 통해 용이 되는 것을 꿈꾸어 볼 수는 없는가?

산골에서 소를 키우던 소년이 검사가 되어 수사 업무에 종사한 지도 어느덧 20년이 훨씬 넘었다.

소년은 전기도 들어오지 않는 초가집에서 7남매 중 여섯 번째로 태어나 어린 시절부터 농사일을 거들면서 자랐다. 고등학교 때는 시내에서 자취 생활을 하면서 매일 아침 스스로 도시락을 싸서 학교에 다녔다. 겨울임에도 차가운 물에 손빨래를 해야만 하였다. 농사일이 얼마나 힘들었던지 커서 어른이 되면 절대 시골에서 농사를 지으면서 살지 않겠다고 이를 악물고 미래에 대한 희망의 끈을 놓지 않았다.

대학교는 국어국문학과에 입학하였으나 80년대 후반 시대적 상황을 온몸으로 느끼면서 고뇌에 찬 나날을 보냈다. 가정 형편상 대학교 3학년 때 군에 입대하여 정확히 28.5개월 동안 육군 보병으로 강원도 산골을 누비며 인생을 공부하였다. 청춘은 덧없이 흘렀다!

대학교를 졸업하면서 검사가 되고 싶다는 무모한 도전을 하게 되었다. 우리 사회를 조금이라도 맑고 밝게 만드는 데 밀알이 되고 싶었다. 생계비를 마련하고 공부할 책을 사기 위해 입시학원에서 국어를 강의하면서 사법고시에 매진하였다. 애초부터 공정한 경쟁은 없었다. 기울어진 운동장에서도 꿈을 잃지 않고 노력한 결과 마침내 대한민국의 검사가 될 수 있었다!

돌이켜 보면, 스스로 잘났기 때문에 산골 소년이 꿈을 이룬 것이 아니다. 부모님을 비롯하여 주변 분들의 도움이 없었다면 불가능한 일이었다. 운도 따라 주었다. 모든 분들께 고개 숙여 감사드린다.

지천명(知天明)이라는 50이 훨씬 넘은 어느 날 문득, 길지 않은 인생을 살아오면서 내가 경험한 삶을 글로 남기고 싶었다. 내 또래들이 시골에서 살아온 삶의 모습을 역사 속으로 그냥 날려 버리기 아쉬웠다. 지난날 삶의 모습을 회상하고 현재의 자화상을 그려 보고 싶었다.

20년 이상 젊음을 다 바쳐 검사로 근무하였다. 대단한 삶은 아니지만 그동안의 일들을 글로 써 보고 싶었다. 검사가 어떤 일을 하는지, 검사들의 애환이 무엇인지에 대해 이야기를 나누고 싶었다. 그 속에서 삶의 진솔한 모습을 발견하고 싶었다. 소위 '검수완박(검찰 수사권 완전 박탈)'에 따라, 더 이상 검사실에서 볼 수 없는 '검사의 추억'이 될 수도 있는 내용들을 널리 공유하고 싶었다.

대부분의 영화에서는 검사들이 부정한 권력과 결탁한 악역으로 묘사된다. 부와 명예와 권력을 탐하는 부정적 모습이다. 실상은 그렇지 않다. 전국 2,200여 명의 검사들은 오늘도 범죄자로 하여금 법이 정하는 형벌을 받도록 하고 피해자들의 피해 회복을 위해 밤을 지새우고 있다. 검사들을 너무 욕하지 말았으면 좋겠다.

대학교 4학년 때 행정고시 공부를 시작할 때였다. 빨리 시험에 합격한 후, 부모님과 우리 세대의 삶을 글로 써 보고 싶었다. 외람되게도 염상섭의 『삼대』에 버금가는, 부모님 세대, 우리 세대, 우리 다음 세대의 진솔한 삶의 모습을 글로 남겨 보고 싶었다.

이후 사법고시로 바꾸어 정확히 3년 6개월 동안 합격을 위해 공부에 매진할 수밖에 없었다. 사법고시에 합격한 후 사법연수원에서는 검사 임용을 위해 공부에 전력투구하여야 했다. 글을 써 보겠다는 생각을 할 수 없었다. 막상 검사가 되고 나서는 밀려드는 미제 사건처리에 펜을 잡을 엄두가 나지 않았다. 글을 쓴다는 것이 사치에 가까웠다. 그렇게 세월만 흘러갔다.

나도 글을 쓸 수 있을지 한동안 망설였다. 워낙 글재주가 없고 지식이 부족한 사람이라 괜히 글을 썼다가 망신만 당하는 것이 아닌가 하는 생각도 들었다. 그러나, 내가 살아온 삶을 있는 그대로 회상해 보고 싶었다. 지식을 전달할 필요도 없다는 생각이 들었다. 지식이 풍부한 사람들이 유용한 지식을 전달해 주기 때문에 굳이 내가 하지 않아도 되겠다는 생각이 들었다.

용기를 내고 시간을 내어 글쓰기를 시작하였다. 그동안 살아온 모습을 부끄럽지만 글로 남길 수 있게 되어 다행이다.

글을 쓰면서 어떤 대목에서는 대단한 것도 아니면서 자화자찬을 하는 것 같아 얼굴이 화끈거리기도 하였다. 부모님과 관련된 대목에서는 나도 모르게 눈물이 흘러내리기도 하였다. 기쁘거나 슬프거나, 자랑스럽거나 부끄럽거나, 이 모든 것들은 고스란히 나의 삶에서 파생된 결과물이므로 있는 그대로 받아들이기로 하였다.

이 책은 순전히 개인적인 이야기이다. 산골에서 소를 키우던 소년이 어떻게 검사가 되었는지, 자신의 목표를 달성하기 위해 어떤 노력을 하였는지, 어떻게 검사 생활을 하였는지에 대한 삶의 궤적이다. 많이 부끄럽고 부족하지만 넓은 마음으로 봐 주셨으면 감사하겠다.

여러분들이 어려움에 처해 있다면 이 책을 읽고 힘을 내는 데 조금이라도 보탬이 되었으면 좋겠다. 어떠한 어려움에 부딪히더라도 희망의 끈을 놓지 않고 노력하면 언젠가는 어려움을 극복하고 뜻한 바를 이룰 수 있을 것이다. 지성(至誠)이면 감천(感天)이라.

'카르페 디엠(Carpe diem)!' 지금 이 순간에 충실하라! 그리고 지금 이 순간을 즐겨라!

이 책을 읽고 있는 여러분들의 건강과 행복을 빈다.

1. 검사 업무 관련 에피소드

범인에게 용서는 없다 ───────────────── 18
　● 밥 총무 　24

저는 절대로 거짓말을 못 하는 사람입니다 ──────── 25
　● '닭 한 마리' 검사 　36

어린 아들의 한을 풀어 주세요 ─────────── 37
　● 선배 부장의 명언 　45

귀인(貴人) 모시기 ───────────────── 46
　● '약점'과 '낙점' 　55

벌점 쌓기 ──────────────────── 56
　● 오! 필승 코리아! 　65

나무를 보지 말고 숲을 보라 ──────────── 66
　● 홍안(紅顏) 1 　74

마약과의 전쟁 ───────────────── 75
　● 홍안(紅顏) 2 　84

범인식별절차, 같은 듯 다른 듯 ─────────── 85
　● '당황'과 '황당' 　93

외국으로 도망하였는데 도주 우려 없다? ------------------ 94
　● '감치'와 '긴급체포' 　　　　　　　　　　　　　　103

범인은 반드시 잡힌다 -------------------------------- 104
　● 독한 상사 　　　　　　　　　　　　　　　　　　112

일확천금(一攫千金)은 없다 ----------------------------- 113
　● 과유불급 　　　　　　　　　　　　　　　　　　120

누가 대한민국 국새(國璽)를 만들었는가? ----------------- 121
　● 가끔씩은 슬로우 슬로우 　　　　　　　　　　　128

빈대 잡는다고 초가삼간 태우랴? ---------------------- 129
　● 불신의 시대 　　　　　　　　　　　　　　　　134

『훈민정음(訓民正音)』을 찾아서 ---------------------- 135
　● 언론의 실시간 한 컷 　　　　　　　　　　　　140

있는 그대로, 순리대로 ----------------------------- 141
　● 동명이인 　　　　　　　　　　　　　　　　　　152

조두순 출소, 막을 법이 없었다? --------------------- 153
　● 옛날 옛적에 　　　　　　　　　　　　　　　　162

2. 검사의 일상

법조 삼륜(法曹 三輪) —————————————————————— 164
● 가락이 넷이어라 177

귀족 검사와 논두렁 검사 —————————————————— 178
● 누가 그랬을까? 186

형사부 검사의 일상 ————————————————————— 187
● 해명하라! 해명하라! 195

공판부 검사의 일상 ————————————————————— 196
● 네임 밸류(name value) 209

꽃 중의 꽃 ——————————————————————————— 210
● "?"의 의미 218

누명(陋名) ——————————————————————————— 219
● 왜 자꾸 따라와 225

담배는 끊는 것이 아니라 안 피우는 것이다 ————————— 226
● 봐서 237

3. 유년 시절

지천명(知天命)의 즈음에서 --------------------------------- 240
● 음주단속 하잖아 248

소는 누가 키울 거야? --------------------------------- 249
● 매의 눈썰미 255

우리 집 소, 외박을 감행하다 --------------------------------- 256
● 예언자 261

초가집에도 전기가 들어오다 --------------------------------- 262
● 앗! 실수 269

할 일 없으면 시골에 가서 농사나 지어라? --------------------------------- 270
● 동문서답 278

슬로우 라이프 --------------------------------- 279
● 운명 288

30년 묵은 인동초 --------------------------------- 289
● 소귀에 경 읽기 295

홀로서기 --------------------------------- 296
● 마약 검사 302

국문학도의 꿈을 꾸다 --------------------------------- 303
● 우째 이런 일이 309

4. 대학 및 군대 시절

민주화 물결의 끝자락에서 --- 312
● 내 배 속에 무엇이 있는지 아시오? 324

나는 대한민국 육군이다 --- 325
● 차관(次官) 334

진부령과 미시령을 걸어서 넘다 --- 335
● 겸손 345

학생들 가르치기 --- 346
● 일구이언(一口二言) 355

적성은 움직이는 거야 --- 356
● 엄마 데리고 와! 365

5. 사법고시 합격 및 검사 임용

도(道)를 아시나요? ----------------------------------- 368
　● 10년 이상 된 검사　　　　　　　　　374

사법고시에 합격하다 ----------------------------------- 375
　● '소통'과 '호통'　　　　　　　　　　389

사법연수원 생활 -- 390
　● 10명의 검사가 한 사건을?　　　　397

산골 소년, 검사(檢事)가 되다 ------------------------ 398
　● 멈추시오　　　　　　　　　　　　404

| 에필로그 |

1.

검사 업무 관련
에피소드

범인에게 용서는 없다

형법이나 특별법의 조문을 총망라하더라도 모든 범죄 중 가장 큰 범죄는 사람을 살해하는 행위에 대한 살인죄(殺人罪)이다.

살인죄는 형량이 매우 높다. 사람을 살해한 자는 사형, 무기 또는 5년 이상의 징역에 처한다(형법 제250조 제1항). 강간이나 강도가 수반된 살인은 사형 또는 무기징역에 처한다(형법 제301조의2, 제338조).

그러나, 범죄라고 하더라도 무기한으로 죄책을 묻는 것이 아니라 일정한 기간이 지나면 처벌할 수 없도록 하였다. 형사소송법에 규정된 공소시효 규정 때문이다. 범죄인이 공소시효가 완성될 때까지의 기간 동안 불안과 공포, 초조함 속에서 속죄하며 살아온 기간을 감안하고 현재의 생활 상태를 인정하고자 함이다.

종래 살인죄에 대해서는 공소시효 기간이 15년으로 되어 있었다. 2007년 12월 21일 개정 형사소송법은 살인죄에 대한 공소시효 기간을 25년으로 늘렸다. 다만, 개정법 부칙 제3조(공소시효에 관한 경과조치)에서는 "이 법 시행 전에 범한 죄에 대하여는 종전의 규정을 적용한다."라고 규정하였다. 따라서, 종전에 발생한 살인죄에 대한 공소시효 기간은 15년의 적용을 받게 되었다.

그러던 중, 2015년 7월 31일 형사소송법이 다시 개정되었다. 소위 살인죄에 대한 공소시효 기간을 없애는 '태완이법'으로 불린다. 개정법 제253조의2(공소시효의 적용 배제)에서는 "사람을 살해한 범죄(종범은 제외한다)로 사형에 해당하는 범죄에 대하여는 제249조부터 제253조까지에 규정된 공소시효를 적용하지 아니한다."고 규정하였다. 다만, 부칙 제2조(공소시효의 적용 배제에 관한 경과조치)에서는 "제253조의2의 개정규정은 이 법 시행 전에 범한 범죄로 아직 공소시효가 완성되지 아니한 범죄에 대하여도 적용한다."고 규정하였다.

즉, 2000년 8월 1일부터 발생한 살인죄에 대해서는 공소시효 규정이 적용되지 않으므로 범인이 특정되면 처벌을 받게 된다. 도망을 가봐야 소용이 없게 되었다.

'태완이법'은 1999년 5월 대구에서 발생한 '김태완 군 황산 테러 사건'을 계기로 발의되었다. 당시 6살이던 태완 군은 49일간 투병하다가 결국 사망하였으나 황산 테러를 가한 범인이 잡히지 않는 상태에서 공소시효가 임박하였던 것이다. 살인죄에 대한 공소시효를 폐지하는 법안은 시행되었으나 정작 '김태완 군 황산 테러 사건'은 안타깝게도 공소시효가 지나 이 법의 적용을 받지 못하였다.

그간 검사로 근무하면서 송치되는 강력사건을 전담하여 살인 사건을 여러 차례 수사하였다. 초동수사는 경찰이 진행하였다. 살인과 같은 강력사건이 발생하면 경찰서 형사과장 등을 통해 연락을 받고 검찰 수사관과 함께 직접 사건 현장에 임장한다. 검사로서의 임무를 수행하는 것이나 마음이 참으로 착잡해진다.

살인사건 현장은 유혈이 낭자하여 차마 눈을 뜨고 보기 어려운 경우가 대부분이다. 반면, 자살하는 경우에는 집안이 가지런히 정돈되어 있다. 사건 현장을 들어서기 전 언제나 마음속으로 고인에 대한 명복을 빈다. 얼마나 고통받았을까. 편히 쉬시라고 기도한다.

살인사건은 대부분 사건 현장에서 부검지휘를 하는 것이 통상이다. 관련자들의 진술과 육안상 사인(死因)이 어느 정도 추정되더라도 정확한 사인을 확인하기 위해 반드시 부검해야 한다. 칼을 사용하였더라도 상처의 모습을 통해 칼의 모양을 추정할 수 있고, 약물검사를 통해 약물에 의한 사망인지도 명확히 해야 한다. 형량 자체가 워낙 중하고 사망자의 억울한 죽음을 없애기 위함이다.

부검 현장에도 여러 차례 임장하였다. 주로 국립과학수사연구소에서 부검하였다. 사법연수원에 다니면서 검찰청에 나와 시보를 할 때 처음으로 부검 현장을 목격하였다. 사람의 신체를 부검하는 모습이 적잖은 충격으로 다가왔다. 유가족들은 피해자를 두 번 죽이는 것이라면서 부검을 반대하기도 한다. 유가족의 반대가 있다고 하더라도 강력사건에 대해서는 반드시 부검해야 한다. 인정에 끌릴 일이 아니다. 피해자의 사인을 밝히고 혹시라도 있을지 모를 억울한 죽음을 풀어 주기 위해서 불가피한 일이다. 유족을 설득해야 한다.

내가 수사한 사건의 살인범은 대부분 검거되었다. 아주 악질적인 범인 몇몇을 제외하고는 조사를 받으면서 대부분 눈물을 쏟았다. 뒤늦게나마 자신의 행위를 반성하였다. 계획적인 범행이 있는가 하면 우발적인 범행도 많았다. 참으로 안타까운 일이었다.

때로는 살인범을 검거하지 못하여 미제 사건이 되는 경우도 있었다.

2001년 초임검사 시절 지방에 있는 검찰청에서 근무할 때였다. 경찰로부터 살인사건이 발생하였다는 연락을 받고 현장에 임하였다. 젊은 여대생이 원룸에서 사망한 채 발견되었다. 출입문은 열려 있는 상태였으니 범인이 피해자를 살해하고 출입문으로 나간 것으로 보였다. 피해자는 마치 깊은 잠을 자듯이 고요하게 누워 있었다.

피해자는 대학교를 휴학하고 학비 마련을 위해 주점에서 아르바이트를 하던 참이었다. 경찰 수사망은 피해자의 남자친구를 향해 좁혀져 갔고, 급기야 남자친구를 체포하였다.

남자친구는 자백하였다. 피해자가 거주하는 원룸에서 베개로 피해자의 얼굴을 눌러 질식사시켰다는 것이다. 자필로 진술서도 작성하였다. 피해자가 대학교를 열심히 다니고 있을 것으로 믿고 학비를 지원해 주었는데, 자신에게 말도 없이 주점에서 일을 하고 있어 배신감을 느꼈다는 이유에서였다. 경찰은 신속하게 범인을 검거하였다면서 팩스로 남자친구에 대한 진술서를 보내 주었다. 읽어 보니 남자친구가 범인인 것으로 보였다.

그런데, 경찰이 남자친구에 대해 피의자신문조서를 작성하려 하자 남자친구는 진술을 번복하였다. 자신이 경찰에 진술서를 작성해 준 이유는 자포자기의 심정으로 경찰이 불러 주는 대로 작성하였다는 것이다. 베개로 눌러 피해자를 질식사시켰다는 내용은 경찰이 말해 준 것을 자신이 한 행위인 양 진술서에 기재하였다는 것이다.

경찰도 당황했고 이 사건을 지휘하던 나도 당황하였다.

뜻밖에도 사건 현장에서는 피해자의 휴대폰을 찾을 수 없었고, 통화 내역을 조회하였더니 피해자의 휴대폰이 다른 지역으로 이동되고 있음을 확인하였다. 그 와중에 피해자의 휴대폰을 통해 피해자의 친구에게 "다음 차례는 너야."라는 섬뜩한 메시지가 전송되었다. 피해자의 남자친구 알리바이도 확인되었다. 남자친구를 석방하였다.

결국, 내가 지방검찰청에 근무하는 동안 범인을 체포하지 못하였다. 현재까지도 미제 사건으로 남아 있는지 모르겠다. 미제 사건이라 하더라도 이제는 살인죄에 대한 공소시효가 폐지되었으므로 언젠가는 범인이 체포될 것이다. 범인은 오랜 기간 동안 도피생활을 하면서 육체적으로나 정신적으로 피폐해져 있을 것이 틀림없을 것이다. 자수하여 피해자와 유족에게 진심으로 사죄하고 자신에게 주어지는 정당한 죗값을 받는 것이 어떨까 싶다. 범인에게 용서는 없다!

초임검사 시절, 살인사건을 해결하려는 의욕이 앞서 자칫 억울한 사람을 살인범으로 몰아갈 뻔했다. 아찔한 순간이었다. 이 사건을 계기로 중요한 사건을 처리하기 위해서는 매우 신중하여야 하고 증거관계도 꼼꼼히 따져 보아야 한다는 중요한 교훈을 얻게 되었다.

밥 총무

검찰에서는 부서 막내 검사가 '밥 총무'를 맡아 선배 검사들의 점심 식사 여부를 파악하고 식당을 예약하였다. 밥 총무는 선배들이 전날 음주를 하였는지, 어떤 메뉴를 좋아하는지 알고 있어야 한다.

검사들은 매월 일정 금액을 모아 식비로 사용하는데, 한정된 비용으로 최상의 음식을 제공해야 훌륭한 밥 총무로 평가된다. 밥 총무는 1년이 지나면 집을 한 채 마련한다는 우스갯소리도 있었다.

초임으로 발령받은 A 검사가 밥 총무가 되었다. 바로 위 선배인 B 검사가 식비를 거두어 A 검사에게 주면서 말하였다. "아껴서 쓰도록 해."

밥 총무의 개념을 잘 몰랐던 A 검사는 점심 식사를 하고도 선배들이 식비를 계산하지 않고 그대로 나가 버리자 할 수 없이 자신의 비용으로 계산을 하면서 고개를 갸우뚱하였다.

어느 날 A 검사는 억울한 마음에 B 검사에게 고충을 토로하였다. 왜 선배들은 식비를 내지 않느냐고. 자신이 모두 계산하였다고.

B 검사가 물었다. "그때 준 돈 그거 어떻게 했어?"

A 검사가 대답하였다. "그 돈은 선배님이 아껴서 쓰라고 하여, 집사람에게 갖다주면서 아껴서 쓰라고 하였습니다!!!"

※ 밥 총무에 대한 부작용이 있다는 이유로 이를 개선하라는 지시가 있었지만, 밥 총무 제도의 장점을 부인할 수 없다.

저는 절대로
거짓말을 못 하는 사람입니다

예나 지금이나 어느 조직을 막론하고 불공정이나 부정부패가 존재하는 것은 어쩔 수 없는 현상이다. 불공정이나 부정부패가 아예 발생하지 않도록 할 수 있다면 더없이 좋으련만 인간 세상에서 불가능한 것으로 보인다. 조직의 기강을 엄격하게 하거나 행정적인 징계, 형사처벌 등을 통하여 불공정이나 부정부패를 최소한으로 줄이는 것이 긴요한 정책이 아닌가 생각한다.

언론에서는 수사를 담당하는 검사나 경찰관의 비위나 불법행위가 종종 보도되기도 한다. 수사를 담당하는 입장에서 안타깝기 그지없는 일이다. 자신의 개인적인 이익을 위하여 이루어진 비위나 불법행위는 동정의 여지가 없을 것이다. 그러나, 때로는 수사에 매몰되어 앞만 보고 달리다가 일정한 선을 넘는 경우도 생긴다. 수사 의지는 존경할 만하나 공정과 합법의 테두리 내에서 수사가 진행되어야 한다.

검찰보다 경찰의 비위나 불법행위가 더 자주 언론에 보도되는 것은 기본적으로 검찰 직원보다 경찰 직원의 숫자가 더 많다는 데에 기인하는 것으로 볼 수도 있다.

검찰 조직은 대검찰청, 고등검찰청 6개, 지방검찰청 18개, 지청 42개로 구성되어 있다. 검사 정원 2,292명, 수사관과 실무관 등 8,480명, 총 10,772명 상당에 불과하다(2022년 8월, 대검찰청 국정감사 자료).

그에 비해 경찰 조직은 거대하다. 경찰청, 지방경찰청 18개, 경찰서 258개, 지구대 603개, 파출소 1,430개로 구성되어 있고, 경찰관만도 128,985명에 이른다(2021년 「경찰통계연보」).

검찰은 수사 현장에서 한발 떨어져 있고, 사건관계인을 만나는 기회도 상대적으로 적다. 그에 비해 경찰은 전국에 거미줄 같은 조직을 통해 엄청난 정보를 관리하고 있다. 지구대나 파출소는 지역 주민들과 밀착되어 주민들의 성향이나 범죄행위를 파악하기가 용이하다. 그와 비례하여 자칫 범죄에 오염되거나 사실관계를 왜곡해 달라는 유혹에 빠지기도 쉽다. 물론 대부분의 경찰은 이러한 유혹을 뿌리치지만, 일부는 유혹을 이기지 못하고 비위나 불법행위를 저지르기도 한다.

수사를 담당하면서 수차례 경찰관 비위나 불법행위 사건을 처리한 경험이 있다. 검찰에서는 기본적으로 경찰 수사를 믿는다. 그러나, 경찰의 비위나 불법행위가 인지된 경우에는 수사하지 않을 수 없다. 국민들이 지켜보기 때문에 법과 원칙에 따라 최선을 다해 수사하여야 한다. 일부 수사는 성공적으로 끝났지만 일부 수사는 실패하였다.

지금과는 다르게 예전에는 경찰이 검찰로 송치하기 전에 거의 모든 사건에 대해 검사의 수사지휘를 받았다. 형사부는 각 경찰서별로 나누어 수사지휘를 하였고, 검사별로 요일을 나누어 담당하였다. 수사지휘를 담당하는 날은 직접 조사를 할 수 없을 정도의 업무 부담이 있었다. 아예 다른 일정을 비워 두고 수사지휘에 임해야 했다.

경찰은 자신들의 의도대로 수사를 이끌기 위해 검사가 자신들의 의견대로 지휘해 주기를 바란다. 그러나, 경험이 많은 고참 검사들에게 잘못 수사지휘를 올렸다가는 몇 페이지에 걸친 보완수사지휘를 받게 된다. 경찰 입장에서는 수사지휘 사항을 이행하느라 시간도 많이 걸릴 뿐만 아니라 수사 의욕을 상실하게 되는 경우도 있다.

오랜 수사 경험이 있는 경찰은 노련하게도 형사부의 막내인 초임검사를 선택한다. 여러 건의 사건을 집중적으로 지휘 건의를 올린다. 초임검사는 수사지휘가 올라오는 사건 기록을 보고 털썩 주저앉는다. 어느 시간에 저 많은 기록을 다 보고 결정을 내릴지 갑갑하기만 하다.

경찰 의견대로 도장만 찍었다가는 나중에 낭패를 당한다. 사건이 송치되었을 때 선배들로부터 "누가 수사지휘를 하여 사건이 이렇게 송치되었느냐?"는 핀잔을 듣게 된다. 수사지휘서에 이름이 기재되어 있으므로 대상은 바로 드러난다. 학습효과에 따라 매주 경찰이 보내는 산더미 같은 수사지휘 사건을 피할 수 없다. 자신이 초래한 사태임을 알게 되는 데는 많은 시간이 걸리지 않는다. 누구를 원망하랴!

여기서 수사지휘 검사는 마음을 다잡아야 한다. 밤이 늦더라도 사건 하나하나에 집중하여 최선을 다하여 꼼꼼하게 지휘해야 한다. 허투루 사건을 처리한다는 빈틈을 보여서는 안 된다. 몇 차례 꼼꼼하게 수사지휘를 하게 되면 경찰도 더 이상 초임검사에게 '몰빵'하지 않게 된다. 다시금 평화가 찾아온다.

2001년 초임검사 시절 지방에 있는 검찰청에서 근무할 때였다. 내가 수사지휘를 하던 날이었다. 초임검사지만 2년 차가 되었으니 경찰도 수사지휘의 규칙을 알 법함에도 불구하고 수사지휘가 산더미처럼 몰려들었다. 정신을 바짝 차리고 기록을 꼼꼼히 검토하였다.

밤이 되자 지치게 되고 빨리 집에 가서 쉬고 싶은 마음이 굴뚝같았다. 드디어 마지막 기록을 검토하였다. 구청 공무원이 음주운전을 하다가 사고를 내고 도주하였다는 사건이었다. '선량한 공무원이 도주했을 리가 있을까?'라는 '선량한 편견'을 가지고 기록을 검토하였다.

구청 공무원이었던 피의자는 늦은 밤 음주 상태로 자동차를 운전하던 중 반대 방향에서 미성년자인 피해자가 운전하는 오토바이를 들이받아 피해자에게 3주 상해를, 오토바이 뒷자리에 타고 있던 다른 피해자에게 4주 상해를, 오토바이에 물적 피해를 주고도 피해자들을 구호하는 등의 조치를 취하지 않고 도주하였다는 내용이었다. 당시 음주 수치도 만취 상태로 되어 있었다.

현재 법 규정과 양형기준으로 보면 피의자의 음주 수치 자체만으로도 구속수사 대상이 될 수 있었다. 그러나 당시 법 규정이나 양형기준으로는 피의자에 대해서 구속영장을 청구하기에는 부족하였다.

초동 수사보고서에는 피의자가 교통사고 조치를 취하지 않고 도주하였다는 취지의 내용이 명확하지는 않지만 어느 정도 기재되어 있었다. 피의자는 도주를 부인하면서 현장에서 피해자들의 상태를 확인하는 등 조치를 취했다고 주장하였다. 피해자들에 대한 조사도 이루어지지 않았다. 그럼에도 담당 경찰관은 피의자에 대해 음주 혐의 이외 도주 혐의도 인정되므로 기소 의견으로 송치하겠다는 것이었다.

기록상 누가 보아도 현 상태로는 수사가 미진하여 증거가 부족함에도 기소 의견으로 송치하겠다는 점이 이상하게 보였다. 담당 경찰관이 경사인데 수사에 있어서 베테랑으로 평가됨에도 비상식적인 행태를 보였다. 무슨 사정이 있어서 사건을 그냥 송치하겠다는 것인가? 교통사고 사건을 처음 수사하는가? 여러 의문이 들어 피해자들을 수사하는 등 도주 혐의를 명백하게 하라고 지휘하고는 퇴근하였다.

그로부터 얼마 후 다시 교통사고 사건 수사지휘가 올라왔다. 처음에 수사지휘로 손을 댄 검사에게 추가 수사지휘가 배당되고, 나중에 사건이 송치되면 수사지휘를 하였던 검사에게 배당되는 것이 관례였다. 손을 댄 사건은 끝까지 책임을 지라는 의미이다.

경찰이 이번에는 피해자 2명을 조사하였다. 피해자 2명은 이구동성으로 피의자가 현장에서 조치를 취하였고, 초동수사 경찰관이 작성한 수사보고서 내용은 자신들은 모르는 일이라고 하였다. 현장에 시시티브이는 없었고 그 시간대 피의자의 휴대폰 통화 내역도 없었다. 음주측정은 피의자가 스스로 파출소에 가서 측정한 것이었다. 피의자는 현장에 있다가 파출소로 가 음주측정을 한 것으로 도주한 것이 아니라고 하였다. 초동 수사보고서를 작성한 경찰관은 사건 당시 현장에 출동하여 피해자들의 진술을 들은 것은 맞으나 피의자가 현장에서 구호 조치를 하였는지에 대해서는 잘 기억나지 않는다면서 발을 뺐다.

이 상태라면 추가 증거가 있지 않은 한 도주 혐의에 대해서는 입증하기가 쉽지 않다. 그럼에도 수사 경찰관은 도주 혐의가 인정되므로 피의자에 대해 모두 기소 의견으로 송치하겠다고 건의를 올렸다. 나는 사건에 무슨 냄새가 나는 것을 느꼈다. 비록 2년차 검사이지만 하이에나가 고기 냄새를 맡은 격이다.

나는 이 사건을 경찰에 계속 수사를 맡기는 것보다는 검찰에서 직접 수사하는 것이 타당하다고 생각하였다. 경찰도 송치하려면 의견이 있어야 하므로 도주 혐의에 대해서는 "일응 혐의없음 의견으로 송치하라."고 지휘하였다. '일응'이라는 말은 '일단'이라는 말로, 나중에 검찰에서 추가 수사를 하겠다는 의미이다.

어느 정도 시간이 흘러 그 교통사고 사건이 송치되었다. 피의자가 공무원이고 경찰도 도주 부분은 혐의없음으로 송치한 사건일 뿐만 아니라 추가 증거를 확보하기가 쉽지 않으므로 벌금을 구형하여 종결하는 것이 어떨까 하는 유혹이 있었던 것도 사실이다. 그러나, 왠지 모를 찝찝함을 지울 수 없었다. 사건을 깔끔하게 처리하고 싶었다.

수사관과 함께 사건 기록을 검토하였다. 모든 일에 열성적인 베테랑 수사관도 나와 같은 의문을 품고 있었다. 수사에 대해서는 이골이 난 경찰관인 경사가 증거판단을 이렇게 허술하게 하였을 리가 없다는 것이다. 피의자가 도주하였다는 뉘앙스를 풍기는 수사보고서가 있었으나, 피의자는 물론 피해자들도 피의자가 도주하지 않았다고 진술하고 있으니 만만찮은 수사가 될 것이리라. 피의자가 피해자들과 합의한 상태였으므로 피해자들의 진술이 쉽사리 바뀌기도 어려워 보였다.

피의자와 피해자들은 경찰에서 진술한 그대로 진술하였다. 수사보고서를 작성한 경찰관도 자신이 피해자들과 대화할 때 옆에 피의자가 있었는지 기억나지 않는다고 앵무새처럼 되풀이하였다. 수사는 난관에 봉착하였다. 나는 수사관과 머리를 맞대고 해결책을 모색하였다. 피해자들이 일하던 치킨집 사장을 참고인으로 불러 조사하기로 하였다.

치킨집 사장의 진술도 피해자들의 진술과 동일하였다. 자신이 직원인 피해자들에게 충분히 확인한 내용이라고 했다. 피의자가 도주하지 않고 조치를 취하였다는 것이 진실이 아닌지 헷갈리기 시작하였다. 수사관은 참고인 진술조서 중 마지막에 "본건과 관련하여 더 할 말이 있는가요?"라고 물은 다음 '답'란은 치킨집 사장이 직접 기재하도록 하였다. 치킨집 사장은 "저는 절대로 거짓말을 못 하는 사람입니다."라고 기재하였다. 그 자리에 손도장도 찍었다.

이제 더 할 것이 없어 보였다. 이대로 도주 혐의에 대해서는 무혐의 처분을 해야 하는가? 그런데, 베테랑 수사관은 역시 베테랑이었다. 치킨집 사장을 조사하면서 뭔가 거짓말을 하는 것이 아닌가 하는 느낌을 받았다고 하였다. 수사관의 촉이 발동한 것이다.

"치킨집 사장을 한 번 더 불러서 확인해 봅시다."

다시 출석한 치킨집 사장은 역시나 똑같은 진술을 반복하였다. 우리도 서서히 지쳐 가고 있었다. 이 사건이 뭐라고 이렇게 매달려야 하나? 진실이 도대체 무엇인가?

그때 수사관이 치킨집 사장에게 이전 조서 중 마지막 구절을 들이대며 설득하였다. "사장님의 성품은 잘은 모르지만 거짓말을 할 사람은 아닌 것 같습니다. 사장님을 의심하는 것은 아니지만 이 사건은 만취 상태에서 기억이 나지도 않을 법한 피의자가 스스로 현장 조치를 하였다는 것이 납득이 가지 않습니다. 그리고 초동수사 시 피해자들도 피의자가 현장에서 조치를 취하지 않았다고 진술한 것으로 되어 있습니다. 도대체 진실이 무엇입니까? 사장님은 절대로 거짓말을 못 하는 사람이라고 자필로 기재하였고 이렇게 손도장도 찍었지 않습니까? 있었던 사실을 그대로 말씀해 주세요!"

그 순간, 나와 수사관은 치킨집 사장의 흔들리는 눈동자를 놓칠 리가 없었다. '그래! 이 사건은 분명히 뭔가 조작되었어!' 우리는 치킨집 사장을 설득하였다. 그는 정말로 거짓말을 할 수 없는 스타일의 착한 성품을 가진 사람이었다. 이윽고 치킨집 사장은 사실을 털어놓았다. 눈물을 글썽이며 진실을 이야기하였다.

치킨집 사장의 진술에 따라 미성년자인 피해자들 2명을 원점에서 다시 조사하였다. 사장의 설득에 피해자들도 사실대로 진술하였다.

치킨집 사장과 피해자들의 진술을 토대로 피의자를 추궁하였다. 이미 참고인들이 사실을 인정하는 마당에 피의자도 어쩔 수 없이 사실대로 진술할 수밖에 없었다. 눈물을 흘리며 모든 사실을 털어놓았다. 담당 경찰관에게 사건을 부탁하고 금품을 제공한 것까지 모두 자백하였다. 그는 모든 것을 체념한 것처럼 보였다.

피의자를 긴급체포 하였다. 오랫동안 공직에서 일했던 피의자가 구속되어 그동안 쌓은 공적과 좋은 이미지가 물거품이 될 수 있다는 우려로 극단적인 선택을 할 수도 있었다. 또한, 피의자를 그대로 내보낼 경우 담당 경찰관과 연락하여 사건을 또다시 조작할 수도 있는 일이었다. 피의자를 위해 체포는 불가피하였다. 피의자를 추가 조사하여 진술을 번복할 수 없도록 하였고, 구속영장을 발부받아 수감하였다.

드디어 얽혀 있던 사건의 실타래가 풀렸다. 피의자는 사고 당일 회식 후 만취 상태로 자동차를 운전하다가 교통사고를 일으켰다. 그러나, 음주운전을 한 것이 발각될 것이 두려워 사고 조치를 취하지 않고 그대로 도주한 것이다. 초동수사 경찰이 현장에서 피해자들의 진술을 청취할 당시 피의자는 현장에 없었던 것이다.

사고 후 귀가한 피의자는 사건이 커질 것을 염려하여 스스로 파출소에 출석하여 음주측정을 하였고, 그사이 치킨집 사장을 통해 미성년자인 피해자들과 합의를 하면서 유리한 진술을 부탁하였다. 피해자들은 어차피 금전적 배상을 받고 합의하였으므로 어떻게 진술하든 상관이 없다고 생각하여 치킨집 사장의 의견에 따르기로 하였다.

피의자는 한편으로 평소 알고 지내던 이 사건 담당 경찰관에게 도주한 사건이 아니라 단순 교통사고로 만들어 달라고 부탁하였다. 인정에 끌린 담당 경찰관은 피의자의 부탁을 받아 주기로 하면서 부정과 불법행위로 나가게 된 것이다.

담당 경찰관은 자신이 조사한 내용만으로는 도주 혐의가 인정되지 않음에도 불구하고 검사로부터 혐의없음 의견으로 송치하라는 수사지휘를 받기 위해 일부러 기록을 허술하게 만들었던 것이다. 검사의 타이핑으로 "혐의없음 의견으로 송치하라."는 답을 이끌어 내기 위한 조작 행위였다. 경사까지 경찰 생활을 한 사람이 그렇게 허술하게 사건을 조사하고 증거판단을 할 리가 만무한 것이다.

마침내 담당 경찰관은 검사로부터 '일응'이라는 단어를 붙이기는 하였으나 혐의없음 의견으로 송치하라는 지휘를 얻어 냈고, 같은 의견으로 사건을 검찰에 송치하였다. 피의자를 위해 자신의 역할을 끝낸 담당 경찰관은 피의자로부터 감사 표시로 금품을 교부받았다.

　이제 담당 경찰관을 조사하여야 한다. 사실관계가 이렇게 드러났음에도 불구하고 수사를 받을 사람이 수사 관련 베테랑이니 살얼음판을 걷는 느낌이었다. 처음에는 당연히 혐의를 부인하였다. 구속되어 있는 피의자와 대질조사를 할 수밖에 없었다. 피의자의 부탁을 받고 금품을 받은 사실은 인정하지만 의도적으로 사건을 조작한 것은 아니라는 변명이었다. 완전한 자백이 아니더라도 이 정도면 7부 능선을 넘었다고 보아야 한다. 자백한 것이나 다름없었다. 결국, 담당 경찰관도 법원으로부터 구속영장을 발부받았다.

　공무원과 경찰관을 구속기소 하였고 재판을 거쳐 두 사람에 대해 유죄가 확정되었다.

　검찰에 사건이 송치된 후 보완수사를 통해 사건의 전모를 밝힌 사례이다. 검사란 항상 의심의 눈초리로 사건을 검토해야 한다. 사건이 내부나 외부의 영향으로 왜곡되어서는 안 된다. 수사관과 함께 힘을 합하여 집요하게 진실을 찾아 나가야만 한다.

　아마도 두 사람은 이 사건으로 징계를 받아 공무원직을 상실하였을 것이다. 개인적으로는 안타까운 일이었으나 순간적인 판단 착오, 인정에 이끌린 행위로 말미암아 불운의 경험을 맛보고야 말았다. 지금쯤은 두 사람도 옛날 일을 모두 잊고 이 사건을 교훈 삼아 행복하게 살고 있으리라 기대해 본다.

● '닭 한 마리' 검사

초임인 A 검사가 지방에 부임한 후 얼마 지나지 않아 같은 부서에서 근무하던 선배 검사가 사직을 하고 변호사 개업을 하였다. 선배 검사는 같은 부에 근무하였던 A 검사 등 후배 검사들과 함께 식사를 하기로 하였다. 메뉴는 '닭 한 마리'! 예약한 식당에 도착한 A 검사는 갸우뚱할 수밖에 없었다. 삼계탕을 하는 식당이어야 하는데 의외로 횟집이었다. A 검사는 맛있게 회를 먹으면서 삼계탕은 언제 나오는지 궁금해하다가 드디어 용기를 내어 물어보았다.

"삼계탕은 언제 나오나요?"

일동은 "삼계탕?"이라고 복창하였다.

"'닭 한 마리' 먹는다고 하지 않았나요?"

일동은 폭소를 터뜨렸다!

A 검사는 내륙 출신으로, 광어네 우럭이네 하는 소리는 들었어도 '다금바리'라는 회가 있다는 말은 들어 본 적이 없었기 때문이다. 그날 메뉴는 '닭 한 마리'가 아니라 그 비싸고 비싸다던 '다금바리'였음에도 A 검사는 '닭 한 마리'로 잘못 들었던 것이다.

이후 한동안 A 검사 별명은 '닭 한 마리 검사'가 되었다.

※ 김영란법 시행 이후, 함께 근무하던 동료가 퇴직을 한 경우 식사를 하는 것이 쉽지 않은 세상이 되었다.

어린 아들의 한을 풀어 주세요

　범죄행위와 관련된 사건은 형사사건으로 분류되어 혐의가 인정되면 기소를 하고 혐의가 인정되지 않으면 불기소를 하게 된다. 고소사건처리 결과에 이의가 있는 경우에는 항고(抗告)나 재정신청(裁定申請) 절차를 통하여 다시 혐의 유무에 대한 판단을 받아 볼 수 있다.

　진정사건은 범죄와 관련된 내용 이외 형사사건처리에 대한 의견을 표명할 수도 있다. 검찰에서 수사 중인 사건에 대해 피의자를 엄벌해 달라는 내용, 선처해 달라는 내용, 검사가 기소한 내용이 부당하다는 내용, 재수사를 해 달라는 내용 등이 포함될 수도 있다.

　고소나 진정을 하시는 분들께는 죄송한 말씀이지만, 각 검찰청마다 상습 고소꾼이나 진정꾼이 있기 마련이다. 해결이 안 되는 사건들이다. 그나마 상습 고소꾼이나 진정꾼과 말이 통하면 다행이다. 상당수는 형사사건 절차나 사건 내용을 설명해도 이해하지 못한다. 어떤 경우는 이해하려고 하지도 않는다. 자신의 주장만을 내세우다가 소란을 피우기도 한다. 안타까운 일이다.

제출한 고소장이나 진정서가 해석이 안 되는 경우도 많이 있다. 내용을 온통 한자로 작성하여 해석하는 데 며칠이 걸리는 경우도 있고, 누가 내용을 덧붙일까 봐 띄어쓰기 없이 빽빽하게 작성된 내용은 해독하기도 어렵다. 자칫 잘못하면 "아버지가방에들어가셨다."가 되어 버린다. 그분들을 불러서 대화할 때도 어려움이 있다. 정상적인 대화가 되지 않는다. 야심 차게 고소나 진정사건을 해결하겠노라고 큰마음을 먹고 전화를 하거나 소환하였다가는 다음 날 피고소인이나 피진정인으로 둔갑하여 옆 검사실에 형사사건으로 배당되기도 한다.

상황이 악화되면 검찰청 앞에서 1인 시위를 하기도 한다. 문제를 해결해 주고 싶으나 형사절차가 있고 사실관계가 있으며 증거인정 절차가 있으니 해결해 줄 수 없는 경우가 대부분이다. 어쩔 수가 없다.

2003년 지방에 있는 작은 지청에서 근무할 때였다. 점심을 먹고 들어오니 실무관이 얇은 진정사건 한 건을 책상 위에 두고 갔다. 사건관계인이 검찰의 사건처리에 불만이 있거나 자신의 의견을 표명하는 내용일 것이다.

내가 배당받은 진정사건은 검찰에서 혐의없음 처분한 교통사고 사건을 재기하여 수사해 달라는 진정이었다. 우선 검사실 실무관을 통해 동일하게 진정한 사실이 있는지 확인하였다. 상습 진정꾼이 아닌지 걸러내는 작업이다. 역시나! 진정인은 1년에 걸쳐 여러 차례 경찰과 검찰에 진정을 한 적이 있었고, 모두 이미 처리한 사건을 재기할 필요가 없다는 이유로 종결되었다. 그럼 그렇지.

이미 결론은 정해져 있는 듯하였다. 그러나, 마지막 구절의 문구가 마음에 걸렸다. "교통사고로 죽은 어린 아들의 한을 풀어 주세요."

조금은 숙연한 마음으로 다시 진정서를 읽어 보았다. 기존에 처리했던 진정서 내용도 검토하였다. 거의 비슷하였다. 종래 발생한 교통사고에서 특별한 증거를 제시하는 것 같지는 않았으므로 전임 검사들이 그대로 종결한 것으로 보였다. 일응 타당성이 있는 결정으로 보였다.

순간 어린 초등학생이 사망하였는데 피의자는 과실이 없다는 이유로 아무런 처벌을 받지 않았다는 점이 뭔가 찜찜하였다. 진정인은 왜 한을 풀지 못하고 있는지 궁금해지기도 하였다. 실무관을 통해 사건의 원 기록을 대출받아 검토하였다.

사건의 요지는 간단하였다. 피의자가 자동차를 운전하여 시골길 편도 1차로를 달리고 있었다. 그런데 갑자기 오른쪽 내리막길에서 초등학생이던 피해자가 자전거를 타고 돌진하였다. 피의자는 급히 브레이크를 밟았으나 피하지 못하고 들이받았고, 피해자는 결국 사망하였다. 안타까운 것은 피해자 뒤편에서 동생도 자전거를 타고 내려오려고 하던 중 피해자의 충돌 장면을 그대로 목격하였다는 점이다.

피의자는 평소 다니는 사고 장소에서 제한 속도 범위 내에서 운전하였다고 진술하였다. 사고 장소의 도로 상태나 주변 상황도 잘 알고 있다고 하였다. 도로가 우로 굽은 도로인데 당시는 여름이라 초목이 무성하여 오른쪽은 사각지대였다는 것이다. 피해자가 내려온 길은 내리막인데 피해자가 급히 자전거를 타고 내려오므로 미처 피할 도리가 없었다는 것이다. 결국 자신에게 과실이 없다는 것이다.

피의자 진술 이외에 사건 기록에 첨부된 우로 굽은 도로 사진도 일응 피의자 진술에 부합하는 것으로 보였다. 사진상으로는 오른쪽 부분이 사각지대로 보였다.

어떻게 할 것인가? 기록상 피의자의 과실을 인정하기 어려운 것으로 보였다. 그러니 전임 검사들도 피의자에 대해 혐의없음 처분을 하고 진정사건도 종결하였던 것이 아니겠는가?

그런데 공교롭게도 내가 진정사건을 받았을 때가 사고가 난 후 정확히 1년이 되던 때였다. 피의자가 제한 속도로 달렸다면 피해자가 자전거를 타고 내려오는 것을 미리 발견할 수 있었을지, 오른쪽 부분에 사각지대가 있었는지 등 계절적·자연적 여건이 거의 동일하였다. 피의자의 과실 여부를 직접 확인해 보면 될 것이다.

'그래, 현장에 가서 내 눈으로 직접 확인해 보자!'

피의자에게 진정사건 내용을 설명해 주고 모월 모일에 사건 현장으로 나와 줄 것을 부탁하였다. 사고 당시 피의자가 운전하던 자동차가 있는지 확인하였더니 다행히 그 자동차를 수리하여 여전히 운행하고 있었다. 피의자에게 그 자동차를 운전하여 올 것을 부탁하였다. 나이가 젊었던 피의자는 끝난 사건을 가지고 귀찮게 한다고 투덜댔다. 피해자의 아버지인 진정인에게도 연락을 하였다. 사고 장소가 바로 집 앞이었으므로 그 시간대에 현장에 나와 주기만 하면 되었다.

약속된 날 수사관과 함께 현장을 향했다. 태양이 눈부신 여름날이었다. 온 산마다 신록이 우거져 초록 세상이 되어 있었다. 이런 화창한 날 어린 초등학생 아들을 잃은 부모님은 지난날의 악몽을 되새기면서 또다시 아들의 죽음을 마음으로 삼켜야 했다.

사고 현장은 기록에서 본 것과 같이 우로 굽은 도로였다. 그런데 원거리에서는 오른쪽 피해자 집에서 내려오는 길이 잘 보이지 않았다. 사건 기록에 첨부된 사각지대가 머릿속에 떠올랐다. 그런데, 조금 더 지나가자 오른쪽 내려오는 길이 보이지 않는가! 순간 당황하였다. 뭔가 좀 이상하다는 것을 느꼈다.

피의자는 과속을 하지 않고 시속 60km인 제한 속도를 지켜 운전하였다고 진술하였다. 그럼에도 왜 피해자가 자전거를 타고 내려오는 것을 보지 못했을까?

요즈음 같으면 블랙박스를 재생하면 피의자가 피해자를 발견할 수 있었는지, 어느 지점에서 발견할 수 있었는지 바로 확인이 가능할 것이다. 그러나 그 시절에는 블랙박스는 고사하고 사고 장소에 시시티브이도 없었으니 안타까운 일이었다.

생각이 바뀌었다. 피의자는 분명히 과속하거나 한눈을 팔았던 것이다. 그러니 피해자가 자전거를 타고 내려오는 것을 보지 못했으리라. 아주 멀리서야 피해자가 내려온 길이 보이지 않지만 제한 속도로 진행하였다면 충분히 피해자를 발견할 수 있었다. 우측에 사각지대도 없었다. 기록에 첨부된 사진은 원거리 사진으로 보였고, 경찰관이 의도적으로 원거리 사진만 촬영하여 기록에 첨부하지는 않았을 것이다.

피의자의 과실을 직접 입증해 보기로 하였다. 내가 피의자의 자동차를 운전하고 피의자를 옆자리에 태웠다. 뒷자리는 수사관이 탔다. 먼 거리에서부터 피의자가 주장하는 속도로 달리기 시작하였다. 원거리에서는 오른쪽 부분이 사각지대로 피해자의 대역 모습이 보이지 않았다. 그러나, 조금 지나자 바로 피해자의 대역 모습을 오른쪽에서 발견할 수 있었다. 그 정도의 거리에서 피해자가 자전거를 타고 내려오더라도 충분히 제동장치를 작동하여 자동차를 멈출 수도 있었다.

그 순간 내가 피의자에게 확인을 시켰다. "오른쪽에 피해자가 서 있는 것이 보이지요?" 피의자가 대답하였다. "네, 보입니다.", "그런데 피의자는 피해자를 왜 못 보았나요?", "….."

저만치 갔다가 다시 돌아와 피의자의 자동차를 같은 속도로 다시 운전해 보았다. 피의자에게 같은 내용을 물어보았다. 피의자의 대답도 동일하였다. 이제 게임이 끝났다!

교통사고 사건을 정식으로 재기하였다. 수사관은 현장에서 있었던 상황을 정리하여 현장 검증조서로 작성하였다. 피의자를 정식으로 소환하여 피의자신문조서도 작성하였다. 피의자는 현장

검증을 한 사항에 대해 모두 인정하면서도 하여튼 피해자를 발견할 수 없었다고 부인하였다. 제한 속도대로 운전하였음에도 피해자를 발견하지 못한 그것이 피의자의 과실이다. 피의자는 과속하였다는 것을 숨기려고 하다가 오히려 과실을 인정할 수밖에 없는 모순에 빠지고 만 것이다.

피의자에 대해 구속영장이 발부되었고 추가 수사 후 구속으로 기소하였다. 법원도 피의자의 과실을 인정하여 실형을 선고하였다.

매너리즘에 빠져 진정사건을 처리하였다면 억울하게 귀한 아들을 잃어버린 부모님은 아직도 경찰이나 검찰에 진정서를 제출하고 있을지도 모른다. 경찰이나 검사는 매일 고소사건이나 진정사건에 치이다 보니 사건에 인생이 담겨 있다는 생각을 하지 못한다. 사건 한 건 한 건을 미제에서 떨어 버리는 것이 성과라고 생각할 수도 있다.

대부분의 국민들은 평생에 한 번 정도 고소를 하거나 고소를 당한다. 송사(訟事)는 먼 나라의 얘기이다. 검사에게 도움을 요청하였다면 외면할 것이 아니라 다시 한번 검토를 해 줄 필요가 있다. 때로는 따뜻하고 그윽한 눈길로 그들을 바라보고 그들의 얘기를 들어 주기만 하여도 문제가 해결될 수도 있다. 때로는 숨어 있는 암수(暗數) 사건을 세상 밖으로 끌어내어 사실관계를 바로 잡을 필요도 있다.

조선시대 학자 정약용은 18년간 귀양살이를 하면서 많은 저서를 남겼다. 그중 『목민심서(牧民心書)』「형전육조(刑典六條)」에 "청송지본 재어성의 성의지본 재어신독(聽訟之本 在於誠意 誠意之本 在於愼獨)”이라는 말이 나온다. 송사를 살피는 근본은 참된 마음에 있고, 참된 마음의 근본은 스스로 양심에 부끄러움이 없도록 신중히 해야 한다는 말이다. 그동안 고소인들이나 진정인들이 제기한 사건을 처리하면서 과연 성의와 신독으로 임했는지 부끄러울 따름이다.

한 사람이 울고 있는 것은 그 가족이, 그가 살고 있는 사회가 울고 있는 것이다. 검사들은 그들의 눈물을 닦아 줄 의무가 있다. 울고 있는 사람들의 바람대로 사건을 처분할 수는 없을지라도 왜 그렇게 처분할 수밖에 없는지는 충실히 설명해 주어야 한다.

진정사건을 배당받아 당초에 의도하지 않았던 귀한 경험을 하였다. 이 사건을 계기로 아무리 하찮아 보이는 사건이라도 꼼꼼하게 검토하려는 자세를 갖게 해 주었다.

우리의 조그만 노력으로 억울하게 인생을 마감한 초등학생 피해자의 한이 조금이라도 풀렸으면 한다.

● 선배 부장의 명언

초임인 A 검사가 처음으로 월급을 받았는데 꼴랑 197만 원이다. A 검사는 부장에게 투덜댔다. "월급이 200만 원도 안 됩니다."

부장이 말하였다. "내가 3만 원 주랴?"

부 회식이 있는 날 부장 이하 모든 검사들이 1차로 고깃집에서 식사를 하고 2차로 노래방에 가서 노래를 불렀다. 평소 노래 부르기를 싫어하던 A 검사는 노래를 부르지 않았다.

부장이 물었다. "A 검사는 왜 노래를 안 부르는가?"

A 검사가 말했다. "저는 노래를 잘 못하여 노래 부르는 것을 좋아하지 않습니다."

부장이 말하였다. "나중에 세월이 흘러 내가 자네를 만나면, 자네가 어떤 사건을 처리했는지 기억할 것 같아? 나는 자네가 노래방에서 어떤 노래를 불렀는지만 기억해."

다음 날 A 검사는 숙취에 시달렸다. "부장님, 머리가 진짜 안 돌아갑니다. 술만 안 먹으면 일을 잘할 수 있을 것 같습니다."

부장이 말하였다. "술을 안 먹고 누구나 일을 잘할 수 있어. 술 먹고도 일을 잘해야 진정한 검사지!"

※ 요즈음은 이런 상사가 없을 것이다. 잘못하면 '꼰대'로 몰리기에 십상이니까. 그래도 예전에는 서로 간에 정(情)이 있었다.

귀인(貴人) 모시기

검사들은 수사가 생물(生物)과 같다고 표현한다. 전혀 예상하지 못했던 방향으로 수사가 진행되기도 하고 예상과 전혀 다른 결론이 나올 수도 있다. 수사는 사람이 하지만 성공 여부는 하늘에 달려 있다. 검사는 오로지 법과 원칙에 따라 증거를 찾아갈 뿐이다.

수사는 '착수가 정당해야 하고, 과정이 적법해야 하며, 결과는 합리적'이어야 한다. 때로는 수사 착수나 과정, 결과가 정당하고 적법하고 합리적일 뿐만 아니라 외부적으로 그렇게 보여야 할 필요도 있다.

검사가 사명감이 지나쳐 수사에 몰입하다 보면 자칫 실수를 할 수도 있다. 조그마한 실수면 금방 회복이 되겠지만 때로는 돌이킬 수 없는 실수로 수사를 망칠 수도 있다. 검찰 조직에 먹칠을 할 수도 있다. 어떤 일이 있어도 법과 원칙에 따라 수사하여야 한다.

사건관계인의 인권은 철저하게 보장되어야 한다. 그렇지 않으면 아무리 큰 성과를 내었다고 하더라도 수사에 승복하지 않을 뿐만 아니라 국민들로부터 지지를 받을 수도 없다.

수사에 착수한 후 밤낮을 가리지 않고 열심히 수사하여 성공적인 결과를 이끌어 냈을 때의 보람이란 이루 말할 수 없다. 범법행위를 한 사람들을 응징하는 것에 나아가 제도를 개선하고 약자인 피해자를 보호하거나 도와줄 수 있다면 박수를 받아 마땅한 일이다.

그러나 때로는 사실적 한계에 부딪혀 혐의를 입증할 수 없거나 법적 해석의 굴레에서 좌절하기도 한다. 그런 상황이라고 절대로 무리를 해서는 안 된다. 무리하면 반드시 사고가 나게 되어 있으니까.

중요 사건을 수사하면서 때로는 '귀인(貴人)'을 만나기도 한다. 전혀 생각하지도 못했던 사람이 나타나 사건의 실마리를 제공해 준다. 사건의 경중을 떠나 하늘이 도와주는 경우가 있다. 지성(至誠)이면 감천(感天)이라! 하늘에서 귀인이 뚝 떨어지는 것이 아니라 수사에 그만큼 공을 들여야 귀인을 만날 수 있다.

2004년 수도권에 있는 검찰청에서 근무할 때였다. 소규모 지청에서 큰 규모의 지방검찰청으로 인사이동을 받았다. 운이 좋게도 바로 강력부 막내로 배치되었다. 조직폭력 사건을 담당하게 되었다.

강력부는 인지수사를 할 수 있는 부서로 공안부, 특수부와 함께 검사들 사이에 선호부서로 분류되었다. 아무나 인지부서에 배치를 받을 수 없다. 공안이나 특수, 강력 분야에 경력을 쌓았거나,

이전 검찰청에서 모두가 인정할 만한 성과를 거두었거나, 그에 준하는 평가를 받고 있어야 인지부서를 갈 수 있었다. 인사이동 발표로 검사가 특정되면 지검이나 지청에서는 어떤 검사를 어느 부서에 배치할지 치열하게 논의한다. 기존에 열심히 일하던 형사부 검사들과 새로 전입하는 검사들과의 형평도 고려해야 한다. 그만큼 보직이란 어려운 일이다.

강력부에서는 일반 사건은 배당받지 않고 조직폭력 사건, 범죄가 조직적으로 이루어지는 사건, 마약 사건을 담당한다. 형사부에서 감당하기 어려운 다수인 관련 사건을 배당받아 처리하기도 한다.

나는 조직폭력 사건을 담당하게 되었다. 폭력조직 가입으로 처벌을 받은 사람들이 주요 고객이었다. 때로는 지방경찰청이나 경찰서 강력반과 합동으로 조직폭력배를 검거하기도 하였다. 상당히 거친 일처럼 보이지만 의외로 사실관계 입증이나 법리가 디테일할 때도 있었다. 이제 '조폭 검사'로 첫발을 내딛게 되었다.

그런데, 검사실 캐비닛을 확인하였더니 전임 검사가 워낙 훌륭히 사건을 처리하여 미제는 전혀 없었고, 달랑 진정서 한 건, 내용도 3장이 전부였다. 이거 큰일이다! 사건이 여러 건 있어야 보다 가능성이 큰 사건을 선별하여 전력투구하면 어느 정도 성과를 낼 수 있다. 범죄에 대한 정보가 부족하였다. 인지부서는 늘 정보가 부족하여 어떤 사건을 진행할 것인지에 대한 스트레스가 매우 컸던 시절이다.

진정서 내용은 이러하였다. 관내 모(某) 경찰서에서 수십 명이 참가한 속칭 '도리짓고땡(일명 '마바리', '빵개')' 도박을 단속하였음에도 누군가의 청탁을 받고 참가자 중 몇 명이 소위 '맞고'를 친 것으로 도박의 규모가 축소되었다는 내용이었다.

그런데, 진정인이 누구인지 몰랐고, 이름이나 주소, 연락처도 없었다. 익명의 제보 내지 진정이었다. 이 경우는 도박에 관여된 사람일 수도 있고 그 가족일 수도 있다. 자신의 신변에 위험을 초래할 수 있으므로 익명으로 제보하였을 수도 있고, '검찰 너희들에게 정보를 주었으니 함 밝혀 봐. 어디까지 밝히나 함 보자'라는 심보일 수도 있다. 내용을 가장 잘 알고 있는 듯한 진정인의 진술을 들어 보면 쉽게 수사를 진행할 수 있으련만, 그렇게 할 수 없으니 답답할 뿐이었다.

검사실 실무관에게 진정사건과 관련된 도박사건 기록이 있는지 조회를 하게 했더니 형사부에 배당되어 있었다. 형사부로부터 기록을 재배당받아 수사관과 함께 사건 내용을 검토하였다.

사건 기록은, 수십 명이 모여 전문도박을 하기 위해 대기하였고, 그 와중에 몇 명이 팀을 나누어 속칭 '고스톱'을 하였다는 것으로 꾸며져 있었다. 몇 명은 고스톱을 친 것을 인정하였으나, 특별한 전과가 없고 판돈도 얼마 되지 않아 신병을 처리할 수 없는 상황이었다. 단순 도박은 1,000만 원 이하의 벌금에 불과하고, 상습으로 의율이 가능해야 3년 이하의 징역 또는 2,000만 원 이하의 벌금으로 처벌될 수 있다. 사건 기록에 등장하는 사람들의 진술이 모두 일치하였다.

이렇게 될 경우 검사의 결정은 어렵지 않다. 도박을 한 사람 중에 이미 도박으로 입건된 전력이 있다면 소액의 벌금으로, 도박으로 입건된 전력이 없다면 기소유예로, 나머지는 모두 혐의없음으로 처리하면 끝이다. 기록상으로도 더 이상의 의문점은 보이지 않았다.

그러면, 진정서의 내용은 거짓인가?

우리 검사실 수사관은 역시 베테랑이었다. 며칠간 외근하면서 정보를 수집하였고, 진정서의 내용이 상당히 신빙성이 있다고 하였다. 이제 우리는 진정서 3장을 토대로 사건을 파헤쳐 보기로 하였다. 베테랑 수사관의 촉은 틀리지 않을 것이므로.

우선 경찰에서 검찰로 송치된 피의자들을 분류하였다. 혐의없음 의견으로 송치된 피의자들 중 상당수는 도박 전과가 있었고, 도박으로 실형을 선고받았거나 집행유예 기간 중에 있는 피의자들도 여러 명 있었다. 우리에게 진실을 말해 줄 가장 약한 고리를 가진 피의자들을 선별하여 1명씩 조사해 나갔다.

수십 명이 전문도박을 하다가 검거되었다는데 피의자들은 하나같이 자신들은 도박을 하지 않았다고 진술하였다. 그 말이 진실일지도 모른다는 생각이 잠깐 들기도 하였으나 그들의 속임수에 넘어가서는 안 된다. 전문도박단의 실체를 밝혀내어 엄단해야 한다.

마침내 우리는 돌파구를 마련하였다. 여러 피의자들을 분리하여 신문하던 중 어느 한 피의자가 실수인지 일부러 그랬는지 다른 피의자가 전문도박을 하는 것을 보았다고 진술해 버렸다. 한 번 입에서 떨어진 말이니 돌이킬 수가 없었다. 지목된 상대방은

화가 나 말하였다. "그래, 나만 한 것이냐, 너도 같이 한 것이 아니냐!" 물꼬가 트였다.

전문도박은 그 자체로 상습성을 인정할 수도 있으므로, 도박을 한 혐의로 실형을 살았거나 집행유예 기간 중인 피의자들은 구속 수사 대상이 되었다. 일부는 도박 사실을 시인하였고 일부는 부인하였으나, 게임은 이미 우리에게 유리하게 진행되었다. 피의자들이 이번 사건 이외에도 여러 차례에 걸쳐 같은 방식으로 전문도박을 한 사실을 추가로 밝혀냈다. 여러 명에 대해 구속영장을 청구하여 발부받았다.

이제는 왜 전문도박 사건이 고스톱으로 축소되었는지를 밝혀야 했다. 누가 사건을 축소하였고, 왜 축소하였는지, 그 과정에서 금품이 오고 갔는지를 입증해야 하였다. 전문도박이라는 사실을 밝히는 것보다 훨씬 고차원의 난제(難題)가 앞을 가로막고 있었다.

구속된 피의자들과 불구속 상태인 피의자들을 상대로 조사를 진행하였으나 뚜렷한 단서를 찾을 수 없었다. 누군가가 경찰관들에게 도박 축소를 부탁하였고 그 과정에서 돈이 오고 갔다는 말을 들은 사실은 있다고 진술하는 피의자도 있었다. 그럼에도 그 사람이 누구인지에 대해서는 모두가 모른다고 진술하였다.

경찰관들은 피의자들을 전부 현행범으로 체포한 후 별다른 추궁도 없이 제1회 피의자신문조서만을 형식적으로 작성한 후 검사의 지휘도 없이 피의자들을 전원 석방한 터였다. 단속 경찰관들을 불러 조사하였다. 그런데 이구동성으로 단속 현장에 조금 늦게 들어갔으므로 피의자들이 전문도박을 하는 것은 보지 못하였다고 진술하였다. 단속 경찰관들에 대해서는 동료 경찰관의 비위를 알고 있었더라도 신뢰를 위배하여 우리에게 진실을 말하리라고 기대하기도 힘들었다.

난관에 부딪혔다. 전문도박을 밝히려고 사건을 시작한 것이 아니었다. 전문도박을 밝히는 것에 만족한다면 형사부에서도 할 수 있는 일이다. 더 고난도의 업무 부담이 있으므로 인지부서가 담당해야 하는 것이다. 이 난관을 넘지 못한다면 이 사건은 큰 의미가 없을 수도 있다. 사실이 무엇인지 밝혀야 한다. 이쯤 되면 귀인이 나타나야 한다.

수사에 진척이 없던 어느 날, 수사관들이 검사실에 도박자들을 불러 1명씩 붙들고 씨름을 하고 있었다. 왁자지껄하였다. 그 와중에 어떤 민원인이 검사실에 사건 관련 문의를 하러 왔다. 내가 민원인에 대해 사건 설명을 해 주었고 민원인이 검사실을 나섰다. 그때 베테랑 수사관이 함께 따라 나가 민원인과 잠깐 대화를 나누었다.

그런데, 이게 웬일인가! 그 민원인은 피의자들 중 아는 사람들이 있고, 그중 어떤 사람이 경찰 간부에게 금품을 제공하여 도박사건이 축소된 것으로 알고 있다고 말하였다. '귀인'이 왔다!

귀인 덕분에 우리는 도박사건 축소를 부탁한 사람, 사건을 축소하면서 돈을 받은 당사자를 특정할 수 있었다. 이제 다시 입증을 해야 하는 상황이 되었다. 여러 날 공을 들여 금품 공여자의 진술을 받아 낼 수 있었다.

이제는 사건을 축소한 경찰 간부를 조사할 시기가 왔다. 증거관계상 경찰 간부가 부인하더라도 입증할 수 있었다. 증거인멸을 방지하고 혹시 모를 불상사에 대비하여 체포영장을 발부받아 신병을 추적하였다. 일요일 오전 경찰 간부의 집 앞으로 수사관들을 보냈다. 다행스럽게도 아파트 앞에 도착하자마자 바로 경찰 간부를 만나 체포할 수 있었다. 수사관들이 경찰 간부와 비슷하게 생긴 사람을 발견하고 그의 이름을 불렀더니 바로 돌아보더란다. 이름을 부르는데 돌아본다는 것은 자신이 그 사람이라는 증거이다.

우리가 몇 개월째 수사하는 동안 경찰 간부는 왜 자신을 부르지 않는지 애를 태웠다고 한다. 그가 체포되면서 첫 마디가 "왜 이제야 오셨어요?"라는 말이었다고 한다. "이 사람아, 우리는 주범이 당신인 줄 몰랐으니까 부르지 못한 것이 아니겠는가?"

경찰 간부는 체포되어 조사를 받던 도중 식사를 아주 맛있게 하였다. 검찰에 체포되고 나니 밥맛이 이렇게 좋을 줄은 몰랐다고 하였다. 그러면서도 혐의 사실에 대해서는 부인하는 취지로 답변하였다. 경찰 간부로 근무하고 있었으니 가족들이나 동료 경찰관들이 보기에 부끄럽기도 하고 수십 년 일해 온 경력이 하루아침에 무너지니 속상하기도 하였을 것이다. 어느 정도는 이해되었다.

경찰 간부에 대해서는 구속영장이 발부되었다. 수사를 담당하는 경찰관이 '정보원'의 단속 부탁을 받아 전문도박 현장을 단속하였다가, 오히려 도박의 책임자인 '하우스장'으로부터 금품을 수수하면서 다시 치밀하게 사건을 축소한 점에서 죄질이 불량한 점이 인정되었다.

이 사건으로 경찰 간부와 도박자 등 여러 명을 구속기소 하였고, 10여 명을 불구속기소 하였다. 경찰 간부를 엄단하는 대신 다른 경찰관들은 입건하지 않고 기관에 통보하였다. 불법의 총 책임자를 규명하였으니 그를 엄하게 처벌하면 충분하였다. 경찰 간부에 대해서는 실형이 확정되었다.

자칫 세상에 묻힐 뻔했던 도박사건을 수사하던 중 우연히 나타난 '귀인'의 도움을 받아 사건의 진실을 입증할 수 있었다. 언제나 이러한 귀인이 나타나지는 않는다. 수사에 대한 간절함이 하늘에 통하였을 때만 귀인을 모실 수 있다.

● '약점'과 '낙점'

　　초임인 A 검사가 근무하는 지방검찰청에서, 검사장 주재로 차장, 부장, 검사들이 함께 저녁 회식을 하였다. 술자리가 무르익자 '용비어천가식 폭탄사'가 점점 열기를 뿜고 있었다. 낯이 간지러울 정도로 부장, 차장, 검사장의 공덕을 치켜세웠다.

　　드디어 A 검사가 폭탄사를 할 차례가 되었다. A 검사는 소주와 맥주가 섞인 '소폭(소주 폭탄)'을 잡고 비장하게 외쳤다.

　　"검사장님의 약점(낙점?)을 찾아(받아?) 따님을 쟁취하겠습니다!"

　　당시 검사장에게는 결혼하지 않은 미모의 따님이 계시다는 고급 정보가 돌았던 참이었다.

　　좌중은 갑자기 찬물을 끼얹은 듯이 조용하였다.

　　'약점'이 아니라 '낙점'이 맞을 터인데, A 검사가 술에 취하여 발음을 잘못한 것인지, 참석자들이 술에 취하여 잘못 알아들은 것인지 모를 일이었다. 분위기를 파악한 A 검사의 부장이 황급히 A 검사에게 다시 폭탄사를 하도록 하였다.

　　A 검사는 갸우뚱하면서 다시 한번 큰 소리로 외쳤다.

　　"검사장님의 약점(!)을 찾아(!) 따님을 쟁취하겠습니다!"

> ※ 다음 날 A 검사의 부장은 차장과 검사장에게 진땀을 흘리면서 A 검사가 말한 것이 '약점'이 아니라 '낙점'이라는 점을 해명해야 했다.

벌점 쌓기

검사가 사건을 수사하여 기소하거나 불기소하여 종결하면 모든 것이 끝나는 것이 아니다. 권한이 있으면 책임이 따르기 마련이다.

사건 처분에 잘못이 있으면 벌점이 부과되고 중한 경우에는 징계절차가 개시되기도 한다. 대검찰청이나 고등검찰청 감찰부서의 사무감사를 통해 검사의 잘못을 적발하기도 하고 기소한 사건이 무죄가 나면 '무죄 평정'을 받기도 한다. 고소나 고발사건을 불기소하였다가 항고가 되어 고등검찰청에서 재기수사 명령을 하게 되면 '항고사건 평정'을 받기도 한다. 곳곳에 벌점의 지뢰가 도사리고 있다.

벌점은 각 항목별로 0.5점에서 3점까지 부과할 수 있다. 무죄사건의 경우 한 사건에 무죄 인원이 많을 경우에는 10점 이상도 부여할 수도 있도록 되어 있다. 그러나, 대부분의 사건은 0.5점에서 1점이 부과되고, 사건처리에 중대한 과오가 있다고 판단되면 2점을 받기도 한다.

벌점을 받더라도 바로 신분상의 불이익은 없으므로 별로 겁날 것은 없다. 다만 인사이동 관련, "나는 왜 원하는 지역에 보내 주지 않느냐?"라고 물으면 "당신은 업무 처리 관련 벌점이 많은 것은 알고 있느냐?"는 반문을 들을 수 있다. 벌점이 많다는 것은 인사이동이나 보직 결정에서 '소극적(消極的)·부정적(否定的) 요소'로 작용할 수 있다.

2005년 수도권에 있는 검찰청에서 근무할 때였다. 나는 단일사건처리와 관련하여 3점의 벌점을 받은 적이 있었다. 당시 검사 5년 차였는데 벌점이 3점까지 있다는 말은 들어 보았으나 3점을 받았다는 사람은 들은 적도 본 적도 없었다. 그만큼 벌점 3점은 업무 처리 과정에서 엄청난 과오가 있다는 것을 '방증(傍證)'한다. 과연 그러한 과오를 범하였는지 지금 생각하여도 의문을 지울 수가 없다.

내가 처리한 사건의 내용은 대략 다음과 같다.

2005년 당시에는 컴퓨터를 통한 채팅이 유행하던 시절이었다. 젊은이들 만남의 방식이었다. 초범인 30대 남성 피의자와 20대인 여성 피해자는 채팅을 통해 만났고 처음으로 만나 함께 모텔에 투숙하였다. 특별한 일은 없었다. 두 번째 만난 날도 함께 모텔에 투숙하였다. 피의자는 피해자와 키스를 하고 가슴을 애무하였다. 피의자가 피해자로부터 허락을 받거나 동의를 구한 것은 아니나, 피해자도 거절의 의사를 표시하지 않았다. 피의자는 더 나아가 피해자가 성관계에 동의한 것으로 생각하고 피해자의 치마를 벗기면서 성관계를 시도하였다. 이때, 피해자는 완강히 거부하였고 결국 성관계를 하지 못하였다.

이후 피의자와 피해자는 욕실에서 함께 샤워를 하였다. 다시 옷을 입은 상태에서 함께 피자를 주문하여 먹기로 하였다. 피자가 배달될 시간이 되어 객실 문밖을 두드리는 소리가 나자 피의자가 문을 열고 피자를 받으러 나갔다. 그러나, 피자 배달원이 아니라 청소하는 아주머니가 실수로 객실 문에 부딪히게 된 것이었다. 피의자가 다시 방 안으로 들어와 보니 피해자가 보이지 않았다. 피해자는 이미 3층 모텔 창문을 통해 밖으로 뛰어내렸고, 그 사고로 중상을 입게 되었다.

피의자와 피해자는 위와 같은 사실관계는 대체로 인정하였다. 피의자가 피해자와 키스를 하고 가슴을 애무할 당시 피해자는 거부 의사를 표시하지 않았다. 그러나, 피의자가 성관계를 하기 위해 피해자의 치마를 벗기려 하였을 때 피해자는 완강하게 거부하였다. 그렇다면 일응 피의자에게 성관계를 하기 위해 피해자의 치마를 벗기려 했던 행위 자체는 강제추행 내지 강간미수가 성립할 수 있다.

그런데, 피해자는 모텔 3층에서 뛰어내려 중상해를 입었다. 피의자가 성관계를 위하여 강제로 피해자의 치마를 벗기려 했던 선행(先行) 행위와 피해자가 뛰어내린 후행(後行) 행위 사이에 인과 관계(因果關係)가 있는지 여부가 쟁점이었다. 선행 행위를 한 피의자에게 후행 행위의 결과까지 책임을 물을 수 있을지 여부이다.

경찰 수사가 없다고 생각하고 다시 피의자와 피해자의 진술을 들어 보기로 하였다. 두 사람을 소환하여 대질조사를 실시하였다. 피해자는 휠체어를 타고 출석하였는데 상해 정도가 중한 것으로 보여 안쓰러웠다. 피의자가 비록 초범이지만 혹시 추가적인 폭행이나 협박이 있었을 수도 있으므로 추궁하였으나 특별한 사정은 발견되지 않았다.

피의자는 여전히 혐의를 부인하였다. 피해자와 함께 샤워하고 나온 이후에는 성관계하는 것을 포기하였고 감정도 누그러진 상태일 뿐만 아니라, 달리 피해자에게 폭행이나 협박을 한 사실도 없었다는 것이다. 피자를 주문하여 먹은 다음 모텔을 나오려던 생각이었다고 주장하였다. 피해자가 겁을 먹고 있는 상태였다면 청소하는 아주머니에게 도움을 요청할 수도 있었을 것이라고 주장하였다. 피해자가 3층이나 되는 곳에서 뛰어내릴 이유가 없었다는 것이다.

이에 대하여 피해자는, 피의자로부터 추가적인 폭행이나 협박을 당한 사실이 없다는 점은 인정하고 있었다. 다만, 이전의 피의자 행위가 무서워 어쩔 수 없이 함께 샤워를 해 준 것이고, 또다시 어떤 일이 일어날지 몰라 피의자 요구에 응하여 함께 피자를 주문하였다고 하였다. 누가 문을 두드리는 소리가 나고 피의자가 잠시 자리를 비운 틈을 이용하여 창문으로 탈출하려고 했다는 것이다.

난감하였다. 검찰 입장은 기본적으로 고소인의 진술에 신빙성이 있다는 것을 전제로 사건을 수사하지만 이 경우는 피해자의 진술이 논리적으로 납득되지 않는 부분이 있었다. 피해자가 3층이나 되는 높이에서 뛰어내리려면 그에 합당한 이유가 있어야 한다. 심리적이든 육체적이든 강한 압박이 있어야 3층에서 뛰어내릴 수 있다. 일반인의 입장에서 강한 압박이 합리적으로 설명이 되어야 한다.

나는 부장님께 사건 내용을 보고드리고 부장님 주재로 부 검사 회의를 요청하였다. 검사 혼자 생각하는 것보다 여러 검사들이 모여 사건의 바람직한 방향을 모색하는 것은 검찰의 장점이 아니겠는가? 검사들이 각자의 의견을 제시하였다. 모든 검사들이 강제추행 내지 강간미수의 점은 기소하고 강간치상, 즉 모텔 3층에서 뛰어내려 다친 부분은 혐의를 인정하기 어렵다는 입장이었다.

부장님의 최종 승인에 따라 사건을 처분하였다. 강제추행보다 중한 강간미수로 의율하여 기소하되 실형을 구형하였다. 다만, 피해자가 뛰어내려 다친 부분에 대한 책임인 강간치상 부분은 혐의없음 처분을 하였다. 인과관계를 인정하여 강간치상으로 기소한다고 하더라도 무죄를 받을 확률이 매우 높은 사건이었다. 판사를 설득하지 못하여 무죄가 선고될 것을 예상하면서도 기소하는 검사는 없을 것이다.

나의 결정에 대해 피해자 측에서 엄청난 항의가 있었다. 그러나, 나의 독단적인 결정이 아니고 검사들의 합리적인 회의 절차를 통해 사건을 결정한 것이다. 피의자나 피해자의 일방적인 주장에 따라 사건을 처리할 수는 없다. 양측 모두에게 공평하게 처리해야 한다.

얼마 동안 나는 이 사건을 까맣게 잊고 있었다. 다른 청으로 인사이동을 받아 열심히 근무하고 있을 때였다. 어느 날 난데없이 항고사건 평정 통지서가 도달하였다.

벌점 3점!

이게 웬일인가! 드디어 벌점 3점을 구경하게 되었다. 벌점 3점의 주인공이 되었다. 같은 청 근무자들은 모두 0.5점에서 1점을 받았는데 나 혼자 3점을 받게 되었다. 충격적이었다. 자존심도 상하였다. 평소 어떤 사건이든 벌점 2점은 용인하겠다는 마음은 먹고 있었으나, 3점은 도저히 납득할 수 없었다. 나를 아는 검사들, 내 벌점을 알게 된 검사들은 두고두고 나를 술안주로 삼을 것이다. 벌점 3점을 받은 검사를 보았다고 인구(人口)에 회자(膾炙)될 것이다.

무슨 사건인가 보았더니 바로 위 사건이었다. 과연 벌점 3점을 부과하는 것이 정당한 것인지 의문이 들었다.

내가 사건을 처리한 후 피의자는 법원에서 징역형에 집행유예를 선고받았다. 그 사이 피해자는 항고 절차를 거쳤고, 고등검찰청에서는 집행유예 선고 이후 항고에 대해 재기수사 명령을 내렸다. 이 명령을 받은 수도권 지방검찰청에서는 죄명을 '감금치상'으로 변경하여 피의자에 대해 구속영장을 청구하였다. 그런데 법원에서는 덜컥 구속영장을 발부해 주었고, 재기수사검사는 피의자를 감금치상으로 구속기소 하였다. 바로 직후 피의자에 대한 집행유예 선고는 확정되었다.

재기수사 명령을 내린 고등검찰청 검사는 구속기소를 할 수 있는 피의자를 불구속기소 하였다는 이유로 괘씸죄까지 물어 듣도 보도 못한 벌점 3점을 준엄하게 내렸던 것이다.

그런데, 여기에서 법리가 문제 된다. 내가 먼저 기소한 '강간미수'의 공소사실과 나중에 재기수사 명령 이후 검사가 기소한 '감금치상'은, 시간적·장소적·내용적으로 '기본적 사실관계'가 동일한 것으로 판단할 수 있다. 먼저 기소한 공소제기의 효력은 나중에 기소한 공소제기에도 미치게 되므로 나중의 사건은 기소할 수가 없게 된다. 법원도 나중에 기소된 감금치상에 대해 면소를 선고하였다. 내가 먼저 기소한 사건을 정확하게 판단하지 않은 채 재기수사를 내린 고등검찰청 검사나, 피의자를 감금치상으로 구속영장을 청구하여 기소한 검사나, 피의자에 대해 구속영장을 발부한 판사나 모두 잘못이 있었다.

그러면 나의 잘못은 무엇인가? 내가 사건처리에 어떤 잘못을 하였는가? 젊은 피해자의 인생을 망친 피의자를 제대로 응징하지 못한 것이 잘못인가? 그런 감정적인 잘못으로 벌점 3점을 주어서는 안 된다. 어마어마한 벌점 3점을 부여할 정도면 정당한 이유가 있어야 한다.

나는 상당히 억울하였다. 피해자의 상황은 정말로 딱하다. 그러나, 중한 죄로 기소하여 유죄를 받을 수 있을 정도가 되어야 기소하는 것이지 감정에 따라 기소할 수 없다. 더구나, 부장님 주재로

부 검사회의를 거쳐 기소 여부를 결정하지 않았던가?

당시 사건평정규정에는 피평정자가 이의신청을 할 수 있다는 규정이 없었다. 더구나, 업무와 관련하여 상급기관에 이의를 제기한다는 것은 상상하기 어려운 시기였다. 검찰 조직만이 그랬던 것이 아니라 사회 분위기 자체가 그러하였다. 그렇지만 이 문제에 대해 정식으로 이의를 제기하기로 마음먹었다. 나의 억울함도 풀어야만 하였다.

사건 내용을 정리하여 대검찰청 감찰부서에 이의신청서를 제출하였다. 벌점을 부과한 사람은 관할 고등검찰청 검사였으나 대검찰청에서 벌점을 관리하므로 고등검찰청 상급기관인 대검찰청에 재평정을 요구한 것이다. 나는 사건을 합리적으로 처리하였다고 주장하였다. 나의 억울함을 절절히 표현하였다.

그렇게 6개월 정도가 지났을까. 대검찰청 담당 검사로부터 연락이 왔다. 내가 주장한 부분에 일리가 있다는 것이다. 그러나, 벌점이 전혀 없도록 하기는 어렵고 1점을 부과하려고 하는데 어떤가 물었다. 경위야 어떻든 피해자가 중상해를 입은 마당에 그 정도 벌점이면 용인하겠다고 하여 수용하였다. 평소 어떤 사건이든 벌점 2점 정도는 각오하고 있던 터였으니. 대검찰청에서도 한번 부여한 벌점을 없애는 것이 쉽지 않았을 것이다. 그렇게 전무후무(前無後無)한 벌점 3점이 1점으로 정정되었다. 짧지 않은 기간 동안 이의제기한 보람이 있었다.

그 후 어느 날, 예전 생각을 하면서 사건평정규정을 보았더니 피

평정자가 이의신청을 할 수 있는 규정이 신설되어 있었다. 내가
이의신청하여 벌점이 정정된 사례도 영향을 미치지 않았을까?

이후에도 나는 벌점을 자주 받았다. 큰 점수는 아니지만 0.5점
부터 2점까지 벌점을 차곡차곡 쌓아 왔다. 신용카드 포인트처럼
쓰려고 적립하는 것도 아니면서 말이다.

이 사건과 관련하여 크게 다친 피해자가 지금은 옛날의 악몽을
딛고 꿋꿋하게 생활하고 있기를 바란다. 내가 업무상으로 잘못을
한 것은 아니지만 왠지 안타깝다는 생각은 지울 수 없다.

● 오! 필승 코리아!

　　A 검사가 초임으로 근무할 당시 2002년 서울에서 월드컵이 열렸다. 우리나라는 브라질, 독일, 터키에 이어 4강이라는 어마어마한 성적을 거두었다. 길거리에는 붉은 악마들이 쏟아져 나와 우리나라 선수들을 응원하였다.

　　"오! 필승 코리아~~~ 오! 오! 오!"

　　그야말로 축제 분위기였다.

　　A 검사가 소속되어 있는 부서에서 회의가 있었다.

　　부장이 검사들에게 물었다. "우리가 응원할 때 왜 '오! 필승 코리아!' 라고 하는지 아는가?"

　　아무도 대답하지 못하였다.

　　곧이어 부장이 말하였다. "우리가 '오! 미스코리아!'라면서 응원하면 이상하잖아."

　　"…."

　　※ 상급자들은 격무로 지친 검사들을 재미있게 해 준다고 가끔 우스갯소리를 한다. 그런데, 결국은 아재 개그로 끝나는 경우가 대부분이다.

나무를 보지 말고 숲을 보라

사람들은 검사에게 거는 기대가 크다. 자신들이 주장하는 내용을 검사가 모두 이해할 것이고 검사가 자신들의 요구를 들어줄 것이라고 생각한다. 검사가 자신들에게 유리한 판단을 해 주기를 기대한다.

그러나, 실상은 그렇지 않다. 보통 사람들보다 탁월한 능력을 가진 검사들도 있을 것이지만, 대부분은 평범한 사람들이다. 검사들이 전지전능한 사람들도 아니다. 사건 내용을 이해하는 데 실수가 있을 수도 있고, 때로는 사실관계 때문에 혹은 증거관계 때문에 눈앞에 있는 범인을 잡지 못할 때도 있다.

"어디 나 한번 잡아 보시오." 하면서 현금인출기에서 당당히 현금을 뽑는 보이스피싱 인출책 '생얼' 영상이 대문짝만하게 찍혀 있어도, 그 사람이 누구인지, 동선이 어떠한지 확인할 수 없다면 체포할 수 없다. 이러한 한계는 수사기관의 사건 처분에 대해 불신을 쌓아 가는 이유가 되기도 한다.

통계(대검찰청, 2022년 10월 20일 자 『업무현황』)에 따르면, 2021년 9월부터 2022년 8월까지 1년 동안 검찰에 접수된 신수 사건은 총 2,180,998명(송치 신수 1,475,361명, 불송치 및 수사중지 신수 618,437명)이었고, 그중 고소나 고발사건은 신수 452,136명으로 약 20.7%를 차지하였으니 고소나 고발사건의 비중이 매우 크다는 것을 알 수 있다. 같은 기간 검찰은 고소나 고발사건 신수 및 구수 포함 444,729명을 처리하였는데 기소한 사건은 111,884명으로 25.1%에 불과하였다. 기소율이 상당히 낮은 편이다. 불기소로 처분된 172,938건 중 고소인이나 고발인이 15,273건에 대해 항고를 하여 항고율은 8.8% 상당으로 분석되었다.

고소나 고발사건에 대한 기소율이 25.1%에 불과한 이유로 고소인이나 고발인은 검사가 편파수사를 하였다거나 피의자와 결탁한 것이 아니냐는 의문을 제기하기도 한다. 검사로서는 개인적인 사건도 아닌데 편파수사를 하거나 결탁할 이유가 없다. 아쉬운 일이다.

경찰에서 기소 의견으로 송치된 사건을 추가 수사하여 피의자의 억울한 누명을 벗겨 주기도 하고, 경찰에서 혐의없음 의견으로 송치된 사건을 추가 수사하여 혐의를 밝혀내기도 한다. 그러나, 상대방이 있는 상당수 사건은 자백이 있지 않은 한 일방의 불만을 사기 일쑤이다.

정상적인 거래를 위장한 피의자로부터 억울한 피해를 당한 피해자들의 한을 풀어 주는 것은 큰 보람이 있는 일이다. 대부분은 피의자가 부인을 하고 서류상으로 흠잡기가 어려워 입증하기도 쉽지 않다. 그러나, 정성을 가지고 수사를 하다 보면 범행의 전체적인 메커니즘을 확인할 수 있다. 나무를 보지 말고 숲을 보라!

2006년 지방에 있는 검찰청에서 근무할 때였다. 고소가 취소되지 않은 사기 사건 한 건을 배당받았다. 사건 내용은 다음과 같았다.

피의자는 건강기능식품 판매업에 종사하고 있었다. 주로 가공된 제품 판매 매장을 운영하면서 주변 사람들로부터 투자금을 교부받았다. 투자금으로 제품을 대규모로 구매하여 판매하였고, 투자자들에게는 정해진 기간에 이자 명목으로 배당금을 지급하였다.

그러나, 어느 시점부터 피해자들에게 배당금을 지급하지 못하였고, 피해자들로부터 투자 원금 반환요청을 받았으나 일부만 지급하였다. 피해자들은 피의자에게 나머지 투자 원금과 배당금을 요구하였으나 피의자는 이 문제를 해결하지 못하였다.

경찰은 피의자가 실제로 제품 판매 사업을 하였고, 상당액의 투자 원금과 배당금을 지급하였으므로 혐의없음 의견으로 송치하였다. 기록상 경찰 의견이 타당한 것으로 보아 수사내용을 원용하면 혐의없음으로 가볍게 처리할 수도 있었다.

그러나, 고소장 기재가 마음에 걸렸다. 피의자가 사실관계와 다른 문서를 이용하여 투자를 요청하였고, 자신 말고도 피의자로부터 사기를 당한 사람이 많은데 투자금을 조금씩 돌려준 후 사태를 무마했다는 것이다. 피의자의 사업이 제대로 이루어지지 않고 있음에도 투자금을 교부받아 다른 사람들의 배당금을 지급하고, 남는 돈은 원금 반환에 이용하는 소위 '돌려막기'를 한다는 것이었다. 당사자들이 주장하는 내용을 가만히 보면 그 안에 답이 있는 경우도 많이 있다.

피의자가 투자금을 받기 위해 위조 등 허위 문서를 이용하였다는 것인가? 제대로 사업을 하지 못하고 투자금을 교부받아 돌려막기를 하였다는 말인가? 피해자가 여러 명이 있다는 말인가?

기록 마지막에 붙어 있는 범죄경력조회서를 보았더니 정말 사기로 고소당한 사건이 여러 건 발견되었다. 어떤 사건은 다른 검사실에 배당되었고 어떤 사건은 경찰에서 수사 중이었다. 또 어떤 사건은 피의자 소재가 불명하다는 이유로 기소중지 처분된 사건도 있었다.

실무관으로 하여금 다른 검사실에 배당된 사건은 우리 검사실로 재배당을 요청하였고 기소중지 처분된 사건은 재기하였다. 경찰에서 수사 중인 사건은 신속히 수사하여 송치하도록 지휘하였다. 통상 검사들 사이에 사건 재배당은 하는 쪽에서는 반길 만한일이다. 내가 배당받은 사건 하나를 옆 검사실에서 가져간다고하면 나는 사건 하나를 그냥 처리하는 것이 된다.

이렇게 6건의 사건을 모았더니 전체 피해액이 100억 원이 넘었다. 사건은 6건에 불과하였으나 수십 명의 실질적 피해자가 존재하였다. 피해액의 일부가 피해자들에게 변제되었다는 이유로 혐의없음 의견으로 송치되었다. 피의자가 이러한 상황을 일부러 연출하여 혐의없음 처분을 받으려고 했던 것이 아닌가 하는 의심이

들기도 하였다.

피해자들이 제기한 의혹을 풀어 나가기로 하였다. 사건 한 건 한 건이 아니라 전체 사업 구조를 분석하기로 하였다. 피의자와 그 가족, 회사 계좌에 대해 압수수색영장을 발부받아 투자금의 사용처를 분석하였다. 피의자가 사업장을 제대로 운영하였는지도 자료를 토대로 검증하였다. 피해자들을 차례로 불러 피의자와 관계, 투자하게 된 경위, 투자금의 정도, 투자금 반환 및 배당금의 정도, 피의자가 제시한 서류의 진위 등을 꼼꼼하게 조사하였다.

다행히 인사이동 때마다 우리 검사실에 베테랑 수사관이 배치되어 내가 별로 할 일이 없을 정도로 알아서 척척 일을 진행해 주었다. 우리는 꼬박 1개월 동안 이 사건에 매달렸다. 마침내 사건의 전말을 확인할 수 있었다.

피의자가 사업을 시작한 초기에는 그럭저럭 먹고살 수 있을 정도의 돈벌이가 되었던 모양이었다. 그러나, 사업의 규모가 확장되면서 더욱 많은 사람들로부터 투자금을 교부받았고, 지급되는 배당금 규모도 커지게 되었다. 피의자는 그만큼 생활에 있어서도 씀씀이가 커지게 되었다. 외형적으로는 번듯한 매장을 운영하고 있고 배당금도 약속된 시점에 지급되니 투자자들도 아무런 의심을 하지 않았다.

그런데, 특정 시점을 계기로 사업이 결정적으로 타격을 입게 되었고 이제는 투자자들에게 배당금도 제대로 지급하지 못하는 상황에 처하게 되었다. 투자자들의 신뢰를 잃게 되자 원금 반환요청이 쇄도하였다. 사업상의 인적 관계를 이용하여 원금 반환을 지연하기도 하였다.

이성적으로 판단하자면 이 상황에서는 더 이상 사업의 성공 가능성이 희박하고 투자자들에게 원금 보장을 하기 어려운 상황이므로 손을 털어야 한다. 그러나, 사업가들은 지난날의 영화(榮華)를 잊지 못하고 찬란한 미래만을 꿈꾸는 우(遇)를 범하고 만다. 피의자도 어떻게 일군 사업인데 하면서 이쯤에서 정리를 할 마음이 전혀 없었다.

투자금을 확보해야 사업도 일으키고 배당금도 지급하고 투자 원금도 반환해 줄 수 있다. 그러나 자금줄이 막혀 버렸다. 주변 사람들로부터는 더 이상 투자금을 받을 수 없는 상황이 되었다. 마침내 무리수를 두게 되었다. 어떤 사람이 거액을 투자할 예정이라는 약정서나, 어떤 사람이 대규모로 인삼 제품을 구매할 것이라는 약정서를 위조하여 평소 안면이 없던 투자자들을 모았던 것이다.

정상적으로 사업을 진행할 수도 없는 상황이었다. 계좌추적 결과 투자받은 돈을 사업에 투자하지도 않았다. 생활비로 지출하고 배당금 지급과 투자 원금 반환을 강력하게 요청하는 기존 투자자들에게 조금씩 나누어 주었다. 지인들로 구성된 초기 투자자들의 입막음용으로 사용한 것이다. 투자금을 교부받아 '돌려막기'를 한 것이 확인되었다.

장래에 원금의 전액 또는 이를 초과하는 금액을 지급하는 것을 약정하면서 투자금을 받는 것은 '유사수신행위'로서 금지되고, 다만 관할관청의 허가나 인가 등이 있어야 가능하다. 타인 명의의 서류를 위조하여 행사하는 것은 범죄이다. 위조 서류를 이용하여 투자금을 교부받는 것도 사기에 해당한다. 물론, 투자금을 향후 돌려줄 의사나 능력이 없음에도 불구하고 교부받았다면 나중에 투자금을 돌려준 것과 무관하게 사기죄가 성립한다. 처음부터 투자금을 가질 생각으로 다른 사람을 속인 것이라면 죄질이 아주 불량한 것이고, 사업을 하다가 자신의 능력이 한계에 봉착하였음에도 무리하게 사업을 하다가 투자금을 돌려주지 못한 것이라면 그만큼 양형에서 참작하면 되는 것이다.

피의자에 대해 사기죄 등을 적용하여 구속영장을 청구하였고 구속영장도 발부되었다. 눈물을 흘리는 피의자가 안쓰럽기도 하였으나 피해자들을 생각해 보면 피의자의 감정에 쏠릴 수도 없는 노릇이었다.

1심과 2심 재판이 끝날 때까지 피의자는 피해자들과 합의를 하지 못하였고, 인정된 편취 금액이 100억 원이 넘었으므로 피의자는 중형 선고를 피할 수 없었다.

피의자가 처음부터 사기를 치려고 투자자들을 끌어모은 것은 아닌 것으로 보였다. 그러나, 사업이라는 것이 어느 한계점에 도달하였고 더 이상의 사업적·금전적 능력이 부족한 것으로 판단되면 과감하게 사업을 정리해야 할 필요가 있다. 아쉽지만 불가피한 일이다. 여기에 집착하게 되면 무리를 하게 되고, 탈법을 하게 되고, 급기야 위법을 하게 된다. 사기죄의 처벌을 피할 수 없게 된다.

안일하게 사건을 처리하였다면 사건의 전말을 파악하지는 못했을 것이다. 사건을 빨리 처리하여 떨어 버리는 것이 편할 수도 있었다. 개개 사건 자체는 혐의없음 의견으로 송치되었고, 같은 의견으로 처리하더라도 피해자들로부터 큰 욕을 먹지는 않았을 것이다.

그러나, 거시적인 관점에서 자금의 흐름을 분석하고 피의자의 추가 범죄혐의를 밝히게 되었다. 나무 한 그루에 매몰될 것이 아니라, 한발 떨어져 나무들이 구성되어 있는 숲을 보려고 하였다. 그 방법이 적중했던 것이다.

피의자에게는 안된 일이지만, 억울하게 투자금을 떼인 피해자들의 눈물을 조금이나마 닦아 줄 수 있어서 다행이었다. 그것이 검사에게 주어진 역할이자 임무가 아니겠는가?

● 홍안(紅顏) 1

   A 검사는 선천적으로 얼굴이 붉은 경우이다. 태어날 때부터 얼굴이 불그스름하였다고 한다. 학교에 다닐 때 친구들은 물론 선생님들도 A 검사에게 술 한잔했느냐고 놀리곤 하였다. 실제로 A 검사는 시골에서 자란 탓에 초등학교 때부터 술을 입에 대긴 했었다. 간단한 레이저 수술을 통해서 뽀얀 얼굴로 변신할 수 있다고 하나 '신체발부 수지부모(身體髮膚 受之父母)'라. 어찌 얼굴에 레이저를 쏠 것인가.

   A 검사가 지방검찰청 강력부에 근무할 때 조직폭력배 두목을 구속하여 조사하게 되었다. A 검사는 그간의 내공을 발휘하여 두목의 숨통을 조였으나 두목은 좀처럼 자백하지 않았다. 상당 시간 침묵이 흐르고 있었다.

   이때 두목이 조심스레 말을 꺼냈다.

   "검사님, 죄송한데… 혹시 하나 여쭈어봐도 되겠습니까?"

   '그럼 그렇지. 더 버틸 수 있겠어? 드디어 자백을 하는구나!'

   A 검사는 내심 흐뭇한 승자의 미소를 띠며 말해 보라고 하였다.

   두목이 말하였다. "검사님, 얼굴이 왜 빨개요???"

   A 검사는 심히 당황하였다. "태어날 때부터 원래 빨갰어요. 원래!!!"

※ 자백은 하지 않고 엉뚱한 소리를 하다니…. 두목은 A 검사 얼굴이 빨간 것이 왜 궁금하였을까? 그때 물어볼 것을 그랬나….

74

마약과의 전쟁

검찰청 강력부(강력범죄수사부)에서는 주로 두 가지의 업무를 수행한다. 하나는 조직폭력 사건 수사이고 다른 하나는 마약 사건 수사이다. 인지부서이므로 자체 첩보를 가지고 수사를 한다. 독자적인 수사를 담당하므로 보람도 있어, 검사들 사이에 인기가 많다.

규모가 큰 검찰청 강력부에는 '조폭 검사'와 '마약 검사'로 나누어 보직을 정한다. 조폭 검사는 범죄단체 가입으로 처벌을 받은 전력이 있는 조직폭력 사건을 주 대상으로 한다. 마약 검사는 필로폰이나 대마 등 마약 사건을 대상으로 한다. 규모가 작은 검찰청에서는 형사부 검사가 조직폭력 사건과 마약 사건을 담당하기도 한다.

법률상으로는 마약류라고 하면 마약, 향정신성의약품, 대마를 포함하는 개념이다. 마약에는 양귀비와 아편, 코카인이 포함되어 있고, 향정신성의약품에는 메스암페타민 즉, 필로폰이 포함되어 있다.

종래 대마초 흡연에 대해 위헌 여부가 논쟁이 되기도 하였다. 2004년 유명한 여배우는 외국의 사례를 들어 대마초 흡연을 처벌하는 마약 관련 법률이 헌법에 위반되었다고 주장하면서 헌법소원을 제기한 적이 있었다. 당시 나는 여배우가 기소되었던 사건의 항소심 재판에 관여하면서 여배우의 주장을 청취할 기회가 있었다.

2005년 11월 헌법재판소는 대마초를 흡연한 행위를 처벌하는 것이 헌법상의 행복추구권이나 평등권, 과잉처벌금지의 원칙에 위배되지 않는다고 결정(2005헌바46)하였다. 헌법재판소의 결정에 따라 대법원은 여배우에 대하여 유죄 판결을 선고하였고, 현재까지 대마초 흡연에 대한 처벌은 헌법에 위배되지 않는 것으로 해석되고 있다.

마약 사범 중 가장 심각한 것은 필로폰 유통 및 투약이다.

필로폰은 매우 강력한 중추신경 흥분제로서 각성작용을 일으키는 합성 화합물질이다. 성분명은 메스암페타민이고 투여 시 졸음과 피로감이 사라지며 육체적 활동이 증가하고 쾌감이나 행복감을 느끼는 것으로 알려져 있다. 그러나, 의료 목적 이외 오남용 시 심각한 의존성이 생겨 중독에 이르게 되고, 투약 중단 시 금단현상이 유발되어 정상적인 생활을 할 수가 없게 된다. 상태가 심

한 경우 호흡억제 및 혼수상태 등으로 사망에 이를 수도 있다. 실제로 다량의 필로폰을 투약하여 사망한 경우도 있었다.

마약 사범들은 육체적으로나 정신적으로 피폐해진다. 육체적으로는 몸의 뼈가 녹아내린다고 한다. 체포할 때도 강한 완력을 사용할 경우 뼈가 쉽게 부러진다는 말을 들었다. 실제로 상습 투약 사범들의 치아가 누렇게 녹아내린 것을 자주 목격하였다.

마약 사범들은 정신적으로도 아주 나약한 상태로 가벼운 유혹에도 쉽게 넘어가는 경향이 있다. 강한 중독성과 금단현상으로 말미암아 자신을 통제할 수 있는 능력을 잃어버린 상태가 된다. 마약을 구입하기 위해 다른 범죄를 저지르기도 한다. 판매자의 노예가 된 사람들도 목격하였다. 범행이 적발되더라도 수사기관에 거짓말을 하는 경우도 자주 있으므로 관련 증거를 철저히 확인하여야 한다.

나는 2004년 수도권에 있는 검찰청 강력부에서 조직폭력 사건을 담당하였다. 이때에는 마약 사건은 담당하지 않았다. 그러다가, 2006년부터 2년 동안은 지방에 있는 검찰청 형사부에 근무하면서 조직폭력과 마약 사건을 함께 담당하였다. 처음으로 '마약을 하게(?)' 된 것이다.

비록 2년의 기간이지만 '마약과의 전쟁'을 치르면서 기억에 남을 만한 사건도 많았다.

한번은 마약 사범이 필로폰 100g을 3만 달러에 판매한다는 첩보를 입수하였다. 필로폰 1회 투약량을 0.03g~0.05g로 산정하므로 100g은 엄청난 양이었다. 우리는 즉시 수사에 착수하였다.

그러나, 3만 달러가 문제였다. 대검찰청 마약과로부터 3,000만 원을 공작금으로 지원받았다. 말로만 듣던 007가방에 3,000만 원은 아니더라도 실제로 현금을 어느 정도 넣었다. 상대방이 현금을 보아야 거래를 시도할 것이기 때문이다.

그런데, 현금만 빼앗긴 채 물건을 손에 넣지 못하거나 용의자를 놓칠 경우에는 더 낭패가 된다. 실제로 어떤 검찰청에서는 현금을 빼앗겼다가 다시 찾았다는 소문도 있었다. 지방경찰청에 총기 협조를 요청하여 권총을 소지한 경찰관 1명을 파견받았다.

드디어 접선 날짜가 되었다. 우리 쪽은 물건 매매를 알선하는 1명과 물건 매수자 1명으로 구성하였다. 물건을 매수하는 역할은 경찰관이 담당하였는데, 잘 보이지 않는 가는 선으로 007가방을 경찰관 허리띠에 연결하였다. 현금을 빼앗길 비상시를 대비한 것이다.

상대방은 갑자기 접선 장소를 변경하였다. 마약을 다루는 사람들은 자신 사건에서 정상참작을 받기 위해 다른 사람을 밀고하는 경우가 많다. 우리 측에서 진정하게 물건을 살 의도가 있는지, 수사기관과 연관되어 있는 것이 아닌지 살펴보는 것이다. 최대한 의심을 사지 말아야 한다. 그렇게 두어 번 접선 장소를 변경하였다.

드디어 상대방이 모습을 드러냈다. 다행히 1명이었다. 우리 측 숫자가 더 많기 때문에 상대방의 의심을 최대한 줄이는 것이 관건이었다. 상대방이 바로 물건이 여기 있다고 내놓을 리는 만무하였다. 우리의 돈을 확인하고 의심점이 없어야 물건을 건네거나 물건이 있는 장소를 알려 줄 것이다. 우리도 물건을 확인해야 돈을 건네줄 것이다. 상호 신뢰(?)를 바탕으로 이른바 '동시이행(同時履行)'이 원칙이다.

상대방은 우리 측의 현금을 확인하고 물건이 있는 장소를 알려 주었다. 우리도 놀이터 옆 쓰레기통에 들어 있던 물건을 꺼내어 나름 확인하였다. 육안상으로는 진품으로 보였다. 이제 동시이행이 필요하다. 물건이 우리 손으로 이동하고 007가방이 상대방 손에 들어가는 순간 상대방을 체포하였다. 이렇게 깔끔하게 상황은 끝났다.

피의자를 조사하였다. 피의자는 부인할 여지가 없었다. 그런데, 문제는 물건이 진품인지 아닌지였다. 즉시 감정을 보내 실제 필로폰인지 확인하였다. 그런데 이게 웬일인가! 진품이 아니라 가짜였다.

피의자에게도 마약 전과가 있었다. 그러나, 이번 건은 중간 마약상을 속여서 사기를 위해 꾸민 일이란다. 피의자는 진품이 아니라 소화제, 소금, 설탕을 섞어서 잘게 갈아 진짜 필로폰 같이 만들었다는 것이다. 전문적인 마약 수사관들도 육안상으로는 진품인 것으로 판단하였으나 성분 분석 결과는 냉혹하였다.

영화에서는 손으로 필로폰을 찍어서 맛을 보고 진품이라고 말하는 장면이 나온다. 현실에서는 그만큼 찍어 먹으면 제정신이 아니게 된다. 맛을 보다가 정말로 맛이 갈 수도 있다. 영화는 영화일 뿐이다.

피의자에게는 마약 관련 법률로 의율하지 못하고 사기죄로 의

율하여 구속하였다. 대검찰청으로부터 공작금까지 받아서 작업
했는데 필로폰은 압수하지 못하고 잡범을 잡다니 머쓱하였다.

첩보 내용은 사실과 다른 경우도 있었으나 어떤 경우에는 사실
과 정확히 일치하는 경우도 있었다.

위 사건으로 망신을 당한 어느 날 다른 마약 사건 첩보가 입수
되었다. 우리나라 마약상이 중국에서 김해공항으로 대량의 필로
폰을 밀반입한다는 것이었다. 그 양도 무려 2kg이나! 그 정도의
양이면 어마어마한 사람들이 투약할 수 있는 분량이었다.

마약 수사관들이 김해공항으로 출동하였고, 공항과 세관 직원
들의 협조로 미리 용의자의 신상 및 비행기 탑승 자료를 확보하
였다. 공항 검색대 앞에서 용의자가 검색대를 통과하기를 기다리
고 있었다.

드디어 용의자가 검색대를 무사히(?) 통과하였고, 세관 직원들
의 협조하에 용의자를 체포하였다. 용의자는 오른쪽과 왼쪽 종
아리에 필로폰 1kg씩을 담은 봉지를 붙인 후 테이프로 칭칭 감은
상태였다.

우리가 압수한 필로폰은 엄청난 양이었다. 만약에 우리가 압수
하지 못한 채 2kg이나 되는 필로폰이 시중에 풀렸을 경우를 상상
해 보라. 얼마나 많은 중독자들이 발생할 것이며, 필로폰 매매나
투약과 관련하여 얼마나 많은 추가 범죄가 발생할 것인가? 생각
만 해도 아찔하였다.

이렇게 2년 동안 '마약 검사'가 되었다. 검사들끼리 대화하면서 "박 검사, 요즘도 '마약' 하는가?"라는 말을 듣게 된다. 순간 주변에 있던 일반인들의 놀란 모습을 보고 우리도 움찔하기도 하였다. '요즘은 검사도 마약을 하는가 보다'라고 오해하는 사람이 없길 바란다.

이후, 내가 차장검사로 근무하던 부산지검에서는 2021년 7월 6일 멕시코에서 밀수된 필로폰 404.23kg을 압수하였다. 필로폰 1회 투약분을 0.03g, 10만 원으로 계산하면 필로폰 404.23kg은 소매가가 1조 3,000억 원에 이른다. 어마어마한 양이다. 종전 필로폰 최대 1회 밀수량은 2018년에 밀수된 112kg이었으니, 우리가 단군 이래 최대의 필로폰을 압수한 것이다.

범인들은 2019년 12월부터 2020년 7월경까지 총 2회에 걸쳐 멕시코로부터 필로폰 902kg을 우리나라로 밀수입하였다. 그중에서 498kg은 이미 호주로 밀수출한 상태였고, 국내에 잔존한 필로폰을 검찰에서 국정원, 세관과 공조하여 압수한 것이다.

범인들은 항공기 감속장치로 사용되는 헬리컬기어에 필로폰을 숨겨 들여왔다. 헬리컬기어가 워낙 큰 부품이고 철로 만들어져 있다 보니 그 속에 숨겨진 필로폰이 검역 과정에서 적발되지 않았다. 정밀 기계를 이용하여 헬리컬기어를 절단하자 그 안에 필로폰이 교묘하게 숨겨져 있었다.

우리는 국내에 있던 밀수출 조직원을 먼저 구속한 후 증거를 수집하여 기소하였다. 1심에서 징역 15년이 선고되었고, 추가 건으로 징역 5년이 더 선고되었다. 최종적으로 징역 17년이 확정되었다. 베트남에 있던 상선에 대해서는 법무부와 국정원의 지원하에 범죄인 인도 청구 등 형사사법 공조를 거쳐 국내로 송환하였다. 구속한 후 기소하여 1심에서 징역 30년이 선고되었다. 2023년 6월 29일 위 형은 대법원에서 그대로 확정되었다. 국내에서 마약 사범에게 내려진 사상 최대의 형량이었다. 대단한 성과가 아닐 수 없다.

이어서 부산지검에서는 2021년 10월 28일 페루에서 밀수된 코카인 400.41kg을 압수하였다. 코카인 400.41kg은 도매가로 1,401억 원에 이른다. 이 역시 어마어마한 양이다. 종전 코카인 최대 1회 밀수량은 2019년에 밀수된 101kg이었으니, 이 역시 우리가 단군 이래 최대의 코카인도 압수한 것이다.

코카인은 2021년 9월 20일경 페루에서 출발하여 에콰도르, 과테말라, 멕시코, 일본을 경유하여 2021년 10월 24일 우리나라 부산항으로 도착한 화물선의 컨테이너 안에서 발견되었다. 코카인은 아보카도가 든 박스와 함께 적재되어 있었다.

우리는 아보카도 수입업자 등 관련자 조사, 수입 및 입출항 경로, 컨테이너 적재 경위 등에 대해 수사하였으나, 국내에서 이 사건 코카인 밀반입에 관여한 인물이나 자료는 확인되지 않았다. 국내에서 밀반입에 관련한 인물이나 자료가 없고, 코카인의 실제 목적지가 우리나라가 아니었을 가능성이 높은 점을 고려하여, 더 이상 수사의 실익이 없어 수사를 종료하였다.

압수한 코카인은 향후 수사를 재개할 가능성이 희박하고

400kg 이상의 대량으로, 국내 유통될 경우 위험성이 매우 높은 점 등을 고려하여 2021년 11월 19일 신속히 전량을 폐기하였다.

검찰이나 경찰은 우리나라를 마약 청정국(淸淨國)으로 만들기 위해 오늘도 최선을 다하고 있다. 그러나, 우리가 모르는 사이에 엄청난 양의 마약이 우리나라 영토, 우리 국민들을 도사리고 있다. 수사기관뿐만 아니라 일반인들도 경각심을 가져야 할 것이다. 우리나라가 마약 청정국의 지위를 다시 회복할 수 있도록 온 국민이 합심해야 할 것이다. 마약의 유통 및 소비를 뿌리 뽑아야 한다. 마약 사범에 대해서는 법이 허용하는 최고 한도로 엄벌함과 동시에, 효율적으로 치료하는 시스템도 마련해야 한다.

앞으로도 '마약과의 전쟁'은 강력하게 계속될 것이다. 쭉~~

● 홍안(紅顔) 2

　　A 검사가 지방검찰청에 근무할 때였다. 검찰청에는 검찰의 결정에 불만을 품은 사람들이 자주 방문한다. 때로는 읍소를 하기도 하고 때로는 행패를 부리기도 한다. 어떤 사람들은 괜한 일로 꼬투리를 잡기도 한다.

　　A 검사가 어느 날 점심을 먹고 청사 복도를 들어서는데 술 냄새가 진동하였다. 저 멀리 민원인이 소파에 비스듬히 앉아 있는데, 멀리서 보아도 낮술을 한 것처럼 보였다.

　　A 검사와 민원인의 거리가 가까워지자, 민원인이 A 검사를 뚫어져라 쳐다보더니 한마디 던졌다.

　　"어이, 거 얼굴이 불그스름하니, 또 어디서 한잔했구만! 허허."

　　A 검사는 그냥 지나치려다 혹시 꼬투리가 잡힐까 싶어 발끈하며 대꾸하였다.

　　"저 술 안 먹었거든요! 태어날 때부터 원래 빨갰어요. 원래!!!"

※ 괜히 꼬투리가 잡히면 나중에 무고함이 확인되더라도 그 과정이 상당히 피곤하고 때로는 괴로울 수 있다. 조기에 선빵을 날려 진화하는 것이 최선이다.

범인식별절차, 같은 듯 다른 듯

우리 형사사법 체계에서도 '무죄추정(無罪推定)의 원칙'이 자리하고 있다. 최종적으로 유죄라고 선고받기 전까지는 무죄로 추정된다는 것이다. 유죄로 선고받기 위해서는 판사의 합리적 의심(合理的 疑心)을 배제할 정도로 공소사실을 입증하여야 한다. 피고인이 범죄 일시 및 장소에서 범죄행위를 하였다는 점을 엄격하게 증명하여야 한다.

검찰 단계에서 피의자의 범죄혐의를 밝히기 어렵다고 판단될 경우 혐의없음 처분을 하여야 한다. 검사가 보기에는 '분명히 범인이다'라는 심증이 들더라도 판사를 설득할 정도의 증거가 없으면 기소할 수 없다. 피해자의 피해 상황에 이끌려, 인정에 이끌려 기소해서도 안 된다. 오로지 증거에 따라 판단해야 한다. 그것이 직무상 양심이다.

통계(『2022 사법연감』 자료)에 따르면, 2021년 1심 법원에서는 총 233,490명을 선고하였고, 그중에서 무죄는 7,090명으로 전체 인원의 3%에 불과하였다. 무죄율이 낮은 이유는 검사와 판사가 '짬짜미'로 기소하여 선고하는 것이 아니라 검찰 단계에서 무죄가 선고될 만한 사건은 기소하지 않았기 때문이다.

법원에서 무죄를 선고하는 이유는 다양하다. 검사가 명백히 잘못 기소한 경우는 극소수에 불과하고 대부분은 유죄를 선고하기에 증거가 부족하거나 제출된 증거에 담겨 있는 내용을 믿을 수 없다는 이유에서다. 무죄를 선고받는 이유 중 수사기관에서 '범인식별절차'를 제대로 거치지 않았다는 점을 간혹 들기도 한다.

여성인 피해자가 어두운 밤에 골목길에서 가방을 날치기를 당했다고 가정하자. 범인과 피해자는 가방을 사이에 두고 실랑이를 벌이다가 결국 범인이 돈이 든 가방을 낚아채어 달아났다. 나중에 다른 사건 관련 피의자가 검거되었는데 피해자 명의의 신용카드를 가지고 있었다. 피의자는 길거리에서 신용카드를 주웠다고 하면서 피해자의 가방을 날치기 한 사실이 없다고 주장하였다. 수사기관에 출석한 피해자는 피의자를 보자마자 날치기한 범인이 맞다고 진술하였다.

피의자가 날치기로 기소된 후 피해자는 증인으로 출석하여, 변호인으로부터 피고인석에 앉아 있는 사람이 범인인지를 추궁당하게 된다. 당시 범인의 키가 어느 정도인지, 몸무게는 어느 정도로 보였는지, 머리카락은 길었는지 짧았는지, 범인이 안경은 착용하였는지, 티셔츠 차림인지 점퍼 차림인지 등등.

피해자는 법정이 처음이라 어안이 벙벙한 데다가 쏟아지는 질문 세례를 받고는 그만 넉다운이 되고 만다. 변호인의 유도신문에 '예, 예'를 연발하게 된다. 거기에 함정이 있다는 것은 생각하지도 않고 말이다.

황당한 사건을 당한 피해자가 범인을 제대로 집어내기는 쉽지 않다. 피해자는 당시 범인이 자신보다 키가 훨씬 컸으므로 180cm는 넘을 것이고 몸무게도 80kg은 넘을 것이라고 진술한다. 변호인은 피고인에게 잠깐 일어나 볼 것을 권유한다. 피고인이 일어나니 키가 170cm도 되지 않고 몸이 호리호리하다. 몸무게가 60kg 언저리를 왔다 갔다 한다고 진술한다. 게임 아웃이다!

바로 '범인식별절차'가 제대로 이루어지지 않았기 때문에 무죄를 피할 수 없다. 평소에 알고 있던 사람이 범인이라면 특별히 이런 절차가 필요하지 않을 것이나, 낯선 사람이라면 이 절차는 필수적이다. 미국 드라마를 보면 범인으로 지목된 용의자를 포함하여 여러 사람을 세워 놓고 피해자로 하여금 누가 범인인지를 지목하도록 하는 장면을 본 적이 있을 것이다. 바로 '범인식별절차'를 거치는 것이다.

우리나라의 판례(대법원 2007도5201호)도, "용의자의 인상착의 등에 의한 범인식별절차에서 용의자 한 사람을 단독으로 목격자와 대질시키거나 용의자의 사진 한 장만을 목격자에게 제시하여 범인 여부를 확인하게 하는 것은 사람의 기억력의 한계 및 부정확성과 구체적인 상황하에서 용의자나 그 사진상의 인물이 범인으로 의심받고 있다는 무의식적 암시를 목격자에게 줄 수 있는

가능성으로 인하여, 그러한 방식에 의한 범인식별절차에서의 목격자의 진술은, 그 용의자가 종전에 피해자와 안면이 있는 사람이라든가 피해자의 진술 외에도 그 용의자를 범인으로 의심할 만한 다른 정황이 존재한다든가 하는 등의 부가적인 사정이 없는 한 그 신빙성이 낮다고 보아야 한다."고 한다.

따라서, "범인식별절차에 있어 목격자의 진술의 신빙성을 높게 평가할 수 있게 하려면, 범인의 인상착의 등에 관한 목격자의 진술 내지 묘사를 사전에 상세히 기록화한 다음, 용의자를 포함하여 그와 인상착의가 비슷한 여러 사람을 동시에 목격자와 대면시켜 범인을 지목하도록 하여야 하고, 용의자와 목격자 및 비교 대상자들이 상호 사전에 접촉하지 못하도록 하여야 하며, 사후에 증거가치를 평가할 수 있도록 대질 과정과 결과를 문자와 사진 등으로 서면화하는 등의 조치를 취하여야 하고, 사진 제시에 의한 범인식별절차에 있어서도 기본적으로 이러한 원칙에 따라야 한다."고 판단하였다.

나도 수사단계에서 범인식별절차와 관련한 황당한 경우를 겪은 적이 있었다. 2007년 지방에 있는 검찰청에서 근무할 때였다.

당시 전국적으로 게임장에서 사행성 게임기를 이용하여 도박을 하게 하거나, 피시방에서 사행성 도박 프로그램을 제공하는 행위를 엄단하고 있을 때였다. 우리 검사실이 주무 검사실이었다.

어느 날 경찰에서 송치된 게임장 사건을 수사하던 중 업주가 소위 '딜(deal)'을 시도해 왔다. 자신이 고급 정보를 줄 테니 선처해 달라는 취지였다. 사건 조작이 아니다. 게임장이나 피시방보다는 위 단계인 유통업자의 책임이 중하고, 위 단계인 개발업자나 총본사의 책임이 더 중하다. 생계형 불법을 자행하는 민초(民草)들을 엄단하는 것보다 위 단계에 있는 거악(巨惡)을 뿌리 뽑는 것이 훨씬 중요하다.

게임장 업주의 진술은 이러하였다. 사행성 게임장을 운영하는 것에 대해 지인인 경찰관이 뒤를 봐주고 있다고 하였다. 경찰관이 근무시간 중에 모자를 푹 눌러쓰고 게임장에 와서 게임을 하기도 하였고, 자신이 보호비 명목으로 수백만 원씩 주었다고도 하였다. 그 경찰관과 많은 대화는 하지 않았고 사적인 친분은 없었으나 관할 경찰서에 근무하고 있었고 예전부터 알고 지내는 사이라고 하였다.

경찰서 배치표를 보니 경찰서 게임장 단속 부서에 그 경찰관이 실제로 근무하고 있었다. 사진을 출력하여 보여 주니 바로 그 경찰관이 맞다고 진술하였다. 게임장 업주의 진술이 신빙성이 있었다. 바로 게임장 업주를 상대로 참고인 진술조서를 받았다. 돈을 준 일시와 장소도 구체적으로 적시하고, 지도까지 첨부하여 기록을 제조하였다.

경찰관들은 일선에서 수사해 온 사람들이다. 산전수전을 다 겪은 베테랑들이다. 이들도 사람이고 지역사회에 깊이 발을 디디고 있다 보니 범죄에 오염될 가능성이 농후하다. 경찰관들을 수사하려면 충분한 증거가 있어야 하고 그렇지 않다면 애초에 포기하는 것이 낫다.

드디어, 경찰관을 소환하였다. 우선 참고인 진술조서를 작성하였다. 경찰관은 전면 부인하였다. 업주가 해당 장소에서 게임장을 운영하고 있다는 것은 알고 있으나 일면식도 없다는 것이다. 게임장에서 게임을 한 적이 없을 뿐만 아니라 돈을 받은 적은 더더욱 없다고 펄펄 뛰었다. 이미 업주의 진술을 충분히 받아 둔 터라 경찰관이 뭐라고 진술하든 그대로 받아 주었다. 우리가 칼을 쥐고 있다고 생각하였다.

조사가 끝난 후 경찰관은 곰곰이 생각하더니 혹시 게임장에 가서 게임을 하였다는 사람이 같은 동네에 살고 있는 자신의 학교 동창생이 아닐까 생각한다는 말을 하였다. 자신과 상당히 닮아서 학창시절에는 쌍둥이로 불리기도 했다는 말도 덧붙였다.

다음번에는 경찰관과 업주를 대질조사 하기로 하였다. 경찰관의 진술도 있으니 친구라는 사람도 시간이 되면 함께 출석할 것을 요청하였다. 업주가 경찰관을 확실히 안다고 하니 아무리 닮았다고 하더라고 경찰관을 몰라볼 수 있을까?

드디어 대질조사를 약속한 날이 되었다. 업주가 먼저 와서 면담하였다. 경찰관이 자신과 닮은 친구의 짓이 아닐까 하는 말을 한 적이 있다고 알려 주었더니 업주는 펄펄 뛰었다. 몇 년을 알던 사이인데 자신이 경찰관을 몰라볼 리가 없다는 것이었다. 걱정하지 말라고 우리를 안심시키기까지 하였다.

복도에서 또각또각 구둣발 소리가 들렸다. 직감적으로 경찰관과 그 친구가 오는 발소리라는 것을 알 수 있었다. 검사실 입구에서 인사하는 소리가 들려 고개를 들었다. 두 사람이 검사실을 들어왔다.

이런! 쌍둥이가 들어오고 있는 것이 아닌가!

두 사람이 작정을 하고 출석하였다. 키와 몸맵시가 비슷하였다. 머리카락을 똑같은 스타일로 깎았다. 양복을 똑같은 색으로 맞추어 입고 심지어 구두까지 똑같은 것으로 장만하였다. '어? 이게 아닌데!' 순간 수사관을 바라보았는데 수사관도 나를 바라보았다. 누가 경찰관이고 누가 친구인지 알 수가 없었다. 나에게 말을 걸고 있는 사람이 경찰관이리라. 머리가 어지러워졌다.

불길한 예감이 들었지만 우리는 범인식별절차를 거치기로 하였다. 경찰관과 친구, 옆방의 수사관 수 명을 포함하였다. 절차에 들어가기 전 업주에게 경찰관과 그 친구라는 사람이 정말로 닮았다는 말을 해 주었지만, 업주는 경찰관을 알아볼 수 있다고 자신만만하였다.

드디어 반투명 유리판이 설치된 방실 밖에서 업주로 하여금 누가 경찰관인지를 지목하게 하였다. 순간 업주도 그 자리에 얼어붙고 말았다. 옆방의 수사관들은 쉽게 배제할 수 있었다. 남은 것은 2명이다. 하나는 경찰관이고 하나는 그 친구이다. 확률은 50%, 반반이다!

오랜 고심 끝에 업주가 경찰관이라는 사람을 지목하였다. 누구를 지목하였을까? 바로 경찰관이 아니라 그 친구라는 사람을 지목하였다!

업주를 불러 진술을 들어 보았다. 자신이 경찰관이라고 하는 사람에게 무료로 게임을 하도록 하고 보호비 명목으로 돈도 준 것은 사실이라고 하였다. 그 진술을 믿어 달라는 것이다. 그러면서 되레 우리에게 하소연하였다. "어떻게 사람이 저렇게 닮을 수가 있습니까?"

범인식별절차를 통과하지 못한 우리는 머지않아 사건을 종결하였다. 이미 엎질러진 물이므로 쓸어 담을 수도 없는 노릇이었다. 인생에 연습이 없듯이 수사 과정에도 연습이 없다. 치명적 절차 과오는 회복하기가 쉽지 않다. 통화 내역 등 달리 특별한 증거를 발견할 수 없었다. 친구라는 사람은 업주가 운영하던 게임장에 모자를 쓰고 가서 게임을 한 적이 있으나 공짜 게임은 아니었다고 주장하였다. 업주에 경찰이라고 말한 적도 없고 돈을 받은 사실도 없다고 주장하였다.

이렇게 나는 범인식별절차를 통해 호된 경험을 하였다. 지금 생각해 보아도 업주가 거짓말을 하는 것 같지는 않았다. 위기에 처한 경찰관과 그 친구가 연기를 잘하였고 업주가 거기에 넘어간 것이 아닌가 하는 의심을 지울 수가 없다. 물론, 경찰관이 억울하게 누명을 쓸 뻔했던 것에 대해, 우리가 범인식별절차를 통해 억울함을 구제해 주었을 가능성도 완전히 배제할 수는 없는 일이다.

● '당황'과 '황당'

    지방검찰청에서 근무하던 A 검사가 용인에 있는 법무연수원에 입소하여 교육을 받기 위해 수원 톨게이트를 통과하고 있었다. 그날따라 차량이 정체되어 톨게이트에는 긴 줄이 늘어서 있었고, A 검사도 속도를 줄이면서 긴 줄을 따라가려는데 갑자기 오른쪽에서 티코 1대가 끼어들었다.

    가벼운 접촉사고의 순간을 모면한 A 검사는 화가 나서 경음기를 세게 울렸고, 티코도 놀란 듯 멈춰섰다. A 검사는 티코에게 뭐라도 한마디 해주고 싶어 오른쪽 조수석 창문을 천천히 내렸다. 티코의 운전석과 뒤편 창문도 동시에 스르르 내려가고 있었다. 순간, A 검사는 티코에 타고 있던 깍두기 머리 4개를 발견하였다!

    A 검사는 엉뚱하게 소리치고 말았다.

    "왜요?!!!"

    깍두기 머리 4개는 서로의 얼굴을 보더니 고개를 갸우뚱한 채 아무 말도 못 하고 이내 창문을 닫았다.

    ※ A 검사는 깍두기 머리 4개를 보고 '당황'하였던 것이고, 깍두기 머리 4개는 욕설이 나오리라고 생각했던 상황에서 도리어 물음이 나오니 '황당'하게 느꼈을 것이다.

외국으로 도망하였는데
도주 우려 없다?

혹시 '바다이야기 사건'을 알고 있는가? '바다이야기'는 국산 아케이드 게임(arcade game)의 한 종류인데, 처음으로 모습을 드러낸 것은 아케이드 시장이 침체에 빠져 있던 2004년 말이었다.

손님들이 게임기에 1만 원을 넣고 시작 버튼을 누르면 자동으로 게임이 진행된다. 게임기 화면에 잠수함, 상어, 고래, 가오리, 해파리 등이 나오면 정해진 점수를 획득하는 방식이다. 바다에서 볼 수 있는 잠수함이나 물고기 등이 출현하므로 '바다이야기'라는 명칭을 얻었다.

이러한 게임기는 대부분 등급분류를 받지 않고 유통되거나, 등급분류를 받았다고 하더라도 전문가에 의해 교묘하게 프로그램이 변경되어 사행성(射倖性)을 조장하였다. 입증하기도 어려웠다.

손님들이 게임을 한 후에는 남은 점수에서 일정한 비율의 수수료를 공제한 후 현금으로 환전해 주었다. 현금 환전이 불법이었으므로 게임장 업주들은 시시티브이와 이중 철문을 설치하고 단골 고객만을 받아 영업하는 것이 일반적이었다. 게임이 끝난 후 현금이 아닌 상품권이 배출되도록 한 후 게임장이나 인근 환전소에서 상품권을 현금으로 환전해 주는 방식이 이용되기도 하였다. 위험 부담을 줄이려고 한 것이다. 현금으로 바로 환전해 주는 것이나 상품권이라는 우회적인 방법을 통해 환전해 주는 것이나 불법인 것은 마찬가지였다.

사행성 게임은 사람들에게 대박이 터질 수 있다는 환상을 심어주어 게임을 그만두지 못하게 하는 중독성을 만들어 냈다. 수많은 사람들로 하여금 일확천금을 노리고 자신들이 평생 모은 재산을 탕진하도록 만들었다. 사회적으로도 노동을 통해 정당한 대가를 얻는다는 건전한 근로의식을 저해하여 큰 파장을 일으켰다.

수사기관에서는 2005년경부터 바다이야기를 비롯한 사행성 게임을 대대적으로 단속하였다. 정부 차원에서도 사행성 게임 척결에 매진하였으나 급속도로 전파되는 사행 심리를 막을 수는 없었다.

2006년부터는 인터넷을 이용한 고스톱 등 도박 프로그램이 생겨나 불난 집에 부채질을 하였다. 전국의 엄청난 피시방에서 합법성을 가장하여 '고스톱'이나 '포커' 등 도박 프로그램을 설치하여 제공하였다. 손님들이 현금을 지급하고 게임을 한 후 남은 점수에 대해서는 현금으로 반환을 받거나 계좌로 송금받기도 하였다.

종래 사행성 게임기를 이용하다가 게임기를 몰수당하면 경제적

타격이 막대하였다. 이제는 합법적인 피시방을 가장하여 도박 프로그램을 제공함으로써 법망을 피해 가는 것이 상대적으로 용이하였다. 전국적으로 사행성 피시방이 우후죽순처럼 번져 나갔다.

사행성 도박 프로그램을 제공하는 방식은 매우 조직적이었다. 도박 및 정산 프로그램을 개발하여 서버를 유지 및 관리하면서 이익을 배분하는 '총본사', 총본사로부터 각 지역을 할당받아 총판 및 지점을 모집·관리하는 '소본사', 각 지점을 모집하여 관리하는 '총판', 피시방 가맹점인 '지점'으로 구성되어 있다.

2011년에는 사행성 도박 프로그램을 제공했던 일당들이 불법 수익금 110억 원을 마늘밭에 묻어 두었던 것이 발각되어 언론에 보도되기도 하였다. 2008년부터 얻은 수익을 현금으로 마련하여 2010년에 마늘밭에 묻어 두었던 것이라고 하였다. 그 정도로 수익이 막대하였다.

사행성 사업 관계자들은 대부분 '대포폰'과 '대포통장'을 사용하고, 도박 프로그램을 제공하는 서버는 외국에 있어 추적이 쉽지 않았다. 1개의 피시방을 단속하여 사행성 도박 프로그램을 제공하였다는 점을 입증하더라도 총판, 소본사, 총본사까지 치고 올라가기가 쉽지 않았다. 사건관계자의 인적사항을 파악하기가 어려웠고, 말단의 피시방만 단속해 보았자 큰 효과를 보기도 어려웠다.

2006년경 지방에 있는 검찰청에서 근무하고 있을 때였다. 나는 조직폭력 사건과 마약 사건을 전담하고 있었다. 시대적 요청에 따라 사행성 도박 프로그램에 대한 수사도 진행하였다. 눈코 뜰 새 없이 바쁜 나날을 보냈다.

당시는 사행성 피시방 엄단에 대한 국민적 요구에 따라 업주가 단 1일만 운영하였다고 주장하더라도 구속영장이 발부되던 때였다. 엄한 처벌 없이는 발본색원(拔本塞源)이 불가능하였기 때문이다.

그럼에도 불구하고 내가 근무하는 지역의 지방법원 영장전담 판사는 구속영장을 발부하는 데 상당히 소극적이었다. 사건 내용이나 다른 지역의 사례에 비추어 당연히 구속영장을 발부하여야 함에도 여러 가지 이유로 구속영장을 기각하는 사례가 발생하기도 하였다.

나는 사행성 도박사건과 관련된 사건은 이례적으로 구속영장을 세 번씩 청구하였다. 두 번째 청구나 세 번째 청구 시 구속영장이 발부되는 경우도 많이 있었다. 첫 번째 청구, 두 번째 청구, 세 번째 청구 시 구속영장이 발부되는 비율을 통계로 산출해 보기도 하였다. 영장전담 판사가 아닌 다른 판사가 바로 잡는 경우가 많았다.

그러던 중, 사행성 도박 프로그램을 제공한 사건에 대해 법원과 충돌이 있었다. 영장전담 판사와 그 이후 영장을 담당한 판사들이 상식에 부합하지 않는 이유로 '총본사'를 운영한 피의자에 대한 구속영장을 기각하였다. 사건의 전말은 이러하였다.

피의자를 포함한 총본사 운영자들은 사행성 도박 프로그램을 개발하여 서버 10대에 탑재하고, 소본사, 총판, 지점을 모집하여 도박 프로그램을 제공하였다. 2006년 수개월 동안 전국에 300개가 넘는 지점 피시방에 합계 40억 원 이상의 게임머니를 제공하였다.

도박 프로그램을 이용한 피시방만 300개가 넘으니 어마어마한 조직이었다. 당시 피시방 업주는 단 하루만 사행성 도박 프로그램을 제공하였더라도 구속되는 분위기였으니, 피의자는 피시방 위 총판, 그 위 소본사, 그 위 총본사, 그중에서도 총 책임자였으므로 구속은 당연한 것으로 보였다.

이 사건은 최초 지방경찰청에서 수사를 진행하였다. 피의자는 수사에 대한 압박을 피해 공범들과 함께 태국으로 도피하였다. 태국에서까지 사행성 도박 프로그램을 제공하기 위하여 서버 3대를 구매하여 출국한 것이다. 그만큼 죄질도 나빴다.

경찰은 태국으로 도피한 피의자에 대해 인터폴에 수배하였다. 피의자는 태국 체류 비자 기간이 만료되자 그 기간을 연장하기 위해 인접국에 출국을 시도하던 중 체포되어 인천공항으로 압송되었고, 경찰은 피의자에 대해 구속영장을 신청하였다. 나는 피의자에 대해 구속영장을 법원에 청구하였다. 당연히 구속영장이 발부될 것이다.

그런데, 이게 웬일인가? 구속영장이 기각되었다! '도주 및 증거인멸의 우려 없음' 12자 기각 이유다. '어? 이게 뭐지? 피의자는 이미 태국으로 도주하였다가 인터폴 수배로 잡혀 온 사람이 아닌가? 이미 잡혀 왔으니 이제는 도주 우려 없다?' 해괴한 논리였다.

영장전담 판사의 기각 사유가 도무지 납득이 되지 않았다. 경찰에게 추가 수사 필요도 없이 바로 구속영장을 재신청할 것을 지휘하였고 구속영장을 재청구하였다.

이건 또 무슨 일인가? 구속영장이 또 기각되었다! 이번에는 '증거인멸 및 도주의 염려 없음' 똑같이 12자 기각 이유다. 말만 앞뒤로 바꾼 것이다. 정말로 황당하였다.

피의자에 대한 사건을 불구속으로 송치받아 추가 수사를 하였다. 피의자는 대부분의 사실관계를 인정하였다. 다만, 공범과 관련하여 자신의 역할을 축소하거나 영업기간이나 영업수익을 일부 축소하려는 진술이 있었다. 양형사유에 불과한 내용들이었다.

피시방을 단 하루만 운영하여도 구속이 되는 세상이었으니, 피의자에 대한 구속영장 발부를 자신하였다. 세 번째 판사는 정의를 지켜 주리라 기대하면서 구속영장을 세 번째로 청구하였다.

이런! 구속영장이 또 기각되었다. 이번에는 '주거 일정하고, 도망 및 증거인멸 할 염려 없으며, 피의사실을 다투고 있는 피의자의 방어권 보장을 위하여 불구속 상태에서 수사 및 재판을 받도록 함이 상당함'이라는 이유로! 피의자의 방어권 보장이라는 새로운 사유를 추가하였다. 세 번째 판사는 기껏 양형사유에 불과한 내용을 명분 삼아 구속영장을 또 기각한 것이다.

말이 나오지 않았다. 상식적으로도 이해가 가지 않았다. 구속영장을 기각한 판사들이 법과 양심에 따라 기각한 것인지 믿을 수 없었다.

여기서 수사를 멈출 수 없었다. 공범자를 체포하여 피의자가 양형에 대해 일부 축소를 시도하고 있음을 확인하였다. 이래도 방어권 보장을 운운할 것인가? 피의자의 변명은 터무니없는 것이었다. 그 변명에 근거가 있었다 하더라도 양형사유에 불과한 것이었다.

공범의 진술을 토대로 추가 수사를 위해 피의자를 소환하였으나 피의자가 도망가 버렸다. 우려했던 바였다. 구속영장을 기각한 판사 3명이 피의자는 도망할 사람이 아니라고 누누이 말했는데 판사들의 신뢰를 내팽개친 채 도망을 가다니, 이런 경우도 있는가? 피의자는 판사 3명의 신뢰를 어겼으니 정말 나쁜 사람임이 틀림없었다.

네 번째 만에 피의자에 대한 구속영장을 발부받았다. 이번에는 그렇게 도망을 가지 않을 것이라고 믿던 피의자가 실제로 도망을 가 버렸으니 판사도 구속영장을 기각할 수 없었으리라.

그러나, 작정하고 꼭꼭 숨은 피의자를 체포할 수 없었다. 주거지 잠복, 휴대폰 추적, 계좌추적, 카드 추적 등 온갖 방법을 동원하였으나 피의자의 흔적을 찾을 수 없었다. 결국, 피의자에 대해서는 구속영장을 반환하고 체포영장으로 수배조치를 할 수밖에 없었다.

당시 우리 검사실에서 기소중지라는 것은 있을 수 없었다. 대부분의 조직폭력 사범이나 마약 사범을 체포하였음에도 불구하고 피의자는 끝까지 체포할 수 없었다. 오명(汚名)을 남겼다. 그렇게 나는 피의자를 기소중지 처분을 한 채 2년의 임기를 마치고 떠날 수밖에 없었다.

수년이 흐른 어느 날, 우연히 위 사건의 처리 결과를 발견하고 깜짝 놀랐다. 당연히 피의자가 체포되어 죗값을 치렀을 것으로 생각하였으나 뜻밖에도 기소중지 사건으로 있다가 공소시효 완성으로 '공소권 없음' 처분이 되었다. 이럴 수가! 정의가 '의문의 1패'를 당한 것이다.

내가 그 검찰청을 떠난 후 새로운 검사가 내 사건을 담당하는 것으로 정해졌으나 이는 장부상으로만 이루어진 것일 뿐, 기소중지 된 사건은 검찰청 창고에 고이 보관되어 있었던 것이다. 그렇게 몇 번 검사가 바뀌면서 시간이 흘러 버렸다. 안타까웠으나 어쩔 수 없었다. 잡아야 할 사람이었음에도 잡지 못하였으니 수사 검사의 책임이다. 판사 3명이 그렇게 도주의 우려가 없다고 구속영장을 기각해 준 덕분에 피의자는 최종적으로 아무런 처벌 없이 면죄부를 받은 것이다.

현재는 공소시효 만료 6개월 전에 기소중지 된 사건을 재검토하여 충분히 기소가 가능하다고 판단되면 사건을 재기하여 피의자 조사 없이도 기소하도록 하였다. 내가 담당한 사건에서와 같은 불합리한 경우를 없애고자 제도가 개선된 것이다. 뒤늦은 감이 있지만 긴요한 제도개선이라고 생각한다.

나는 구속영장을 세 번째 기각당한 후 검찰 내부 통신망에 울분을 토하는 글을 올린 적이 있었다. 구속영장 기각에 대해 항고제도를 도입해야 한다고 주장하였다. 구속영장이라는 것은 판사의 전유물이 아니다. 제도를 바꾸어서라도 판사의 구속영장 전횡을 멈추어야 한다고 생각하였다. 일부 언론은 나의 실명을 이용하여 구속영장을 둘러싼 검찰과 법원의 갈등으로 보도하기도 하였다.

어떤 판사는 법원마다 구속영장 판사가 여러 명이 정해져 있으므로 마음껏 구속영장을 재청구하라고 언론에 기고하기도 하였다. 항고제도가 필요 없다고 주장하였다. 그러나, 옆방에 근무하는 동료들이 차례대로 구속영장을 심문하는 것이 수사기관의 신뢰를 얻을 수 있을까? 국민들의 믿음을 얻을 수 있을까?

구속영장 업무 관련 모든 판사들이 잘못하고 있다는 것이 아니다. 대부분의 판사들이 충실하게 자신들의 업무를 수행하고 있을 것이다. 현재로 보면 오래된 일이지만, 내 사건을 담당한 판사 3명은 왜 그렇게 상식에 맞지 않는 결정을 하였을까? 왜 무리하게 구속영장을 기각하였던 것일까? 나도 직접 물어보지 않아서 그 이유는 모르겠다.

안타깝게도 현재도 구속영장 제도는 변함없이 그대로 운영되고 있다. 예전과 같이 불합리한 영장 기각이 사라졌느냐고? 그건 여러분들의 판단에 맡기겠다.

● '감치'와 '긴급체포'

　A 검사는 특수수사에 있어 탁월한 감각을 가졌을 뿐만 아니라 강단 있고 기개가 높기로 유명하였다. 후배 검사들이 구름같이 모여 A 검사를 우러러 스승으로 삼았고 향후 롤모델로 삼았으니, 흡사 공자와 그를 따르는 뭇 제자들의 무리와 같았다.

　공판검사로 근무하던 A 검사는 어느 날 법정에서 평소 사이가 좋지 않던 재판장과 일전을 치르게 되었다. A 검사는 재판 도중 갑자기 일어나 법정이 쩌렁쩌렁 울리도록 큰 목소리로 그간 재판장의 사건 진행의 부당함을 조목조목 지적하였다.

　이에 화난 재판장은 A 검사를 노려보며 흥분한 목소리로 말하였다. "A 검사님, 계속 그러면 나는 당신을 감치시킬 것이오!"

　이에 A 검사도 일격을 날렸다. "재판장님, 나는 당신을 긴급체포 할 수 있소이다!"

　※ 요즘은 법정에서 이와 같은 장면을 볼 수가 없다. 이와 같은 다툼을 상상할 수도 없다. '또라이' 검사가 출현하였다고 언론에 도배될 것이다. 법정에서의 진정한 싸움은 결국 실체와 법리에 대한 치열한 논쟁일 것이다.

범인은 반드시 잡힌다

2016년 1월 언론보도를 보니 범죄에 대한 공소시효가 만료된 것으로 생각하여 자수하였다가 죗값을 치르게 된 이야기가 실려 있다.

국내에서 살인을 하고 중국으로 밀항하여 19년 동안 불법체류 생활을 하던 범인이 중국 공안당국에 밀항 사실을 스스로 신고하였다는 것이다. 그 살인사건에 대해서는 15년의 공소시효가 적용되던 때였으므로 범인은 자신의 범행에 대한 공소시효가 완성된 것으로 착각한 것이다. 타향살이가 힘겨웠던 차에 공소시효도 만료되었으므로 국내에 들어와 살고자 했을 것이다. 범인은 중국에서 강제로 추방되어 안심하고 입국하였지만 경찰에 긴급체포 되었고 결국 구속되었다.

살인에 대한 공소시효가 15년이고 이미 19년이 지났으니 공소시효가 완성되었다고 보는 것이 맞지 않는가? 일반인의 관점에서 보았을 때는 'yes'지만 법조인의 관점에서 보았을 때는 단호하게 'no'이다. 왜냐하면 형사소송법 제253조 제3항에서는 "범인이 형사처분을 면할 목적으로 국외에 있는 경우 그 기간 동안 공소시효는 정지된다."라고 규정하고 있기 때문이다. 범인은 국내에서의 형사처분을 피하기 위해 중국으로 밀항하였기 때문에 밀항한 날짜부터 국내로 추방되어 온 날짜는 15년의 계산에서 공제해야 하기 때문이다.

법률에 대한 지식이 없이 막연히 살인죄에 대한 공소시효 기간이 15년이라고 생각하고 있었던 범인으로서는 황당한 상황에 직면하였을 것이다. 그러나 어쩌랴. 이미 엎질러진 물이다. 자신의 불찰을 탓할 수밖에. 죗값은 받아야 한다.

공소시효가 정지되는 것은 국외 출국뿐만 아니라 공범이 있는 경우에도 적용될 수 있다. 형사소송법 제253조 제1항은 공소시효는 공소의 제기로 진행이 정지된다고 규정하고 있다. 또한, 제2항은 "공범의 1인에 대한 전항의 시효정지는 다른 공범자에게 대하여 효력이 미치고 당해 사건의 재판이 확정된 때로부터 진행한다."고 규정하고 있다.

즉, 공범이 여러 명일 경우에 다른 공범 중 누구라도 재판 진행 중이라면 그 기간은 공소시효가 정지된다. 모든 공범들의 재판이 확정된 때로부터 다시 나머지 공소시효가 진행하게 되는 것이다.

검사 생활을 하면서도 공범의 재판 중인 기간을 공소시효 기간에서 공제해야 하는 규정을 모르고 있는 범인들을 간혹 마주치기도 하였다.

2008년 초순경 지방에 있는 검찰청에서 근무할 때였다. 당시 조직폭력 사건을 전담하고 있었다.

어느 날 수사관이 대검찰청에서 걸려 온 전화 한 통을 받게 되었다. 일선 청에서 근무할 경우 법무부나 대검찰청으로부터 전화가 오는 경우가 거의 없다. 혹시 내가 무슨 잘못을 했다는 것인지 귀를 쫑긋하였다. 요지인즉슨, 우리 청에서 기소중지를 해 둔 조직폭력 사범 1명에 대한 공소시효를 정확히 계산해 달라는 것이었다.

대검찰청 강력부(현 마약·조직범죄부)에서는 전국 조직폭력 사범에 대한 사건을 총괄한다. 사건 발생 후 조직폭력 사범을 체포하여 구속하여 기소하고, 형을 선고받아 집행하는 부분까지 관여한다. 조직폭력 사범의 소재를 파악할 수 없어서 기조중지 처분을 하였다면 공소시효가 완성되었는지도 파악한다. 조직폭력 사범이 우리 사회에서 활동할 수 없도록 뿌리를 뽑자는 의미이다.

우리는 대검찰청의 요청에 따라 기소중지 처분이 되어 있는 피의자에 대한 공소시효 기간을 정확하게 계산하는 작업을 하였다.

조직폭력배인 피의자는 1990년 자신의 조직원들과 함께 상대방 조직원들과 패싸움을 하였다. 양쪽이 모두 흉기를 소지하고 있었으므로 살상(殺傷)의 피해가 발생하는 것은 피할 수 없었다. 결국, 상대방 조직원 중 1명이 사망을 하였고 여러 명이 다치는 사건이 발생하였다. 조직폭력배들의 '전쟁'으로 인한 살인사건이다.

당시 피의자는 미성년자로 나이가 제일 어린 편이었다. 이성적인 판단이 부족한 상태에서 선배들의 권유로 폭력조직에 가입하였고, 시내를 돌아다니다가 우연히 상대방 조직원들과의 패싸움에 이르게 된 것이다. 그 과정에서 조직원들 일부가 휘두른 흉기에 의해 상대방 조직원들에게 피해가 발생한 것이다. 피의자가 직접 피해자들을 살해하거나 상해를 가한 것은 아니지만 공모(共謀)가 인정되고 공동행위(共同行爲)로 평가되어 처벌을 피할 수 없었다.

사건 현장에서 대부분의 조직원들이 체포되었으나 피의자를 포함하여 몇 명은 도주하였다. 몇 차례에 걸쳐 도주하였던 공범들이 체포되었으나 피의자는 마지막까지 체포되지 않은 상태였다.

범행이 1990년에 발생하였고 당시 살인죄에 대한 공소시효는 15년이었으므로, 피의자에 대한 공소시효는 2005년이면 완성되는 것이 원칙이었다. 그런데, 공범들이 10여 명이나 되고 그들이 순차적으로 체포되어 재판을 받았던 이유로, 공범들의 재판 기간을 공소시효에서 공제하여야 했다.

몇 차례의 검증을 거치면서 공소시효를 뽑아냈다. 점괘를 치듯이. 그렇게 뽑아낸 공소시효가 '2008년 2월 초순'으로 나왔다!

2월 초순이라…. 검사들은 2월 초순이나 중순에 인사발령을 받고 다른 지역으로 이동해야 했다. 나도 2년간의 근무 기간이 충족되었으니 다른 지역으로 이동해야 했다. 통상 1월 말부터는 인사 시즌이 되어 그간 사건을 정리하면서 마음의 여유를 얻고자 한다. 선배들이나 동료들의 인사 품평회에도 참여하여 귀동냥을 하던 시기이다. 그런데, 애매하게 남은 공소시효로 마음이 착잡하였다.

이걸 어쩐다…? 피의자의 소재가 불명이라고 하고 그냥 슬쩍 넘어가는 것은 어떤가? 순간적인 유혹이었다.

뭘 어쩌겠는가? 원칙대로 사건을 처리해야 한다. 우리는 대한민국의 검사가 아닌가! 공소시효 완성이 얼마 남지는 않았으니 공소시효가 완성되기 전에 피의자의 소재를 파악하고 피의자를 체포해야 한다. 피의자에게 합당한 처벌을 내려야 한다.

수사관으로 하여금 피의자에 대한 수배 여부를 확인하게 하였더니 이게 웬일인가? 수배가 풀려 있었다. 검찰에서 직접 수사를 한 사건이 아니고 검찰에서 최초로 수배를 입력한 것도 아니므로 검찰에서 수배를 푼 것 같지는 않았다. 지방경찰청을 통해 수배가 해제된 경위를 확인하였으나 수배가 언제, 어떤 경위로, 누구에 의해 해제되었는지 자료가 없고 추적이 불가능하다고 하였다. 오랜 시간의 경과로 사실을 확인할 수 없었다. 황당한 일이었다.

다시 피의자의 주민등록번호로 가입된 휴대폰을 확인하였더니 피의자가 휴대폰을 사용하고 있는 것이 아닌가! 그럼 사건 내용을 파악하고 피의자를 빨리 체포해야 한다.

실무관으로 하여금 기소중지 된 사건 기록을 대출하도록 하였다. 옛날 기록이라서 그런지 그렇게 두껍지는 않았다. 그런데 기록이 네모난 모습이 아니라 약간 동그란 모습으로 되어 있었다. 기록 모양이 사각이 아니라 부드러운 곡선으로 되어 있었다. 왜 그렇겠는가? 종이 벌레들이 직각 부분을 갉아 먹어서 동그랗게 되었던 것이다.

　그날 밤 직원들을 모두 퇴근하도록 한 후 검사실 바닥에 신문지를 깔았다. 마스크를 끼고 비닐장갑으로 기록을 검토하면서 사본이 필요한 부분을 표시하였다. 필요한 부분은 별도로 메모도 해두었다. 통신 영장이나 체포영장을 청구하기 위해서는 원 기록이 필요하였다. 원 기록이 방부제 처리가 안 되어 있었고 훼손이 상당하였으므로 원 기록 통째로 법원에 갔다 오기에는 무리가 있었다. 사진이 필요한 부분은 원 기록을 이용하고 일부는 제조하였다. 대부분의 사건 내용은 공범들의 재판 과정 진술에 모두 포함되어 있었으므로 많은 부분을 사본할 필요까지는 없었다. 그렇게 사건 기록을 정리하였다.

　새벽쯤에 집에 들어가 평소의 몇 배로 공을 들여 샤워를 하였다. 그날 입었던 옷은 따로 세탁하도록 하였다. 그럼에도 불구하고 한동안 온몸이 가려워 견딜 수가 없었다.

　피의자에 대해 통신 영장과 함께 체포영장을 발부받았다. 공소시효는 이제 10일도 채 남지 않았다. 조바심이 났다. 공소시효가 완성되기 전에 피의자를 체포하여야 한다.

　수사관들이 피의자 주소지로 된 곳을 염탐하였더니 사람들이 살고 있는 것으로 확인되었다. 피의자 사용의 휴대폰 위치와 주거지가 일치하였을 때 피의자 주거지를 급습하여 피의자를 체포하였다. 피의자는 자신의 행위를 알고 있었으므로 순순히 체포에 응하였다.

　어차피 종이 벌레와 사투를 벌이면서 이 사건을 검토하였으므로 내가 피의자를 직접 조사하였다. 피의자는 자신의 혐의에 대해서는 순순히 자백하였다. 물론 부인하더라도 재판 중에 공범들이 하였던 진술이 있었으므로 공소유지를 하는 데는 큰 문제가 없었다.

그런데 피의자는 뜻밖에도 공소시효가 2005년 4월에 만료된 것이 아니냐는 주장을 하였다. 공범들의 재판 중에는 공소시효가 정지된다는 내용을 모르고 있었던 것이다.

추측해 보건대, 수사기관의 종사자 누군가가 피의자에 대한 공소시효를 제대로 계산하지 않은 채 2005년 즈음에 공소시효가 완성된 것으로 판단하고 피의자에 대한 수배를 풀어 주었을 수도 있었다. 피의자도 어떤 경위로 자신에 대한 수배가 해제된 것을 확인한 후 공소시효가 완성된 것으로 생각하였을 것이다. 그 후 결혼을 하고 해외로 신혼여행까지 다녀왔던 것이다.

피의자가 체포될 당시에는 나름대로 직업을 구하여 처와 함께 신혼생활을 즐기고 있었다. 그런데 느닷없이 공소시효가 남아 있다고 체포되었으니 피의자의 입장에서도 황당하였을 것이다.

다행히 피의자는 자신의 행위를 반성하면서 눈물을 떨구었다. 그러나 피의자와 공범들의 행위로 피해자들이 사망하거나 다친 것에 대해서는 처벌을 받아야 했다. 다만, 피의자가 반성하고 있고 오랜 기간 동안 도피생활을 하면서 일정 부분 죗값을 치렀으며, 정상적인 가족생활을 영위하고 있다는 점은 참작 사유가 될 수 있었다. 피의자가 피해자들을 직접 사상에 이르게 한 것이 아닌 점도 고려되었다. 피의자를 구속기소 하여 유죄가 선고되었다.

공소시효가 완성되었는지를 따지기 전에 죄를 짓지 말아야 한다. 어떤 사유로 죄를 지었다면 거기에 합당한 처벌을 받는 것은 불가피한 일이다. 도망을 가더라도 범인은 반드시 잡히기 마련이다.

● 독한 상사

　A 검사가 후배인 B 검사 등과 호프집에서 맥주를 마시면서 수다를 떨고 있었다.

　A 검사가 재미있는 이야기라면서 썰을 풀었다.

　"야, 너희들, 이 얘기 알고 있냐? 어떤 검사가 부장실에 불려 가서 혼이 났대. 부장님이 나가라는 말에 너무 당황하여 출입문을 찾지 못하고 캐비닛 문을 열고 안으로 들어가려고 했다지 뭐냐, 웃기지?"

　그때 옆에서 듣고 있던 B 검사가 술잔을 내려놓고 침울한 표정으로 한마디 날렸다.

　"형, 그게 나예요."

　　※ B 검사는 훗날 영전하였지만, 격무에 시달려 상사에게 보고하던 중 쓰러진 이후 사직하였다는 안타까운 후문이 있었다. 왜 B 검사만 이렇게 독한 상사를 만났을까….

일확천금(一攫千金)은 없다

사람들은 다른 사람의 일에 대해서 훈수(訓手) 두기를 좋아한다. 자신에게 닥친 일이 아니므로 훈수를 두었다가 결과가 잘못되었다고 하더라도 자신에게 불이익이 없다. 그러나, 막상 자신에게 위급한 일이 발생하였을 때는 정신이 아득하기 마련이다. 어떻게 해야 할지 우왕좌왕하기도 한다. 중이 제 머리 깎기는 힘들다.

사기 사건을 처리하다 보면 사기꾼의 거짓말에 웃음이 나올 때도 있다. 아니, 어떻게 이런 말에 속아 넘어갈까? '보통 사람들'이 사기 사건의 먹잇감으로 등장한다. 하나같이 당시에는 믿었다고 진술한다. 순간적으로 이성적 판단 능력이 마비되어 버린 것이다. 마치 귀신에 홀린 듯이 말이다. 이성적으로 설명하기도 어렵다.

요즈음 사회적으로 문제가 되고 있는 보이스피싱도 그 한 예이다. 수사기관이나 금융기관을 사칭한다. 보유하고 있는 계좌가 범죄에 사용되었으므로 남은 돈을 현금으로 인출하여 현관 밖에 보관해 두라고 한다. 피해자는 하늘이 덜컥 내려앉은 심정으로 황급히 계좌에서 현금을 인출하여 현관 밖에 보관해 둔다. 사기꾼이 그 현금을 가지고 유유히 사라진다. 이게 가능한 일인가? 그런데, 현실에서는 이런 일들이 종종 발생하고 있다.

사기꾼이 부모에게 전화하여 당신 아이가 납치되었으니 현금 얼마를 준비하라고 작업을 건다. 전화를 끊거나 경찰에 연락할 경우 아들을 살해하겠다고 협박한다. 부모는 갸우뚱갸우뚱하지만 휴대폰 너머로 들려오는 어린아이의 비명소리를 듣고는 기겁을 하고 만다. '우리 아이가 확실하다' 사기꾼이 시키는 대로 은행에서 현금을 인출하여 놀이터 옆 쓰레기통에 넣어 둔다. 사기꾼이 현금을 낚아챈 후, "당신이 약속대로 했으니 아이를 놓아 주겠다."고 선심을 쓴다. 사기꾼과 통화를 끊고 황급히 아이의 행방을 확인하니 집에서 놀고 있더란다. 어이없는 일이다. 사기꾼이 들려준 아이의 비명소리를 다시 들어 보고는 쓴웃음을 짓는다. 순식간에 사기를 당한 것이다.

허술한 거짓말에도 쉽게 넘어가는 상황인데, 사기의 내용이 조금 치밀하다면 더욱 손쉽게 먹잇감을 얻을 수 있다.

사기꾼들은 전직 대통령이 재임 기간 중 비자금을 마련하여 지하 창고에 보관하고 있다고 한다. 수백억 원 상당의 구권 화폐, 미국 채권, 금괴를 현금이나 신권으로 바꾸는 데 로비자금이 필요하다고 한다. 창고에 쌓여 있는 화폐나 금괴 사진을 보여 준다. 번쩍이는 금괴가 수북이 쌓여 있다. 사진만으로도 어마어마하다.

전 정권의 비밀이므로 함부로 얘기해서는 안 되고 은밀히 진행해야 한다고 귀띔한다. 일확천금을 얻을 기회를 피해자 당신에게만 주는 것이니 당신은 행운아라고 슬쩍 흘린다. 피해자는 있는 돈 없는 돈을 마련하여 사기꾼들에게 바친다. 주변 사람들에게 은밀히 전달하여 함께 피해자가 된다. 목적을 달성한 사기꾼들은 더 이상 피해자들 앞에 나타나지 않고 전화도 받지 않더니 어느 순간 잠적해 버린다.

나중에야 속은 것을 알게 된 피해자는 수사기관에 고소장을 제출하지만 사기꾼들을 특정하기가 어렵다. 달콤한 말을 내뱉은 사람이 평소에 잘 알고 있던 사람들이 아니기 때문이다. 사기꾼들이 사용하던 휴대폰은 모두 '대포폰'이므로 추적할 수가 없다. 피해자들에게 직접 설명했던 사기꾼이 특정된다고 하더라도 자신은 또 다른 사기꾼의 얘기를 듣고 피해자에게 전달하였을 뿐이라고 주장한다. 자신도 그 말에 혹하여 돈을 날렸다고 주장하게 되면 처벌하기는 더욱 쉽지 않다. 화폐나 금괴 사진의 출처가 어디인지도 밝히기가 어렵다. 한 번은 이 사람이 소재 불명 되고, 또 한 번은 저 사람이 소재 불명 되면서 사건은 몇 년째 검찰청 창고에 고이 보관된다. 피해자들의 피해 회복은 점점 멀어져 간다. 과욕(過慾)이 부른 참사의 결과다.

조금은 치밀한 듯하면서도 황당한 사기 사건을 수사한 적이 있었다. 2010년 서울중앙지검에서 근무할 때였다. 서울지방경찰청에서 수사하는 두꺼운 사기 사건을 지휘하게 되었다. 한번 손을 대었으니 그 사건은 계속하여 나에게 배당이 되었고, 결국 피의자가 구속되어 송치되었다. 사건의 내용은 다음과 같았다.

피의자는, 사람들에게 자신의 회사가 군 보급 주관사로 선정되었다고 선전하였다. 자신이 신설될 국방부 제2차관으로 내정되었고 조만간 용산지역 건설사업을 총괄하게 될 것이라고 선전하였다.

당시 항간에는 용산지역에 있던 미군이 평택으로 이전하게 되면 용산지역은 단군 이래 최고의 사업권이 될 것이라는 얘기가 파다하였고, 사업권에 줄을 대려는 사람도 많았던 시기였다.

피의자는 하수인 몇 명을 선발하여 자신의 일을 도와줄 사람으로 직책을 부여하였고, 충성스러운 하수인들이 대박을 노리는 피해자들로부터 투자금을 받기 시작하였다. 토목공사 수주 명목, 폐기물 처리업 수주 명목, 식품 납품 명목 등 무차별적으로 투자금을 끌어모았다.

피의자와 일당은 투자금으로 커다란 사무실 두 곳을 임차하였다. 회장실을 거창하게 만들고 밖에는 직원들이 근무하는 책상과 컴퓨터 등 사무기기도 비치하였다. 직원들은 미혼 여성으로 수십 명을 채용하였다. 면접에서 미모가 떨어진다고 생각되면 탈락시키기도 하였다.

매일 아침 9시, 2개의 사무실에는 수십 명의 미혼 여성들이 출근한다. 그런데, 할 일이 아무것도 없다. 삼삼오오 모여 커피를 마실 때 드디어 회장님인 피의자가 출근한다. 수십 명의 미혼 여성들이 일제히 고개를 숙이며 "회장님, 안녕하세요?"라고 인사를 한다. 피의자는 흐뭇하게 미소를 지으며 회장실로 향한다.

피의자는 일당들이나 피해자들에게 사업 내용에 대해 설명하고는 얼마 지나지 않아 사무실을 나간다. 미혼 여성들은 점심을 먹은 후 각자 집으로 퇴근한다. 머지않아 어마어마한 일거리들이 밀려들 것이고 월급도 빵빵하게 받게 될 것이라는 기대를 안고 말이다.

그렇게 시간이 흘렀으나 피의자가 국방부 제2차관으로 가지도 않았고 용산지역이 개발되지도 않았다. 피의자가 공사 수주 등을 주겠다고 하였으나 함흥차사(咸興差使)였다. 일부 피해자들이 의문을 품기 시작하고 피의자의 행적에 이의를 제기하기 시작하였다. 이때부터 피의자는 피해자들 앞에 모습을 드러내기를 꺼리고 급기야 잠적하게 되었다. 수십 명의 직원들은 월급도 제대로 받지 못하였다.

결국, 도피하던 피의자가 체포되어 구속되었다. 피의자는 용산지역 개발사업에 대한 자료들을 많이 제출하였다. 파워포인트로 만든 자료였는데, 상당한 공을 들였다는 것을 알 수 있었다. 피해자들이 속아 넘어가는 것은 일도 아니라는 생각이 들었다.

기록을 다시 검토하고 빠진 부분을 보강하였다. 피의자 회사는 이름만 있는 회사였다. 용산지역 개발이 확정되지도 않았고 피의자 회사가 군 보급 주관사로 선정되었다는 말도 실체가 없었다. 피의자가 피해자들을 상대로 사기를 친 것이 확실해 보였다.

그런데, 피의자는 자신이 조만간 신설될 국방부 제2차관 내정자가 맞다고 극구 주장하였다. 자신이 제2차관 내정자인 듯이 행동하였다. 피의자는 매일 아침 청와대에 들어가 대통령 및 비서실장과 3자 회의를 하였다고 주장하였다. 피의자의 운전기사도 매일 아침 청와대 인근 도로에서 피의자를 내려 주었고 일정한 시간에 다시 피의자를 그 도로에서 태워 갔다고 진술하였다. 다만, 피의자가 청와대 안으로 걸어 들어가는 것을 보지는 못하였다고 하였다.

그러면, 피의자가 정말로 국방부 제2차관 내정자일까? 최소한 이 부분은 주장하는 자가 소명하여야 한다. 피의자는 자신이 제2차관 내정자임을 우리에게 확인해 주어야 하였다. 피의자는 이를 소명할 아무런 자료 없이 말로만 주장하였다.

국방부에 공식적으로 확인하였더니 제2차관 신설계획이 없는데 어떻게 내정자가 있을 수 있느냐는 반문이 돌아왔다. 피의자는 제2차관 내정자라는 사실은 대통령과 청와대 비서실장만 알고 있는 사실이므로 당연히 일반인들은 알 수 없다고 하였다. 황당한 일이었다. 대통령이나 비서실장에게 그 내용을 확인하기는 어려웠다. 다시 국방부를 통해 청와대에 제2차관 내정 관련 사실 확인을 하였더니 역시 그런 사실이 없다고 하였다. 피의자가 거짓말하고 있었던 것이다.

피의자는 혐의를 극구 부인하였으나 구속기소 하였고, 법원에서도 중형을 선고받았다.

일확천금(一攫千金)은 없다. 노력을 들이지 않고 한 번에 부자가 되는 경우가 있겠는가? 무리하게 일확천금을 얻으려고 하다가 사기꾼들의 먹이가 되기에 십상이다. 내가 들이는 노력보다 더 많은 이익을 얻을 수 있다고 한다면 그 이면(裏面)을 꼼꼼히 살펴볼 필요가 있다. 그래야 나중에 후회하지 않는다.

피의자는 왜 끝까지 자신이 국방부 제2차관 내정자라고 주장하였을까? 확인해 보면 금방 들통이 날 것인데 말이다. 자꾸 거짓말을 하다 보니 스스로 제2차관 내정자가 된 것으로 생각하고 있었던 것은 아닐까? '확신범(確信犯)'처럼 말이다.

● 과유불급

술을 좋아하는 부장이 있었다. 술을 자주 먹으니 그만큼 데미지가 있고 실수를 하게 마련이다.

어느 날 부 회식이 있고 난 뒤 부장이 취한 것으로 보이자, A 검사가 부장을 관사까지 모셔다드리기로 하였다. 부장은 너무 취한 나머지 몸을 가누지 못하고 바닥에 넘어지거나 벽에 부딪히기도 하였다. A 검사는 어렵사리 부장을 관사까지 모셔다드리고 겨우 귀가할 수 있었다.

다음 날, 부장은 A 검사를 불러 말하였다.

"A 검사, 어제 무슨 일 있었냐? 아침에 일어나니 팔다리가 너무 아프네. 혹시 나 때렸냐???"

A 검사는 당황하면서 억울하여 밤사이 있었던 일을 자초지종 설명하였다. 그리고 한마디 덧붙였다.

"부장님께서 그렇게 생각하실 줄 알았으면 진짜로 한 대 팰 것을 그랬어요. 사실 부장님을 모셔다드리기가 너무 힘들었거든요."

※ 이 정도 되면 상사는 차마 금주는 하지 못한다고 하더라도 주량을 대폭 줄여야 하지 않을까?

누가 대한민국
국새(國璽)를 만들었는가?

사람들은 일상생활에서 계약을 하거나 서류를 작성할 때 도장을 찍는다. 공공기관도 문서의 작성자나 결재자가 서류에 도장을 찍어서 그 문서가 진정한 문서임을 증명하고 문서에 따른 집행력을 부여하게 된다. 요즘은 전자문서가 도입되어 도장의 중요도가 줄어들기는 하였으나 여전히 막강한 사실확인 수단으로 활용되고 있다.

개인을 넘어 국가도 국가를 대표하는 도장이 있다. 바로 '국새(國璽)'라고 불리는 큰 도장이다. 예로부터 우리나라나 중국이 외교문서 작성 등에 국새를 사용하여 왔다.

우리나라는 정부가 수립된 후 1949년 5월에 대통령령으로 새로운 국새를 마련하였는데, 한글로 '대한민국'이라고 새겨진 것을 사용하였다. 헌법 개정 공포문 전문, 대통령 명의의 비준서, 훈장 및 포장증, 고위공무원의 임명장 등에 국새가 날인되어 공신력을 부여한다.

2005년에 제3대 국새에서 균열이 발견되자 제4대 국새를 새로이 제작하여 2008년 2월부터 사용하게 되었다. 손잡이는 봉황 모양이고 글씨는 훈민정음체였다. 국새제작자는 진흙 거푸집을 이용한 전통 방식으로 주물을 하여 만든 국새라고 주장하였다.

그러나, 제4대 국새제작 과정에서 논란이 있게 되자 정부에서는 2011년 10월부터 제5대 국새를 다시 제작하여 현재까지 사용하고 있다. 제5대 국새는 금 합금으로 만들었는데, 강도를 높이고 균열을 방지하고자 이리듐을 첨가하였고, 내부를 비우고 손잡이인 인뉴(印鈕)와 아랫부분인 인문(印文)을 분리하지 않는 일체형으로 한 번에 주조하였다고 한다.

2010년 서울중앙지검 형사3부에서 근무하고 있을 때였다. 서울지방경찰청에서는 제4대 국새제작 과정에 문제가 있었다는 점을 수사하였다. 이른바, '국새 사기 사건'이다. 형사3부에서 서울지방경찰청을 수사지휘 하였고, 공교롭게도 내가 수사지휘를 맡고 있던 날 수사지휘가 올라와 이 사건과 인연을 맺게 되었다.

언론에 보도된 국새 사기 사건의 요지는 다음과 같았다.

피의자는 우리나라 동장전각의 일인자로 알려진 석불(石佛) 정기호 선생의 문하생으로 들어가 전통(傳統) 방식에 따라 옥새를 제작하는 기술을 전수받았다고 주장하였다. 피의자가 석불 선생으로부터 600년을 이어 온 전통 비법을 계승한 당사자라고 주장하였다.

피의자는 2007년 전통 방식에 따라 대한민국 제4대 국새를 제작하였다고 주장하였다. 즉, 우리 선조들이 했던 방식으로, 전국의 산천에서 좋은 흙을 골라 국새 모형의 거푸집을 만들고, 흙으로 만든 전통 가마에서 거푸집을 구운 후 금과 은 등을 섞은 합금으로 주물(鑄物)을 부어 국새를 만들었다는 것이다.

그러나, 국새제작단 주물 담당은 자신이 피의자의 지시를 받아 현대 방식에 따라 석고를 이용하여 거푸집을 만들고 현대식 가마인 전기로를 이용하여 거푸집을 소성(燒成)하는 등 현대 방식으로 국새를 만들었음에도, 피의자가 이를 이용하여 마치 전통 방식으로 국새를 만든 것으로 조작하였다는 것이다.

피의자는 국새를 제작하고 남은 금을 빼돌리고, 그 금을 이용하여 금 도장을 만들어 유력 정치인들에게 로비하였다는 의혹도 있었다.

국새 사기 사건에 대한 기사는 연일 언론보도의 상당 부분을 장악하였다. 대부분의 언론에서는 국기를 문란케 한 피의자를 엄벌해야 한다고 주장하였다. 피의자는 자신이 전통 방식으로 국새를 제작하였다고 주장하여 진실게임의 양상으로 번져 갔다.

피의자에 대한 구속영장이 발부되었다. 피의자에 대한 사건이 검찰에 송치되기 전 언론에서는 대대적으로 피의자가 자백하였다고 보도하였다. 경찰이 피의자로부터 "600년 전통 비법은 실체가 없고, 4대 국새는 현대식 가마로 제작했다."는 진술을 받아 냈다는 것이다. 수사지휘를 하던 나는 한시름 놓게 되었다. 통상 진실게임의 사건은 미궁에 빠지기가 쉽다. 그러나, 이 사건은 피의자가 자백을 하였다니 수사가 수월해질 것이라 안도했다.

구속 사건이 검찰에 송치되었고, 피의자를 수사하게 되었다. 뜻밖에도 피의자는 모든 혐의에 대해 부인하였다. 자신은 전통 방식에 따라 국새를 만들었다고 주장하였다. 나는 "왜 경찰에서는 자백하고 검찰에서는 부인하느냐? 언론에 대문짝만하게 피의자가 자백하였다고 보도되지 않았느냐?"고 물었다. 피의자는 경찰 수사 과정에서 자백한 사실이 전혀 없었고 자신이 전통 방식으로 국새를 만들었다고 주장하였다고 말하였다. 언론보도의 내용이 허위라고 주장하였다.

수사기록을 꼼꼼히 검토하였다. 과연 피의자는 경찰 단계에서 자백한 사실이 전혀 없었다. 피의자의 진술이 사실이었다. 그럼에도 피의자가 사기꾼이라는 점을 부각하려는 언론과 공명심에 사로잡힌 수사기관의 일부 종사자들의 합작품으로 피의자가 경찰에서 자백하였다는 허위 보도가 나간 것으로 보였다. 수사는 원점에서 다시 시작하였고, 우리에게는 진실을 밝혀야 하는 막중한 의무가 부과되었다.

피의자에 대한 구속영장 기간을 한 번 연장하여 총 20일 동안 수사를 진행하였다. 피의자와 주물 담당자와 수차례 대질조사도 거치고 참고인들의 진술도 청취하였다. 피의자는 자신에게 전통 방식의 기술이 있으므로 몇 개월이 걸리더라도 시연(試演)을 해보자고 하였다. 이전에 텔레비전 방송에서 피의자가 주물제작을 하는 모습을 담은 다큐멘터리를 제작한 것을 검토하기도 하였다.

수사는 미궁에 빠졌다.

국새를 보지도 않고 국새를 수사하는 것이 말이 되는가? 우리는 행정안전부에 보관 중이던 국새를 대출받아 실물을 보기로 하였다. 내가 검사로 임용받을 때 임명장에는 제3대 국새가 날인되었다. 국새를 실제로 보고 싶기도 하였다.

그런데, 국새에서 피의자의 이름이 교묘하게 한자로 새겨진 모습을 발견하였다. 놀라운 일이었다. 그해 국정감사에서 행정안전부 장관은 피의자가 국새에 자신의 이름을 한자로 새겨 넣은 사실이 있다고 진술한 내용이 언론에 보도된 그대로였다.

신성한 국새에 어떻게 자신의 이름을 새겨 넣을 수 있을까? 그러면 태극기가 자신이 만든 것이라고 태극기에도 이름을 새겨 넣을 것인가? 국새에 자신의 이름을 새겨 넣은 피의자를 어떻게 믿을 수 있을까? 피의자의 진술을 믿기 어렵다는 심증이 굳어졌고 추가 증거도 확보하여 피의자를 구속기소 하였다.

재판 과정에서도 피의자는 혐의를 부인하였다. 여러 명의 증인을 상대로 신문하는 등 재판이 상당 기간 계속되었다.

그러던 중, 그해 가을에 서울고등검찰청 및 서울중앙지검 국정감사가 있었다. 1심 재판 중이던 피의자는 한복을 곱게 차려입고 국정감사의 증인으로 출석하였다. 국회의원들을 상대로 자신의 억울함을 풀기 위한 장(場)으로 활용하겠다는 취지로 보였다. 피의자가 증인으로 참석한다는 연락을 받고 나도 국정감사에 참여하였다.

전통 방식으로 대한민국 제4대 국새를 제작하겠다고 하면서 현대 방식으로 제작하여 납품하였다는 피의자에 대해 국회의원들은 분개하였다. 피의자가 자신의 억울함을 풀려다가 되레 호되게 당하는 처지가 되었다. 국회의원들은 피의자에게 왜 경찰에서 자백을 하여 놓고 이제 와서 부인을 하느냐고 호통을 쳤다. 순간 나와 피의자의 눈이 마주쳤다. 피의자는 당시까지 한 번도 자백한 적은 없었다는 것이 '팩트(fact)'였으니.

결국, 피의자는 현대 방식으로 만든 국새를 납품하고도 전통 방식으로 만든 것처럼 국가를 속이고 국새제작비를 받아 냈다는 사기 혐의, 국새 주물 담당자를 명예훼손으로 허위 고소하였다는 무고 혐의, 가짜 봉황 국새를 만들어 국내 유명 백화점에 전시하면서 수십억 원에 판매하려 한 사기미수 혐의로 실형을 선고받았다.

이후 피의자의 주장을 응원하는 사람이 책자를 발간하여 국새 사기 사건을 다루었다. 피의자를 구속하고 실형을 선고한 배경에는 모종의 음모가 있다는 것이었고, 그 한가운데 내가 있다는 취지였다.

그러나, 나는 경찰이 수사하던 사건에 대해 증거에 따라 피의자에 대한 구속영장을 청구하였고, 사건을 송치받아 추가 수사를 진행하였을 뿐이다. 피의자에 대한 혐의가 인정된다고 판단하여 구속기소 한 후 공소유지를 하였을 뿐이다. 이 과정에 어떠한 사심이 있거나 음모가 있을 리가 없었다. 법과 원칙에 따라 '사건 한 건'을 처리했을 뿐이다. 3심 재판을 거쳐 최종적으로 대법원에서 유죄가 확정되었다. 그럼에도 불필요하고 근거 없는 오해를 받았으니 쓴웃음이 나올 뿐이다.

　피의자가 우리나라 '동장전각(銅匠篆刻)' 분야에서는 최고라고
평가되는 것으로 알려져 있었다. 피의자는 이 단계를 넘어 '주물
(鑄物)' 분야에서도 자신이 최고라는 지위를 인정받으려고 하다
가 이런 사건이 발생한 것은 아닌지 혼자 생각해 본다.

● 가끔씩은 슬로우 슬로우

　A 검사는 커다란 덩치만큼이나 수사에 열정적이고 저돌적이었다. 그의 전화를 받은 피의자나 참고인은 열 일 제쳐 두고 쏜살같이 검찰청으로 달려 나와 조사를 받고서야 안도할 수 있었다.

　A 검사가 중요 사건 수사에 투입되어 거침없이 말을 달리고 있었다. 범죄혐의를 입증하기 위하여 다수의 참고인들을 조사하였다. 중요 사건이라 관련자들의 사회적 지위가 높은 경우가 많았고 시간이 촉박하여 A 검사가 직접 참고인 출석 요구를 하였다.

　소환 요구를 받은 한 참고인이 출석할 수 없다고 하였다. A 검사는 불출석할 경우 체포영장을 받아 잡아 오겠노라고 으름장을 놓았다. 다음 날 전화를 받은 B 참고인이 출석하였다. A 검사는 눈을 부릅뜨고 진지한 모습으로 참고인 진술조서를 받았다.

　"이름이 어떻게 되시지요?", "ㅇㅇㅇ입니다."

　"직업은요?", "무직입니다."

　"전에 뭐 하셨어요? 무슨 일을 했을 거 아닙니까?", "장관요."

　"(건성으로)무슨 장관요?", "ㅇㅇ부 장관으로 재직했었습니다."

　"헉!…."

　※ 중요 피의자나 참고인을 소환할 경우 상부에 보고해야 한다. A 검사는 부랴부랴 전직 장관 소환을 보고해야 했다.

빈대 잡는다고 초가삼간 태우랴?

인지부서에서는 수사가 시작되면 길게는 몇 개월이 걸리기도 한다. 죽기 살기로 증거를 숨겨 놓았는데 그것을 찾는다는 것은 보물을 찾는 것과 마찬가지로 어렵기 때문이다. 법과 원칙이 정한 바에 따라 수사하여야 한다. 자칫 잘못하였다가는 어렵사리 확보한 증거를 밥상에 올려 보지도 못하고 폐기되는 상황을 맞을 수도 있다.

검사는 사명감으로 진실을 찾아 사건을 파헤친다. 본능적이다. 법조 출입기자들은, 공안부 검사들을 동물원에 있는 사자로 비유한 반면, 특수부 검사들을 사파리에 있는 사자에 비유하기도 한다. 특수부 검사는 울타리가 없는 사파리에서 먹잇감을 찾아다니므로 어디로 튈지 모르고 어떤 동물을 사냥할지 모른다는 얘기이다.

사건을 한번 시작하였으면 뿌리를 뽑아야 한다. 성과물을 내야 한다. 거창하게 시작한 수사가 사상누각(沙上樓閣)이 되게 해서는 안 된다. 성공할 수 없으면 수사를 시작하지 말아야 한다. 수사 실패는 검사의 역량에 치명상을 가할 뿐만 아니라 조직의 명예도 더럽힐 수 있다. 때로는 특임검사나 특별검사 수사로 망신을 당할 수도 있다.

2011년 서울중앙지검 특수부에서 근무할 때의 일이다. 치열하게 진행하던 수사를 허무하게 중단한 경험이 있었다.

검사실 수사관이 첩보를 입수하였다. 큰 규모의 회사에서 자금을 횡령하고 있다는 내용이었다. 첩보를 검토한 결과 수사할 가치가 있는 것으로 판단하였다.

회사에서는 피라미드 구조로 되어 있는 수십 개의 하청업체에 물품을 공급하면서 대금보다 많은 돈을 지급한 후 일정 비율로 되돌려 받아 비자금을 조성하였다는 것이다. 첩보에 따르면 1년에 50억 원 상당의 비자금을 조성한다는 것으로 결코 가벼운 사안이 아니었다. 첩보 내용에 신빙성이 있는 것으로 판단되었다.

결재라인에 수사 개시에 대한 보고를 하였다. 규모가 작지 않은 회사였으므로 윗분들도 부담이 되었는지 첩보의 신빙성에 대해 집중적으로 물어보셨다. 열심히 기업활동을 하고 있는 회사에 사소한 일로 데미지를 주어서는 안 되기 때문이다.

마침내 결재라인의 승낙을 얻었고, 법원으로부터도 압수수색 영장을 발부받아 유력한 하청업체부터 압수수색을 시작하였다. 하청업체 직원들은 일생에 한 번 있을까 말까 한 압수수색을 당하면서 우왕좌왕하였다. 영업이 중단된 것은 말할 것도 없었다.

동시에 하청업체들에 대해 계좌추적 영장을 발부받아 상위업체로 자금을 송금한 내역을 확보하였다. 횡령으로 의심되는 금액을 특정하였다. 횡령 금액이 상당한 것으로 보였다.

이제는 중간 업체에 대한 압수수색을 진행하였다. 마찬가지로 계좌추적도 병행하였다. 그런데, 하청업체 수사를 통해 특정하였던 횡령액이 위로 올라갈수록 점점 줄어들기 시작하였다. 중간 업체에서는 이런저런 핑계를 대면서 횡령액의 금액을 의도적으로 줄이기 시작했고, 법적으로도 입증하기가 어려워 공제하기도 하였다.

이제는 회사 대표 측근까지 수사를 진행하였다. 측근을 통해서 회사 대표에게 비자금이 건네졌을 것이다. 측근과 측근이 운영하는 회사에 대해 집중적으로 수사를 진행하였다. 그런데 이게 웬일인가? 횡령 금액이 점점 줄어드는 것이 아닌가? 피라미드 구조로 되어 있는 물품 공급과 대금 흐름에서 윗부분으로 올라갈수록 횡령 금액이 줄어들었던 것이다. 여기저기서 돈이 자꾸 새 나갔다.

우리는 당초 1년에 50억 원 상당의 비자금을 목표로 하였으나 턱없이 적은 금액만 비자금으로 추정되었다. 이거 큰일이다!

이제 수사를 계속할지 말지의 문제가 대두되었다. 회사 대표에게 비자금을 전달한 것으로 추정되는 측근이나 그 회사에 대해 압수수색을 진행하는 등 추가 수사를 계속할지 고민이 되었다. 결재라인에 마지막 한 번만 계좌추적을 하겠다고 말씀드렸다. 계좌추적을 통하여 거액의 비자금을 찾아내거나 거액의 비자금이 회사 대표에게 넘어간 정황을 찾아내지 못하면 과감히 수사를 접 겠다고 말씀드렸다.

안타깝게도 그 계좌추적에서 유의미한 증거를 확보하지 못하였 다. 우리가 확보한 비자금 추정 금액은 첩보 내용에 비해 극히 소 액에 불과하여 정식으로 입건하기도 어려운 실정이었다. 더구나 그 비자금이 전달자를 통해 회사 대표에까지 전달되었다는 점을 입증하기도 쉽지 않은 상태였다. 2개월 가까이 여러 업체에 대해 수사하였으나 눈물을 머금고 수사를 중단할 수밖에 없었다. 다만, 향후 추가 단서가 확보되면 수사를 재개할 수 있도록 하기 위해 기록을 보존하였다.

참담하였다. 검사실은 침울한 분위기로 뒤덮였고, 결재라인에 도 면목이 없었다. 그날 저녁은 수사관들과 함께 소폭을 말아먹 었다.

하위 그룹에서부터 상위 그룹으로 비자금의 흐름을 쫓아가면 서 횡령액을 특정하는 것이 얼마나 어려운지 실감하였다. 상위 그룹인 회사 대표들 간의 다툼 또는 핵심 지위에 있는 직원의 제 보나 양심선언이 있었다면 쉽게 수사가 진행되었을 수도 있었다. 아쉬웠다.

사람이나 기업을 죽이는 수사를 해서는 안 된다. 검사에게 주어 진 칼로 사람이나 기업을 살려야 할 때도 있다. 칼을 써서 살리는 경우도 있고, 쓰던 칼을 거두어들임으로써 살릴 수도 있다. 진정 한 검술의 달인은 검으로 찌르는 것이 아니라 검을 멈추는 데서 그 진면목이 드러난다고 한다.

고삐를 잡고 달리던 말을 되돌린다는 것은 쉬운 일이 아니다. 그럼에도 수사를 중단함으로써 얻는 이익이 더 크다면 눈물을 머금고라도 수사를 중단하는 것이 맞다. 상황을 냉철하게 파악하여 승산이 없다면 과감하게 접는 것도 진정한 용기이다.

빈대를 잡자고 초가삼간을 태울 수는 없다. 빈대는 다음에 잡아도 되지만 초가삼간을 태우면 다시 짓기가 쉽지 않다.

● 불신의 시대

　형사부에 근무하는 A 검사는 오늘도 기록에 파묻혀 시간 가는 줄도 모르고 사건 내용을 검토하고 있었다. 집에는 여우 같은 마누라와 토끼 같은 자식들이 기다리고 있음에도 젊음을 불태우며 정의를 지킨다는 신념으로 피곤함을 이기고 있었다.

　A 검사는 사건 내용에 의문이 있어 이를 확인하기 위해 참고인의 휴대폰으로 전화를 걸었다. "여보세요? ○○○ 씨 되시나요?"

　휴대폰으로 들려오는 퉁명한 목소리, "그런데요?"

　A 검사는, "네, 검찰청입니다. 저는 ○○○ 검사인데, ○○○ 사건 관련 여쭈어보려고 합니다."

　퉁명한 목소리, "아, 예. 당신이 검사면 나는 검찰총장이오."

　A 검사는, "여기 진짜 검찰청이고, 저도 진짜 검사입니다."

　퉁명한 목소리, "나도 진짜 검찰총장이야. 이 사람아!"

　"뚜 뚜 뚜…."

　A 검사는 순간 생각했다. '진짜 검찰총장인가?'

※ 보이스피싱이 기승을 부리고 있다. 각박한 세상이 되었다. 진짜를 진짜라고 말해도 믿지 못하는 세상. 진짜라고 믿었다가 잘못하면 큰코다칠 수도 있으니….

『훈민정음(訓民正音)』을 찾아서

2017년 지방의 소규모 지청장으로 근무할 기회가 있었다. 규모는 작지만 기관장이므로 검찰 내부의 업무뿐만 아니라 유관기관과의 협력 부분까지 챙겨야 하는 자리이다.

역사가 오래되고 조용한 소규모 도시이므로 사건 사고가 중앙 언론에 보도되는 사례는 극히 드물었다. 그럼에도, 중앙 언론에 대대적으로 보도된 내용이 있었다. 바로 두 번째로 발견된 『훈민정음(訓民正音)』 해례본에 대한 이야기이다. 관내 지역의 특정인이 이 『훈민정음』 해례본을 소장하고 있다는 것이고, 이에 대해 민사소송이 진행되고 있었다.

언론에 보도된 송사(訟事) 내용은 다음과 같았다.

2008년 7월 안동 MBC는 『훈민정음』 해례본이 발견되었다고 단독으로 보도하였다. 당시까지 『훈민정음』 해례본은 서울 성북

구에 있는 간송미술관에 소장되어 있는 것이 유일하였으므로 이목을 집중시켰다.

그러나, 소장자 이웃에서 살던 사람은 자신이 원래『훈민정음』의 주인이라고 주장하였다. 소장자가 자신의 고서적(古書籍) 가게에서『훈민정음』을 몰래 훔쳐 갔다는 것이다. 주장자는 소장자를 상대로 형사적으로 고소를 하고 민사소송을 제기하기도 하였다.

우여곡절 끝에 주장자는 소장자를 상대로『훈민정음』을 인도하라는 민사소송에서 승소하였다. 주장자가『훈민정음』의 본래 소유자라는 의미이다. 이제『훈민정음』의 소유자는 주장자로 확정된 것이다.

민사(民事)에서 소유권이 확정되었으므로 형사(刑事)에서도 소장자가 주장자의『훈민정음』을 절도한 것으로 평가되어 소장자는 구속기소 되었다. 1심에서 징역 10년의 중형이 선고되었다.

그 사이에 주장자는『훈민정음』의 가치를 인정하여 국가에『훈민정음』을 기증하였다. 이제는『훈민정음』이 국가의 소유가 된 것이다. 그럼에도 소장자는 자신이『훈민정음』의 진정한 소유자라고 주장하면서『훈민정음』을 꼭꼭 숨기고 국가에『훈민정음』을 반환하지 않았다.

그런데, 소장자는 2심에서 무죄를 선고받았고, 대법원에서 무죄가 확정되었다. 소장자가 주장자로부터『훈민정음』을 절도하였다는 점이 충분히 입증되지 않았다는 이유에서였다.

이에 소장자의 반격이 시작되었다. 패소 판결을 내린 민사 확정 판결이 잘못되었고 자신이『훈민정음』의 정당한 소유자라고 주장하였다. '청구이의의 소'를 제기하여 확정판결의 효력에 대해 다투게 되었다.

그 사이에 2015년 소장자의 집에 불이 나 소장가가 보유하던 『훈민정음』의 일부가 불에 탄 것이 언론에 공개되기도 하였다. 우리의 희귀 문화재가 보관상의 문제로 소실될 위험에 처한 안타까운 일이었다.

지역사회에서는 소장자에게 『훈민정음』을 공개하라고 요청하였다. 소장자는 『훈민정음』의 감정가가 1조 원 상당이므로 감정가의 10%에 해당하는 1,000억 원 상당은 받아야 『훈민정음』을 내놓을 수 있다고 주장하였다. 나중에는 1,000억 원을 주어도 『훈민정음』을 내놓지 않겠다고 주장하면서 현재까지 이르게 되었다고 한다.

그러면, 『훈민정음』 '해례본'이란 무엇인가?

조선시대 세종대왕이 한글을 창제하였고, 책자로서의 『훈민정음』은 한글의 창제 이유와 그 원리를 설명해 둔 것이다. 총 33장 1책으로 이루어진 한문 해설서이다. 1446년 세종대왕의 명령으로 정인지, 신숙주, 성삼문, 최항, 박팽년, 강희안, 이개, 이선로 등 집현전의 8 학자가 집필한 것으로 알려져 있다.

『훈민정음』은 크게 '예의(例義)'와 '해례(解例)'로 구성되어 있다. 예의는 4장으로 구성되어 있는데, 세종이 직접 지었다고 한다. 한글을 만든 이유와 한글의 사용법을 간단하게 설명하고 있다. 해례는 26장으로 구성되어 있는데, 한글의 자음과 모음을 만든 원리를 설명하고 있다. 마지막으로 정인지의 서문(序文) 3장이 있는데 세종대왕이 직접 한글을 만들었다는 내용을 기술하고 있다.

예의 부분은 간략하여 『세종실록』이나 『월인석보』 등에 그 내용이 실려 있었으나 한글 창제 원리가 적시된 해례 부분은 발견되지 않아 종래 한글의 기원에 대해 다양한 의견이 있었던 상황이었다.

그러던 중, 1940년 경북 안동시에서 『훈민정음』 책자가 발견되었고, 간송 전형필 선생은 일제시대 및 6·25 전쟁 중에도 책자를 안전하게 보전하였다. 이 책자에는 종래 확인하지 못하였던 해례 부분이 포함되어 있어 『훈민정음』 '해례본'이라고 불리게 되었다. 『훈민정음』 해례본은 현재 간송미술관에 소장되어 있는데, 1962년 국보 제70호로 지정되었고, 1997년 유네스코 세계 기록 유산으로 등재되었다.

『훈민정음』 해례본 덕분에 세종대왕의 독창적인 한글 창제 원리가 만천하에 알려지게 되었고, 민족의 자긍심을 한껏 드높이게 되었다.

이제까지 말한 『훈민정음』 '해례본'은 "國之語音 異乎中國(국지어음 이호중국)…." 등 한문으로 기재되어 있다. 우리가 국어 시간에 배웠던 "나랏말ᄊᆞ미 듕귁에 달아…."라고 한글로 기재된 것은 『훈민정음』 '언해본(諺解本)'이라고 부른다. 언해본은 『훈민정음』이 창제된 훨씬 이후인 세조나 선조 때 간행된 것으로, 한문으로 된 『훈민정음』 해례본을 한글로 풀이하여 백성들이 그 내용을 알 수 있게 한 것이다.

두 번째로 발견된 『훈민정음』은 원본에 추가적인 내용을 가필한 것으로 알려져 있다. 학술상으로 첫 번째 『훈민정음』보다 더 가치가 있는 것으로 평가되기도 한다. 그럼에도 불구하고 화재로 일부가 소실된 모습이 언론에 공개된 것을 보면 안타까운 생각을 지울 수가 없다.

현재도 지방자치단체나 문화재청, 시민단체 등 모두가 소장자에게 희귀한 문화재인 『훈민정음』을 공개하고 국가에 반환할 것을 권유하고 있으나 소장자는 『훈민정음』을 내놓지 않고 있다. 이러는 사이에 소중한 우리의 문화재가 소실되지 않을까 하는 우려가 된다. 하루속히 『훈민정음』이 공개되었으면 한다.

어둠 속에 묻혀 있는 『훈민정음』이 언제쯤 밝은 빛을 볼 수 있을까?

● 언론의 실시간 한 컷

2011년 수사권조정 관련 서울중앙지검 평검사회의가 개최되었다. 서울중앙지검 평검사들의 의견이 중요한 잣대로 작용하기도 한다.

회의는 토요일 11시에 개최될 예정이었으므로, 총무인 A 검사는 10시 50분경 선배 검사들을 모시고 회의장으로 향하였다. 회의장 입구에 카메라 기자들이 진을 치면서 플래시를 터뜨렸다.

그런데 이게 웬걸! 회의장은 텅 비어 있었다. 검사들이 없었다. 당황한 선배 검사는 A 검사에게 어떻게 된 일인지 알아보라고 했다.

실시간 언론 기사, 「무언가를 지시하는 검사」

A 검사는 급히 회의 주최 측 검사에게 휴대폰으로 통화하였다.

실시간 언론 기사, 「어디론가 통화하는 검사!」

확인 결과 회의가 오후 2시로 연기되었단다. 총무인 A 검사가 한눈을 파는 바람에 컴퓨터를 통해 전달된 주최 측의 메시지를 놓친 탓이다. 모두가 선배 검사의 눈치를 살피며 긴장된 모습이었다.

실시간 언론 기사, 「심각한 검사들!!」

검사들은 신속히 회의장을 빠져나왔다.

실시간 언론 기사, 「황급히 퇴장하는 검사들!!!」

※ A 검사 덕분(?)에 부서원들은 신문과 텔레비전에 그 모습이 고스란히 노출되었다.

있는 그대로, 순리대로

2020년과 2021년, 한명숙 전 총리의 정치자금법 위반 사건과 관련하여 나라가 떠들썩하였다.

한쪽에서는 위 사건에서 증언한 사람을 '모해위증죄(謀害僞證罪)'로, 증언을 하도록 한 수사검사를 '모해위증교사죄'로 처벌해야 한다고 주장하였다. 다른 한쪽에서는 이들에 대한 혐의가 입증되느냐, 정치적 공세가 아니냐고 반문하였다.

형법 제152조 제2항에서는 모해위증죄에 대해, "형사사건 또는 징계사건에 관하여 피고인, 피의자 또는 징계혐의자를 모해할 목적으로 위증의 죄를 범한 때에는 10년 이하의 징역에 처한다."고 규정하고 있다. '모해(謀害)'라는 말은 '꾀를 써서 남을 해친다'는 말인데, 모해위증죄는 위증죄보다 죄질이 불량한 것으로 평가된다.

이와 같은 논쟁은 '검찰개혁'이라는 큰 줄기에서 파생된 것으로 보인다. 언론에서 먼저 검찰 수사의 문제점을 제기하고, 법무부에서 정식적으로 재조사와 감찰을 지시하는 순으로 진행되었다.

그러나, 당사자인 한명숙 전 총리는 정작 아무 말이 없었다.

한명숙 전 총리는 어떤 사람인가?

한명숙 전 총리는 우리나라 여성운동 1세대 중 대표적인 인물이다. 김대중 정부에서 여성부 장관을 시작으로 노무현 정부에서는 환경부 장관을 거쳐 국무총리까지 올랐다. 국회의원 2선으로 민주통합당 대표를 역임하고, 2010년에는 제5대 서울시장 선거에 출마하기도 하였다가 오세훈 당선자에게 불과 0.6% 차이로 패배하기도 하였다. 언론에 의하면 한 전 총리는 '친노·친문 진영의 대모'로 평가된다.

한명숙 전 총리에 대한 사건은 2건이 있었다. 첫 번째는, 2006년경 대한통운 사장 곽영욱으로부터 미화 5만 달러의 뇌물을 수수한 혐의로 기소되었으나 법원에서 최종적으로 무죄가 선고되었다.

두 번째는, 2007년경 한신건영 대표 한만호로부터 3회에 걸쳐 9억 원 상당의 정치자금을 수수한 혐의로 기소되었다가, 1심에서는 무죄가, 2심과 대법원에서는 유죄가 선고되어 징역 2년이 확정되었다.

한만호가 한명숙 전 총리에게 전달하였다는 금원 중에 포함된 1억 원짜리 수표 한 장을 한명숙 전 총리의 동생이 전세 자금으로 사용한 점, 한만호가 한명숙 전 총리 측으로부터 2억 원을 반환받은 점이 유죄 판단의 결정적 단서로 판결문에 설시되었다.

2020년 들어 일부 언론에서 '죄수와 검사'라는 시리즈로 두 번째 사건의 검찰 수사 방식, 모해위증 및 모해위증교사에 대해 문제제기를 하였다. 두 번째 사건에서 증언을 한 사람과 증언을 하려고 했던 사람에 대한 인터뷰를 폭로 내지 양심선언이라는 명목으로 단독 보도하였다. 뒤이어 다른 언론들도 이에 가세하여 온갖 의혹이 증폭되었다.

나는 2019년 8월부터 대검에서 인권수사자문관으로 근무하고 있었다. 인권수사자문관제도는 2018년 7월부터 시행된 제도로, 검찰의 주요 수사 사건을 '악마의 변호인(devil's advocate)' 또는 '레드팀(red team)' 입장에서 자문함으로써 검찰 수사의 적정성을 확보하고 인권침해를 방지하는 것이 목적이었다.

그러던 2020년 6월 초순 어느 날 느닷없이 서울중앙지검 인권감독관실로 파견 명령을 받게 되었다. 법무부의 지시에 따라 그즈음 언론에서 보도되던 한명숙 전 총리 사건 재조사를 위해 투입된 것이다.

재조사팀은 나를 포함하여 검사 3명 등 총 7명으로 구성되었다. 언론보도를 통해 각종 의혹이 증폭되고 여론이 양분된 만큼, 이 사건은 차후에 누군가가 또 재조사를 할 것이고, 누군가가 또 평가를 할 것이므로 '있는 그대로, 순리대로' 처리하기로 하였다.

총 115권으로 수천 페이지에 달하는 사건 기록을 철저히 검토하고 사건 관련인들 수십 명을 조사하였다. 찌는 듯한 무더위에도 아랑곳하지 않고 밤늦게까지 불을 밝혔다.

2020년 7월 초순, 우리는 당시까지의 조사 결과를 100장의 중간 보고서에 담아 대검에 보고하고 임무를 종료하였다. 우리가 처음에 다짐한 대로 '있는 그대로, 순리대로' 조사하려고 최대한 노력하였다. 실제로 그렇게 하였다고 생각한다. 법률가의 입장에서 최대한 객관적이고 공정하게 우리의 의견을 담았다.

나는 한 달여 파견 생활을 무사히 마치고 가벼운 마음으로 대검으로 복귀하였다.

이 사건에 대해서는 대검 감찰부에서 추가 조사하기로 하였다. 나는 이제 다시는 이 사건에 관여할 일이 없을 것으로 생각하였다.

그 이후 2020년 9월에 서울중앙지검 공판1부장으로 발령받아 편안한 마음으로 근무하고 있었다. 3명의 부부장검사가 서울지방경찰청과 서울 시내 10개 경찰서에서 신청된 각종 영장을 검토하고, 5명의 공판검사가 공소유지를 하는 통상 업무에 종사하였다.

그 이후 대검 감찰부에서는 임 모 검찰연구관이 이 사건에 대해 추가 조사를 한 후 기소 의견을 주장하였다고 한다. 그러나, 대검에서는 2021년 3월 5일 "한 전 총리의 재판과 관련해 증인 2명과 수사팀의 모해위증·교사 사건은 합리적인 의사결정 과정을 거쳐 혐의를 인정할 증거가 부족하다고 판단했다."며 사실상 무혐의 처분을 내렸다.

이에 대해 임 모 검찰연구관은 자신이 이 사건에서 배제되었다고 주장하였고, 박범계 법무부 장관은 2021년 3월 17일 역대 네 번째 수사지휘권을 발동하여 "대검 부장회의를 열어 기소 가능성을 재심의하라. 관련인들로부터 사안 설명을 듣고 충분히 토론하라."고 지휘하였다.

급기야 대검에서는 법무부 장관의 수사지휘권을 수용하여 대검 부장 및 일선 고검장들을 포함한 대검 부장회의를 2021년 3월 19일에 개최하여 기소 여부에 대해 재심의하기로 결정하였다.

이때까지만 하여도 나는 흥미진진한 게임을 방관하고 있었다. 이미 나의 손을 떠난 사건이려니 생각하였다. 강 건너 불구경!

대검 부장회의가 있기 하루 전인 2021년 3월 18일 목요일 오후, 경찰에서 신청된 영장을 바쁘게 검토하고 있던 나는 느닷없이 대검으로부터 공문 한 장을 수신하고야 말았다!

제목은 '대검찰청 부장회의 참석 요청'!

아! 이 무슨 날벼락인가! 내가 또다시 이 사건과 엮일 줄은 몰랐다. 이 골치 아픈 사건의 소용돌이에 내가 왜 휩쓸려 들어가야 하는가? '신이시여 왜 나를 이 논쟁의 소굴로 인도하나이까!' 그러나, 별수 있겠는가. '요청'은 정중한 초대가 아니라 참석하라는 '명령'이다.

2021년 3월 19일 나는 옷차림을 단정히 하고 자료를 준비하여 대검 회의실로 향하였다. 그 어느 때보다 발길이 무거웠다.

이 사건에 대해서는 정치적 진영 논리가 너무 깊게 투영되어 있었다. 한 측에서는 검찰개혁을 주장하면서 '대모'의 무고함을 외쳤고, 다른 측에서는 '대모 구하기'의 허상을 주장하였다.

그러나, 나는 법률가이다. 온갖 억측이 난무할수록, 판단이 어려울수록 법률가의 입장에서 '있는 그대로, 순리대로' 판단해야 한다. 증거에 따라 엄격한 증명을 토대로 사건을 검토해야 한다.

대검 부장회의는 오전 9시부터 시작되었다. 대검 감찰부에서 준비한 자료, 대검 감찰부원들의 각 의견, 나의 의견, 수사검사의 의견이 제출되어 회의 참석자들이 검토하였다. 상당한 시간 동안 대검 감찰부원들의 사건 설명이 이어졌다.

나는 오후 5시가 넘어서야 회의장에 입장할 수 있었다. 나와 임 모 검찰연구관, 대검 감찰부원들 3명이 차례대로 나란히 앉아 참석자들의 질의응답을 받았다. 수사검사도 참석하여 잠깐이나마 자신의 의견을 피력하고 질의응답에 응하였다.

짧은 시간 동안 주요 사안을 검토하였지만 일부 참석자들의 질문은 상당히 날카로웠다.

일부 언론에 보도된 바와 같이, 나는 증언을 한 사람과 수사검사를 모해위증죄 및 모해위증교사죄로 처벌할 수 없다고 강력히 주장하였다. 정치적 진영 논리를 벗어나 법률가의 입장에서 '있는 그대로, 순리대로' 기소 가능성을 심의해야 한다고 주장하였다.

자장면을 시켜 먹은 후 밤 11시가 가까워서야 회의가 끝났다. 이제는 나의 임무는 끝났다. 남은 것은 대검 부장회의 참석자들의 표결 절차일 뿐이다. 합리적인 결정이 있을 것이라고 믿을 뿐이었다.

이후 언론보도를 보니 참석자들 중 10명이 불기소 의견이었고, 기소 의견은 단 2명에 불과하였다고 한다. 언론보도가 사실이라면 참석자들 대부분이 임 모 검찰연구관의 의견보다는 나와 감찰부서원들의 주장이 더 합리적이라고 판단한 것이다.

그럼에도 박범계 법무부 장관은 2021년 3월 22일 입장표명을 통해 대검 부장회의에 수사검사가 참석한 점에 대해 절차적 정의를 문제 삼았다. 이 사건에 대해 법무부와 대검이 합동으로 감찰하여 제도개선 방안을 추진하겠다고 하였다. 또한, 대검 부장회의 내용의 언론 유출에 대해 감찰을 통해 진상을 규명하겠다고 공언하였다.

2021년 7월 14일 법무부는 검찰 수사 관행 문제점 개선을 위한 '법무부·대검 합동감찰 결과'를 발표하였다. 그 내용을 보면, ① 배당과 수사팀 구성에 있어 원칙 마련, ② 검사의 증인 사전면담 내용 기록·보존, ③ 「형사사건 공개금지 등에 관한 규정」 개정한다는 것이었다.

요란스럽게 대대적인 합동감찰을 공언하였음에도 감찰 결과는 초라하기 짝이 없었다. 우리가 한명숙 전 총리에 대한 재조사 결과와 함께 제도개선 사항을 건의하여 이미 대부분이 제도화되었고, 검찰 스스로도 많은 제도를 개선하였기 때문이다.

감찰 결과에는 한명숙 전 총리가 실제로 한만호로부터 금품을 수수하였는지에 대한 핵심 사항은 언급조차 없어 알맹이 없는 감찰 결과라는 언론 비판에 직면하고 말았다. 더하여 법무부의 감찰 결과가 사실과 다르다는 검찰 내부의 목소리도 터져 나와 감찰 결과에 대한 신뢰마저 논란의 대상이 되었다.

2021년 7월 15일 대검 감찰부는 감찰위원회를 열어 한명숙 전 총리 수사팀 검사 2명에 대해 징계를 하려고 시도하였으나 감찰위원들의 반발로 무산되고, 결국 두 검사에게 '무혐의'와 '불문(不問)'을 의결하는 데 그쳤다는 언론보도가 나왔다. 징계시효가 3년으로 이미 징계시효가 만료되었음에도 감찰위원회가 열리는 것 자체가 이해가 되지 않는다는 비판이 쏟아지기도 했다.

이 사건은 2021년 3월 22일 자로 공소시효가 완성되었다.

그다음 날인 2021년 3월 23일 임 모 검찰연구관은 페이스북에 다음과 같은 글을 올렸다.

"회의에 참석한 이상 회의 결과에 따르지 않을 도리가 없으니 참담한 심정으로 공소시효 도과 후의 첫 아침을 맞네요. 윤석열 전 총장과 조남관 차장에게 역사가 책임을 물을 것이고, 저 역시 법적 책임을 물을 것입니다."

과연 누가 역사의 책임을 지고, 누가 역사의 심판을 받을 것인가? 미래의 역사가 제대로 평가해 주기를 바랄 뿐이다.

최근 몇 년 동안 국정의 화두는 단연코 검찰개혁이었다. 검찰개혁과 관련하여 여론이 정확히 두 동강 나고 말았다. 코로나 시대를 맞이하여 여론을 모아 어려움을 뚫고 앞으로 나아가도 부족할 판인데 참으로 안타까운 일이 아닐 수 없다.

돌이켜 보면, 검찰개혁을 통하여 우리는 무엇을 얻었는지 반문하지 않을 수 없다. 검찰개혁의 '목적이 정당하였는지, 그 절차나 과정이 공정하였는지, 결과가 정의로웠는지'도 알 수 없다. 검찰 개혁과 수사권조정, 소위 '검수완박(검찰 수사권 완전 박탈)'으로 국민들이 더 나은 사법 서비스를 받고 있는지도 의문이다. 절대 그렇지 않다고 장담한다.

예를 들어 보자.

피해자가 상대방을 고소하거나 고발하려고 하면, 상대방이 누구인지, 죄명이 무엇인지를 꼼꼼하게 따져야 한다. 그래야만, 고소장을 경찰에 접수할지, 검찰에 접수할지, 공수처에 접수할지 결정되기 때문이다. 하루하루 밥 벌어먹기도 힘든데 고소장 하나 제출하는 데도 어디에 제출해야 할지 도무지 알 수가 없다. 법률 전문가에게 자문을 받아야 한다. 그런데, 법률 전문가도 법률의 내용을 잘 모른다. 70년 사법체계가 하루아침에 완전히 바뀌었기 때문이다. 법률이 너무 어렵고 복잡하게 되어 있기 때문이다.

우여곡절 끝에 고소장을 무사히 경찰에 제출했다고 치자. 경찰은 고소인과 피의자를 조사한 후 혐의없음 불송치 결정을 한다. 고소인은 경찰에 이의신청을 한다. 사건이 검찰에 송치된다. 검사는 추가 수사가 필요하다고 판단하여 경찰에 보완수사를 요구한다. 경찰은 추가 수사 후 다시 혐의없음 불송치 결정을 한다. 고소인은 다시 이의신청을 한다. 검사는 다시 경찰에 보완수사를 요구한다….

끝없는 반복이다. 사건처리가 하세월이다.

2023년에 개정되기 전 규정은, 검사가 대질조사 등 추가 수사를 통하여 사건의 실체를 밝히고 싶어도 할 수 없었다. 법령에서

"특별히 직접 보완수사를 할 필요가 있다고 인정되는 경우를 제외하고는 사법경찰관에게 보완수사를 요구하는 것을 원칙으로 한다."고 규정하고 있었기 때문이다. 열심히 실체관계를 밝히겠노라고 하다가 자칫 법령 위반으로 징계를 받을 수 있다. 어느 검사가 그런 위험을 감수하려 하겠는가? 편한 길을 택할 것이다.

하나의 예를 들었을 뿐이지만, 우리 형사사법 체계에 따른 피해는 고스란히 피해자나 고소인의 몫이 될 것이라고 감히 단언한다. 최근 여러 언론에서는 검찰개혁과 수사권조정, 검수완박의 폐해에 대해서 보도하고 있다. 하루가 멀다 하고 또 다른 언론에서 같은 취지로 보도하고 있다. 앞으로도 국민들의 아우성은 더욱 커질 것이다.

나도 검수완박에 적극적으로 반대하였다. 검찰 내부 통신망에 여러 글을 게재하면서 검찰 구성원들을 독려하였다.

70년의 역사를 이어 온 우리나라 형사사법 체계를 송두리째 내던지는 검수완박, 국민의 의사를 무시한 채 겁박과 탈법을 자행하고 위헌적인 꼼수를 동원한 검수완박을 질타하였다.

검수완박의 과정에 어떤 인물이 어떤 행위를 하였는지 실명과 함께 구체적으로 적시한 '백서'를 만들 것을 제안하기도 하였다. 검수완박의 내용과 과정이 옳았는지, 그것이 정당하였는지 우리 후손들이 판단하고 역사가 심판하도록 해야 한다고 주장하였다.

노자의 『도덕경』에 '상선약수(上善若水)'라는 말이 있다고 한다. "가장 좋은 것은 물과 같다."는 말이다. 물은 순리대로 흐르지만 약함이 없다. 물은 천천히 아래로 흐르면서 모든 것을 변화시키고 종국에는 거대한 바다와 한 몸이 된다. 아무도 물의 흐름을 막아서는 안 된다.

인간사도 마찬가지다. 모든 것은 있는 그대로, 순리대로 진행되어야 한다. 사건처리도 그렇고, 제도개선도 그렇다. 있는 그대로가 아닌, 순리대로가 아닌 경우 '역사의 책임'을 지게 될 것이다.

● 동명이인

    법정에서 피고인이 공소사실을 부인할 경우 공소사실을 입증하기 위해 검사는 증인을 신청하여 심문하게 된다.

    공판을 담당하던 A 검사는 떨떠름한 표정을 짓고 있는 증인을 상대로 심문을 시작하였다.

    "증인이 김○○이지요?", "네, 맞습니다."

    "증인은 피고인 이○○를 알고 있지요?", "아니요, 모릅니다."

    "···."

    "증인은 피고인 이○○를 모르나요?", "네, 모르는 사람입니다."

    "···."

    "증인은 ○○동에 살고 있지요?", "네, 맞습니다."

    "주민등록번호가 어떻게 되지요?", "XXXXXX-XXXXXXX입니다."

    맙소사! 주민등록번호 앞자리까지 같고, 같은 동네에 살고 있는 동명이인이다. 이럴 수가!

    ※ 사건의 목격자가 증인으로 소환되어야 하는데 어떤 경위로 사건 내용을 전혀 모르는 동명이인이 소환되었다. 그것도 출생연도가 같고 같은 동네에 살고 있는 동명이인이···.

조두순 출소, 막을 법이 없었다?

조두순이 2020년 12월 12일 출소하였다. 온 나라가 떠들썩하였다.

'조두순 출소, 막을 법이 없었다?' 과연 조두순의 출소를 막을 방법이 없었을까? 조두순의 출소를 막아 달라는 국민들의 목소리가 와글와글하였는데 뾰족한 해법이 없었을까?

2008년 초등학생을 성폭행한 범죄로 징역 12년을 선고받은 조두순에 대해 국민적 공분(公憤)이 높았고, 조두순이 출소하게 된다는 사실에 국민들은 더욱 불안해하였다.

문재인 정부 청와대 국민청원 게시판에는 조두순의 출소를 반대하면서 재심(再審)을 청원하는 글에 참여 인원이 수십만 건을 넘어, 국민들의 불안감을 방증해 주었다.

2017년 12월 6일 국민청원 참여 인원이 12만 명에 달하자, 청와대는 국민청원 참여자들의 분노에 깊이 공감한다면서도 재심은 불가능하고 현행법상 출소 이후 조두순을 격리할 수 없다는 공식 답변을 내놓았다. 아울러, 조두순에 대해 전자발찌를 부착하고 일대일 전담 관리 보호관찰을 통해 관리하겠다고 하였다. 그러나, 조두순에게 전자발찌를 부착하고 보호관찰관이 일대일 전담 관리를 한다고 하더라도 사회적으로 위험한 인물에 대한 충분한 보호책이 되기는 어려웠다.

실제로 조두순이 출소하였음에도 정부는 충분한 대책을 내놓지 못하였다. 지자체와 협력하여 조두순의 주거지 반경 1km 이내 지역을 여성안심구역으로 지정하여 시시티브이 증설, 방범초소 설치 등 범죄예방 환경을 조성한다고 한다. 조두순에 대해 전자발찌를 부착하고 일대일 전담 관리를 하겠다는 등의 내용에 불과하다.

그러는 사이에 피해자 가족은 생활근거지를 떠나 이사하기로 결심했다는 씁쓸한 언론보도를 접할 뿐이다.

현행법상으로 출소하는 위험한 흉악범죄자들을 형기 종료 후에도 사회로부터 격리할 수 없다면, 국민적 합의를 통해 사회로부터 격리할 수 있는 새로운 제도를 마련했어야 한다고 생각한다.

흉악범죄자들에 대한 재범의 위험성이 상대적으로 경미하다고 판단할 경우에는 보호관찰이나 이를 병행한 전자발찌 착용 등을 통한 '사회 내 보안처분'이 합당할 것이다. 그러나, 재범의 위험성이 매우 높다고 판단할 경우에는 수용시설 내에서 사회적 위험성을 차단하면서 사회복귀를 도모하는 '시설 내 보안처분(施設 內 保安處分)'이 필요하다. 형벌과 다른 의미의 보안처분을 도입하는 것이다.

조두순과 같이 위험한 인물에 대해서는 형기가 종료되었더라도 법원에서 재범의 위험성을 다시 평가하여 '시설 내 보안처분'을 선고함으로써 일정 기간 사회로부터 격리할 필요가 있다. 재범의 위험성을 방지하여 국민들을 범죄로부터 보호하는 동시에, 대상자 입장에서도 원활한 사회복귀에 도움을 받을 수 있도록 하자는 것이다.

종래 우리나라에는 시설 내 보안처분으로 '보호감호제도'가 운영되었으나, 2005년 8월 4일 「사회보호법」이 폐지됨에 따라 보호감호제도도 사라지게 되었다. 그런데, 보호감호제도에 대해 인권침해 시비가 있었고, 제도에 대해 위헌성이 제기된 것은 사실이나, 보호감호제도가 위헌이라는 이유로 폐지된 것은 아니었다.

헌법재판소도 보호감호제도에 대해, 보호감호는 형벌과 구별되는 보안처분이므로 이중처벌이 아니라는 이유로 일관되게 합헌성을 인정(95헌바20, 98헌마31, 32, 99헌바7, 2007헌바50 등)하였다. 또한, 보호감호제도가 폐지된 이후에도 수차례에 걸쳐 '보호감호제도의 필요성과 국민의 기본권보장 간의 관계에 대한 인식의 변화로 입법부가 종전의 사회보호법을 폐지한 것이지 제도 자체는 합헌'이라고 판단하였다.

확정된 보호감호 판결은 여전히 유효하고 그 효력에 따라 2023년 8월 현재 13명에 대해 교도소에서 보호감호를 집행 중이고, 29

명은 그 형을 집행하면서 향후 보호감호 집행을 대기하고 있다.

2008년도부터 시행된 사회 내 보안처분인 '특정 범죄자에 대한 전자발찌 제도'는 재범률을 낮추는 데 크게 기여한 것은 사실이나, 전자발찌를 훼손하거나 부착상태에서도 재범을 할 수 있다는 점에서 흉악범죄 대응에 한계가 있다. 최근 언론에서 전자발찌를 착용한 채 강력범죄를 저지른 사건을 연일 보도하고 있는 것을 보아도 그 한계를 충분히 알 수 있을 것이다.

살인이나 강도, 성폭력, 아동 성폭력 등을 저지르는 흉악범죄자들을 사회로부터 격리하자는 국민들의 여론이 그 어느 때보다 높은 상황이다. 흉악범죄자들로부터 사회를 보호하는 것이 더 중요한 것인지 흉악범죄자들의 인권이 더 중요한 것인지 비교형량을 할 때가 되었다. 냉정하게 판단하자면 이미 '골든타임'을 놓쳐 버렸다.

형기가 종료된 특정 위험범죄자들을 별도 시설에 수용·관리하면서 사회복귀에 필요한 프로그램을 지원하는 보안처분을 도입할 필요가 있다. 시설 내 보안처분으로 평가되는 '보호수용제도'를 공개적으로 논의할 필요가 있다. 시설 내 보안처분은 우리나라만의 독단적인 제도가 아니다. 독일이나 스위스, 오스트리아 등 유럽 선진국에서도 보호수용과 유사한 '자유박탈적 보안처분' 제도를 시행하고 있다.

종래 법무부에서는, 「사회보호법」 폐지 이후 흉악범죄에 대응하기 위한 '자유박탈적 보안처분' 제도의 필요성을 공감하여 수차례 법률 제·개정안을 국회에 제출한 바 있었으나 입법까지 이르지는 못하였다.

2011년 11월에는 '살인, 성폭력, 강도, 방화, 유괴, 상해 등'의 범죄에 대해 자유박탈적 보안처분을 도입하는 「형법」 개정안을 국회에 제출하였고, 2015년 4월에는 '연쇄 살인범, 연쇄 성폭력범, 아동 대상 성폭력범'에 한정하여 자유박탈적 보안처분을 도입하는 「보호수용법」 제정안을 국회에 제출하였다.

내가 법무부 보호법제과장으로 근무할 때인 2017년에도, 종전 「보호수용법」 제정안과 그 내용은 유사하지만 인권침해 시비를 차단하기 위한 절차, 대상자들을 보호할 수 있는 절차 등을 대폭 수용한 「보호수용법」 제정안을 마련하여 국회 제출을 추진하기도 하였다. 그러나, 당시 대통령 탄핵과 맞물려 기획재정부의 반대로 무산되고 말았다.

위 법안들에 대해 국가인권위원회는 보호수용이 형벌과 차이가 없으므로 거듭처벌의 소지가 있다는 의견을 제시하였고 일부 시민단체에서도 보호수용제도 도입에 대해 반대 의사를 표시하여, 법안이 국회에서 제대로 논의되지 못한 채 폐기(廢棄)되거나 국회에 제출되지도 못하고 사장(死藏)되었다.

이와 관련하여, 20대 국회에서 2018년 3월 19일 윤상직 의원의 대표발의로 「보호수용법」 제정안이 발의되어, 2018년 9월 20일 법사위에 상정된 적이 있었다. 이 제정안은 2017년 법무부에서 추진하던 제정안 내용을 대부분 수용한 것으로 보인다. 그러나, 제정안의 발의에 대해서는 언론에서도 제대로 보도된 바가 없고, 일반 국민들도 발의 사실조차 몰랐으니, 제정안의 당부에 대해서는 논의되지도 못하고 국회의원의 임기 만료로 폐기되고 말았다.

「보호수용법」제정안은, '특정 위험범죄'를 살인범죄와 성폭력범죄로 규정하면서, 검사는 '살인범죄를 2회 이상 범한 경우, 성폭력범죄를 3회 이상 범한 경우, 13세 미만인 사람에 대하여 성폭력범죄를 저질러 중상해를 입게 한 경우' 보호수용을 법원에 청구할 수 있도록 하였다.

법원은 특정 위험범죄에 대해 징역 3년 이상의 실형을 선고하면서 보호수용 청구가 이유 있다고 인정하는 경우에는 1년 이상 10년 이하의 범위에서 기간을 정하여 보호수용을 선고할 수 있도록 하였다.

이와 함께 종래 인권침해 소지의 비판을 수용하여, 형집행시설과 독립되거나 구분된 보호수용시설에 수용하도록 하였고, 피보호수용자의 처우와 권리를 보장하기 위한 상당한 규정을 두었다.

이러한 보호수용제도는 종래 보호감호제도와 비교할 때, 자유박탈적 보안처분이라는 공통점이 있을 뿐, 대상과 절차, 집행 면에서 완전히 다른 제도로 평가되었다.

국회에 제출되었던 제정안은 부칙에서 "보호수용 청구는 이 법 시행 후 저지른 특정 위험범죄부터 적용한다."고 규정함으로써, 조두순과 같이 형을 선고받아 수용 중인 흉악범에게는 적용할 수 없다는 문제가 있었다. 따라서, 특정 위험범죄로 수용 중인 대상자들에 대해서도 검사가 법원에 청구하여 법원에서 보호수용 필요성 등을 심리하여 보호수용을 선고할 수 있도록 하는 내용을 추가할 필요가 있었다.

보호수용을 소급하여 적용하는 것이 형벌 불소급의 원칙에 위배되는 것이 아닌가 하는 의문이 있다. 그러나, 보호수용은 형벌이 아니라 장래의 사회적 위험성을 방지하기 위한 보안처분이다. 위에서 살펴본 바와 같이 우리나라 헌법재판소도 종래 보호감호제도라는 시설 내 처우에 대해 형벌과 구별되는 보안처분임을 인정하였던 것이다.

입법론적으로도, 2010년 7월 16일부터 시행된 개정 전자발찌법 부칙 제2조 제1항에서는, 전자발찌 제도가 시행된 2008년 9월 1일 이전에 판결을 선고받아 복역 중인 성폭력범죄자 혹은 출소후 3년이 경과되지 아니한 성폭력범죄자라도 재범의 우려가 있다면 검사의 청구에 의한 법원의 선고로 전자발찌 부착명령을 결정할 수 있도록 하였다.

이에 대해 헌법재판소는, "부착명령은 형벌과 구별되는 비형벌적 보안처분으로서 소급효금지원칙이 적용되지 아니한다."고 결정하였다. 또한, 피부착대상자들의 신뢰이익의 침해 정도가 과중하다고 볼 수 없고, 반면 성폭력범죄로부터 여성과 아동을 보호한다는 공익은 매우 크다고 판단하면서, "부칙조항의 입법 목적은 매우 중대하고 긴요한 공익이라 할 것이므로 법익 균형성 원칙에 위배된다고 할 수 없다."고 결정(2010헌가82, 2011헌바393)한 바 있었다.

결국, 국회에 제출되었던 「보호수용법」 제정안에, 특정 위험범죄로 형을 집행 중인 수용자에 대해서도 법원의 결정으로 보호수용 할 수 있는 조문을 추가하는 것이 필요하였다.

위 개정 전자발찌법 부칙은, 수용 중인 성폭력범죄자에 대한 집행이 종료되기 6개월 전부터 전자발찌 부착명령 청구 절차가 진행되는 것으로 규정하였다. 정부나 국회에서 조두순이 출소하기 최소한 6개월 이상 전에 위 개정 전자발찌법을 유추하여 「보호수용법」을 마련하였다면 조두순이 출소하는 것을 막을 수 있지 않았을까?

나는 이러한 내용에 대해 여러 언론인 및 제도 운용 관련인들에게 주장하고 요청하였으나 묵살되고 말았다.

조두순 출소를 막을 법이 없었다고? 출소를 막을 방법은 있었다! 국민들은 이러한 사실을 몰랐고, 당시 정부나 국회 관계자들은 이러한 사실을 알면서도 외면(外面)하였는지 묵살하였는지 모를 일이다.

종래 보호감호제도에 대해 인권침해 시비가 있었다는 이유로, 그와는 양적으로나 질적으로 다른 보호수용제도에 대해서도 공개적으로 논의하는 것을 꺼리는 경향이 있었음을 느낀다. 보호수용 등 시설 내 보안처분의 도입을 주장하면 '반(反)인권적'이고 '반(反)시대적'인 것으로 치부되는 경향도 있었음을 느낀다.

보호수용제도 도입을 주장하는 것은 조두순과 같은 흉악범죄자들로부터 우리 사회를, 우리 국민들을 보호하고자 하는 것이다. 그럼에도, 국민들은 「보호수용법」 제정안이 발의되어 있다는 사실조차 몰랐고 조용히 사장(死藏)되었으니 안타깝기 그지없다.

이제 보호수용제도를 음지에만 둘 것이 아니라 햇볕에 꺼내어 국민들 앞에서 당당하게 논의할 필요가 있다고 생각한다. 보호수용제도가 범죄로부터 우리 사회를, 우리 국민들을 보호하기 위해 필요한 제도인지, 보호수용제도에 위헌성이나 인권침해의 요소가 있는지, 있다면 무엇인지, 공익과 사익을 비교형량 하였을 때 어떤 결론을 내리는 것이 타당한지에 대해 공론의 장을 만들 필요가 있다.

다행히 우리가 만들었던 보호수용법안과 같은 내용을 담은 보호수용법안 3건(김병욱 의원, 김철민 의원, 양금희 의원 대표발의)이 20대 국회에 제출된 적이 있었다. 김남국 의원은 아동 대상 성폭력범에 한정하여 유사한 내용의 법안을 제출하기도 하였다.

'제2, 제3의 조두순'이 또다시 나타나지 않으리라는 보장이 없다. 흉악범죄자들의 인권이 중요한지, 국민들의 안전이 중요한지, 진지한 논의가 있기를 기대한다. 제도적 장치를 만들 수 있었음에도 불구하고 그러한 기회를 놓쳤지만 역설적으로 아직도 늦지 않았다.

국민적 합의를 통해, 흉악범죄자들로부터 국민들을 보호하면서도 그들의 원활한 사회복귀도 지원할 수 있는 바람직한 방안이 도출되었으면 하는 바람이다.

옛날 옛적에

　　한때 법원에서는 '즉일선고'를 장려하기도 하였다.

　　사건 내용이 간단하고 피의자가 자백하는 경우, 피의자가 여러 번 법정에 출석하는 수고를 덜어 준다는 취지에서, 검사의 공소장 낭독, 피고인 신문, 구형, 재판장 선고를 한꺼번에 하였다.

　　형법상 야간주거침입절도를 범한 피고인이 재판을 받게 되었다. 형법 제330조에는 야간에 사람의 주거에 들어가 물건을 훔친 경우 10년 이하의 징역형에 처한다고 규정하고 있다.

　　재판장이 선고를 하였다.

　　"피고인을 벌금 300만 원에 처한다."

　　공판에 참여하고 있던 A 검사는 놀라 황급히 재판장에게 말하였다.

　　"재판장님 '야주절(야간주거침입절도)'에는 벌금이 없습니다."

　　당황한 재판장도 법정을 나가려는 피고인을 황급히 다시 법대로 불러세웠다.

　　"피고인을 징역 1년에 집행유예 2년에 처한다!!!"

　　※ 아주 오래된 옛날 옛적 얘기다. 요즘은 이런 경우가 없는 것으로 알고 있다.

2

검사의 일상

법조 삼륜(法曹 三輪)

　판사와 검사, 변호사를 일컬어 흔히들 '법조 삼륜(法曹 三輪)'이라고 한다. 세 직업군이 마치 수레바퀴처럼 우리나라 법률 분야를 이끌어 가기 때문이다. 어쩌면 세 직업군이 서로 힘을 합쳐 법률 분야의 발전을 이루라는 국민들의 바람이 담겨 있는 말은 아닐까?

　법조 삼륜의 생활도 바깥에서 보이는 것만큼 녹록한 것만은 아니다. 나름대로 보람을 느낄 수도 있으나 여러 가지 고충이 있음은 부인할 수 없다. 우스갯소리로, "검사가 되면 친구들이 좋아하고, 의사가 되면 부인이 좋아하고, 판사가 되면 자신만 좋아한다."는 말이 있다. 검사가 되면 권력 주변을 누리려는 친구들이 나타나고, 의사는 많은 돈을 벌지만 의사의 처가 사용한다고 한다. 판사는 돈도 벌지 못하고 주변에 도움도 주지 못하지만 스스로 생활에 만족해한다는 말이다.

현재에도 이 말이 맞는 말일까? 이제는 세상이 예전보다 공정해지고 투명해졌기 때문에 맞는 말이라고 단정할 수는 없다. 다만, '사(事)' 자를 달고 있는 전문직은 눈코 뜰 사이 없이 바쁘게 생활해야 한다는 점, 판사나 검사 같은 공직자들은 하는 일에 비하여 수입이 박하다는 것은 여전히 맞는 말이라고 해도 과언이 아니다.

판사나 검사, 변호사도 겉보기에는 화려해 보이지만 실제 삶을 들여다보면 언제나 꽃길을 걷는 것만은 아니다. 일반인들이 생각하는 것처럼 권력을 마음대로 남용하지도 않는다. 드라마에 나오는 것처럼 검사들이 모두 장동건이나 조인성처럼 멋있게 생긴 것도 아니고, 범인을 잡을 때 쓰는 그 흔한 권총 한 자루도 주지 않는다.

종래에는 사법연수원을 수료하면 판사로 지망하여 곧바로 판사가 될 수 있었다. 그러나, 법원조직법의 개정으로 현재는 5년 이상 법조인으로서의 경력이 있어야 판사로 임용될 수 있다. 2025년부터는 7년 이상, 2029년부터는 10년 이상의 법조인 경력이 있어야 한다. 법조일원화의 일환으로 판사로 임용을 받는 데 오랜 시간이 필요하게 되었다. 로스쿨을 졸업하면서 변호사시험에 합격하고, 검사나 변호사, 법원 재판연구원(로클럭) 등의 경력을 쌓아야 한다.

판사는 하루 종일 기록에 파묻혀 민사사건이나 형사사건을 검토하고 재판을 통하여 승소와 패소, 유죄와 무죄를 판단해 주어야 한다. 예전에는 판결할 기록을 싸서 주말에 집에서 보았다고 들 한다. 서로가 자신의 말이 맞는다고 주장하는 가운데 진실과 정의에 가까운 결정을 해 주어야 한다. 결정에 대한 장애가 있어서는 안 된다. 자신의 판결이 상급심에서 파기당할 때는 심적 고통을 느끼기도 할 것이다.

"판사는 판결로 말한다."는 말이 있다. 판결문을 통해 결론을 내 주겠다는 것이다. 판사 개인이 공부를 잘했고 훌륭하기 때문에 우리 사회가 판사의 판결을 용인(容認)하는 것은 아니다. 관련자들 사이의 분쟁을 영원히 가져갈 수는 없다. 누군가가 최종적으로 결정해 주어야 한다. 그것이 바로 판사의 역할이다. 그런 이유로 판사의 판결은 존중되어야 한다.

변호사는 상대적으로 판사나 검사에 비해 시간적·금전적 여유가 있는 것으로 알려져 있다. 의뢰인이나 동료들과 함께 야외 운동도 할 여유가 있다고 한다. 나 스스로가 아직 변호사 업무를 해 보지 않아서 잘 알지는 못하지만 말이다.

그럼에도 승소와 패소, 유죄와 무죄 사이에서 사건 기록을 검토하고 법정에서 논리를 주장해야 한다. 때로는 의뢰인과 사이에 불협화음이 발생하고 결과가 만족스럽지 못할 경우 송사(訟事)를 당할 수도 있다. 수입이 상대적으로 높은 것에 대한 리스크가 아닐까?

변호사의 지위도 많이 낮아졌다. 예전에는 5급 상당의 공무원으로 특채되었으나 최근에는 6급, 심지어 7급 공무원 채용에 변호사가 지망하였다는 언론보도가 나오기도 하였다. 그만큼 법조 삼류이 특별한 지위에 있다기보다는 전문직의 일종으로 인식되어 가는 경향이다.

변호사 3만 명 시대를 맞이하여 변호사 업계가 매우 어려움에 처해 있다는 것은 언론에서 자주 보도되고 있다. 법률시장은 한정되어 있는데 변호사들이 쏟아져 나오니 자연히 수임료가 떨어질 수밖에 없는 경제적 현상이다. 변호사 배지를 달았다고 출세한 것이고, 부를 누릴 수 있을 것이라는 시대는 지나갔다.

검사는 종래 사법연수원을 수료하면 바로 임용될 수 있었다. 그러나, 현재는 로스쿨을 졸업하고 변호사시험에 합격한 후 검사로 임용이 되어도 법무연수원에서 1년간의 교육과정을 거쳐야 한다. 연수원 자체 이론 교육은 물론 일선 검찰청에서 실무 교육도 거쳐야 한다. 임시 발령 이후 1년이 지나면 정식 발령을 받을 수 있다.

로스쿨을 다닐 때부터 수많은 시험과 면접, 교육을 거쳐야 검사로 임용을 받을 수 있다. 고된 과정의 연속이다. 윗분들이 "내가 진즉에 검사가 되었으니 망정이지 요즈음 같았으면 어림도 없을 것이다."라고 종종 말씀하시는 이유가 있다.

검사는 임용받으면 공무원 3급 상당으로, 부장검사는 2급 상당으로, 차장검사는 1급 상당으로 대우를 해 준다. 검사장급이 되면 차관급의 대우를 받기도 하였다. 3급 상당이면 매우 높은 지위임에도 월급은 사기업에 비하여 매우 적은 것이 현실이다.

그러면 검사는 구체적으로 어떤 일을 할까? 범인을 잡고 사회

정의를 구현하는 일? 억울한 피해자의 한을 풀어 주는 역할? 다 맞는 말로 보인다. 우리나라 형사소송 구조와 살펴보도록 하자.

종래 형사소송법은 경찰이나 검찰이 범죄의 혐의가 있으면 수사하도록 규정하고 있었다. 각자 수사를 개시할 수 있다. 그러나, 법원에 기소하거나 불기소하여 사건을 종결하는 권한은 검사에게 있었다. 경찰은 수사 중 영장과 관련하여 검찰의 지휘를 받아야 한다. 수사가 종결되었을 때 범죄혐의가 있다고 판단되는 사건은 물론, 범죄혐의를 밝히기 어렵다고 판단하는 사건이라고 하더라도 경찰은 사건을 검찰로 송치하여야 한다. 검사가 사건에 대한 최종 판단을 하는 것이다.

경찰에서 수사 중인 사건에 대해 체포영장이나 구속영장, 압수수색영장이 신청되었을 때 검사가 판단하여야 한다. 경찰의 의견이 타당하다고 판단되면 법원에 영장을 청구하고, 그렇지 않다면 경찰 신청의 영장을 기각하거나 보완지휘를 하게 된다. 경찰은 판사로부터 영장을 받기 위해서는 반드시 검사를 거쳐야 한다. 혹시 있을지도 모르는 인권침해를 방지하기 위함이다.

검사는, 경찰에서 기소 의견으로 송치된 기록이든 불기소 의견으로 송치된 기록이든 원점에서 재검토하거나 추가 수사를 진행하여 혐의 유무에 대해 판단해야 했다. 물론 경찰의 의견이 검사의 판단에 영향을 받게 되는 것은 불가피하다. 이 과정에서 기소 의견으로 송치된 기록을 불기소로 결정하거나, 불기소 의견으로 송치된 기록을 기소로 결정하기도 한다. 피의자나 피해자, 참고인, 증거물을 통해 기록상 쟁점이 되지 않았던 전혀 새로운 범죄를 밝혀내기도 한다. 이것을 사건 '인지(認知)'라고 한다. 때로는 불구속으로 송치된 피의자의 죄질이 불량하거나 추가 범죄를 밝혀내어 검찰에서 직접 구속하는 경우도 있다. 숨겨진 범죄를 검사가 밝혀내는 경우로 볼 수 있다.

이렇듯, 경찰에 대한 검찰의 지휘 및 통제는, 피의자가 억울하게 처벌받는 것을 막아 주는 인권 보호를 위한 '이중장치'일 수도 있고, 교묘하게 범죄를 피해 가는 악한 피의자를 응징하는 효과를 거두기도 한다. 억울하게 피해를 입은 피해자를 보호하는 역할도 있다.

수사는 경찰만 할 수 있는 것이 아니다. 검찰 스스로도 경찰에서 송치된 사건을 통해서 혹은 범죄 정보나 첩보를 통해 수사할 수도 있다. 범죄를 '인지'하여 수사하는 것이다.

검찰의 형사부는 경찰에서 송치하는 사건을 주로 지휘하고 송치받아 처리하다 보니 인지수사를 할 만한 여유가 없다. 일반적인 수사는 경찰이 수사하도록 하고 검찰은 경찰 수사가 제대로 이루어지는지 지휘를 통해 수사를 통제하는 방식이다.

'검수완박' 이전 통계를 보면, 2018년 한 해 동안 검찰 전체 접수 사건은 총 1,750,300건이었음에도 검찰이 스스로 인지한 사건은 총 8,568건으로 전체의 0.5%에 불과하고, 2019년 한 해 동안 검찰 전체 접수 사건은 총 1,787,734건이었음에도 검찰이 스스로 인지한 사건은 총 7,286건으로 전체의 0.4%에 불과하였다. 대부분의 수사는 경찰이 해 왔고 검찰은 직접 수사를 자제해 왔던 것이 현실이었다.

그에 비하여 검찰의 특수부, 공안부, 금융조세조사부, 강력부 등 소위 '인지부서'에서는 정치인이나 공무원, 사회적·국가적으로 중요한 사건에 대해 직접 수사하는 것을 원칙으로 하였다. 범죄 첩보나 정보를 수집하고 유관기관에서 송부하는 자료를 토대로 범죄를 구성하고 실제로 대형 부정부패를 밝혀내기도 하였다.

인지수사에는 언제나 이해관계를 달리하는 두 그룹이 있다. 두 그룹이 정치적인 성향을 가지고 있다면 검찰은 곤혹스럽게 된다. 처벌을 주장하는 쪽에서는 검찰 수사에 찬사를 보내지만, 처벌을 받아야 하는 쪽에서는 검찰 수사가 공정하지 못하고 표적수사라고 주장한다. 검찰이 아무리 공정하고 객관적으로 증거를 가지고 사건을 처분하였다고 하더라도 한쪽에서는 '정치검찰'이라고 주장한다. 개혁을 해야 한다고 주장한다. 검찰만의 문제가 아니라 수사기관의 숙명이다.

사건 기록을 검토한 결과 죄가 있다고 판단하면 법원에 정식으로 기소하게 된다. 사안이 중하다고 판단되면 법원에서 정식 재판 절차를 요청한다. 실무상으로는 '구공판(求公判)'이라고 한다. 재판 기일이 정해지고, 법정에 피고인과 증인이 출석하여 검사와 변호인의 변론이 이루어진다. 그에 비하여 간단한 사건은 서류상으로 벌금형을 구형하는 약식 재판으로 보내게 된다. 실무상으로는 '구약식(求略式)'이라고 한다. 판사도 서류상의 약식명령으로 벌금형을 선고한다. 이에 대하여 이의를 제기하면 정식 재판이 시작된다.

자료(『2022 범죄분석』)에 따르면, 2021년 검찰의 전체 사건처리는 총 1,442,230명이었는데, 그중에서 정식 재판이나 벌금형으로 기소된 경우는 총 538,576명으로 전체 사건 중 37.3%를 차지하였다고 한다. 전체 사건 중 절반에 못 미치는 사람들이 처벌을 받은 것이다. 기소된 사람들 중, 구공판 된 사람은 170,936명으로 기소된 전체 사람들 중 31.7%를 차지하고, 구약식 된 사람은 367,640명으로 기소된 전체 사람들 중 68.2%를 차지하였다. 대부분이 벌금형을 선고받았던 것이다.

법원 재판에서 유죄를 선고받으면 그에 따라 집행력이 발생한다. 징역형을 선고받으면 교도소에 가서 형을 살아야 하고, 벌금형을 선고받으면 그 액수만큼 국가에 벌금을 납부해야 한다. 벌금은 오로지 국민을 위하여 국가의 재정 수입이 되는 것이지 검찰이 벌금을 거두었다고 하여 독자적으로 사용할 수 있는 권한은 없다.

그런데, 2020년 1월 13일 형사소송법 개정안과 검찰청법 개정안이 국회를 통과하였다. 집권 여당의 주도로 선거법과 함께 '패스트트랙' 법안으로 지정되었던 것이다. 두 법률의 개정안은 2021년 1월 1일부터 시행되었다.

개정 형사소송법은, ① 검찰의 경찰에 대한 수사지휘를 폐지하고, 수사 등에 대해 서로 협력할 의무를 신설하였다. ② 송치사건의 공소제기 여부 결정 또는 공소의 유지에 필요한 경우, 경찰이 신청한 영장의 청구 여부 결정에 필요한 경우에는 경찰에 보완수사를 요구할 수 있도록 하였다. ③ 경찰 수사 과정에서 법령 위반,

인권침해 또는 현저한 수사권 남용이 의심되는 경우 경찰에 시정 조치를 요구할 수 있도록 하였다. ④ 경찰은 범죄의 혐의가 있다고 인정되는 사건만 검찰에 송치하고 그렇지 않은 사건은 검찰에 송치하지 않아도 되도록 하여 경찰의 1차적 사건 종결권을 인정하였다. ⑤ 검사는 경찰이 송치하지 않은 기록을 90일 동안 검토할 수 있고, 사건을 송치하지 않은 것이 위법 또는 부당한 때에는 경찰에 재수사를 요청할 수 있도록 하였다. ⑥ 경찰이 신청한 영장을 검찰에서 기각한 경우 경찰은 고등검찰청에 설치된 영장심의위원회에 심의를 신청할 수 있도록 하였다. ⑦ 검사가 작성한 피의자신문조서는 피고인 또는 변호인이 그 내용을 인정할 때에 한하여 증거로 사용할 수 있도록 하여 경찰이 작성한 피의자신문조서 증거능력 인정 요건과 동일하게 하였다.

개정 검찰청법은, 검사가 수사를 개시할 수 있는 범죄의 범위를, '①부패범죄, 경제범죄, 공직자범죄, 선거범죄, 방위사업범죄, 대형참사 등 대통령령으로 정하는 중요 범죄, ② 경찰공무원이 범한 범죄, ③ 위의 범죄 및 사법경찰관이 송치한 범죄와 관련하여 인지한 각 해당 범죄와 직접 관련성이 있는 범죄'로 제한하였다. 검사가 직접 수사를 할 수 있는 범위를 대폭 축소한 것이다. 검사의 직접 수사를 근본적으로 틀어막기 위함이었다.

그러나, 개정법은 절차 면에서 많은 문제점을 내포하고 있었다. 개정법이 과연 국민의 의사를 제대로 반영하는 절차를 거쳤는지, 그럴 의사가 있었는지 의문이 있다. 법률을 개정함에 있어 야당을 설득시켰는가? 힘의 논리로 '패스트트랙'에 태워 강제로 밀어

붙이지 않았던가? 법률을 실제로 집행하는 법조 삼륜이나 전문 기관의 진지한 토론과 논의나 연구가 있었는가? 실제 업무를 담당하는 검찰 구성원들의 의사를 제대로 물어본 적은 있었던가? 개정안은 밀실에서 작업하여 탄생한 안이 아니던가? 한 나라의 수사 체계를 변경하는 엄청난 변혁임에도 불구하고 '검찰개혁'이라는 명분을 앞세워 정치적으로 밀어붙인 '게리맨더링 수사 구조 변경'이 아닌가?

내용 면에서도 아쉬움이 많았다. 검찰개혁은 검찰의 직접 수사에 따른 폐해에서 비롯되었다고 하면서 오히려 경찰에 대한 수사 지휘 부분을 개정하였다. 환자는 다리가 아프다고 하는데 의사는 팔을 수술한 격이다. 준(準) 사법기관으로 검찰의 역할은 경찰의 수사가 제대로 진행되고 있는지, 인권침해의 소지는 없는지, 피해자는 제대로 보호되고 있는지 지휘·감독하는 데에 있을 것이다. 그럼에도 불구하고 검찰의 수사지휘를 폐지하였다. 독립이라는 말은 좋은 말이다. 그러나, 인권으로부터 수사를 독립시킨다는 것은 위험한 일이다.

영국의 정치가인 액튼 경(Lord Acton)은 "권력은 부패하는 경향이 있으며, 절대권력은 절대적으로 부패한다."고 하였다. 그런 일이 있어서는 안 되겠지만, 통제받지 않는 13만의 경찰 권력이 절대권력으로 부상(浮上)할 수 있다는 우려를 지울 수 없다.

법률 개정을 추진한 측에서는 국민의 인권 보호를 위해 수사의 총량을 줄여야 한다고 주장하였으나, 실제로는 수사권을 검찰과 경찰이 나누는 '수사권조정'이 되고 말았다.

그런 난리를 거쳐, 2021년 1월 1일부터 개정 형사소송법이 시행되었다. 기본적으로 피해자와 고소인에게 불리한 제도이다. 언론을 중심으로 제도개선을 요구하는 목소리가 일어나기 시작하였다. 안타까운 현실이다.

그러던 중, 문재인 전 대통령의 임기를 불과 한 달 앞둔 2022년 4월, 민주당에서는 다시 급박하게 검수완박을 추진하였다. 이번에는 검찰의 수사권을 완전히 박탈하겠다는 취지, '검수완박'을 위해서였다. 2022년 3월 9일에 치러진 제20대 대통령 선거에서 검찰 출신인 야당의 윤석열 후보가 당선되었기 때문인 것으로 해석된다. 민주당은 국회 안건조정위원회의 '사보임', 민주당 의원의 '위장 탈당', 국회 본회의 '회기 쪼개기' 등 초유의 꼼수를 총동원하였다. 민주당은 절대 다수당의 위력을 이용하여, 2022년 4월 30일에는 검찰청법 개정안을 통과시키고, 5월 3일에는 형사소송법 개정안을 통과시켰다.

문재인 전 대통령은 5월 3일 오전에 예정되어 있던 마지막 국무회의를 오후로 옮기는 꼼수까지 써 가면서 야반도주하듯이 검수완박 관련 2개 법안을 공포하였다. 그리고 6일 후인 5월 9일 대통령직에서 퇴임하였다.

당초 2개 법안 초안은 민주당 강성파에 의해 추진된 것으로, 형사소송법에서 '검사'라는 말을 빼고, 검찰청법에서 '수사'라는 말을 삭제하는 아주 조악한 형태의 법률안이었다. 검찰의 모든 수사권을 완전히 박탈하여 검찰청을 '공소청'을 만들겠다는 내용이었다. 참으로 어이없는 일이 발생한 것이다.

검사 2,000명을 비롯하여 10,000명의 검찰 식구들은 검수완박 법안을 막기 위해 언론이나 SNS를 통해 국민들을 설득하고 그 피해는 결국 국민들에게 돌아갈 것임을 역설하였다.

그 결과 민주당과 국민의 힘은 검찰청법과 형사소송법 개정안 및 향후 한국형 FBI로 불리는 '중대범죄수사청'을 설립하면 검찰 수사를 완전히 박탈한다는 내용을 합의하였다. 그러나, 이 역시 내용상으로도 헌법 위반의 소지가 있을 뿐만 아니라 입법 방식으로도 졸속으로 추진되고 있어 국민들이 저항하자 국민의힘에서는 합의를 파기하였다.

결국, 민주당은 단독으로 2개 법안을 국회에 상정하고 박병석 국회의장은 표결을 통해 2개 법안을 통과시켰다.

국민들은 문재인 대통령이 2개 법안에 대한 거부권을 행사해주기를 간절히 바랐으나 국무회의 시간을 바꾸는 꼼수까지 써서 2개 법안을 공포하고 말았다. 2022년 5월 9일 청와대에서 이사를 나가면서 5월 3일 전쟁 치르듯 2개 법안을 공포하였다. 우리나라 민주주의의 현실이고, 평소 공정과 정의를 외치던 대통령의 내면을 제대로 볼 수 있는 날이었다.

개정 검찰청법은, ① 검사의 직무를 '부패범죄, 경제범죄, 공직자범죄, 선거범죄, 대형참사 등 대통령령으로 정하는 중요 범죄'에서 '부패범죄, 경제범죄 등'의 형식으로 개정하여, 나머지 4개 범죄는 검찰에서 수사를 개시할 수 없다는 취지(다만, 선거범죄는 2022년 12월 31일까지 직접 수사할 수 있음)로 조문이 구성되어 있다.

② "검사는 자신이 수사 개시한 범죄에 대하여는 공소를 제기할 수 없다." 규정을 추가하여, 검사가 수사를 개시할 수 있는 범죄에 대해 수사와 기소를 분리하여 기소검사의 검토를 받도록 하였다. ③ 아울러, 검찰총장이 검사가 수사를 개시할 수 있는 부의 직제 등 현황을 분기별로 국회에 보고하도록 하였다.

개정 형사소송법은, ① 경찰에서 불송치 한 사건에 대해 이의신청 등을 하였을 경우 검사는 "송치받은 사건에 관하여는 해당 사건과 동일성을 해치지 아니하는 범위 내에서 수사할 수 있다."고 규정하여 검사 보완수사의 범위를 제한하였다. ② 경찰에서 불송치 한 사건에 대해 고발인은 이의신청을 할 수 없도록 하였다.

검찰은 물론 대법원, 변호사단체도 반대하고, 진보 진영인 참여연대, 민변, 정의당조차 반대하는 검수완박을, 민주당은 전원 찬성으로 국회를 통과시켰다. 귀를 막고 헌법과 법률을 위반해 가면서 검수완박의 씨앗을 뿌렸다.

그렇게 하여 2022년 9월 1일부터 개정 형사소송법이 시행되었다.

70년 동안 우리나라 형사사법 체계를 이루어 온 제도를 하루아침에 변경한 개정 검찰청법과 개정 형사소송법이 과연 우리나라에 맞는 제도인지, 합리적인 것인지, 개정 절차는 제대로 지킨 것인지, 국민들의 인권 보호를 위해 바람직한지에 대해서는 재검토가 필요하다. 누구를 위해서가 아니라 국민을 위해서이다.

● 가락이 넷이어라

　검찰에서는 조직폭력사건이나 마약 사건, 중요 사건 이외 직접 수사 대상자를 추적하여 체포하는 경우가 많지 않았다. 마약 사건의 경우, 수사 대상자가 마약을 투약한 경우가 많으므로 상당한 위험이 뒤따르기도 한다.

　검찰 수사관 2명이 마약을 투약하고 있는 것으로 추정되는 여관방에 들이닥쳤다. 고참 수사관이 앞장서서 신속히 대상자를 덮쳐 엎치락뒤치락 치열한 몸싸움을 하고 있었다.

　당황한 말석 수사관이 대상자를 신속히 제압하기 위해 발목에 수갑을 채웠다.

　그런데 이게 무슨 상황?

　고참 수사관 발목과 대상자 발목에 하나씩 수갑이 채워져 있었다!

※ 대상자 발목 두 쪽에 수갑을 채우지는 못하였지만 어쨌거나 대상자를 체포했으니 목적은 이룬 셈이다.

귀족 검사와 논두렁 검사

공무원들은 임용(任用)을 받은 후 승진을 하거나 잦은 인사이동을 경험하게 된다. 같은 청사 내에서도 서로 다른 보직(補職)을 받게 된다. 전국적인 조직을 가진 정부기관에 종사하는 공무원은 전국적으로 인사이동을 받을 수 있으므로 어느 지역으로 가느냐에 신경을 곤두세울 수밖에 없다. 생활의 근거지가 바뀌기 때문이다. 전국적인 조직을 가진 대기업에 종사하는 회사원도 마찬가지 경험을 할 것이다.

검사도 일정한 기간이 지나면 승진을 하게 된다. 평검사로 13~14년 정도 근무하면 부부장검사로 승진하고, 그로부터 1~2년 정도 근무하면 부장검사가 될 수 있다. 평검사에서 19~20년 가까이 근무하면 차장검사로 승진하고, 22~23년 가까이 근무하면 검사장이 될 수도 있다. 일반 회사와 다르게 검찰에서는 차장(次長)이 부장(部長)보다 상급자이다. 차장은 검사장 밑의 두 번째 검사라는 의미이다

평검사로 8년 이상을 근무하게 되면 '위임전결규정'에 따라 '전결 검사'가 된다. 공소권 없는 불기소 사건이나 고소·고발이 취소된 사건, 벌금 1,000만 원까지 구형하는 사건은 부장의 결재 없이 사건을 처리할 수 있다. 일하기가 훨씬 수월해진다. 그간의 경력을 인정받아 일정 범위의 사건을 스스로 결정하여 처리할 수 있게 되므로 눈에 보이지 않는 승진으로 볼 수 있다.

검찰의 승진 제도는 기수별로 함께 적용되는 방식이므로 승진이라는 것에 특별히 신경 쓸 필요는 없었다. 물론, 차장이나 검사장 승진은 자리가 한정되어 있을 뿐만 아니라 때로는 정치적 의미도 함축하고 있고 승진 여부가 검사직을 유지할지 말지와 관련되어 있으므로 신경이 곤두설 만하다. 승진을 하지 못하면 '옷을 벗고' 공직을 그만두는 용단(勇斷)이 필요할 때도 있다.

검사는 승진을 위해서 청탁을 할 필요가 없다. 공사 조직을 막론하고 조직의 하급자가 승진을 위해 상급자에게 금품을 제공하는 경우가 자주 발생하였으나 검찰은 그럴 필요가 없었다. 오히려 검찰에서는 윗사람들이 아랫사람들에게 밥을 사 주는 것이 관례로 되어 있다. 아무리 나이 많은 아랫사람이 있다고 하더라도 계급이나 직급이 높은 나이 어린 상사가 밥값을 내는 것이 도리이다. 혹여 아랫사람이 밥값을 내려고 하면 손사래를 친다. 부정부패를 방지할 수 있는 훌륭한 관행(慣行)이라고 생각한다.

그런데, 검사 숫자도 늘어나고 퇴직이 줄어들면서 요즘은 부부장이나 부장도 기수별로 한꺼번에 승진을 시키지 않고 두세 번에 걸쳐 나누어 승진을 시키는 경우가 발생하기 시작하였다. 같은 청에 근무하는 동기(同期)가 누구는 평검사이고 누구는 부부장이 된다. 누구는 부부장인데 누구는 부장이 되기도 한다. 전에는 경험하지 못하는 애매한 경우가 발생하였다. 이제는 부부장이나 부장으로 승진하는 것조차도 관심을 기울이지 않을 수 없게 되었다.

평검사는 통상 2~3년 단위로 인사이동을 해야 한다. 서울중앙지검을 비롯하여 2차장까지 있는 곳은 3년을 근무한 다음 인사이동을 하게 된다. 예전에는 지검은 2년, 소규모 지청은 1년 단위로 인사이동을 해 왔으나 조금 변경된 것이다. 인사이동을 받을 때마다 '학년'이 증가한다. 첫 번째 임지는 '1학년', 두 번째 임지는 '2학년'이라고 부른다. 검사에 대한 평가는 통상 3학년 정도가 되면 끝이 난다고 하므로 초반에 자신의 능력을 보여 주어야 한다. "될 성싶은 나무는 떡잎부터 알아본다."고 했다.

검사들은 인사이동에 아주 민감하게 반응한다. 싫든 좋든 발령이 난 지역에서 1~3년간 근무해야 하기 때문이다. 집에서 통근할 수 있는지, 아니면 가족과 이사를 하여야 할지 결정해야 한다. 아이들을 학교에 보내는 것도 중요한 문제 중의 하나이다.

대부분의 검사는 서울 지역에 있는 검찰청에서 근무하기를 선호한다. 검사들 상당수가 서울이나 인근 지역에서 거주하므로 집밥을 먹으면서 출퇴근할 수 있다는 큰 장점이 있기 때문이다. 지방에서 혼자 밥을 지어 먹고 옷을 다림질하면서 회사에 다니는 객지 생활을 누구나 잘 알기 때문이다.

통상 2월이나 8월, 검사 정기 인사가 있기 전에 지망을 받는다. 예전에는 3지망까지 받았으나 요즈음은 평검사는 7지망까지, 간부들도 4지망까지 받고 있다. 인사라는 것이 참으로 묘하게도 자신이 지망한 곳으로 보내 주지 않는다. 스스로가 훌륭하다고 생각하지만 인사 부서의 판단은 냉혹하기만 하다. 누구는 인사에 환호성을 터뜨리나 대부분은 실망할 수밖에 없다. 원하는 곳은 한정되어 있는데 여러 검사들이 지망하였으니 만족하지 못하는 검사들이 넘쳐 나는 것은 당연한 이치다. 급기야 인사에 대한 불만으로 사직서를 던지기도 한다.

검사들이 가장 선호하는 검찰청은 어디일까? 모든 조직이 그렇겠지만 검사들도 검찰의 본부 격으로 불리는 법무부 근무를 가장 선호한다. 본부에서는 조직 전체에 대한 기획, 인사, 조직, 예산, 법령 등을 총괄하기 때문이다. 법무부는 수사라는 것에서는 한발 떨어져 법무 내지 검찰 행정에 있어 정책을 발굴하고 시행하는 행정부서의 일종으로 보면 될 것이다. 나무를 바라보는 것이 아니라 높은 곳에서 숲을 바라보는 경험을 얻을 수 있다. 값진 경험이다.

법무부 근무만큼이나 대검찰청 근무도 선호한다. 검찰 수사의 컨트롤타워가 위치한 곳이다. 검사에게는 2개의 태양이 있다고들 하는데, 하나는 법무부 장관이고 하나는 검찰총장이다. 대검찰청에서는 검찰총장을 중심으로 일선 검찰청에서 진행되는 수사가 성공적으로 끝날 수 있도록 총괄하고 지원해 준다. 사건처리 기준을 정하여 검찰청별로 다른 결론이 나지 않도록 도와준다.

검사들은 법무부와 대검찰청 다음으로 서울중앙지검을 선호한다. 검사들의 숫자도 가장 많은 큰 청일뿐만 아니라 사회적으로 이목이 집중된 사건을 많이 처리한다. 종래 영화에서 주로 '서울지검 검사'로 네이밍(naming)이 되어 있어서 대중들에게는 서울지검이 더 친숙할 수도 있다. 특수부에서는 공무원이나 정치인, 기업인이 관여된 부정부패 사건을 처리하고, 공안부(현 공공수사부)에서는 선거사건이나 간첩사건을 처리하였다. 강력부에서는 조직폭력이나 마약 사건을 처리하고, 금융조세조사부에서는 주가조작 사건을 담당하였다. 모든 검사들은 서울중앙지검에서 검사 생활을 한번 해 보는 것을 소망으로 삼고 있다.

그다음으로는 서울의 동서남북 검찰청이나 수원이나 인천 등 수도권 검찰청을 선호한다. 굳이 비중으로 따지자면 괜찮은 사건들이 많이 있고, 훌륭하다고 평가되는 검사들이 보직을 받아 가게 되므로 좋은 인연을 맺을 수 있다.

검사들은 통상 법무부-대검찰청-서울중앙지검 순으로 선호청을 지망한다. 서울에 근무하는 검사나 시골에 근무하는 검사가 거의 동일하다. 그러다 보니 최근 평검사들에게는 법무부와 대검찰청을 희망지 대상에서 제외했다. 모든 검사가 희망지로 작성하여 제출하니 차라리 지망하지 못하게 한 것이다. 너희들의 마음을 다 알겠노라는 것이다. 나머지 임지를 두고 1~7지망까지 작성하니 7지망 범위 이내에 자신의 임지가 결정될 확률이 높아졌다. 불만도 그만큼 줄어드는 효과가 있는 것이다. 1지망을 넘어 법무부나 대검찰청에 발령이 나면 하늘의 은총을 입은 격이 되는 것이다.

검사들이 자신의 뜻대로 마음껏 할 수 있는 유일한 것이 임지를 지망하는 것이라고 하였다. 마음껏 원하는 곳에 지망한다. 자신이 원하는 곳으로 발령을 받을 확률은 희박함을 알면서도 말이다.

법무부나 대검찰청, 서울중앙지검으로 발령을 받게 되면 그야말로 '귀족 검사'의 길을 걸을 수가 있다. 검사들 중에서도 특히 능력이 출중한 검사가 있기도 하지만 나머지 검사들의 능력은 대부분 비슷하다. 어떤 검사를 어느 자리에 발령을 낸다고 하더라도 대부분은 맡은 바 임무를 감당해 나간다. 지방에 있는 검찰청만 옮겨 다니는 이른바 '논두렁 검사'들도 열심히 일하여 법무부나 대검찰청, 서울중앙지검으로 발령을 받을 수도 있다. 논두렁 검사가 귀족 검사가 되려면 그만큼 자신을 희생하여 열심히 일하여야 하고, 또한 공로를 인정받아야 한다. 정치적인 색깔을 뺀다면 귀족 검사라는 말이 꼭 나쁜 말로 사용될 것은 아니다. 자신이 노력한 만큼의 보상으로 임지나 보직을 받는 검사로 해석할 수도 있기 때문이다.

논두렁 검사가 법무부나 대검찰청, 서울중앙지검으로 발령을 받으려면 그런 발령을 받지 못하는 검사들도 수긍해야 할 객관적 업무 성과가 있어야 한다. 검찰 조직은 여느 조직보다 더 엄격하게 실적에 따른 공정한 인사를 하는 것으로 알려져 있다. 평소 남을 의심하고 추궁하기를 즐겨 하는 검사들이 인사에 대해 추궁하기 시작하더라도 이를 감당할 수 있을 정도의 공정한 인사를 해야 욕을 먹지 않는다.

논두렁 검사에서 귀족 검사로 이동하는 요건 중 가장 중요한 증표가 포상이다. 일정 기간 성과를 바탕으로 주어지는 장관 표창, 검찰총장 표창, 모범검사, 사무감사 수범검사, 우수형사부검사, 우수형사부, 우수형사부장 등으로 선정되어야 한다. 이러한 표창은 사건 하나를 잘 처리하였다고 얻을 수 있는 것이 아니다. 상당한 기간 동안 자신과 가족을 희생하여야 하고 주변으로부터 좋은 평판도 받아야 한다.

대부분의 귀족 검사라고 불리는 검사들은 이러한 과정을 통해 현재 그 자리에 설 수 있었다. 귀족 검사의 자리에 있다고 하여 비판만 하여서는 안 된다. 그 검사들이 어떤 길을 걸어왔는지 살펴볼 필요가 있을 것이다.

나는 울산지검, 대구지검 의성지청, 수원지검, 청주지검을 거쳐 2008년 법무부로 발령을 받았다. 2007년도에 모범검사 상과 검찰총장 표창을 받았던 것이 큰 영향을 미치지 않았나 생각한다. 그 이후 서울중앙지검과 대검찰청, 법무부, 다시 대검찰청, 서울중앙지검을 연속적으로 근무할 수 있는 혜택을 받았다. 능력이 출중하지 못함에도 동료들에 비해 많은 혜택을 받아서 죄송할 따름이다.

그간 나 자신과 가족의 일을 뒤로한 채 정신없이 일해 왔던 것 같다. 희생도 컸지만 보람도 컸다고 자부한다. 조직의 요구에 따라 소기의 성과를 거두었는지도 곱씹어 볼 뿐이다. 마음껏 일하게 해 준 검찰 조직과 주변 사람들에게 감사드린다.

● 누가 그랬을까?

A 검사가 근무하는 부서에서는 매주 1회 정기적으로 부장 주재로 회의가 열렸다. 회의에서는 통상 상급부서나 상급자의 지시사항 전달, 사건 등 업무 관련 논의, 개인 신상 등이 주요 안건이다.

어느 날 부장은 정부의 부동산 정책이 실패하였다면서 열변을 토하고 있었다.

"도대체 부동산 정책을 이렇게밖에 못하냐?"

좌중은 조용했고 아무도 대답을 하거나 장단을 맞추지 않았다. 부장의 열변은 클라이맥스를 달리고 있었다. 부장이 수석검사 쪽을 보면서 말했다.

"도대체 왜 그랬어?"

수석검사가 말했다.

"제가 안 그랬는데요⋯."

※ 말석인 A 검사는 감히 부장에게 농담을 할 수 없었다. 수석검사의 재치 있는 답변에 좌중은 웃음바다가 되었다.

형사부 검사의 일상

2001년 2월 19일, 울산지검에 초임검사로 발령을 받았다. 설레고 떨리는 마음으로 첫 출근을 하였다. 책상에는 내 이름의 명패도 비치되어 있었다. 수사관인 계장 책상과 실무관인 여직원 책상이 마주 보고 놓여 있었다. 책상을 정리하는 동안 수사관과 실무관도 출근하여 반갑게 첫인사를 하였다. 그렇게 형사부 검사 생활이 시작되었다.

검사실은 검사, 수사관과 실무관이 한 팀이 된다. 앞으로 몇 개월은 이분들과 함께 검사실을 이끌어 가야 할 것이다. 통상 수사관이나 실무관은 초임검사보다 나이나 경험이 많았으므로 초임검사로서는 그들로부터 배우고 익히면서 검사실을 이끌어 나가야 한다. "내가 검사로서 이 방의 주인이니 당신들은 잠자코 따라오시오."라고 했다가는 그 검사실은 머지않아 좌초되고 만다. 선장은 배를 움직이는 선원들과 '원 팀(one team)'이 되어 선원들의 어려움과 고충을 함께 해결해야 안전한 항해를 할 수 있다. 그래야만 돌아오는 길에 만선의 기쁨을 누릴 수 있다.

검사실의 직원들과 원 팀이 된다는 것은 쉬운 일이 아니다. 검사실 직원들과 소위 '궁합'이 잘 맞아야 한다. 사람들이란 신기하게도 자신과 잘 맞는 사람들이 있다. 다른 검사실에서는 서로 싸우고 하던 직원들도 멤버가 바뀌면 언제 그랬냐는 듯이 그렇게 궁합이 잘 맞는 경우도 많았다. 인간사가 다 그러지 않을까 싶다.

출근 첫날 검사장님께 부임 신고를 한 후 검사실로 돌아오니 이미 책상 위에는 키 높이 정도 되게 사건 기록이 배당되어 있었다. '헉!' 나도 모르게 한숨이 나왔다. 연습 기록이 아니고 생생한 현장 기록이다. 가급적 빨리, 그리고 정확하게 내가 처리해야 할 기록들이다. 첫날부터 너무 매정한 사람들이다.

그날부터 밤늦게까지 기록을 읽어 나갔다. 기록의 내용은 이해되었으나 어떻게 처리를 해야 할지 난감하였다. 검사실 수사관과 실무관에게 물어보고, 옆방 바로 위 선배 검사에게도 물어보았다.

검사 생활을 하면서 모르는 내용이 있으면 무조건 물어보아야 한다. 지식이 많든 적든, 나이가 많든 적든 다른 사람들에게 물어보아야 한다. 그래야 실수가 없다. 물어보지 않고 맞겠거니 하고 사건을 처리했다가는 대형 사고를 치게 된다. 나만 문책을 받으면 그만이겠으나 윗분들에게도 피해를 끼칠 수 있다.

우리 때만 하여도 부임 첫날부터 바로 배당하여 사건을 처리하게 하였다. 어차피 부장이 지도해 주면 된다는 뒷배가 있기 때문이다. 좌충우돌하면서 사건을 처리하지만 연착륙이 빠르다는 장점이 있다. 이후, 초임검사를 부부장이나 수석 검사실에 6개월 수습을 하도록 한 경우도 있었다. 6개월 동안 착실히 배워서 '독립'을 하라는 것이다. 어엿한 검사로 독립하였다고 하여 축하의 떡을 돌린 초임검사들도 있었다. 초임검사들은 차근차근 배울 수는 있으나 추진력과 돌파력은 줄어들고 책임감도 떨어진다는 지적이 있었다.

요즘에는 로스쿨 출신들을 검사로 임용하여 1년간 법무연수원에서 교육을 받도록 하고, 그중 3개월은 일선 검찰청에서 실습을 하도록 하였다. 지도검사 명의로 사건을 배당받아 처리하는 방식이다. 그 후 검사로 실제 배치를 받자마자 바로 '독립'의 영광을 안을 수 있다.

교과서에서 배운 사건들은 정형적이고 일정한 답을 낼 수 있는 경우가 대부분이었다. 그러나, 실전은 교과서와 달리 똑같은 사건이 하나도 없고 모두가 조금씩 다른 내용들이었다.

어떻게 처리할 것인가?

옆방에 있는 초임검사와 상의해 봤자 부싯돌끼리 부딪치는 격이니 불을 지피기에는 엄청난 노력과 시간이 필요하다. 1+1이 2를 산출하는 것이 아니라 '마이너스'를 산출할 수도 있다. 바로 선배 검사 방으로 달려가는 것이 상책이다. 선배들은 후배들의 사건에 대한 고민을 잘 들어 주었다. 아마도 그 선배들이 그 위 선배들로부터 그러한 가르침을 받았으므로 후배들에게 대물림해 주는 것이리라. 효율적이고 긍정적인 관행임이 틀림없었다. 고민스러운 사건도 간단히 해결할 수 있는 경우가 많았다. 모든 것을 다 알고 있는 선배들이 부러웠다.

형사부에서는 매일 사건이 배당된다. 경찰에서 송치한 사건은 물론 검찰에서 직접 접수받은 고소사건도 함께 배당된다. 하루를 열심히 일하는지 여부에 따라 처리하는 사건의 양은 달라지지만 배당은 다르다. 눈이 와도 비가 와도 특별한 일이 없으면 매일 배당이 된다. 오늘 배당을 못 했으면 내일 두 배로 배당이 된다. 어디서 그렇게 많은 사건이 매일 오는지 알 수 없다. 아무리 사건을 처리해도 끝이 나지 않는다. 사건 기록이 들어 있는 캐비닛에서는 사건들이 서로 먼저 꺼내 달라고 아우성을 친다. 해결책이 없는 두꺼운 기록은 아침에 꺼내 책상 위에 올려 두었다가 퇴근 전에 다시 캐비닛에 넣어 둔다. 그렇게 시간이 쏜살같이 흘러간다.

검찰에는 사건처리 기한을 상당히 중요한 요소로 보고 있다. 원칙적으로 고소 또는 고발사건을 수리한 날로부터 3개월 이내에 수사를 완료하여야 한다. 따라서 종래에는 경찰에서 송치된 사건이나 검찰에서 직접 고소장을 접수받은 사건을 3개월 이내에 처리하는 것을 원칙으로 삼았다. 3개월 초과 사건은 차장까지 결재를 받아야 하므로 3개월 초과 사건을 만들지 않도록 해야 했다. 현재는 실무상 4개월 초과, 6개월 초과 사건을 기준으로 장기미제를 정하고 있다.

경찰에서 송치한 사건만 신속하게 처리했다고 훌륭한 검사가 되는 것이 아니다. 그러한 검사를 좋지 않은 의미로 '지게꾼 검사'라고 불렀다. 경찰에서 보내 주는 사건을 지게에 지고 그대로 법원에 갖다주는 검사를 말한다. 송치사건 중 피의자가 무엇을 숨기는지, 공범이 있는지, 피의자가 억울하게 누명을 썼는지, 피해 회복이 되었는지 등을 제대로 검토하지 않고 경찰이 보낸 그대로 사건을 처분해서는 안 된다.

사건을 꼼꼼하게 검토하다 보면 의외의 소득(?)을 얻기도 한다. 단독범으로 송치된 피의자에 대해 공범이 존재하기도 한다. 1명, 1명 추가 범행을 '인지'하면서 수사를 하다가 보면 고구마 줄기에 고구마가 달려 오듯이 다수의 공범을 적발하기도 한다. 피의자가 피해자와 합의하였다고 하여 구속영장이 기각되었으나 합의서를 위조하여 구속을 피한 경우를 적발하여 다시 피의자를 구속하기도 한다. 교통사고에서 2주짜리의 간단한 진단서가 첨부되어 있는 사건을 확인해 보니 피해자가 중환자실에서 치료를 받고 있는 경우도 있다. 사건을 바로잡을 검사가 필요한 이유이다.

이러한 경우는 검사실의 실적으로 체크가 된다. 그냥 얻은 실적이 아니라 수사관 및 실무관과 함께 밤늦도록 머리를 싸매고 수사한 결과다. 실적을 얻으려고 기록을 꼼꼼히 검토하고 수사한 것이 아니라, 기록을 꼼꼼하게 검토하고 수사하는 것이 검사의 임무이다. 실적을 위한 수사라고 비난하지는 말길 바란다.

매월 말을 기준으로 검사실의 실적이 공개된다. 한 달간의 성적표를 받는 긴장되는 하루다. 검사의 능력이 만천하에 드러나게 된다.

가장 중요한 것은 검사실 전체 미제가 몇 건인지, 3개월이나 4개월, 6개월 초과 장기미제 사건이 몇 건인지 여부이다. 이 항목은 기본 사항으로 전체 미제 및 장기미제를 통제하지 못하면 낙제점을 받게 된다. 매달 혹은 격월마다 개최되는 검사회의에서 검사장이나 차장이 미흡한 검사실을 지적하게 되면 '고문관'으로 낙인이 찍힐 수 있다. 매보다 무서운 벌이다.

기본이 갖추어진 다음에는 유리한 통계가 언급된다. 각 검사실에서 인지를 몇 건 하였는지, 인지를 통해 구속한 것은 몇 건인지, 경찰에서 불구속으로 송치되었지만, 검찰에서 추가 수사하여 직접 구속한 것은 몇 건인지, 허위 고소를 한 고소인을 무고로 인지한 것은 몇 건인지, 혹시 민원인으로부터 칭찬 편지를 받은 것이 있는지 등을 확인한다. 이 대목에서는 서로가 칭찬하고 들뜬 기분으로 회의에 임한다.

그러다가 다시 반전! 부정적인 요소를 검토한다. 기소한 사건 중 무죄가 몇 건인지, 혐의없음 처분을 하였으나 고소인이 고등검찰청에 항고한 사건이 몇 건인지, 항고된 사건 중 고등검찰청에서 재기수사를 명한 사건이 몇 건인지를 언급한다. 모두가 고개를 숙이고 있다. 검사가 신이 아닌 이상 일정 수치의 무죄율, 항고율, 재기수사명령률을 피할 수 없음에도 모두가 죄인이다.

통상 매월 마지막 날, 또는 그다음 날은 각 부서 부장들과 검사들이 함께 회식을 한다. 한 달 중에서 가장 마음이 편한 날이다. 여건이 좋으면 소고기도 먹을 수 있는 날이다. 어차피 부장님이 계산하는 것이니 맛이 좋은 집으로 발길을 향한다.

실적이 좋건 나쁘건 모두가 한 달 동안 고생하였으니 소주 폭탄을 말아 단숨에 들이켠다. 때로는 부장님이 준비한 양주 폭탄을 맞기도 하였다. 술맛이 어쩌면 그렇게 좋을 수가 있을까? 술잔을 주거니 받거니 하다 보면 어느새 늦은 밤이 되기도 한다.

한때 유력인사들이 서로 자신이 폭탄주의 시초라고 주장하기도 했다고 한다. 또 다른 이들은 미국의 부두노동자로 일한 러시아 인부들이 "오늘 하루도 고생했고 위험한 일을 하면서도 살아남았음을 감사한다."는 의미로 폭탄주를 마시던 것이 기원이라고도 한다.

이제는 폭탄주 문화가 보편화되었다. 검사뿐만 아니라 일반인들도 폭탄주를 즐겨 마신다. 예전에도 폭탄주 문화가 널리 퍼져 있었음에도, 검찰 관계자들이 폭탄주를 마시고 불미스런 사고가 있었던 탓에 검사들이 폭탄주를 많이 먹는 것으로 잘못 알려져 있었던 것으로 생각된다.

'파레토의 법칙'을 유추하여, 어떤 생태학자는 개미 집단에서 열심히 일하는 개미는 20%에 불과하고 나머지 80%는 일을 하지 않는다고 한다. 그래도 개미 집단은 굴러간다는 것이다. 그러나, 형사부 조직에는 파레토의 법칙이 통하지 않는다. 자신의 검사실이 일하지 않으면 그만큼의 미제 더미에 허우적댈 뿐이다.

형사부 검사들은 하루 같은 한 달을, 한 달 같은 1년을 보내고 있다. 비슷한 일상을 반복하고 있다. 자신과 가족을 돌보지도 못한 채 밤이 늦도록 끝나지 않을 미제(未濟)와의 전투를 벌이고 있다. 정치적 사건이 아니라 민생 관련 사건으로 밤을 지새운다.

반성하지 않는 피의자의 범죄를 밝혀내어 엄벌하도록 했던 일, 억울한 피의자의 누명을 벗겨 준 일, 힘겹게 살아가는 피해자의 피해 회복을 도와준 일을 되새기며 또다시 힘을 낸다. 묵묵히 하던 일을 계속해 나간다. 그것이 형사부 검사들의 일상이다.

● 해명하라! 해명하라!

A 검사가 유학을 갔다가 복귀하니 인사이동이 있기까지 자투리 기간이 남아 있었다. 한 달 반 동안 공판검사로 근무하였다. 오랜만에 법정을 들어가니 설레기도 하고 약간의 긴장감도 들었다. 제대로 된 공판검사로 근무한 지도 오래되었기 때문이었다.

어느 날, 젊은 변호사님이 피고인을 변론하였다. 목소리도 우렁차고 자신감이 넘쳐 있었다. 재판장을 보고 변론하는 것이 아니라 영화의 한 장면처럼 방청객들을 보며 열변을 토하고 있었다.

그러다 갑자기 A 검사를 보더니 큰 소리로 말하였다.

"검사님, 해명하세요!"

변호사님의 모습을 재미있게 지켜보던 A 검사는 화들짝 놀랐다.

"…."

검사가 재판장에게 설명하고 재판장을 설득하면 되는 것이지 변호인에게 해명해야 하는가?

※ 재판이 끝난 후 A 검사는 변호사님에게 변론 방식에 대해 의견을 말해 주었다. 변호사님은 경험이 짧아 변론 방식을 잘 몰라서 그랬다면서 정중히 사과하였다. 누구나 처음에는 그럴 수도 있다.

공판부 검사의 일상

 검사는 사건을 수사하여 죄가 있다고 판단되면 법원에 기소한다. 사안이 중하다고 판단되면 법원에 정식 재판 절차를 요청하게 되는데, 이를 '구공판(求公判)'이라고 한다. 간단한 사건은 서류상으로 벌금형을 구형하는 약식 재판으로 보내게 되는데, 이를 '구약식(求略式)'이라고 한다. 판사도 서류상의 약식명령으로 벌금형을 선고하고, 피고인이 이의를 제기하면 정식 재판이 시작된다.

 혹시 형사재판에 당사자나 관계인으로 참석한 경험이 있는가? 공판검사가 기소된 사건 내용을 잘 알고 있을 것으로 생각하였다가, 첫 기일 재판장의 지적에 공판검사가 황급히 기록을 뒤지면서 자료를 찾는 모습을 보았을 수도 있다. 대부분의 사건에 대해 공판검사는 공소사실 이외 사건 내용에 대해서는 잘 모른 채 공판 기일에 출석하기 때문이다. 검사가 공소유지를 하면서 사건 내용을 잘 모른다는 것이 말이 되는가? 현재 시스템하에서는 그럴 수밖에 없다.

통상적으로 수사를 전담하는 수사검사와 공소유지를 전담하는 공판검사가 나누어져 있다. 공판검사는 수사검사보다 훨씬 적은 수를 배치한다. 소규모 지청에서는 수사검사와 공판검사를 겸하기도 한다. 규모가 큰 청이라도 사안이 중요하거나 복잡하여 수사검사가 직접 공소유지를 할 필요가 있다고 판단되면 수사검사가 직접 공소유지를 하는 '직관(直關)'을 하기도 한다. 그러나, 대부분의 일반 사건은 별도의 보직을 받은 공판검사가 공소유지를 맡게 된다.

수사를 담당하였던 검사가 공소유지까지 담당하는 것이 가장 이상적일 것이다. 무엇보다 사건 내용을 가장 잘 알고 있을 것이므로 공소유지를 하기에 수월하다. 피고인이나 증인이 법정에서 엉뚱한 진술을 하는 것을 예방할 수 있고, 악의적인 피고인이 법망을 빠져나가는 것을 막을 수 있다. 급기야는 수사검사로부터 폭행이나 협박을 당하였다는 어이없는 주장을 단번에 깨뜨릴 수도 있다.

법원이 수사검사별로 재판부를 구성한다면 모든 사건에 대해 수사검사가 직접 공소유지를 하는 직관이 가능해진다. 그러나, 법원은 기본적으로 사건 접수 순서에 따라 무작위 배당을 하고 있다. 규모가 큰 법원에서는 사건의 특성에 따라 재판부를 구성하기도 한다.

수사검사는 공판카드에 공소장을 첨부한다. 사건이 복잡할 경우 공소유지에 도움을 주기 위해 증거관계를 포함한 사건 설명서도 덧붙인다. 피고인에 대한 범죄경력조회서도 첨부한다. 양형에 대한 자료를 기재하고 구형에 대한 의견도 기재한다.

어떤 수사검사가 훌륭한 검사인지는 공판카드만 보면 알 수 있다. 사건 기록을 보지 않고 공판카드만 보아도 사건 내용을 파악할 수 있을 정도로 공판카드를 작성해 두어야 한다. 피고인이 일부 내용을 부인함에도 불구하고 '자백'란에 커다랗게 동그라미를 쳐 두는 수사검사는 결국 공판검사들로부터 요주의(要注意) 대상이 된다. 공판검사들은 무죄가 많이 나거나 기소에 문제가 있다고 생각하는 수사검사들 5명을 추려 내어 암암리에 '공판 오적(五賊)'이라고 부르기도 한다. 수사검사들은 혹시라도 오적에 자신이 포함되는지 항상 주의하여야 한다. 오적에 포함되는 날에는 검사의 앞날이 순탄치 않을 것이다.

공판 기일 전에 공판검사는 공소장과 공판카드를 검토하면서 공소유지를 준비한다. 피고인이 자백을 하는지 부인을 하는지, 어떤 내용으로 부인하는지, 공소사실에 부합하는 주요 증거들이 무엇이 있는지 꼼꼼히 검토해 두어야 법정에서 망신을 당하지 않는다.

통상 오전에는 신건(新件)에 대한 재판이 진행된다. 1회 기일이 되면 피고인이나 변호인이 공소사실을 인정하는지 부인하는지를 확인하는 '인부(認否)' 절차가 진행된다. 물론 사안이 복잡하거나 쟁점이 많을 경우에는 '공판준비기일'을 따로 정하여 미리 쟁점을 정리하고 심문할 증인을 선정할 수도 있다.

피고인이 공소사실을 모두 인정한다면 '간이공판절차'로 진행할 수 있다. 증거 동의 절차를 거치고 피고인에 대한 검사와 변호인의 신문이 끝나면 검사의 의견, 즉 구형 절차까지 진행할 수 있다. 이 경우는 통상 2주 후 선고까지 마무리될 수 있다.

피고인이 공소사실을 부인하는 경우에는 1회 기일에 부인하는 의사와 그 이유를 밝히고 부동의 하는 증거까지 적시할 수도 있다. 검사는 부동의 하는 증거에 대해 증인 신문이나 기타 방법에 의해 증거에 대한 진정성립을 입증하여야 한다. 판사가 그 증거의 내용을 믿을 수 있는 증거에 대한 신빙성은 그 이후의 문제가 된다.

증인 신문은 통상 오후에 진행한다. 예상치 못하게 신문이 길어지게 되면 저녁을 먹고도 신문 절차를 진행해야 하기 때문이다. 부동의를 한 증거와 관련된 증인에 대해 검사와 변호인이 신문하게 된다. 예전에는 1회 기일에 자백을 하는 피고인들이 많았으나 요즈음은 부인하는 피고인들이 많아졌고, 증인에 대한 신문도 증가하는 추세이다.

재판이 모두 종료되면 마지막으로는 검사, 변호인과 피고인의 의견 진술이 있게 된다. 예전에는 검사가 구형만 간단히 진술하였으나 요즈음에는 구형의 이유에 대해 설명을 곁들이는 것이 통상적이다. 재판장은 변론을 종결하고 선고 기일을 잡게 된다. 통상 2주에서 4주 사이의 날짜로 잡는다.

선고는 통상 오전에 진행되고 검사가 참여하게 된다. 예전에는 선고 기일에 검사가 참여하지 않았으나 불구속수사 원칙과 관련하여 법정구속을 하는 경우가 많아졌고, 검사의 집행지휘가 바로 필요하기 때문이다. 검사가 집행지휘를 하면 실형을 선고받고 법정구속이 되는 피고인은 바로 구치소로 가야 한다.

선고가 있는 날은 검사들도 긴장을 하게 된다. 아무리 유죄라고 자신하더라도 판사가 무죄를 선고하면 무죄가 되는 것이다. "피고인은 무죄!"라는 재판장의 소리가 귓전을 때릴 때면 가시방석에 앉은 기분이 된다. 공판검사가 특별히 무엇을 잘못해서라기보다 수사검사가 자신 있게 기소한 사건에 대한 공소유지를 제대로 하지 못했기 때문이다. 피고인이나 증인의 진술 번복, 유력한 증거의 성립인정 배척 등 그 원인을 불문하고 무죄 선고는 공판검사의 책임이 아닌가? 방청석에 앉아 있는 피해자로부터 '도대체 검사가 무엇을 하였기에 무죄가 선고되느냐'는 소리가 들려올 수도 있다.

사건이 선고되면 공판검사는 7일 이내에 항소 여부를 결정해야 한다. 유죄가 선고되었다면 그 양형이 적정한지, 무죄가 선고되었다면 무죄의 논거가 타당한지를 검토해야 한다. 때로는 수사검사에게 항소 여부를 문의하여야 하고 때로는 내부 절차에 따라 항소 여부에 대한 회의를 하여야 할 때도 있다. 항소 제기 기간이 7일이기 때문에 이 기간을 놓쳤다가는 난리가 난다. 내부적 징계는 물론, 피해자 등 당사자로부터의 항의나 손해배상 청구도 각오해야 한다. 이 기간은 추완(追完)할 수 없는 '제척기간(除斥其

間)'으로 각별히 주의해야 한다.

통상 공판검사는 경험이 적은 검사들로 구성되는데 선배인 수사검사에게 무죄가 선고되었다고 통보하기가 죄송스러운 경우가 많다. "당신이 기소한 사건이 무죄가 선고되었다."는 공판검사의 통보에 좋은 말이 나올 리가 없다. 수사검사의 과오가 일부 있다고 하더라도 결론이 맞는 것이라면 나머지 증거를 토대로 유죄를 선고받는 것이 최선이다. 무죄가 선고되면 서로가 불편한 경우가 된다.

항소하기로 결정되었다면 사건 기록을 다시 검토해야 한다. 재판부가 작성한 판결문과 증거관계를 비교하여 재판부의 무죄 선고가 타당한지 분석해야 한다. 항소심에서는 유죄를 선고받거나, 보다 중한 양형을 이끌어 낼 수 있도록 항소이유서도 작성해야 한다. 수사검사에게 과오가 있는지 분석해야 한다. 항소이유서 작성 등 페이퍼 작성을 줄이려면 무죄 선고를 줄이는 것이 최선이다. 재판부의 무죄 선고가 없으면 그만큼 안락한 공판검사 생활이 보장된다.

수사검사와 공판검사 중 누구의 몸이 더 편한가? 누구의 마음이 더 편한가? 일장일단(一長一短)이 있다. 수사검사는 몸은 비록 괴로울지 모르나 정신적으로는 편하다고들 말한다. 검사들의 집인 검찰청에서 일하기 때문이다. 공판검사는 몸은 비록 덜 피곤할지 모르나 정신적으로는 아주 괴롭다고들 한다. 검사들의 집이 아니라 판사들의 집인 법정에서 일을 해야 하기 때문이다.

공판검사가 되어 법정에 들어가는 것이 고역인 경우가 많다. 법정에서 재판의 진행은 검사가 주도하는 것이 아니라 재판장인 판사가 주도하기 때문이다. 재판장이 주도하는 대로 따라가기만 하면 되는 것이 아니라 때로는 재판장이나 변호인, 피고인과 논쟁을 하여야 하고 마음이 상하는 경우도 많기 때문이다.

원활한 재판 진행을 위해서는 재판부와 공판검사의 업무 협조가 아주 중요하다. 선고 내용에 대한 협조가 아니라 재판 절차와 관련된 협조를 의미한다. 검사들만이 아니라 판사들도 숫자가 매우 많아 성격이나 업무 스타일이 모두 다르다. 어떤 재판장은 합리적이고 능숙하게 재판을 진행하는가 하면, 어떤 재판장은 짜증을 내고 호통을 치기도 한다. 재판에 몇 번 참석해 보면 금방 스타일을 알 수 있다. 변호사협회에서 판사나 검사 평가를 하여 일부는 공개도 하고 인사 관련 자료로 대법원이나 대검찰청에 송부하기도 한다. 공개되는 우수 법관이나 우수 검사의 면면을 보면 선정 이유를 충분히 알 수 있다.

형사재판은 검사나 피고인의 말이 옳은지를 결정하는 것이 아니라 피고인이 유죄인지 무죄인지를 결정하는 과정이다. 검사는 판사의 마음을 얻기 위해 최선을 다해야 한다. 판사가 유죄 심증을 가질 수 있도록 충실히 설명해야 한다. 판사의 소송지휘권을 존중하고 배려하여야 한다. 판사는 유죄나 무죄를 결정하는, 수사에 대한 최종 판단자이기 때문이다. 판사가 개인적으로 훌륭해서가 아니라 우리 사회의 분쟁을 최종적으로 결정해 주는 사람이기 때문이다.

나도 수차례 공판검사를 하였다. 적극적이고 불의를 보고 참지 못하는 스타일이라 재판부나 변호인으로부터 어떤 평을 받았는지 모르겠다. 그렇다고 법정에서 재판 진행을 방해하거나, 재판부를 모독하거나, 피고인에게 호통을 치거나, 변호인이나 피고인의 인격을 모욕하지는 않았다. 나름대로 절차에 따라 충실히 공판에 임했다고 생각한다.

2005년 수도권에 있는 검찰청에서 근무할 때였다. 당시 공판검사로 6개월을 근무하면서 단독 재판부 1개와 항소심 재판부 1개의 재판을 담당하였다.

당시만 해도 공판검사들은 약간의 휴식을 취하던 시기였다. 형사부에서 지친 심신을 달래거나 인지부서로의 도약을 위해 칼을 가는 시기였다. 공판검사들이 기록을 제대로 파악하지 못하더라도 재판부가 석명(釋明)을 해 주어 추가 입증을 하거나 공소장 변경을 하기도 하였다. 실체적 진실 발견에 재판부가 적극적인 자세를 취하던 때였다.

항소심 재판에 참여해 보니 1심 판결이 부당한 경우가 너무 많다는 생각을 하였다. 교묘한 피의자가 1심에서 요리조리 빠져나가 무죄가 선고된 경우도 많았다. 도저히 묵과할 수 없었다. 나는 재판부에 양해를 구하고 무죄가 선고된 사건 중 항소심에서 다투어 볼 만한 사건은 처음부터 다시 재판을 요청하였다. 첫 기일에는 1심 무죄 사건 기록 대출을 위해 기일을 연기하였다.

1심 무죄 사건 기록을 대출하여 밤이 늦도록 검토하였다. 검찰 수사기록과 1심 증인들의 증언 내용을 대조하여 모순점을 찾아

냈다. 허위 진술한 증인들을 소환하여 위증으로 인지하기도 하였다. 1심에서 증언한 증인을 2심에서 다시 증인으로 신청하여 왜곡된 증언을 바로잡기도 하였다. 하루 종일 걸려 피고인 신문을 하기도 하면서 피고인이 허위 진술을 하고 있음을 증명하려고 노력하기도 하였다. 불공정과 불법, 반칙에 대항하여 6개월 동안 처절하게 싸움을 하였다.

2015년 2월, 항소심 마지막 공판을 마치고 공판검사실로 돌아왔더니 메일이 한 통 도착해 있었다. 우배석 판사가 보낸 것이었다. 우배석은 "자신도 검사를 꿈꾸어 왔으나 나와 같은 열정이나 집요함이 없어서 검사가 되지 못하였다. 공판검사는 으레 자리를 지키고 있는 사람으로 생각하였으나 그러한 선입견을 단숨에 깨 버렸다. 존경과 신뢰를 보낸다."는 내용이었다. 비록 메일이었지만 부족한 사람에게 그렇게 칭찬을 하니 부끄러워 얼굴이 화끈거렸다. 나의 열정을 조금이나마 이해해 주셨다니 고마울 따름이었다.

그로부터 한동안 직관 사건을 제외하고는 공판을 할 기회가 없었다. 2013년 12월 미국에서 해외 연수를 마치고 복귀하여 인사이동이 있기까지 한 달 반 정도의 간격이 있었다. 서울중앙지검 공판부에 배치되어 다시 공판검사로서의 역할을 하였다.

부패범죄 관련 합의부를 담당하였는데 장기미제 사건이 많았다. 처음에는 구속기소를 하였으나 이런저런 이유를 대어 보석이 되고부터는 재판 기일을 한번 잡기가 함흥차사(咸興差使)가 되었다. 내가 공판을 인계받은 사건 중에는 2년이나 3년이 지난 사건도 심심찮게 발견되었다. 결심이 되었다가 재개된 사건도 많았다. 인수인계서에는 피고인이 거짓말을 하는 것처럼 보이지만 무죄가 예상된다는 것이다. 그러면 어떻게 하라는 말인가?

나는 '무죄 예상'이라고 메모된 사건의 기록을 전부 대출하였다. 수년이 지난 사건이니 기록이 어마어마하였다. 같이 일하던 공판 담당 직원도 난색을 표했다. 증거기록을 분리해서 제출했던 탓에 법원 기록도 여러 권으로 나누어져 있었다. 기록 편철 순서가 검찰에서 기록을 제조한 순서가 아니다 보니 내용을 파악하는 데 어려움이 있었다. 밤늦게까지 사무실에 남아서 기록을 검토하였다.

공판카드와 그간 진행 상황을 검토하여 의문이 드는 부분을 집중적으로 파고들었다. 추가로 제출할 증거가 있는지 확인하였다. 한 건 한 건 기록이 검토되면 입증계획서를 작성하여 재판부로 송부하였다. 변론이 종결된 사건은 입증계획서와 함께 변론 재개 신청서를 송부하였다. 추가로 입증하겠다고 주장하였다.

해당 사건 공판 기일이 오면 법정에서 재판장과 한바탕 씨름을 해야 했다. 나는 추가 입증을 하겠다고 주장하였고, 재판장은 전임 공판검사와 약속까지 한 사안으로 추가 입증을 받아 줄 수 없고 결심을 하겠다고 주장하였다. 타협책으로 어떤 사건은 추가 입증을 하고 어떤 사건은 무죄를 선고받아 항소이유서에 추가 입증이 필요한 내용을 적시할 수밖에 없었다.

그렇게 한 달 반 정도의 공판검사 생활이 마무리될 무렵, 재판부에서 우리 사무실로 연락이 왔다. 내가 다른 청으로 인사이동을 가기 전에 점심이라도 한번 했으면 좋겠다는 취지였다. 공판 담당 직원은 깜짝 놀랐다. 당시만 해도 재판부와 식사를 하지 않는 분위기가 형성되어 있었고, 그 재판부가 이전 공판검사에게 식사를 하자고 요청한 것은 지난 1년 동안 처음 있는 일이라고 말했다. 우리는 짧은 몇 개월의 추억을 안고 맛있게 점심을 먹었다.

요즘은 1개 재판부가 일주에 3~4회까지 재판을 하는 경우가 있다고 한다. 공판검사는 주간에는 하루 종일 법정에 들어가 피고인 신문이나 증인 신문을 해야 하고 저녁이 되어야 신문사항 작성, 무죄 분석, 항소이유서 작성 등의 페이퍼 작성을 할 수 있다고 한다. 공판검사로서 생활하기가 만만찮은 시절이 되었다.

검사의 권한은 국민들로부터 위임받은 것이다. 개인적인 권한이나 권력이 아니다. 법정을 찾아오는 피고인, 증인, 변호인은 모두 자신들의 가정, 사무실, 사회에서 중요한 존재들이다. 검사라는 직함으로 그들을 무시하거나 인격을 모욕해서는 안 될 것이다. 엄정하고 바른 자세로 재판에 임해야 함은 당연하되, 겸손하고 친절한 자세도 잊지 말아야 할 것이다.

보셔야 할 판결문들은 제법 많네요, 쩝. 하지만 원심파기무죄는 없습니다^^.

벌써 검사님과 헤어져야(?) 할 시간이 왔군요. 저도 경력 2년 미만의 법관으로서 형사부는 작년 1년이 전부인 아직 풋내기 판사입니다. 다만, 법정에서 고군분투(?)하시는 검사님을 보면서, 참 많은 생각이 들더군요.

저는 사실 공판부 검사는 으레 별다른 주장, 입증 없이 자리를 지키고 있는 자리라는 선입견에 젖어 있었는데, 검사님은 그런 선입견을 단숨에 깨 버리시더군요. 우리 부만 들어가시는 것도 아닌데, 때로는 깜짝 놀랄 만큼 복잡한 사건에 대하여 세세한 사항까지 꿰고 있으면서 적극적인 주장, 입증을 하는 모습에서, 비록 검사님과 속한 직역은 다르지만 참 많이 배웠습니다.

물론 때로는, '어차피 유죄인데 고생하시네. 저렇게까지 안 하셔도 되는데' 속으로 생각하면서 안타까울(?) 때도 있었고, 피고인이나 변호인이 검찰 수사를 비난하는 듯한 태도를 보이면 여지없이(^^) 이를 탄핵하고 준엄하게 꾸짖는 모습에서, '역시 검사구나' 이런 생각을 한 적도 몇 번 있었던 것 같습니다.

저 또한 고시생이나 연수생 시절 검사를 꿈꾸었던 적이 있습니다. 그러나 진로를 결정하기 전에 냉정하게 돌아보니, 저는 검사님이 지니고 있는 그러한 순수한 '열정'이나 '집요함'이 부족하더군요. 제게 없는 그러한 면을 지닌 검사님을 보면 때로 부럽다는 생각이 듭니다.

제가 물론 검사님들을 많이 뵌 것도 아니고, 검찰 조직을 아는 것도 아니지만, 마지막으로 떠나는 마당에 박찬록 검사님께 깊은 존경과 신뢰를 보내드리고 싶습니다. 앞으로 어떤 형태로든 다시 뵙고 같이 일할 기회가 오기를 고대하면서, 이만 줄입니다. 조직에서 부디 대성하십시오^^.

2005. 2. 15. ○○지방법원

제○형사부 판사 ○○○

● 네임 밸류(name value)

　　A 검사는 구속된 조직폭력배를 조사하고 있었다. 조직폭력배들이 주점에서 행패를 부리고 손님들에게 폭력을 행사한 사건이었다.

　　경찰에서는 피의자1은 '○○파' 조직원으로, 피의자2는 '△△파' 조직원으로 적시하여 송치하였다. 피의자2는 엉뚱한 대목에서 고집을 부리기 시작하였다. 자신은 '△△파' 조직원이 아니라 '○○파' 조직원으로 조서를 닦아(?, 작성하여) 달라는 것이었다.

　　A 검사는 피의자2에게 이전에 '△△파' 조직에 가입한 것으로 처벌을 받았으므로 '△△파' 조직원으로 기재하는 것이 맞는다고 설명하였다. 그럼에도, 피의자2는 자신이 '○○파' 조직 가입으로 처벌받을 용의도 있으니 꼭 '○○파' 조직원으로 해 달라고 부탁하였다.

　　A 검사는 피의자2에게 그렇게 고집을 부리는 구체적인 이유가 무엇인지 물어보았다.

　　피의자2가 대답하였다. "'△△파'보다는 '○○파'라는 이름이 더 폼 나잖아요."

　　"….."

　　※ 조직폭력배 이름은 대부분 최초 범죄단체 구성으로 수사를 담당한 경찰이나 검찰이 네이밍(naming)을 해 주었다고 한다. 이왕이면 멋진 이름으로 네이밍을 해 주는 것이….

꽃 중의 꽃

2010년부터 서울중앙지검에서 3년 동안 근무하게 되었다. 당시는 법무부에서 평검사로서 2년간 근무한 후 특별한 사정이 없으면 서울중앙지검으로 인사발령이 나는 것이 관례였다.

서울중앙지검은 평검사만 220여 명에다 부장검사 이상 간부들까지 합하면 총 260명 정도의 검사들이 근무하고 있는 거대 검찰청이다. 검사로서는 꼭 한번 근무를 하고 싶어 하는 검찰청이다. 검사로서 열심히 일한 실적이 있어야 하고 인품도 훌륭한 것으로 평가되어야 한다. 검찰청 중의 검찰청, '꽃 중의 꽃'이다.

조폭 영화에서는 으레 '서울지검(서울중앙지검의 옛 명칭)' 강력부가 등장하고, 부정부패 영화에서는 '서울지검' 특수부가 등장한다. 영화와 현실은 다르지만 서울중앙지검은 국민들에게도 널리 알려져 있다.

서울중앙지검에서 근무할 경우 조직에서 나름 검증이 되었다는 간부들과 선배들을 만날 기회가 생긴다. 그분들의 수사 기법과 노하우, 조직 운영 방법, 인품 등을 암암리에 배우게 된다. 수사 실력이나 인품을 향상시킬 기회를 얻을 수 있다.

서울중앙지검에 근무하는 또 하나의 장점은 중요한 사건 수사에 참여할 수 있다는 것이다. 공안부, 특수부, 강력부, 금조부 등 인지부서는 말할 것도 없거니와, 형사부에 근무하면서도 언론에 보도되는 묵직한 사건들을 수사할 기회가 생긴다. 중요한 사건을 수사하여 명성을 드높이려는 공명심이라기보다는, 사회적으로 파급 효과가 큰 사건, 법리적으로 어려운 사건을 처리했을 때 자부심도 생기기 때문이다.

검사가 텔레비전에 나오려고 수사를 해서는 안 된다. 기자들에게 자신의 사건을 홍보하려고 해서도 안 된다. 검사가 공명심으로 수사를 하게 되면 무리를 하게 되고 무리를 한 결과는 언제나 위험을 수반한다. 때로는 개인적으로나 조직적으로 참담한 결과를 가져온다.

2010년 서울중앙지검 형사부에 배치되어 서울경찰청에서 송치되는 사건들을 주로 수사하게 되었다. 통상 전입하는 검사들은 바로 인지부서에 배치하지는 않는다. 미리 전입하여 열심히 일하였던 검사들을 배려하기 위한 것이다. 낙하산을 방지하고자 함이다.

서울경찰청에서 진행하는 사건들은 소위 '기획수사(企劃搜査)' 내지 '하명수사(下命搜査)'가 대부분이었다. 검찰청으로 말하면 인지부서에서 진행하는 수사와 동일하다. 수사가 설익은 상태에서 압수수색영장이나 체포영장을 신청하는 경우도 있었고, 추가 입증이 필요함에도 구속영장을 신청하는 경우도 있었다. 주범만 구속영장을 신청하는 것이 상당함에도 주변인들까지 신청하는 경우도 있었다.

지방경찰청에는 수사 인력이 엄청나다. 한 팀이 달라붙어 1주일만 수사를 진행하면 수사기록 10권을 추가로 만들어 내는 것은 일도 아니다. 수사지휘를 한 번 할 때마다 기록이 10권씩 늘어나 송치 단계에서는 몇십 권에 이르기도 한다.

수사지휘를 한 사건은 통상 그 검사실에 배당되었다. 수사의 효율성을 높이기 위해서다. 내가 수사지휘 한 사건이 우리 검사실로 배당된다면 '책임감'을 가지고 수사지휘를 할 수밖에 없다. 송치받은 후 보완수사를 하겠다고 했다가는 낭패를 본다. 검사실 수사관이 1~2명인데 그 많고 두꺼운 사건을 송치받아 보완하기는 쉽지 않기 때문이다.

우리 형사부는 서울경찰청을 지휘하는 관계로 오후 내내 기록을 실은 수레 소리로 요란하였다. 복도 저편에서 기록을 실은 수레바퀴 소리가 들려온다. 바퀴가 경쾌하게 구르는지 묵직하게 구르는지 느낌으로 알 수 있다. 저 수레는 기록이 최소 10권, 저 수레는 20권?

드디어 수레가 우리 검사실 앞에 당도한다. 나와 수사관은 고개를 숙인다. 10일 내지 20일 동안의 고생과 행복이 갈라지는 순간이다. 수레가 그대로 우리 검사실 앞을 지나간다. '휴~~', 나와 수사관은 동시에 한숨을 쉰다. 어떤 수레가 우리 검사실 앞에서 멈추어 선다. 나와 수사관은 고개를 들어 앞을 본다. 실무관 뒤에 산더미만 한 기록이 담긴 수레가 떡하니 서 있다. 10일 내지 20일 동안은 꼼짝 말라고.

그렇게 구속 사건 한 건을 배당받으면 구속 기간 10일 동안 사건처리에 밤낮을 가리지 않았다. 공범들이 많이 있고 범죄사실도 많으면 구속 기간을 20일까지 연장하여 사건에 대한 가르마를 타주어야 했다. 누구는 구속기소를 하고, 누구는 불구속기소를, 누구는 약식 기소를 하고, 누구는 혐의가 없다고 판단해 주어야 한다.

중요한 사건 한 건을 처리하고 나면 녹초가 되었다. 사건 한 건을 처리하기가 쉽지 않았다. 캐비닛에서는 오래 묵은 사건들이 서로 밖으로 나오겠다고 아우성을 쳤다.

그렇게 형사부에서 1년간 근무하였다. 다른 형사부보다 사건기록이 두껍고 복잡한 사건이 많아 힘든 점이 있었다. 그러나, 사회적으로 이목이 집중된 중요한 사건들도 접할 수 있는 기회가 있어서 검사 생활에 많은 도움이 되었다.

형사부 근무 후 특수부로 자리를 옮겨 2년 동안 근무하였다. 서울중앙지검은 검사 숫자가 워낙 많기 때문에 인지부서로 이동하기가 매우 어려웠다. 자리는 한정되어 있고 대부분의 검사들이 인지부서 근무를 희망하기 때문이었다. 원하는 검찰청으로 인사이동을 받기보다 서울중앙지검 내에서 인지부서로 이동하기가 더 어렵다는 말도 돌았다.

서울중앙지검 특수부에서 근무한다는 것은 개인적으로도 영광스러운 일이었다. 어느 누구에게도 특수부로 보내 달라고 말한 적이 없었다. 어떤 분의 추천 혹은 도움으로 내가 특수부에 근무하게 되었는지는 알 수 없었다.

특수부에서는 부정부패 사건을 담당하였다. 지방에 있는 검찰청에서 주로 조직폭력이나 강력사건을 담당하였고, 법무부에서는 기획을 접하다가 이제 특수검사로 '세탁'하게 된 것이다. 정치인 관련 사건도 처리하고 회사의 횡령이나 배임 사건도 처리하였다.

특히, 정치적인 사건은 신중하게 처리하여야 한다. 사건의 결론도 중요하지만 그 결과에 이르는 절차나 과정도 중요하다. 사건을 공정하게 처리해야 할 뿐만 아니라 외부에서 보기에도 공정하게 보여야 한다. 그럼에도 불구하고, 사건처리 결과에 따라 한편에서는 박수를 보내고 한편에서는 검찰을 비난할 것이다. 박수를 보내는 쪽에서도 박수만 치는 것이 아니라 검찰이 축소 수사를 하였다고 비판하거나 추가 수사 의지가 있는지에 대해 의문을 제기하기도 한다. 검찰을 비난하는 쪽에서는 검찰이 표적수사나 강압수사를 하였다면서 두고 보자는 식으로 나오기도 한다. 검찰에서는 증거에 따라 최선을 다해서 수사를 해도 반드시 어느 한쪽으로부터는 좋지 못한 소리를 듣게 되는 것이다. 참으로 난감한 상황이다. 어쩌면 수사기관의 운명이리라.

언론에 보도되는 사건이 개시되면 몇 개월씩 계속되는 것이 통상적이었다. 이른바 부정부패와 관련된 '게이트'에 대한 수사이다. 매일 아침 9시부터 수사에 돌입하나 퇴근 시간은 정해진 것이 없었다. 하루 종일 피의자나 참고인을 조사하고 압수수색을 지휘하기도 하였다. 활의 시위를 떠난 화살이 과녁에 명중하기 전까지는 수사를 멈출 수 없다. 결승선을 통과하여야 비로소 달콤한 휴식이 주어진다.

중요 피의자나 참고인에 대해서는 주로 영상녹화실에서 조사를 하였다. 강압수사를 한 것이 아니라는 점과 검찰 조서에 신빙성을 더하기 위함이었다. 영상녹화실에서 아침에 출석한 피의자와 함께 밤늦게까지 보내기도 하였다. 잠시 쉴 겸 내실에서 저녁 9시 뉴스를 보았더니, 첫 번째 기사에 피의자가 아침 9시에 출석하면서 인터뷰하는 모습이 방송된 적도 있었다. 기분이 묘하였다.

밤 12시에서 새벽 1시 사이에 부장님을 중심으로 석회(夕會, 저녁 회의)를 하였다. 오늘 한 수사내용을 공유하고 내일 진행할 수사에 대해 보고하고 지시를 받는다. 우리 부장님은 책상 위에 종이 한 장 없으면서도 검사들이 수사한 내용을 모두 알고 계셨다. 대단한 분이셨다. 내가 종래 10년간 배웠던 것을 1년 만에 배운 듯한 느낌이었다.

녹초가 되어 집에 돌아가면 새벽 2시에서 4시 사이이다. 어떤 때는 짧은 시간에 폭탄주를 몇 잔 들이켜기도 하였다. 운이 나쁘면 사무실 한쪽에 마련된 '라꾸라꾸 침대'에서 쪽잠을 자기도 하였다.

가족들도 부질없이 나를 기다릴 이유도 없었다. 같은 집에 살면서도 가족들과는 별개의 삶을 산 것이 벌써 여러 해가 되었으니 새로울 것도 없었다. 곤히 자고 있는 가족들이 깰까 봐 조심스럽게 샤워를 한 후 곯아떨어지고 만다. 아침이 되어, 가족들은 여전히 꿈나라에 있는 상황에서 간단히 식사를 챙겨 먹고 출근하였다. 가족들은 내가 집에 들어왔다가 나갔다는 것을 이불 상태를 보고 알았다고 한다. 그렇게 열심히 수사를 하였다. 나중에 여기저기에서 욕을 먹을지언정.

인지부서에서 수사의 성패에는 역시 팀워크가 중요하다. 부장이나 차장 등 간부들이 중심을 바르게 잡고 수사를 지휘하여야 한다. 검사들을 믿어 주어야 한다. 피의자를 추궁하는 데 소질이 있는 검사가 있고, 흩어진 내용을 잘 정리하고 구성하는 데 소질이 있는 검사가 있다. 검사들의 특성을 정확히 파악하여 역할을 분담해 주어야 한다.

검사들도 간부들을 믿어야 한다. 서로가 신뢰가 없으면 수사가 진척될 수 없고 성공하기도 어렵다. 특히나 정치적 사건에서는 검사들의 의견과 간부들의 의견이 다를 수도 있다. 심하게 충돌하기도 한다. 그러나 정답은 법과 원칙에 따라 수사하는 것이다. 그래야만 검사들의 양심을 저버리지 않게 되고 뒤탈도 없다. 검사들은 법과 원칙에 충실한 간부들을 평생토록 존경한다.

중요한 사건 수사가 성공하려면 운(運)이 따라야 한다. 벼랑 끝에 서 있을 때 귀인(貴人)의 도움을 받기도 한다. 있는 힘을 다하여 수사하였음에도 운이 없어 실패하기도 한다. 어쩔 수 없는 일이다.

서울중앙지검 특수부에서 근무하는 2년은 참으로 바빴다. 보람도 있었고 스스로 검사로서 더 발전된 모습을 발견할 수 있었다.

좋은 분들과 한 팀이 되어 열심히 수사할 수 있었다.

　이후, 2020년 9월 인사에 서울중앙지검 공판1부장에 부임하였다. 평검사 때와 부장 때 두 번에 걸쳐 서울중앙지검을 근무할 수 있는 혜택을 받게 되었다. 영장전담검사 3명과 함께 서울중앙지검에 접수되는 경찰 신청 영장 70% 정도를 담당하였고, 공판검사 5명과 함께 공소유지를 하였다. 그저 감사할 따름이다.

　중국 송나라 때의 문인인 소동파(蘇東坡)는 22살에 과거시험에 응시하여 인자함과 정의로움에 대해 논하기를, "인자함은 지나쳐도 군자로서 문제가 없지만, 정의로움이 지나치면 잔인한 사람이 된다."고 하였다. 그간 정의로움이 너무 지나친 면이 없는지 되돌아볼 뿐이다.

● "?"의 의미

　검사가 사건처리를 위해 결재를 상신하였으나 내용에 오류가 있거나 보완이 필요하다고 판단되면 부장 등 결재자는 사건을 검사실로 반려한다.

　반려 시 결재자들은 부전지에 그 내용을 적시하게 된다. 어떤 부분이 잘못되었고, 어떤 내용이 더 필요한지를 지적해 준다.

　검사는 결재자의 지시에 따라 내용을 수정한 경우 "수정 필", "정정 필", "시정 필", "수정하였습니다.", "정정하였습니다.", "시정하였습니다."는 문구를 기재한 후 자신의 도장을 찍는다.

　어느 날 A 검사가 결재를 올렸다.

　부장이 반려하였다.

　부전지에는 물음표 "?" 한 글자만 기재되어 있었다!

　※ "?" 반려는 전설적으로 회자되는 반려 문구이다. 오타가 있다는 것인지, 주문이 틀렸다는 말인지, 형량이 불합리하다는 말인지 도무지 알 수 없다. 어떤 검사는 "?"를 연구하여 내용을 수정한 후, 이에 대응하여 "!"를 부전지에 기재하여 다시 결재를 올렸다는 후문이 있었다.

누명(陋名)

　예전에 비하여 우리나라 언론사가 엄청나게 늘어났고 취재 경쟁도 가열된 것으로 보인다. 언론의 기능도 매우 중요해져 여론을 형성하는 속도와 영향력이 아주 강력해졌다. 국민들은 언론보도를 통하여 우리 사회에서 발생하는 각종 사건 사고 내용을 파악하고 스스로의 생각이나 행동 방향을 결정하게 된다.

　언론의 중요성에 비추어 보도 내용은 정확해야 한다. 우리 사회에서 벌어지는 각종 현상의 정확한 내용을 전달해야 한다. 잘못된 정보를 전달하거나 부실한 정보를 전달할 경우 그 피해는 생각보다 크게 나타날 수 있다. 언론사의 신뢰도 바닥에 떨어질 것이다.

　언론보도는 공정해야 한다. 사실 보도에 따라 논평이 필요할 때도 있으나 공정한 입장을 견지할 필요가 있다. 일부 언론사는 특정 정당이나 집단, 이념에 편향된 경향이 있다. 보도 논조(論調)가 공정한 입장을 취하고 있는지 의문인 경우도 있다.

검사 생활 도중 뜻하지 않게 사회적으로 의심을 받거나 누명(陋名)을 쓰는 경우도 있다. 검찰 내부에서 회자(膾炙)되는 단계를 넘어 언론에 보도될 경우 난감한 상황에 처하기 일쑤다. 사실이 확인되지 않는 보도를 통해 검사 개인이나 검찰 조직이 비판받기도 한다. 검사가 공인(公人)이라는 이유로 부당한 언론보도에 무방비로 노출된다.

나도 잘못된 언론보도의 희생양이 될 뻔했던 적이 있었다. 2016년 하반기 법무부에서 과장으로 근무할 때였다.

어느 날 휴대폰으로 모르는 전화번호의 전화가 걸려 왔다. 업무상 모르는 전화번호라고 하더라도 혹시나 하는 마음으로 전화를 받았다. 모(某) 신문사 기자였다.

기자가 나에게 문의하는 내용은 다음과 같았다.

내가 2010년 서울중앙지검에 근무할 당시 사회적으로 관심을 끌었던 사기 사건을 수사한 적이 있었다. 경찰로부터 사건을 송치받아 피의자를 구속기소 하였고 피의자는 법원에서 실형을 선고받았다.

피의자가 구속되었을 때 피의자 측에 변호사를 소개해 주겠다면서 돈을 받은 브로커가 있었다고 하였다. 브로커는 검찰 고위간부 출신의 변호사에게 전달한다는 명목으로 수천만 원을 요구했다고 하였다. 피의자 측에서는 브로커를 믿고 수천만 원을 교

부하였으나 변호사가 선임되지도 않았고 브로커가 사기를 쳤다
고 고소하였고 하였다.

그런데, 브로커에 대한 사기 사건 재판 중 피의자 측 관계자의
업무수첩이 법정에 제출되었는데, 거기에는 브로커가 피의자 측
에 알려 주었다는 수사 관련 내용들이 기재되어 있다고 하였다.

결국, 수사검사이던 내가 브로커를 통해 피의자 측이나 검찰 출
신 변호사에게 수사기밀을 유출해 준 것이 아니냐는 것이었다.
스토리는 그럴 법한데 황당한 내용이었다. 사건 내용을 설명해
주고 싶었으나 또 다른 오해를 불러일으킬 수 있었고, 이미 서울
중앙지검을 벗어난 상태이므로 이 사건에 대해 언급할 입장이 아
니라고 설명해 주었다.

그로부터 며칠이 지나 언론보도를 보고 깜짝 놀랐다. 기자가 나
에게 물었던 내용 중 일부가 신문 기사로 보도된 것이었다. 수사
기밀 유출에 대해서도 의혹을 제기하는 부분이 있었다. 보도 내
용이 전혀 사실과 다르고 구체적으로 나를 적시하지 않았으므로
나는 따로 대응하지는 않았다. 다만, 서울중앙지검에서는 이 사
건에 대해 정식으로 대응하는 것으로 하였다.

그렇게 해프닝이 끝난 줄 알았다. 그러던 중 2017년 초순 어느
날, 기자에게서 다시 전화가 걸려 왔다. 집요하였다. 서울중앙지
검에서 대응한 부분이 별로 효과가 없었던 모양이다. 기자는 피
해자 측 관계자가 작성한 업무수첩에는 내가 수사기밀을 유출한
정황이 구체적으로 기재되어 있다고 주장하였다.

기자로부터 업무수첩 중 일부 내용을 전송받아 읽어 보았다. 브

로커가 말한 것을 피의자 측 관계자가 받아 적었다는 내용들이었다. 주임검사인 나의 이름이 군데군데 적혀 있었고 피의자나 참고인의 소환 일자와 수사 관련 내용도 적혀 있었다. 참으로 황당한 일이었다. 업무수첩만 보면 마치 내가 브로커에게 수사기밀을 유출한 것이 아닌가 하는 오해를 유발할 수도 있겠다는 생각이 들었다. 기자가 집요하게 파고들었던 이유를 알게 되었다.

이걸 그대로 두었다가는 큰일이 나겠다는 생각이 들었다. 이제는 서울중앙지검과 함께 이 사건을 가장 잘 알고 있는 내가 직접 기자에게 설명할 수밖에 없었다. 나의 누명을 벗어야 했기 때문이다.

나는 기자에게 내가 그 사기 사건을 담당한 것은 사실이지만 브로커는 전혀 모르는 사람이었고, 검찰 출신의 변호사가 선임된다는 이야기도 처음 듣는다고 설명하였다. 당시 사기 사건 피의자 변호인은 검찰 출신이 아닌 변호사가 선임되었고, 그 변호인으로부터 피의자를 변호하는 내용을 들었을 뿐이라고 말하였다. 그러니 내가 브로커를 통해 검찰 출신 변호사에게 수사기밀을 유출할 이유가 없다고 강조하였다.

아울러, 업무수첩에 기재되어 있는 피의자나 참고인의 소환 일자와 수사 관련 내용은 내가 유출하지 않더라도 이미 언론에 대대적으로 보도되고 있어 기사 검색만으로도 확보할 수 있는 내용이라고 설명하였다. 아마도 브로커라는 사람이 언론보도 내용이나 관계인을 통한 귀동냥을 통해 사건 관련 내용을 파악하여 피의자 측에 설명하면서 믿음을 얻으려 했던 것이 아닌가 생각된다는 점을 피력하였다.

그로부터 며칠 후 그 기자가 쓴 내용이 다시 언론에 보도되었다. 후속 보도였다. 1차 보도와 내용은 유사하였고 여전히 수사기밀이 브로커를 통해 유출된 것이 아닌가 하는 의문을 제기할 뿐이었다. 다행스럽게도 나를 특정하여 수사기밀을 유출한 의혹을 제기하는 내용으로 구성하지는 않았다.

이후에는 관련 기사가 보도되지 않고 있다. 사건의 당사자인 내가 직접 기자에게 사건의 진상에 대해 설명해 준 것이 영향을 미쳤는지도 모른다. 다행이었다.

검사가 수사를 하는 도중에 피의자나 주변 사람들은 여러 가지 작업을 벌이기도 한다. 돈 냄새를 맡은 브로커가 나타나 검사나 판사와의 친분을 주장하면서 피의자를 구속 상태에서 빼 주겠다거나 선처를 받게 해 주겠다고 돈을 요구하기도 한다. 때로는 조건에 맞는 변호사를 선임해 주겠다면서 알선료를 요구하기도 한다.

검사는 졸지에 이름도 얼굴도 모르는 브로커와 한통속이 되어 버린다. 일부 언론에서는 사실을 제대로 확인하지 않고 증거도 부족한 상황에서 검사가 브로커의 부정한 청탁을 받은 의혹이 있다거나, 브로커로부터 금품을 수수한 정황이 있다고 보도한다. 검사는 억울하게 누명을 쓰게 되고 급기야 파렴치범이 되어 버린다. 결백을 입증하는 데는 상당한 시간과 노력이 필요하다. 그 사이 육체적으로나 정신적으로 만신창이가 될 수도 있다. 수사 관련 유언비어나 음해는 대중에게 먹히기 때문에 급속도로 유포된다. 따라서, 적극적으로 해명하여 바로잡을 필요도 있다.

　나는 다행히 이 사건과 관련하여 더 이상의 모함을 받지 않고 누명을 벗을 수 있었다. 운이 좋은 편이었다. 맹세코 지금까지도 브로커라는 사람의 이름이나 얼굴도 모르고 있다. 내가 맡은 사건에 검찰 출신 변호사가 선임된다는 말을 들은 사실도 없었다. 수사내용을 브로커나 변호사 등에게 유출한 사실도 없었다. 이것이 '팩트(fact)'이다.

● 왜 자꾸 따라와

　A 검사는 새벽에 비어 있는 식당을 들어가 돈을 훔친 피의자를 조사하고 있었다. 피의자는 현장에서 경보음이 울리자 도망하다가 출동한 경찰에 체포되었고, 동종 전과도 많아 구속되었다.

　시시티브이 자료가 있는 등 증거가 명백함에도 피의자는 부인으로 일관하고 있었다. 시시티브이 화질이 좋아 누가 보아도 돈을 훔친 사람이 피의자임을 바로 알아볼 수 있었다.

　A 검사는 한동안 피의자를 설득하였으나 워낙 완강하게 버티는 바람에 잠시 쉬어 가기로 작정하였다.

　A 검사는 피의자에게 물었다. "피의자는 식당 앞에서 경찰과 마주친 사실이 있지요?"

　피의자가 대답하였다. "예, 제가 식당에 들어가지는 않았지만, 경찰과 마주친 사실은 있습니다."

　A 검사가 다시 피의자에게 물었다. "피의자는 경찰을 보자 왜 도망을 갔나요?"

　피의자가 말했다. "경찰이 자꾸 따라오니까요!"

　"…."

> ※ 피의자가 식당에서 돈을 훔치지 않았음에도 우연히 경찰을 만나자 지레 겁을 먹고 도망을 갔던 것일까?

담배는 끊는 것이 아니라
안 피우는 것이다

사람들의 습관이라는 것은 참으로 고치기 어렵다. 나이가 많건 적건, 교육 수준이 높건 낮건 크게 차이가 없다. 그러니 우리 속담에도 "세 살 버릇이 여든까지 간다."라는 말이 생겼을 것이다.

나는 술을 마시거나 담배를 피우는 것도 일종의 습관이라고 생각한다. 더 나아가서 중독이 된다. 혹자는 술이나 담배가 긴장된 상태를 완화해 주고 흥분을 가라앉히는 유용한 효과가 있다고도 한다.

조선시대 성군으로 알려진 정조는 소문난 애연가였다고 한다. 정조는 "백방으로 약을 구해 보았지만 오직 남령초(南靈草, 담배)에서만 힘을 얻게 됐다."고 담배를 예찬하였다고 한다. 급기야 정조는 과거시험에 "남령초의 이로움을 논하라."라는 다소 황당한 문제를 냈다고 하니, 그 담배 사랑을 가히 짐작할 수 있을까.

농경문화에서는 술에 대해 관대하다. 힘든 노동일에서의 막걸리 한잔은 몸의 피로를 없애 주는 묘약(妙藥)이다. 어릴 적에는 집에서 막걸리를 만들어 먹었고, 주전자에 막걸리를 담아 어른들에게 참을 가져다 드리기도 하였다. 심부름을 하다가 주전자 꼭지에 꽂아 둔 고추를 빼고 막걸리를 한 모금 마시고 갈 때도 있었다. 차례나 제사를 지내고 '복주(福酒)'라고 하여 한 잔, 두 잔 술을 받아먹기도 하였다.

고등학생이 되고부터는 명절에 친구들 집에 인사를 드리러 가면 친구 어머님이 으레 술상을 봐 주셨다. 친구들이 우리 집에 놀러 왔을 때도 마찬가지였다. 술은 어른들 앞에서 배워야 한다면서 공식적으로 술을 주시면 정중히 고개를 돌리고 맛있게 먹었다.

그러나, 농경문화에서는 담배에 대해서는 상당히 거부감이 있었다. 술은 겸상하면서도 담배는 숨어서 피워야 했다. 무슨 죄인이라도 되는 듯이 말이다.

나는 1988년 대학교에 들어가면서부터 담배를 피우기 시작하였다. 주변 친구들이 모두 담배를 피우니 나도 담배를 배우게 된 것이다. 물론 당시 아버지도 담배를 피우셨고 작은형도 담배를 피웠다. 간혹 작은형과는 맞담배를 하였으나 아버지나 큰형님이 계신 곳에서는 담배를 입에 문다는 것을 상상할 수도 없었다. 담배를 피운다고 말할 수도 없었다. 어른들은 술에 대해서는 그렇게 관대하면서도 담배는 피우지 말라고 말씀하셨다. 당신들은 피우시면서.

대학을 다닐 당시에는 생활에 여유가 없었던 터라 담배도 대놓고 사서 피울 수 없었다. 친구들과 나누어 피우기도 하고, 급기야는 학과 사무실이나 서클 사무실을 어슬렁거리면서 운 좋게 장초(長草)를 주워 피우기도 하였다. 시내에서 벌어진 시위에 나갔다가 최루탄이 흩날릴 때는 담배를 피우면 눈물이 덜 나는 것을 경험하기도 하였다.

군대에서 복무할 당시에는 개인에게 매월 담배 몇 갑씩이 배급되었다. 담배를 피우지 않는 병사들은 피우는 병사들에게 공짜로 주기도 하였다. 고된 훈련 중이라도 10분간 휴식 시간에는 꼭 담배를 빼서 물었다. 낙(樂)이 따로 없었다.

제대 후에도 담배를 피웠다. 캠퍼스에 앉아 담배 한 개비를 물고 복학생의 고뇌를 마음껏 즐겼다. 그냥 혼자만의 멋을 즐긴 것이다.

고시 공부를 하면서 담배를 피우니 애로사항이 발생하였다. 50분 공부하고 10분간 휴식을 하면서 담배를 피워야 했다. 당시는 열람실 내에 흡연실을 만들어 학생들의 편의(?)를 제공하던 때였다. 담배 연기가 열람실 내로 새 나오기도 하였다. 50분마다 흡연실로 가 담배를 피웠다. 이거 공부를 하러 도서관에 왔는지 담배를 피우러 도서관에 왔는지 헷갈릴 지경이었다. 옷에 담배 냄새가 날 때 혹시라도 옆자리에 여학생이 앉으면 왠지 모를 눈총을 받아야 했다.

담배를 피우는 것이 중요한 패턴으로 되어 있다가 보니 공부에 집중할 수 없었다. 이렇게 해서는 고시 공부를 언제 끝낼지 모르겠다는 두려움이 엄습해 왔다. 내 조건상 다른 경쟁자들보다 더 열심히 공부해야 함에도 담배 피우는 것으로 시간을 낭비하고 있으니 말이다.

사법고시를 시작하면서 마음의 결단을 내렸다. '공부하는 동안 담배를 끊자. 그리고 2차 시험을 보고 다시 담배를 피우자' 그때부터 담배를 피우지 않고 사법고시에 매진하였다. 아무리 술에 취해도 단 한 개비의 담배도 입에 물지도 않았다. 그렇게 정확히 3년 6개월이 흘렀다.

2008년 6월 29일, 사법고시 2차 시험이 끝났다. 우리 스터디 팀은 신림동 녹두거리 인근 식당에서 회식을 하면서 술을 마셨다. 시험이 끝났다는 홀가분한 마음에 술을 꽤 많이 마셨던 것 같았다. 순간 3년 6개월 전에 스스로 했던 약속이 떠올랐다. 옆에 있던 담배 한 개비를 꺼내 물어 불을 붙였다. 예전에 담배를 피웠던 경험이 있어서 그런지 담배 연기가 몸속으로 스윽 들어가는 것이 느껴졌다. 순간 '웩!' 헛구역질이 났다. 황급히 화장실로 달려갔다. 오랜만에 몸속에 들어오는 담배 연기에 몸이 격하게 반응한 탓이다. 그날 나는 네발로 집에 들어간 것으로 기억이 된다. 다음 날 아침은 머리가 깨지는 줄 알았다.

그렇게 나는 3년 6개월 전 약속(?)을 지켰다. 지키지 않아도 될 약속이었는데 말이다. 이후, 사법연수원 및 검사 생활을 하면서 계속하여 담배를 피웠다.

예전에는 검사실에서 조사하면서도 담배를 피웠다. 당연히 사건관계인들은 담배를 피울 수 없었다. 불공정한 처사라고? 세상이 그랬다. 버스나 기차에서도 담배를 피웠는데, 의자 뒤편에 재떨이를 만들어 두기도 하였다. 그러니 검사실이라고 해서 뭐가 다르겠는가? 예전의 사회 현상을 오늘날의 잣대로 재어 왜 그렇게 살았느냐고 비판하는 데는 신중을 기해야 한다. 잘못하면 이순신 장군이나 세종대왕을 소환해야 할 수도 있다. 자칫 단군 할아버지까지 소환하게 되면 큰일이다.

검사실이 연기로 자욱하였다. 실무관은 검사와 수사관의 재떨이를 비우고 씻어 두는 것이 주요한 업무 중의 하나였다. 피의자들은 꼭 자백하기 전에 담배를 한 대 달라고 했다. 대부분이 담배를 피운 뒤 자백하였다. 그런데 담배를 얻어 피우고도 자백을 하지 않는 피의자는 악질 중의 악질로 분류되었다. 담뱃값을 받고 싶었다.

2003년 지방에 있는 소규모 지청에 근무할 때였다. 우리 검사실은 수사관 2명과 실무관이 근무하였는데 공간은 꽤 넓었다. 나와 수사관 모두가 담배를 피우니 방에는 연기로 너구리를 잡고 있었다. 나도 1명을 조사하고 있고 선임 수사관은 피의자인 할아버지를 조사하고 있었다. 담배를 입에 물고 타이핑을 하다가 담뱃재가 떨어져 기록 틈 사이로 들어가면 후후 불면서 다시 타이핑을 하기도 하였다.

그때, 선임 수사관이 조사하던 할아버지가 갑자기 수사관에게 정색하면서 말하였다. "자네 도대체 몇 살인가? 어른 앞에서 이렇게 담배를 피우나! 집이 어디인가?" 순간 나와 수사관은 눈이 마주쳤다. 두 사람은 누가 먼저랄 것도 없이 황급히 각자 책상 위에 있던 재떨이에 담배를 껐다. 어? 이게 아닌데?

할아버지는 피의자이고 우리는 피의자를 조사하는 입장인데 난데없이 한 방을 먹었다. 할아버지는 목소리가 비슷한 수사관이 지역 출신이라고 직감하고 시골의 정서를 반영하여 강력한 펀치를 날린 것이었다. 할아버지 지적이 맞는 말이니 우리는 꿀 먹은 벙어리가 됐다.

다행히도 그 사건 이후 나는 사건관계인을 조사할 때는 담배를 피우지 않았다. 잘못된 행동에 대해 잘못된 줄 모르고 있었던 차에 강심장 할아버지가 깨우침을 주신 것이다. 감사할 따름이다.

이후 첫째 아이가 태어났다. 나는 여전히 담배를 피우고 있었다. 아기를 만지기 전에 손을 씻고 어떤 때는 양치질을 하기도 하였다. 아기가 보이지 않는 곳을 찾아 담배를 피웠다.

이제는 나도 담배를 왜 피우는지, 담배를 끊는 것이 어떨지 진지하게 고민을 하게 되었다. 나이를 먹으면서 담배를 많이 피운 다음 날 아침이 피곤해지기도 하였다. 담배를 많이 피운 날과 그렇지 않은 날의 컨디션이 확연하게 달랐다.

시간이 지날수록 담배를 피우는 공간도 줄어들었다. 검사실에서 대놓고 담배를 피우기도 어려워졌다. 실무관들이 싫어한다는 이유에서다. 검사들이 사용하는 내실에 들어가 담배를 피웠다.

어떤 검사장님은 검사실이나 내실에서도 담배를 피우지 못하도록 지시를 내리기도 했다. 물론 근무시간이 지난 다음 저녁에 기록을 검토하면서 검사실에서 담배를 피웠으나, 근무시간 중에는 화장실에 가서 피우거나 건물 베란다에서 피우기도 하였다. 검사가 자세 안 나게 화장실에서 담배를 피운다고 선배들이 한소리 하기도 하였다. 나도 간혹 그런 생각이 들었다. '굳이 화장실에 서서 담배를 피워야 하나?'

2006년 지방에 있는 검찰청에서 근무할 때였다. 어느 날 검사들과 점심을 먹으러 갔다. 검찰청이 교육대학교 인근에 위치하고 있어 식당에는 대학생들도 있었다. 테이블이 3개 정도 있는 작은 식당이었다. 맛집이라고 하여 막내 '밥 총무'가 개발한 곳이었다.

당시 우리 부 차석이던 나는 여느 때와 다름없이 식사가 나오기 전에 담배 한 대를 빼 물었다. 나만 그런 것이 아니라 다른 검사도 같이 담배를 피웠다. 좁은 식당에 순식간에 연기가 자욱하였다. 음식 그릇 옆에 놓인 재떨이에 재를 떨었다.

순간, 우리 뒷자리에서 여대생으로 보이는 젊은이가 나에게 가르치는 투로 말하였다. "여기서 담배를 피우면 어떡합니까?" 당황하였다. 워낙 갑작스런 공격이라 "죄송합니다."라면서 황급히 담배를 껐다. 후배도 담배를 껐다. 불의의 타격이었다.

가만히 생각하니 억울한 생각이 들었다. 내가 왜 이런 말을 들어야 하는가 하는 생각이 들었다. 그때까지만 해도 식당에서 담배를 피울 수 있었고 식탁 위에 재떨이도 다 비치되어 있었기 때문이다.

그러나, 이제 세상이 바뀐 것이다. 옛날 고집을 따를 것이 아니라 새로운 세상에 순응하고 적응해야 한다. 젊은 대학생의 눈에는 우리가 이상한 사람으로 보였던 것이다. 배려가 없는 사람으로 비쳤을 것이다. 세상은 젊은이의 눈을 통해 평가될 것이다.

'그래, 이제 담배를 끊자!'

당시 집사람이 둘째 아이를 가졌던 것도 담배를 끊을 동인(動因)이 되었다. 아기가 둘이 되면 최소한 큰 녀석은 내가 자주 놀아 주어야 한다. 아기에게 계속 담배 냄새를 풍길 수는 없는 노릇이었다.

이때부터 나는 담배를 끊기 위해 정말 별짓을 다 했다. 근무시간 중에는 사탕이나 과자, 은단을 먹으면서 버티었다. 저녁에는 술을 많이 마시면서 담배를 왕창 피워 일부러 구토를 유도하기도 하였다. 담배에 대한 안 좋은 기억을 심어 주기 위해서였다.

그러던 어느 날, 담배를 피우지 않던 선배가 나에게 책을 한 권 선물해 주었다. 알렌 카(Allen Carr)라는 영국인이 2002년에 저술한 『스탑 스모킹(STOP! SMOKING)』이라는 책이었다. 작가는 33년 동안 하루 평균 4갑 이상의 담배를 피우고 무수히 금연에 도전하였다가 번번이 실패하였다고 한다. 어느 날 갑자기 고통 없이 즐겁게 담배를 딱 끊을 수 있었던 비결을 전한다고 하였다. 호기심이 일었다.

책의 내용은 담배를 피우는 것은 습관이고 주변의 광고 등이 우리를 세뇌하고 있으므로 우리도 마음의 컨트롤을 통해 담배를 끊어야 한다는 것이었다. 좋은 말들이었고 내가 딱 원하던 책이었다.

때마침 나는 용인 법무연수원에 1주일간의 교육에 들어갈 기회가 있었다. 교육 기간 중 담배 끊는 책을 읽고 담배를 끊겠다고 집사람에게 다짐하였다. 책을 소중히 담아 연수원에 들어갔다.

그러나, 연수원은 수원 인근에 있어 일과가 끝나면 수원에서 회식이 많았다. 교육 기간은 딱 1주일밖에 없었다. 큰일이다. 책을 읽을 시간이 부족하였다. 내 말이 허풍으로 끝날 수는 없었다. 짬짬이 책을 읽었으나 3분의 2 정도밖에 읽지 못하였다. 이대로는 안 된다. 안 되겠다 싶어 맨 마지막 장을 넘겼다. 책을 다 읽은 것으로 할 심산이었다. 그런데 웬일인가? 아직 마음의 준비가 되지 않았으면 다시 첫 장으로 넘어가란다. 낭패다.

2006년 6월 16일 금요일 저녁, 교육과정이 끝나고 짐을 싸면서 다시 담배를 물었다. 마음의 준비는 되었음에도 담배를 끊을 결정적 기회를 얻지 못하였다. 나의 굳은 결심이 이렇게 끝나는가? 허탈하였다.

당시 집이 있던 지방으로 가기 전에 수원에서 친구들 2명을 만날 기회가 있었다. 그들과 간단히 저녁을 먹었다. 바람을 쐬러 바깥에 나와 있을 때 한 친구가 뜬금없이 말했다. "우리 담배 끊을래?" 이게 무슨 말인가? 내가 원하던 바였다. 나는 흔쾌히 답하였다. 알고 보니 그 친구도 나와 마찬가지로 담배를 끊으려고 무지 애를 쓰고 있던 차에 나도 담배를 끊으려고 한다는 것을 알고 힘이 되고자 했음이다.

우리 3명이 야외 테이블에 둘러앉았다. 이전에 담배를 끊었던 친구가 증인이 되어 주었다. 서로가 마지막 개비 담배를 피우는 사진을 휴대폰으로 찍어 주었다. 이게 정말 마지막이다. 담배에 대한 미련도 다 버리자. 우리는 초코파이에 성냥불을 붙여 금연을 자축하였다.

그 순간 머리를 심하게 맞은 듯이 깨달음이 왔다. 나에게 찾아온 귀중한 '해탈'의 시간이었다. '담배, 그거 끊는 것이 아니라 안 피우는 것이다. 담배를 끊는다는 것은 피운다는 것의 반대말이 되므로 또다시 피울 가능성이 농후하다. 담배는 애초부터 안 피우는 것이므로 나는 더 이상 담배를 피울 이유가 없다!'

그렇다. 담배는 끊는 것이 아니라 안 피우는 것이다. 그날 이후 나는 담배를 단 한 번도 피우지 않았다. 술에 취한 상태에서라도 담배를 입에 물었던 적도 없었다. 왜냐고? 담배는 안 피우는 것이므로. 금단현상? 그거 마음을 정리하면 나타나지 않는 현상이다. 나는 담배를 피우지 않으면서도 한 번도 금단현상이라는 것을 느끼지 못하였다.

드라마에서 사형수에게 마지막 소원이 무엇이냐고 물으면 담배 한 개비를 달라고 하면서 깊이 빨아들인다. 영화에서 조직폭력배들끼리 싸움을 하다가 칼에 맞아 숨을 거두는 순간에도 담배를 물고 있다. 사업이 망하거나 이혼을 한 가장으로 출연하는 멋있는 주인공이 담배 연기에 싸여 고뇌를 즐기고 있다. 어느새 우리는 담배의 유용성에 대해 세뇌되어 있었다. 담배에 대한 환상에 사로잡혀 있었던 것이다.

그해 나는 정말로 소중한 경험을 하였다. 소중한 깨달음을 얻었다. 내가 살아오면서 한 가장 값진 결정이 담배를 피우지 않은 것이라고 생각한다. 간혹 사진을 정리하다가 마지막으로 담배를 피우던 장면이 찍힌 사진을 발견하면 그날 있었던 세리머니를 기억하곤 한다.

함께 맹세하였던 친구도 현재 담배를 안 피우느냐고? 안타깝게도 그 친구는 한동안 담배를 피우지 않다가 다시 담배를 피우고 있다. 담배는 안 피우는 것인데 그 친구는 어쩌면 담배를 끊으려고 했을지도 모를 일이다.

어쨌거나 나는 즐거운 마음으로 오랫동안 갇혀 있던 담배의 괴로움에서 벗어나 새로운 삶을 살게 되었다. 고마운 일이다.

● 봐서

　구치소에서는 수용자가 면회를 할 경우 대화 내용을 모두 녹음하여 보관하게 된다. 그러나, 예전에는 교도관이나 교도대가 입회하여 대화 내용의 요지를 기재하였다.

　A 검사는 조직폭력배를 구속한 뒤, 그를 사주한 배후에 대해 수사를 하고 있었다.

　A 검사는 구치소에 공문을 보내 조직폭력배의 접견 내용을 검토하였다. 어느 날 조직폭력배의 여자 친구가 면회를 한 기록이 있었다.

　여자 친구, "오빠, 밥 먹었어?"

　조직폭력배, "어, 잘 먹고 있다."

　조직폭력배, "나 구속되어 있다고 도망가지 마라. 나갈 때까지 기다려 줄 거지?"

　여자 친구, "봐서…."

※ 과연 여자 친구는 조직폭력배가 형을 살고 나왔을 때까지 고무신을 거꾸로 신지 않았을까?

3.

유년 시절

지천명(知天命)의 즈음에서

나는 1969년 '경북 안동시 예안면 기사2리 대밭마을'이라는 조그만 산골 동네에서 7남매 중 여섯 번째로 태어났다. 쳐다보면 하늘만 보일 뿐 사면이 산으로 둘러싸인 고즈넉한 산골이었다.

부모님은 모두 안동 산골에서 태어나 오로지 농사일만 하시다가 다시 자연으로 돌아가셨다. 아들 셋과 딸 넷 자식들을 위해 주야로 고생하시다가 아무런 영화(榮華)도 누리지 못하신 채 이생을 마치셨다. 그래도 부모님은 우리 7남매를 잘 키워 주셨으니 그 은혜를 어찌 잊을 수가 있겠는가?

부모님 모두 가정 형편상 초등학교 정문조차 구경하지 못하셨다. 그럼에도 나는 제출하는 각종 서류 중 부모님 학력란에 항상 '국졸(國卒, 국민학교 졸업)'이라고 적어 왔다. 나만 그런 것이 아니었다. 시골 동네에서 같이 태어나서 자란 친구들도 마찬가지였다. 우리는 "너희 아버지와 어머니가 국민학교를 졸업했어?"라고 아무도 물어보지 않았다. 선생님도 "너희 부모님은 어느 국민학교를 졸업하셨느냐?"라고 한 번도 물어보신 적이 없었다. 모두 알고 있으면서도 아무도 말을 꺼내지 않았던 것이다.

다행히 부모님은 밥을 지으시거나 소죽을 끓이시면서 부지깽이로 한글을 깨우치시고, 남들 어깨너머로 셈법을 익히시어 어렵사리 가정을 일구셨다. 특히, 어머니는 셈법을 곧장 잘하셔서 재배한 곡식을 판매할 때 장사꾼들이 물량이나 가격을 속일 수가 없었다. 계산기가 없던 시절 정확한 셈법을 하여 장사꾼들이 혀를 내두를 정도로 속임수를 제압하셨다.

아버지는 1944년 일본 홋카이도(北海道)에 징용(徵用)으로 끌려가셨다. 2차 세계대전 중 연합군의 공세로 불리한 상황에 처한 일본군이 마지막 저항을 하던 때였다. 아버지는 하루 12시간 이상 일본군의 비행장을 만드는 강제노동에 시달려야 하셨다. 평상시에는 비행장 건설 일을 하다가 미군이나 소련군의 폭격을 알리는 사이렌이 울리면 토굴로 대피하셨다. 폭격이 끝난 후 다시 비행장 건설 일을 하셨다. 사이렌이 늦게 울리는 경우에는 인명 피해가 불가피하였다고 한다.

1945년 해방이 되자 아버지는 일본 대학생들의 안내에 따라 일본 군함을 타고 부산으로 귀국하셨다. 귀국 도중 함께 바다를 건너던 일본 군함 여러 척이 침몰하였다고 한다. 패전의 설움에 받친 일본 군인들이 고의로 군함을 수장(水葬)시킨 것이었다. 아버지는 그렇게 구사일생(九死一生)으로 귀국하셨다. 강제노동하에서도 어렵게 돈 몇 푼을 마련하여 산골에 조그마한 밭뙈기를 마련하셨다. 목숨과 바꾸어 얻은 땅을 파고 일구어 우리 7남매를 키우셨다. 그리고는 당신이 마련하신 그 밭뙈기에 영원히 잠들어 계신다.

어머니는 일본군이 기획한 '처녀공출(處女供出)'을 가실 뻔했다. 일본군들은 우리나라의 처녀들을 뽑아 일부는 '정신대 근로자'로 보내고 일부는 '군 위안부'로 보냈다. 일본군들은 당시 각 동네를 돌면서 처녀들을 대상으로 시골에서 뼈 빠지게 일하는 것보다 공출로 가면 농사일도 하지 않고 돈도 많이 벌 수 있다고 기망하였다고 한다. 각 동네에서는 15세에서 20세 처녀들 중 의무적으로 몇 명씩 공출을 가야만 했다. 일본군의 기망에 처녀들이 서로 공출을 가려고 했고 결국 제비뽑기로 대상자를 정했는데 어머니가 제비를 뽑으셨다고 한다.

내일이면 공출을 출발해야 하는데 오뉴월 농사일이 바쁘니 어머니는 밤새 잠을 이루지 못하셨다고 한다. 그때 이웃집에 살고 있던 처녀가 어머니를 찾아와 자신은 정말로 시골에서 농사일을 하기 싫으니 제발 제비를 자신에게 달라고 졸랐다고 한다. 어떻게 할지 갈등하시던 어머니는 우선 농사일이 급하니 할 수 없이 제비를 양보하였고, 공출을 간 이웃집 처녀는 해방이 되어도 고향으로 돌아오지 못했다고 한다. 인생의 갈림길이 한순간에 결정되었던 것이다.

부모님은 1950년에 발생한 6.25사변도 어렵게 넘기셨다. 국군과 북한군이 낮과 밤을 교차하면서 지배하던 세상, 동네 사람들이 살해되고 마을이 불타는 와중에도 소중한 목숨을 부지하셨다.

아버지는 인민군에 의해 북한 의용군으로 끌려가실 뻔했다. 아버지가 끌려가신 것을 뒤늦게 알게 된 할아버지가 읍내 장터로 달려가 미친 척하면서 온갖 난장판을 벌여 아버지를 데리고 오실 수 있었다고 한다. 생(生)과 사(死)가 바로 눈앞에 있되 한 치 앞을 볼 수 없었던 세상이니, 부모님을 포함하여 우리의 어르신들이 겪었을 고생과 고통이 어느 정도였을지 감히 짐작할 수가 있겠는가?

이제 부모님은 더 이상 이 세상에 계시지 않는다. 다행히도 우리 7남매는 부모님 결혼 60주년을 맞이하여 2008년에 '회혼례(回婚禮)'를 거행해 드렸으니, 그나마 위안으로 삼는다.

나는 시골에서 초등학교와 중학교를 다녔다. 학교 갔다가 돌아오면 밭일을 거들거나 집에서 기르던 소를 몰고 산으로 가 풀을 뜯어 먹였다. 산에서 땔감용 나무를 마련하기도 하고 소 풀을 베어 소죽을 끓이기도 하였다. 우리 동네 친구들도 모두 일상이 나와 똑같았다. 그러니, 내가 느낀 박탈감이나 소외감은 상대적으로 덜했다고나 할까?

예전에 어느 코미디 프로그램에서 한 코미디언이 "소는 누가 키울 거야~~ 소는!"이라고 말하여 유행된 적이 있었다. 그러나, 우리는 소를 직접 키웠다. 소를 키우는 일뿐만 아니라 농사일도 거들어야 했다. 시골 생활은 너무 힘들었고 공부도 마음껏 할 수가 없었다. 공부만 하는 도시 어린이들이 부러울 따름이었다. 나는 마음속으로 수없이 다짐하였다. '커서 시골에서 농사를 지으

면서 살지는 않을 것이다!'

1985년, 안동시에 있는 고등학교에 들어가면서부터 소 키우는 일에 할애하는 시간이 줄어들었다. 안동군(郡)에서 안동시(市)로 나가 자취 생활을 하면서 고등학교를 다녀야 했기 때문이다. 주중에는 시내에서 공부를 하고 토요일에는 시골집으로 가서 농사일을 거들고 일요일 오후가 되면 쌀과 김치를 싸서 버스를 타고 시내로 나왔다. 자연스레 농사일을 할 시간이 줄어들었다. 부모님께는 죄송하지만, 힘든 농사일에서 상당 부분 벗어났으니 속으로는 환호성을 내질렀다.

자취 생활. 안동 시내에 조그만 방 한 칸을 얻어 밥을 해 먹으면서 학교를 다녔다. 연탄불로 물을 데워 세수를 하였다. 도시락 반찬을 만들어 도시락을 싸고 추운 겨울 직접 손빨래도 했다. 공부하기도 벅찬 어린 나이에 생활까지 책임져야 하니 어깨가 무거웠다. 그렇게 고등학교를 무사히 졸업할 수 있었다.

1988년, 서울대학교 국어국문학과에 진학하였다. 고등학교 때 국어 선생님의 권유로 시내 라디오 방송국에서 자작시를 낭독한 적이 있었다. 국어국문학과에 다니던 선배의 권유도 있었다. 국어국문학과에서 입학할 당시까지만 해도 10년 후 나의 모습을 전혀 예상하지 못하였다. 10년 후 내가 사법고시에 합격하고 검사가 되리라는 것을 상상이나 했겠는가?

시골에서 서울로 올라가 가치관에 많은 혼란을 겪었다. 내가 살아온 세상과 서울의 풍요로운 세상은 다를 수밖에 없었고 비교될 수밖에 없었다. 소위 '386', '486'하는 세대의 바람을 타고 민주화

시대의 마지막 기차에 몸을 싣기도 하였다. 최루탄이 자욱한 거리를 뛰어다니기도 하였다. 역사가 정(正)-반(反)-합(合)으로 발전되듯이, 나의 가치관도 정-반-합으로 발전하면서 균형을 잡아가는 자양분이 되었다.

대학교 3학년 때에는 현역으로 강원도에서 입대하여 정확히 28.5개월을 보병으로 근무하였다. 형이 군에서 제대하고 대학교에 복학하여야 하므로 가정 형편상 내가 군대를 가야만 하였다. 시골에서는 한꺼번에 대학교에 2명을 보내기가 어려웠다. 악명 높은 '천리 행군'은 힘도 많이 들었지만, 군 생활을 하면서 조국애와 동료애, 인내심도 얻었다. 내 인생의 디딤돌이 되었다고 생각한다.

대학교 기숙사 생활이나 자취 생활을 하면서 중학생이나 고등학생들 과외를 하여 학비를 마련하였다. 1995년, 대학교를 졸업하면서 무모한 도전을 하게 되었다. 전혀 생각하지 않았던 사법고시를 준비하게 된 것이다. 인생의 새로운 도전이 시작된 것이다. 정의사회 구현이라는 거창한 포부라기보다는, 원칙이 지켜지는 공정한 세상, 인간다운 세상을 만드는 데 나도 동참하고 싶어서였다.

사법고시 1차 시험에 합격하기 전까지는 입시학원에서 중고생들을 대상으로 국어를 가르쳤다. 생계비를 마련하고 공부하는 데 필요한 책을 사기 위해서였다. 1주일에 금요일과 토요일 5시간씩 입시학원에서 국어를 강의하였다. 1주일에 기본적으로 10시간 이상은 경쟁자들에게 뒤진 채 기울어진 경쟁에 뛰어들 수밖에 없었다.

1차 시험에 합격한 후에는 입시학원도 그만두어야 했다. 법대를 나오지도 않은 내가 법대 졸업생들과 경쟁하기 위해서는 시험 공부를 위한 최대한의 시간을 확보해야 했기 때문이다. 여기저기 자금을 융통하여 어렵게 2차 시험에 합격할 수 있었다. 그렇게 제40회 사법시험에 합격하였다.

1999년, 사법연수원 30기로 서초동 사법연수원에 입소하였다. 그간 노력을 보상받았다는 생각도 들었다. 부모님이 제일 기뻐하셨다. 이제야 부모님께 조그만 효도라도 한 듯한 뿌듯함이 일었다. 700명 합격생들은 주야로 부딪히면서 예비 법조인의 실력을 연마하였다. 검사가 되려던 나의 꿈도 점점 열매를 맺어 가고 있었다.

2001년, 드디어 대한민국의 검사가 되었다. 격하게 표현하자면 산골 실개천에 살던 미꾸라지가 뜬금없이 용이 된 것이다.

울산지검을 시작으로, 수원지검, 청주지검, 서울중앙지검 등지에서 형사부, 강력부, 특수부 검사를 두루 역임하면서 다양한 사건을 경험하였다. 분에 넘치게도 법무부와 대검찰청, 서울중앙지검에 두 차례씩 근무하면서 기획, 인사, 예산, 법제 업무에 대해서도 경험을 쌓았다. 법무부 과장과 상주지청장, 부산지검과 수원지검 차장검사, 서울고등검찰청 공판부장 등으로 근무하면서 미미하지만 조직 운영도 경험하고 관리자와 지도자로서의 자질도 함양할 수 있었다. 정의가 무엇인지, 공정이 무엇인지, 아픔이 무엇인지, 사랑이 무엇인지 배우고 느꼈다.

이제 내 나이 오십 중반을 향해 달려가고 있다. 가족으로 처와 두 아들을 두고 있다. 지천명(知天命)의 나이에 이른 것이다.

공자는 만년에 다음과 같이 회고하였다고 한다. "나는 나이 열다섯에 학문에 뜻을 두었고(吾十有五而志于學), 서른에 뜻이 확고하게 섰으며(三十而立), 마흔에는 미혹되지 않았고(四十而不惑), 쉰에는 하늘의 명을 깨달아 알게 되었으며(五十而知天命), 예순에는 남의 말을 듣기만 하면 곧 그 이치를 깨달아 이해하게 되었고(六十而耳順), 일흔이 되어서는 무엇이든 하고 싶은 대로 하여도 법도에 어긋나지 않았다(七十而從心所欲 不踰矩)."

공자 같은 성인(聖人)이야 오십이 되어 하늘의 뜻을 알게 되었을 것이다. 우리 같은 소인(小人)이야 하늘의 뜻을 알고자 노력할 뿐이다. 20대 후반, 사법고시라는 무모한 도전을 했던 그때가 생각난다. 이제 나를 돌아볼 시간이 되었다.

● 음주단속 하잖아

A 검사의 지인 중에 짓궂은 사람이 있었다.

어느 날 지인이 자동차를 운전하여 퇴근하던 중 도로 저 앞에서 경찰이 음주단속을 하고 있었다. 지인은 장난기가 발동하여 갑자기 오른쪽 샛길로 냅다 자동차를 달렸다. 경찰차가 '삐뽀삐뽀'를 외치며 따라붙었다. 지인도 운전 솜씨가 좋은지라 경찰차를 따돌렸다.

갑자기 경광등을 끈 경찰차가 지인의 자동차를 가로막았다. 경찰은 음주측정기를 지인의 입에다 갖다 대었다. 그런데 음주가 측정되지 않았다.

경찰이 말했다. "아저씨, 술 마셨어요?", "나 술 안 먹었어."

경찰이 말했다. "근데 왜 도망갔어요?", "저기 음주단속 하잖아. 음주단속!"

경찰이 다시 음주측정을 하였다. 측정되지 않았다.

경찰이 말했다. "아저씨, 진짜 술 마신 거 아니에요?", "나 안 먹었다고 그랬잖아."

경찰이 말했다. "근데 왜 도망갔어요?", "저기 음주단속 하잖아. 음주단속!"

※ A 검사는 지인에게 잘못하면 '위계에 의한 공무집행방해'로 처벌될 수 있다고 말했다. 지인은 더 이상은 장난을 하지 않았다.

소는 누가 키울 거야?

시골에서 농사를 짓기 위해서 소가 반드시 필요한 존재였다. 소의 도움 없이 인력(人力)만으로는 농사를 짓기가 어려웠다. 소는 농사일을 도울 뿐만 아니라 생계를 꾸리는 데 중요한 수단이 되므로 단순한 가축을 넘어 가족과 같은 범주에 속하게 되었다. 시골 가정의 재산목록 1호라고 해도 과언이 아니었다.

시골에서는 어미 소가 송아지를 가지면 어미 소에 대한 정성을 아끼지 않는다. 콩깍지네 볏짚이네 맛있는 것을 모두 넣어 소죽을 끓여 준다. 어미 소가 송아지를 순산할 수 있도록 도와준다. 송아지는 키워서 일소로 사용할 수 있을 뿐만 아니라 시장에 내다 팔아 온 가족의 생계를 유지할 수 있는 가장 큰 재원(財源)이기 때문이다. 소의 임신 기간이 270일에서 290일 정도인 점을 고려하면 1년에 한 마리 정도의 송아지가 태어날 수 있다.

우리 집도 예외가 아니었다. 부모님이 농사를 지으시고 1년에 한 마리 정도의 송아지를 판매하여 우리 7남매를 공부시키고 먹여 살리셨다. 송아지를 판 대가로 자식들의 학비와 생활비 마련에 큰 도움을 받을 수 있었다. 물론 어미 소는 송아지를 판 후 10일 정도 먹지도 않고 목이 쉬어라 울어 대어 미안한 감도 없지는 않았으나 우리도 어쩔 수 없었다. 요즈음은 송아지 한 마리 가격이 300~400만 원, 큰 소 한 마리 가격이 600~700만 원 상당이라고 하는데 물가 인상에 비해 가격은 많이 오르지 않은 것으로 보인다.

"못된 송아지 엉덩이에 뿔난다."는 속담이 있다. 송아지나 강아지, 망아지 모두 어릴 때는 천방지축으로 날뛴다. 소 주인뿐만 아니라 어미 소도 송아지를 제대로 통제하기 쉽지 않다. 하물며 사람도 사춘기 때는 부모님 말씀을 잘 듣지 않는 경향이 있으니 할 말 다 했다. 그러니 '중2병'이라는 유행어까지 생기게 되었을 것이다.

이런 못된 송아지에게 철이 들게 하는 것이 송아지에게 '코뚜레'를 해 주는 것이다. 송아지에게 성년식(成年式)을 해 주는 것이라고나 할까. 어미의 젖을 떼고 태어난 지 10~12개월 정도가 되면 송아지 코에 코뚜레를 끼워 길을 들이기 시작한다. 나무 송곳으로 소의 양쪽 콧구멍을 막고 있는 얇은 막을 뚫고 손가락만 한 나무를 부드럽게 다듬고 끼워 넣어 코뚜레를 만든다. 얇은 살이지만 고통이 있으니 전문가가 해야 소에게도 아픔이 덜하다. 여성들이 귓불의 얇은 부분을 뚫고 귀걸이를 다는 것과 마찬가지의 이치다. 이때부터 송아지는 일소로서의 첫발을 내딛게 되는 것이다.

봄이 되면 소를 이용하여 밭이나 논을 갈아 농사를 준비한다. 소에게 '쟁기'를 연결하여 밭을 갈아 병충해를 제거하고 토양에 영양분을 공급한다. 밭고랑을 만들어 파종하기에 용이하게 만든다. 또한, '써레'라는 도구를 이용하여 논의 흙을 평탄하게 만들고 거기에 모를 옮겨 심는다. 농가에서 소가 이러한 일을 도와주지 않으면 가족 중 누군가가 소의 역할을 대신해야 한다. 주로 기술을 가진 아버지가 쟁기나 써레의 키(key)를 잡고 어머니나 자녀들이 앞에서 끌어야 했다. 그만큼 소가 없는 상태에서 가족들의 노동은 가중될 수밖에 없었다.

가을에 추수철이 되면 소가 또 필요하다. 달구지나 리어카에 소를 연결하여 농작물을 집이나 탈곡 장소까지 이동하게 해야 한다. 간단한 농작물은 소 등에 '지르매'라는 도구를 이용하여 소가 직접 지고 이동하게 한다. 쌀이나 보리, 고추가 든 가마니를 사람이 지게에 지고 이동하는 것은 체력에 한계가 있다. 지금에야 경운기, 이양기, 탈곡기 등 각종 농기계가 보편적으로 공급되어 소를 이용할 필요가 없으나, 내가 어렸을 때에는 소가 없이 농사를 짓는다는 것을 상상하기 어려웠다. 더구나 우리 마을과 같이 산지로 형성된 험한 토지에서는 더더욱 소의 역할이 컸다.

사람들이 말을 타듯이 시골 어린이들은 소를 타고 싶어 하였다. 틈만 나면 소 등에 올라타려고 하였다. 나도 마찬가지였다. 어린이들이 소 등에 탔다가 어른들에게 들키면 혼쭐이 났다. 사람들이 소 등을 자주 타고 소 허리가 휘어지면 소가 일을 잘하지 못한다고 하였다. 무거운 짐도 거뜬히 져 나르고 손수레도 끄는 힘센

소 등에 어린이가 탔다고 허리가 휘어질까? 어쨌든 어른들은 그만큼 일하는 소를 소중하게 다루었다는 뜻이 아니었을까?

이렇게 소는 농사를 짓거나 가계를 꾸리기 위해 반드시 필요하였으므로 농가에서는 소를 키우는 일이 매우 중요한 일 중의 하나였다. 농가마다 정성을 다하여 소를 돌보았다. 소를 돌보는 거의 모든 일은 자녀들의 몫으로 돌아갔다.

나는 여름부터 가을까지는 학교에 갔다가 집으로 돌아오면 우리 집 소를 몰고 산에 풀을 뜯어 먹이러 갔다. 소를 집에 두고 소죽을 끓여 주거나 여물을 먹이자면 그 양을 감당할 수 없기 때문이다. 사료를 주면 되지 않느냐고? 맞는 말이다. 그런데 당시에는 소에게 줄 사료가 없었다. 소가 산에서 풀을 뜯어 먹게 하고 운동도 하게 함으로써 여물을 해결함과 동시에 소에게 농사에 필요한 힘을 비축하게 한 것이다. 학교를 가지 않는 날이면 오전에는 밭을 매는 등 부모님의 일거리를 도와주고 오후에는 어김없이 소를 몰고 산으로 갔다.

우리 동네를 둘러싸고 있는 산에 가면 내 또래들이 소를 몰고 나와 풀을 먹인다. 소에게 풀을 먹이기에 적당한 산이 있다. 맛있고 보드라운 풀이 자라는 곳이 따로 있다. 소들이 그런 곳을 더 잘 안다. 우리는 소를 그냥 산에 풀어 둔다. 그러면, 소들끼리, 친한 소들끼리 몰려다니면서 풀을 뜯는다. 서로 앙숙인 소들은 만나자마자 쌈박질을 한다. 인간 세상이랑 똑같다. 어떤 때는 뿔이 부러질 때까지 싸움을 하여 두 소는 서로 다른 곳에서 풀을 뜯도록 해야 할 때도 있다.

우리들은 산에서 밤을 줍거나 함께 야구를 하기도 하였다. 비닐을 뭉쳐 고무줄로 칭칭 감은 것을 공으로 삼고, 나무를 베어 적당히 다듬은 것을 배트 삼아 야구를 하였다. 1982년에 시작된 우리나라 프로야구의 열풍이 산골 소년들에게까지 전파된 덕이었다. 'MBC 청룡'이 더 강팀이니, '삼성 라이온즈'가 더 강팀이니 하는 꼬맹이들의 논쟁을 심심찮게 목격하였다.

여름에는 틈틈이 소꼴을 베어 여물을 끓이는 것에 대비해야 한다. 소는 아무 풀이나 뜯어 먹지 않는다. 보드랍고 맛있는 풀을 좋아한다. 아무 풀이나 먹었다가는 배탈이 나기에 십상이다. 보드랍고 맛있는 풀이 자라는 곳은 한정되어 있고 집집마다 소를 기르고 있으니 꼬맹이들 사이에는 그러한 풀을 확보하는 것이 전쟁이나 다름없었다. 나에게도 소꼴을 베어 모으는 것이 참으로 고충이었다.

겨울에는 산에서 소에게 풀을 뜯게 할 수 없으니 비축하여 둔 볏짚이나 콩깍지 등을 이용하여 아침과 저녁 두 차례 소죽을 끓여 준다. 커다란 가마솥에 볏짚과 콩깍지 등을 넣고 장작불로 소죽을 끓인다. 아궁이에는 빨간 숯불이 이글거리고 우리는 거기에 고구마를 구워 먹었다. 분이 나는 함박 고구마의 맛이 아직도 느껴진다.

소는 참으로 우직하고 고마운 동물이다. 태어나서 죽을 때까지 일하고 죽어서는 뼈와 고기를 사람들에게 제공한다. 자신을 기르는 주인으로부터 여물을 얻어먹고, 주인과 함께 농사일을 하고, 한 지붕 아래에서 함께 잠을 자다 보니, 소는 주인의 성격을 그대로 닮아 간다. 다행히도 우리 집 소 중 난폭하거나 성격이 모난 소는 없었다.

그렇게 나는 소를 키우면서 어린 시절을 보냈다. 소는 누가 키우냐고? 나와 같은 산골 소년들이 소를 키웠다.

● 매의 눈썰미

A 검사는 일명 '발바리' 사건을 송치받아 조사하였다. 피의자가 장기간 여러 지역을 돌아다니면서 무려 37회에 걸쳐 여성들을 상대로 성폭행을 하고 돈을 뺏은 사건으로 구속되었다.

그런데, 위 사건의 미수는 단 한 건! 피의자가 마지막으로 범행하다가 꼬리가 잡힌 사건이었다. 피의자가 야간 으슥한 곳에서 대학생이던 피해자를 성폭행하기 위해 폭행하였으나 성폭행에 이르지 못하고 미수에 그친 것이다.

경찰은 동종 전력이 있는 수십, 수백 명의 용의자들 사진을 피해자에게 제시하였다.

그런데….

피해자는 그중에서 1명의 사진을 찍었다!

결과는….

피해자가 찍은 용의자가 실제 범인이었다!

피해자의 진술에 따라 피의자를 검거하였고, 사건 관련 피의자의 디엔에이 수십 건이 확보되었다!

> ※ A 검사는 피의자에게 사형을 구형하였고, 피의자는 최종적으로 무기징역을 선고받았다. 마지막 피해자가 야간에 피의자로부터 폭행을 당하는 와중에도 '매의 눈썰미'로 피의자의 인상착의를 기억했던 것이다.

우리 집 소, 외박을 감행하다

시골에서 소는 재산목록 1호였다. 입에 풀칠하기도 어렵고 자동차나 값어치 있는 가전제품, 귀금속이 있을 리 없으니 동산(動産)으로서는 당연히 가장 중요한 재산이었다.

초등학교 5학년이던 1980년 가을, 우리 집에서 기르던 소를 잃어버렸다가 다시 찾은 일이 있었다. 대형 사고를 친 날이어서 아직도 잊을 수가 없다.

그날도 학교에서 돌아와 소를 몰고 동네 서쪽에 있는 산으로 갔다. 이미 여러 명의 친구들도 와 있었다. 소들이 한가로이 풀을 뜯고 있었고 우리 집 소도 그 대열에 합류하여 함께 풀을 뜯었다. 소들은 마을 반대쪽 산에서 무리를 지었다.

그런데, 마을 쪽에 있는 산에는 밤나무 농장이 있었다. 가을이 되어 이제 막 까맣게 익은 까칠 밤송이가 활짝 열려 알밤들이 땅에 떨어질 시기였다. 우리 집 소가 다른 집 소와 함께 풀을 잘 뜯어 먹고 있는 것을 보고 친구들과 함께 알밤을 주우러 소들이 있는 반대편 산으로 이동하였다. 밤나무 주인 할아버지에게 걸리면 혼이 날 것이므로 눈에 띄지 않게 살금살금 다니면서 알밤을 양쪽 주머니에 가득 주웠다. 주인 할아버지에게 들키지도 않았다.

시간이 어느 정도 지나 친구들과 함께 소들이 풀을 뜯어 먹던 곳으로 갔다. 이미 날이 어두워지고 있었으므로 각자 소를 몰고 집으로 가야만 하였다. 그런데, 이게 웬일인가! 우리 집 소가 보이지 않았다. 이곳저곳을 찾아보아도 우리 집 소만 보이지 않는 것이었다. 친구들과 함께 찾아보았으나 도대체 찾을 수가 없었다. 이제 날이 어두워져 친구들은 자기들의 소를 몰고 집으로 돌아가야만 하였다. 친구들이 야속하게 느껴졌으나 사실 입장이 바뀌었으면 나라도 집으로 갈 수밖에 없었을 것이다. 이미 어둑해진 산속에서 홀로라는 생각에, 우리 집 재산목록 1호인 소를 잃어버렸다는 생각에, 벌써 눈물이 글썽거렸다. 무서웠다.

날이 어두워도 내가 집으로 돌아오지 않자 우리 집에서는 난리가 났다. 온 가족이 소를 찾으러 총출동하였다. 아버지와 중학생이던 작은형이 남포등을 들고 산으로 오셨다. 그제야 나는 자초지종을 설명하고는 울음을 터뜨렸다. 어두운 산속에서 함께 이곳저곳을 다니며 소를 찾아보았으나 찾을 수가 없었다. 칠흑 같은 어둠을 뚫고 소를 불러도 보았으나 아무 소용이 없었다. 사람이 부르는 소리에 소가 대답을 하리라고 생각하지도 못하였다. 시간은 점점 흘러 별들이 쏟아지는 깊은 밤이 되고야 말았다.

우리 집에 소를 팔았던 이웃 동네 집까지 찾아가 보았으나 소의 모습을 찾아볼 수 없었다. 소들은 인간에게 길들여져 있어서 밤이 되면 혼자서도 집으로 돌아올 수 있는 귀소본능(歸巢本能)을 가지고 있다. 다른 집에 팔려 가더라도 예전의 집을 기억하고 돌아오는 경우도 있었다. 혹시 우리가 서운하게 대해서 예전의 집으로 되돌아갔나 하는 생각이었으나 이것도 허탕이었다.

늦은 밤, 빈손으로 집으로 돌아왔다. 아무도 저녁을 먹지 못했다. 내가 워낙 큰 사고를 친 바람에 부모님은 나를 혼내시지도 않으셨다. 정말로 소를 잃어버릴 수 있다는 걱정이 앞선 것이다. 내가 재산목록 1호인 소를 잃어버리다니! 있을 수 없는 일이었다. 아무 말도 못 하고 밤새 베갯잇이 흥건하도록 울었다. 어떻게 잠이 들었는지도 기억나지 않는다. 악몽을 꾸었던 것 같다.

다음 날 새벽, 어머니는 그래도 아침밥을 지으셨다. 아버지는 일어나시자마자 인근 안동호 선착장으로 가셨다. 만약에 도둑이 소를 훔쳐 갔다면 반드시 배편을 이용하여 안동호를 건너야 했고 우리 동네를 벗어나기 위해서는 소를 몰고 선착장으로 갈 수밖에 없었다. 길목을 차단하기 위함이다. 나는 작은형과 함께 다시 산으로 가서 소를 찾고 있었다. 그러나, 우리 집 소는 그림자조차 없었다. 이제 학교를 갈 시간이 다 되었으나 집에 갈 수도 없었다. 당시는 전화기가 없었으니 집에서 어머니가 돌아오라고 전화를 할 수도 없었다.

시간이 얼마나 지났을까…. 나는 작은형과 함께 다시 집으로 돌아올 수밖에 없었다. 어머니는 여전히 나에게 야단을 치지 않으섰다. 어쩌면 아버지가 소도둑을 잡아서 소를 되찾았을지도 모를 일이다. 우리가 산에서 소를 찾지 못하였으니 나도 은근히 아버지가 선착장에서 소를 찾으셨기를 기대하고 있었다. 그러나, 서로 연락할 방법이 없는 때였으니 서로의 상황을 알 수가 없었다. 그렇다고 어머니께 학교에 가겠다고 말할 수도 없었다. 재산목록 1호를 잃어버린 죄인이 무슨 말을 할 수 있으랴!

당시 어머니는 눈병을 앓고 계셨다. 시골에 무슨 병원이 있고 무슨 안약이 있을까. 불편한 눈으로 밥을 지으시고 농사일을 하실 수밖에 없었다. 어느 순간 어머니가 내가 소를 잃어버린 산의 마을 쪽을 유심히 바라다보고 계셨다. 한참을 지나 말씀하셨다. "저 산비탈 밭에 있는 누런 것이 소가 아니냐?" 나도 산비탈에 있는 밭쪽을 바라다보았다. 무엇인가 누런 것이 보였다. 조금씩 움직이는 것 같기도 하였다. 미세한 움직임에 우리 집 소가 아닐까 하는 희망이 솟았다.

집에서 뛰쳐나와 건너편 산에 있는 다른 사람의 밭으로 내달렸다. 누런 것의 실체가 조금씩 드러나기 시작하였다. 점점 거리가 가까워졌다. 아! 그 누런 것이 우리 집 소가 아닌가! 소는 잔뜩 겁먹은 얼굴로 굵은 눈망울을 굴리고 있었다. 눈물이 왈칵 쏟아졌다. 소를 부둥켜안고 울고 싶었다. 소도 얼마나 놀라고 기뻤던지 큰 몸짓으로 뭔가를 표현하고 있었다.

소를 잃어버린 전날로 돌아가 보자. 내가 밤을 줍기 위해 반대편 산으로 간 사이 우리 집 소는 더 맛있는 풀을 뜯기 위해 다른 소들의 무리에서 벗어나 더 외진 곳으로 이동하였다. 성가신 다른 소들을 피하여 조용하게 식사를 하고 싶었던 것일까? 내가 무리에서 벗어난 우리 집 소를 찾지 못하였고 날이 어두워지자 소도 은근히 겁이 났던 것일까? 빨리 집으로 돌아와야 하지만 이미 날이 어두워지자 집까지 오겠다는 생각을 접고 마을이 있는 쪽 밭으로 넘어왔던 것일까? 마을에서 흘러나오는 불빛도 보이고 때마침 맛있는 콩밭이 펼쳐져 있으니 내친김에 외박을 감행한 것일지도 모를 일이다.

어쩌면 우리 집 소는 이웃집 콩밭에서 밤새 콩을 뜯어 먹으면서도 무서운 밤을 보냈을 것이다. 자기를 제대로 돌봐 주지 않은 나를 원망했을지도 모른다. 겁이 많은 소는 자신이 무서워하는 방향을 향하여 뿔을 곤두세우고 하룻밤을 뜬눈으로 지새웠을 것이다. 그 와 중에도 콩을 어찌나 많이 먹었던지 한눈에 봐도 배가 빵빵하였다.

소를 집에 데리고 와 외양간에 묶어 두었다. 그제야 어머니도 안도의 한숨을 쉬셨다. 소는 물을 먹고 싶어 하였으나 물을 줄 수 없었다. 콩을 잔뜩 먹은 상태에서 물을 먹일 경우 콩이 불어서 위가 파열될 수도 있다고 하였다.

늦었지만 땀을 뻘뻘 흘리면서 가방을 메고 학교로 뛰어갔다. 내 인생에 있어 그렇게 기쁜 등굣길은 더 이상 없었을 것이다.

그렇게 우리 집 재산목록 1호인 소는 산에서 하룻밤 외박을 하였다. 나도 잊지 못할 1박 2일을 보내게 되었다. 본능적으로 집을 잘 찾아오는 소가 왜 집으로 오지 않고 외박을 하였는지는 아직까지도 그 이유를 모르겠다.

● 예언자

　검찰청에는 상습적으로 민원을 제기하는 사람들이 있게 마련이다. 민원의 내용에 신빙성이 있는 경우가 있기도 하나, 대부분은 신빙성을 확인할 수 없는 경우이다.

　맞춤법이 맞지 않는 경우는 다반사이고, 띄어쓰기를 하지 않아 해독하기가 어려운 경우, 민원 내용을 전부 한문으로 기재하여 해독하는 데 엄청난 노력이 필요한 경우도 있다.

　A 검사도 민원 내용을 검토하였다. 민원인은 고시원에서 살고 있는데, 국가 정보기관 직원이 옆 방에 투숙하여 자신의 일거수일투족을 감시하고 있다는 것이다. 물론 도청장치도 되어 있고….

　A 검사는 민원 내용에 신빙성이 부족하다고 판단하여 종결하였다.

　그로부터 얼마 후 A 검사는 언론 기사를 읽고 깜짝 놀랐다. 미국 육군은 적외선 열 카메라를 이용하여, 시야를 방해하는 벽 등의 장애물을 통과하여 촬영한 열 화상으로 사람의 얼굴까지 인식하는 장비를 개발 중이라고 하였다.

　"맙소사!"

　그 민원인이 최첨단 군사용 감시 장비를 예언했던 것은 아닐까!

　※ 민원인의 주장 내용을 꼼꼼히 살펴야 한다. 뜬구름 잡는 내용으로 치부할 것이 아니라 그 속에 담긴 의미를 곱씹을 필요가 있다.

초가집에도 전기가 들어오다

어린 시절에 대해 이야기하면 사람들은 내 말을 잘 믿으려 하지 않는다. 같은 또래거나 더 나이가 많은 사람들도 내 말에 이의를 제기한다. 부모님 세대 얘기를 하느냐고 반문하기도 한다. 서로 다른 곳에서 태어나 서로 다른 삶을 살았으므로 서로 다른 경험을 하는 것은 당연한 일이다. 또래에 비해 일찍부터 '애 늙은이'가 되어 버렸다.

어릴 적에 살았던 우리 집은 초가집으로 지어졌다. 할아버지가 집을 지어 아버지에게 물려주셨는데 아직까지 현존하고 있으니 벌써 65년이 훨씬 넘었다. 주춧돌 위에 나무기둥을 세우고 바닥에는 넓은 돌로 구들장을 만들어 방바닥으로 사용하였다. 사면에 황토로 벽을 쌓아 올렸다. 나무 서까래를 연결하고 우엉이나 짚을 엮어 지붕을 만들었다. 창호지로 만든 문을 붙여 초가집을 완성하였다.

우리 집은 크게 안채와 아래채, 화장실, 우물로 구성되어 있었다. 안채에는 안방과 사랑방, 재래 부엌과 외양간이 순서대로 붙어 있었다. 시골에서는 소가 농사일을 도와주거나 소를 팔아서 생계를 유지하는 등 중요한 존재이므로 외양간을 부엌에 붙여서 짓기도 하였다. 어머니가 부엌에서 음식을 장만하다 보면 소도 그 냄새를 맡고 부엌으로 얼굴을 내밀기도 하였다. 그러면, 음식 찌꺼기를 조금 떠서 여물통에 넣어 주면 고맙다면서 한동안은 조용해졌다.

아궁이에 장작을 때면 연기를 포함한 뜨거운 기운이 굴뚝으로 나가면서 방바닥에 깔아 놓은 구들장을 데운다. 화학제품인 장판이 나오기 전까지는 짚으로 엮어 만든 돗자리나 멍석을 장판 대용으로 사용하기도 하였다. 장작을 너무 많이 때면 구들장이 너무 뜨겁게 데워져 방바닥에 깔아 놓은 장판이나 이불이 녹아내리기도 하였다.

아래채에는 방 1개와 곳간으로 구성되어 있다. 그 방에는 손님이 올 경우에 사용하는 여유 방으로 평상시에는 중요한 농작물을 보관하였다. 곳간에는 그야말로 농기구와 잡동사니를 보관하였다.

시골에는 수도가 없었고 마을 공용 우물을 사용하든지 아니면 개인적으로 우물을 파서 식수로 사용하였다. 다행히 우리 집 바로 앞에는 수맥이 지나가는 곳이 있어 개별 우물을 마련할 수 있었다. 매일 새벽 어머니는 우물물을 떠서 가마솥에 밥을 지으시고 아버지는 우물물로 소죽을 끓이셨다. 물론 가뭄이 닥쳐 왔을 때는 우리 집이 고지대에 있어 물이 부족하므로 마을 공용 우물을 이용하여야 했다. 어머니 대신 나와 형이 '무지개(물지개)'를 이용하여 우물물을 떠 오기도 하였다.

우리 집 앞 우물은 마당에서 나가 조그만 길을 건너야 했다. 아침밥을 짓기 위해 물을 뜨러 가시는 어머니는 농사일을 나가는 이웃 아저씨들과 마주치기도 하였다. 그럴 때면 어머니는 이웃 아저씨들보다 먼저 길을 건너는 것이 아니라 아저씨들이 다 지나간 후에 길을 건너셨다. 아침에 아저씨들이 일을 나가는데 여자가 댓바람부터 앞길을 가로질러 가면 재수가 없기 때문이란다. 남존여비(男尊女卑) 사상이 어머니에게 뿌리 깊게 남아 있었던 탓이다.

주말에는 동네 아주머니들이 공용 개울에 몰려 빨래를 하였다. 큰 고무통에 물에 젖은 빨랫감들을 머리에 이고 집으로 가기도 하였고, 때때로 우리들이 대신 고무통을 들어 주기도 하였다. 빨래를 할 때면 하얀 비눗물이 조그만 개울가를 가득 메우고 내려갔다. 그럼에도 그 밑에서는 미꾸라지가 왔다 갔다 했고 그 옆에서는 미나리가 파랗게 잘도 자라고 있었다. 세제(洗劑)의 독성이 약했거나 아니면 사람들이 그 독성에 대해 무지했던 결과가 아닌가 싶다.

초가집은 방풍이 제대로 이루어지지 않고 밖에서 들어오는 바람이 세기 때문에 겨울에는 이불을 덮고 있어도 입김이 절로 나온다. 저녁에 아궁이에 불을 넣고 잠을 자기 시작할 때는 방바닥이 뜨거우나 새벽쯤에는 구들이 식어 버린다. 아버지가 새벽에 소죽을 끓이시면 다시 방이 따뜻해지고 자식들은 추위에 잠이 깨었다가 다시 잠들게 되므로 늦잠을 자게 마련이다. 아버지는 새벽에 밭에 가서 일을 하시거나 지게로 땔감을 해 오신 후 함께 아침 식사를 하셨다.

우리는 7남매이다. 내가 여섯 번째이자 셋째 아들이다. 큰형님은, 나와는 13살 터울이니 큰형님은 우리에게는 부모님이나 다름없는 존재이다. 당시 시골에서는 7남매라는 숫자가 많은 숫자가 아니었다. 기본적으로 자식이 5명 이상은 되었다. 50여 가구가 있던 우리 동네에서조차 나와 같은 해에 태어난 친구들이 남녀 포함하여 10명이나 되었다.

우리 집은 호롱불을 사용하였다. 안방에 이동용 하얀색 호롱불이 1개 있었고, 안방과 부엌 사이 벽에 구멍을 내어 호롱불을 설치하였다. 저녁에 부엌에서도 설거지나 잡일을 할 수 있도록 하기 위함이다. 학교에 갔다 오면 집안일을 거들어야 했으므로 숙제를 할 수 없었고, 저녁이 되어서야 호롱불을 중심으로 죽 둘러 엎드려서 숙제를 하였다. 초등학교 1학년이던 나도 형과 누나들 틈에서 연필에 침을 묻혀 꾹꾹 눌러 공책에 '철수야, 영희야'를 쓰기도 하였다.

1970년대 범국가적으로 시작된 '새마을운동'은 1970년대 중반 이후부터 시골 동네에까지 영향을 미치게 되었다. 꼬불꼬불하던 좁은 길을 넓혀 신작로라는 넓은 길을 만들어 달구지나 리어카가 쉽게 이동할 수 있도록 하였다. 자동차가 나타나기도 하였다. 하천을 정비하여 홍수에 대비하기도 하였고, '통일벼'나 '일반벼' 등 새로운 벼 품종도 보급되었다. 농사를 짓기가 훨씬 수월해졌고 수확량도 늘게 되었다.

한편, 초가지붕이던 것을 기와지붕이나 슬레이트 지붕으로 교체하였다. 새로 입힌 기와장이나 슬레이트에는 파란색이나 빨간색으로 페인트도 칠하였다. 온 동네가 수를 놓은 듯 알록달록하게 만들었다. 우리 집도 초가지붕을 걷어 내고 파란색으로 슬레이트를 칠했다. 초가지붕에 기생하던 벌레나 생쥐들이 대폭 줄어들어 위생에 큰 도움이 되었다. 겨울철이면 둘러앉아 벼룩이나 이를 잡는 횟수가 현격히 줄어들었다. 그 슬레이트 지붕이 아직도 우리 시골집 지붕으로 남아 있다.

우리는 온 동네를 꽃으로 장식하기도 하였다. 초등학생들이 주축이 되어 학교에 가는 신작로 양쪽에 코스모스나 봉숭아꽃을 심었다. 마을 어귀에는 예쁜 꽃동산도 만들었다. 학교에서는 마을마다 꽃동산 하나씩을 의무적으로 만들도록 하였고 학생들 중에 책임자를 정하여 관리하도록 하였다. 매주 일요일 아침 일찍 일어나 빗자루로 마을 길을 쓸었고, 모두 모여 꽃동산에 심어 놓은 식물을 돌보기도 하였다. 반(半) 강제, 반(半) 자발적인 활동이었다.

초등학교 1학년 때 우리 마을에도 전기가 들어왔다. 어른들은 전깃불을 '도깨비불'이라고 불렀다. 스위치만 누르면 불이 들어

오고 밤이 되어도 숙제를 할 수 있었다. 호롱불이나 보아 왔던 시골 사람들은 천지가 개벽할 일이라고 하였다. 무엇보다 어머니들이 제일 기뻐하셨다. 호롱불에 의지하여 부엌일을 하시다가 편리하게 전깃불을 이용할 수 있었으니 말이다. 전기가 들어온 것에 대해 부엌 바로 옆 외양간에서 살고 있던 우리 집 소도 아마 우리만큼이나 놀랐을 것이다. 초가집에도 전기가 들어오다니 상전벽해(桑田碧海)를 실감하였다.

동네 곳곳에 전봇대를 세우고 전선을 잇는 공사를 하고 난 자리에는 구리선이 많이 떨어져 있었다. 동네 친구들과 함께 전봇대 밑이나 전기 공사를 한 곳을 다니면서 구리선을 주워 모았다. 모은 구리선은 돈이 되므로 부모님들이 업자들에게 싼값에 팔기도 하였다.

어느덧 시간이 흘러, 자식들도 모두 결혼하여 출가하고 부모님도 연세가 많아 더 이상 소를 키울 수 없었고 외양간도 필요하지 않았다. 흙으로 만든 벽은 조금씩 무너지려고 하였다. 안채 중 반은 시멘트를 덧발라 벽이 무너지지 않도록 하였다. 안방과 부엌을 합하여 방을 넓히고 구들을 들어낸 후 기름보일러를 설치하였다. 외양간은 없애고 그 자리에 안방과 같이 보일러를 깔고 부엌으로 개조하였다. 마을 공동 수도가 들어와 싱크대도 설치하였다. 초가지붕에 구들장이 제 역할을 다하고 새로운 형태의 가옥으로 탈바꿈한 것이다.

현재도 우리 집은 그대로 남아 있다. 어머니가 살아생전에 집이 무너질 때까지 그대로 보존하라고 말씀하셨다. 한식 때나 추석 때마다 형제들이 모여 시골집을 청소하고 며칠 동안 생활한다. 부모님 산소도 돌본다. 아무도 관리하지 않지만 양지바른 집이라 상태가 양호한 편이다. 죽어 있는 벌레들을 깨끗이 청소하고 나면 펜션에 놀러 온 것이라고 생각할 정도의 상태가 된다. 시골집은 부모님이 살아 계실 때의 그 모습 그대로 모든 것이 보존되어 있다. 전기, 전화, 텔레비전, 가구 등 모두가 그대로. 심지어 어머니가 볼펜으로 장판에 적어 두었던 아들의 휴대폰 번호도 그대로 남아 있다.

낡은 시골집에서 가족들끼리 술도 한잔하면서 어릴 적 얘기, 부모님 얘기, 자식들 얘기로 꽃을 피운다. 술이 거하게 되어 가끔씩 마당에 서서 하늘을 바라본다. 맑고 신선한 공기를 원 없이 들이마실 수 있다. 몇십 년 전에 보았던 달과 별들이 그대로 하늘에 총총히 박혀 있다. 지나간 어린 시절이 어제 일같이 떠오른다. 다시는 돌아갈 수 없는 아름답고 소중한 추억들이.

A 검사는 농아자로 구성된 소매치기 일당 사건을 수사하고 있었다.

여러 명의 농아자들이 수화로 범행을 모의하면서, 어떤 사람은 바람을 잡고, 전문가가 소매치기를 하고, 어떤 사람은 자동차나 오토바이를 대기하여 신속하게 도망하기로 역할을 분담하였다.

수화 통역인을 대동하여 여러 명의 농아자들을 조사한 후, 역할의 중한 정도에 따라 처벌하기로 하였다. 그중 가담 정도가 가장 약한 농아자는 서약서를 받고 이번에 한하여 용서해 주는 '기소유예 처분'을 하기로 하였다.

A 검사는 통역인을 통해 농아자에게 서약서를 작성하도록 하였다.

A 검사는 서약서를 다 읽어 본 다음 농아자에게 말하였다. "○○ 씨는 가담 정도가 상대적으로 약하고, 반성하고 있다고 판단되므로, 이번에 한하여 처벌하지 않기로 하였습니다. 앞으로 다시는 이런 일이 있어서는 안 됩니다. 만약 또다시 죄를 짓는다면 이 건까지 합하여 처벌받으실 수 있습니다. 알겠습니까?"

갑자기 농아자가 대답하였습니다. "예, 알겠습니다. 감사합니다!"

"….?"

※ 그 사람은 농아자와 함께 소매치기 조직 생활을 하면서 수화를 익혔던 것이다. 선처를 해 준다는 말에 감격하여 본분을 잊어버렸던 것이다.

할 일 없으면 시골에 가서
농사나 지어라?

드라마에서 보면, 부모님이 빈둥빈둥 놀고 있는 자식에게 "할 일 없으면 촌에 가서 농사나 지어라."라고 말하는 장면이 있다. 아마도 농사일이 특별한 기술이나 큰 자본을 요하지 않고 쉽게 할 수 있는 일이라고 판단해서 말하는 것이 아닐까 생각된다.

그러나, 현재 맡은 일을 제대로 하지 않는 게으른 사람들이 시골에 가서 부지런히 농사를 지을 수 있을까? 생계를 이어 갈 만큼 농사를 잘 지을 수 있을까? 내 생각은 상당히 부정적이다. 농사일이 그렇게 호락호락한 일이 아니다. 다른 일을 잘하지도 못하고 열심히 하지도 않는 사람들이 농사일이라고 하여 잘할 것이라는 보장이 없다.

농사일도 노동일이므로 힘이 들고 때로는 자본과 기술도 필요하다. 무엇보다 농작물을 사랑하는 마음가짐, 농작물을 정성스레

가꿀 수 있는 마음가짐이 필요하고, 실제로 이를 실천하는 것이 중요하다. 농작물을 수확할 때까지 소요되는 1년이라는 기간 동안 인내도 필요하다.

산골인 우리 동네를 돌이켜 보면 농사일이란 참으로 힘이 들었다.

우리 동네는 집집마다 최소한 5남매 이상을 두고 있었으니 농지를 많이 개간하여 농사를 많이 지어야 가족들이 먹고살 수 있었다. 임야에 있는 나무를 베고 돌을 골라내어 밭으로 만들었다. 고산지대에 위치해 있어 논이 거의 없고 산비탈에 있는 밭이 대부분이었다.

봄이 되면 소를 이용하여 밭을 갈고 거름이나 비료를 뿌렸다. 비가 오면 보리, 밀, 고추, 땅콩, 참깨 등을 파종하였다. 어릴 때는 목화를 심기도 하였고 뽕나무를 길러 누에를 기르기도 하였다. 방에서 누에가 뽕잎을 사각사각 갉아 먹는 소리가 귓가에 들릴 듯하다.

젊은이들이 있는 몇몇 집에서는 일찍부터 경운기를 사들여 사과나 배, 복숭아 등 과수원 농사를 하기도 하였다. 농약을 칠 때도 기계를 이용하여 인력을 덜 들였다. 소위 특용작물을 재배하여 상당한 수입을 거두기도 하였다. 그러나, 대부분 어르신들은 연세가 많으셨고, 밭도 네모반듯하여 경운기 등 농기계가 들어갈 수 있는 곳이 아닌 산비탈에 있었으므로, 농기계를 이용할 수가 없었다. 그나마 리어카를 이용하여 농산물을 운반하게 된 것이 이전보다 발전된 모습이랄까.

파종 시기가 되면 우리 같은 꼬맹이들도 한몫을 하였다. 주말, 온 가족이 점심 먹을 밥까지 준비하여 밭으로 출동하여 씨앗을 심었다. 오전 내내 쭈그리고 앉아 씨앗을 심고 다 함께 밭 어귀에 둘러앉아 점심을 먹었다. 어른들은 막걸리를 한 잔씩 하면서 꼬맹이들에게 조금씩 주시기도 하였다. 땀을 흘리고 고된 노동 후에 먹는 막걸리 맛은 꿀맛이었다. 농경문화와 음주 문화는 떼려야 뗄 수 없는 관계에 있다.

5월 5일은 어린이날로 학교에 안 가고 쉬는 날이다. 지금은 어린이날이 대체공휴일의 대접까지 받고 있는 공휴일 중의 공휴일이다. 그러나, 나는 어린이날이 참으로 싫었다. 우리 집에서는 매년 5월 5일이 되면 거의 예외 없이 땅콩을 파종하는 날이었기 때문이다. 하루 종일 밭에서 일하면 따분하므로 어머니나 누나가 밭에서 라디오를 틀어 놓고 일을 하였다. 라디오에서는 연신 '어린이 세상'이니 '어린이가 나라의 보배'니 호들갑을 떨고 있다. 눈으로 보지 않아도 도시 어린이들의 축제 현장이 그려졌다. 그러나, 시골 어린이들은 나처럼 밭에서 땅콩을 심고 있다. 그것이 현실이었다. 내가 나라의 보배인가?

곡식이 싹을 트고 세상에 나올 때쯤이면 농사에 치명적인 타격을 주는 존재가 나타난다. 바로 꿩이다. 낮에는 사람들이 주변에서 일을 하고 있으니 산에 잠복해 있다가, 꼭 해가 뜨는 이른 아침이나 해가 막 빠지는 저녁에 밭에 나타나 곡식 싹을 뜯어 먹는다. 겨우내 움츠리고 있다가 새봄을 맞이하여 첫 움을 틔우는 새싹이니 얼마나 맛이 좋겠는가? 꿩도 알을 낳고 새끼를 키워야 하는데 먹이를 구하기가 얼마나 어렵겠는가? 우리도 그들의 사정을 충분히 이해한다. 그러나, 우리도 먹고살아야 하지 않는가? 집집마다 자식들이 올망졸망 크고 있으니 입에 풀칠을 해야 한다.

이른 새벽에는 주로 아버지가 밭일을 하시거나 땔감용 나무를 하시면서 꿩이 밭에 오지 못하도록 지키셨다. 저녁에는 일이 끝나면 아버지나 우리들이 밭을 한 바퀴 돌고 집으로 가기도 하였다. 때로는 꿩 울음소리를 추적하여 의외의 소득인 꿩 알을 발견하기도 하였다. 달걀보다는 작은 것이 삶으면 맛이 좋았다. 시골 사람들의 부족한 영양분을 보충하기에 안성맞춤이었다.

한여름이 되면 본격적으로 농사일이 시작된다. 농작물이 커 가는 동시에 잡초도 자라게 되므로 잡초를 뽑고 밭고랑을 매어 공기가 잘 스며들도록 해 주어야 한다. 고추나 참깨가 바람에 스러지면 막대기를 박고 끈으로 묶어 주어야 한다. 열매들이 바닥에 닿으면 금방 썩어 버리거나 상품으로서의 가치가 없어지게 된다. 하루 종일 밭고랑에 앉아 밭을 매다 보면 다리에 쥐가 난다. 일어나기도 힘이 든다. 그러니 어르신들이 모두 다리를 절룩거리면서 다니시는 원인이 된다.

농약이 보급되고부터는 분무기를 이용하여 농작물에 농약을 뿌리기도 하였다. 개울물을 분무기에 담고 적당한 양의 농약을 탄 다음 마스크를 끼고 밭고랑을 오가며 농약을 뿌렸다. 바지와 신발이 농약이 섞인 물로 흥건하였지만, 농약의 위험성에 대한 인식 부족으로 그다지 대수롭지 않게 생각하였다.

내가 아주 어렸을 때는 비닐 농사법이 보급되지 않았다. 맨땅에 농작물을 파종하여 수확하므로 수확량이 적을 뿐만 아니라 품질도 좋지 않았다. 그러나, 비닐 농사법이 보급되면서 노동력도 줄이고 수확량도 대폭 늘었다. 농촌에서 일하기가 훨씬 수월해진 것이다.

농작물을 수확해야 하는 시기가 되면 더욱 바빠진다. 보리와 밀을 탈곡해야 한다. 밭에 누렇게 익은 보리와 밀을 베어 지게를 이용하여 탈곡할 수 있는 적당한 곳으로 이동시킨다. 탈곡기를 가지고 있는 집에 미리 예약하였다가 하루 날을 잡아 탈곡을 한다. 자식들도 보릿단 묶음을 가져다주거나 보리가마니를 추스르는 것을 도와주는 등 이리저리 정신없이 뛰어다닌다.

탈곡이 끝나면 까칠까칠한 부스러기들이 온몸에 묻게 되어 가렵기가 이루 말할 수 없었다. 해가 떨어진 저녁, 마당에 설치된 펌프를 이용하여 우물물을 끌어 올려 등물을 하면 그렇게 시원할 수가 없었다. 낮에 탈곡한 곡식들이 처마에 수북이 쌓여 있는 것을 보면 나도 모르게 뿌듯해짐을 느꼈다.

붉게 익은 고추를 따고 참깨와 땅콩도 수확한다. 여름이 절정에 도달할 때, 비닐이 깔린 고추밭에서 고추를 따는 것은 고역이었다. 한여름의 강렬한 태양이 비닐에서 반사되고 바람이 통하지 않는 고추 밭고랑에서 일해야 하므로 금세 온몸이 땀으로 범벅된다. 숨이 턱턱 막힐 지경이다. 수확의 기쁨이 있으니 더위도 참아야 하는 것이 농사일이다.

밭에서 따 온 고추는 마당에 자리를 깔고 널어 말렸다. 햇볕이 좋아 몇 날 동안 말리면 고추 색깔이 곱게 되고 안에서 달그락달그락하는 고추씨 소리가 들린다. 그러다가 비가 오면 큰일이다. 밭에서 일을 하다가도 비가 후드득 떨어지면 쏜살같이 달려와 말리던 고추를 정리하여야 했다. 지금에야 기계를 이용하여 고추를 쉽게 말린다. 그럼에도 최상품은 역시 자연 그대로의 햇볕에 말린 고추, '태양초'란다.

우리들의 정성으로 잘 말려진 고추는 상·중·하 품질별로 분류하여 큰 마대자루에 담아서 아래채 방에 보관하여 둔다. 때가 되면 이 마을 저 마을을 다니는 장사꾼에게 가을의 수확물을 판매하여 소중한 돈을 마련할 수 있었다.

우리 집에서는 주로 지게를 이용하여 농작물을 집이나 정미소로 운반하였다. 물론, 도로가 허락된다면 리어카를 이용하여 운반하기도 하였다. 아버지의 지게 외에 나와 형이 사용하는 지게도 있었다. 아동용 지게인 셈이다. 크기가 아버지 것보다는 작지만 그래도 많은 짐을 질 수 있었다. 어렸을 때는 아버지 짐이 엄청나게 컸고 아버지의 위용(偉容)을 느낄 수 있었다. 세월이 흘러 앞서가는 아버지의 짐이 작아질수록 우리들의 마음은 더욱 쓰라렸다.

기나긴 농사철이 지나 겨울이 되면, 수확한 농산물을 판매하고 남은 씨앗으로 새봄을 준비한다. 농사일로 지친 몸을 따뜻한 장작불로 녹인다. 체력도 비축한다. 물론, 방을 따뜻하게 데울 장작이나 땔감을 구하기 위해 틈틈이 산으로 가야만 했다. 겨울 동안 땔감을 부지런히 모아야 겨울을 날 수 있을 뿐만 아니라 장작을 모아 두었다가 다음 겨울까지 땔감으로 요긴하게 사용할 수 있기 때문이다. 제대로 된 나무는 거의 모두 베어 땔감으로 사용하였고, 그루터기도 땅을 파서 지게로 지고 와 땔감으로 사용하였다. 갈퀴로 솔방울이나 솔잎을 끌어모아 불쏘시개로 사용하였다. 자연스레 산지는 줄어들 뿐만 아니라 나무가 없는 민둥산으로 변해 갔다.

우리 집에는 약재로 쓰이는 도라지나 지황(地黃)을 재배하기도 하였다. 도라지나 지황은 껍질을 깎아서 말려야 했다. 사용한 건전지 껍질을 떼 내어 칼 대용으로 도라지나 지황을 깎아 말렸다. 우리도 기나긴 겨울밤을 전깃불 밑에서 도라지나 지황 깎는 일을 도와주었다.

지황의 경우에는 말리는 방법이 독특하였다. 사랑방에 장판을 걷어 내고 청소를 하였다. 그다음 깎은 지황을 방바닥에 골고루 간 다음 그 위에 멍석을 깔았다. 아궁이에 장작불을 지피게 되면 방이 따뜻해지고 지황이 점점 마르게 된다. 아버지와 형, 나는 주로 사랑방에서 잠을 잤다. 아버지를 포함하여 남자들은 사랑방에서 잠을 자고, 어머니를 포함하여 여자들은 안방에서 잠을 자는 것이 관례였다. 우리는 황토벽으로 된 사랑방 멍석 위에서 본의 아니게 지황 뜸을 뜨게 되는 것이다. 요즘은 돈을 주어도 경험하기 어려운 호강을 한 셈이다.

내가 초등학교 5학년, 6학년 때인가, 그해 엄청 가뭄이 들었다. 밭에 씨앗을 뿌리는 시기는 물론이고 논에 벼를 심어야 할 시기에도 비 한 방울 내리지 않았다. 싹을 틔운 농작물도 모두 말라 죽었다. 논바닥이 쩍쩍 갈라졌다. 논에 어떤 농작물이든 몇 포기라도 살아 있어야 정부로부터 보조금을 받을 수 있었다. 우리 온 가족은 곡괭이로 돌덩이 같은 논바닥을 팠다. 곡괭이가 튕겨 나왔다. 그렇게, 겨우 메밀 몇 알을 심어서 몇 푼의 보조금을 받을 수 있었다. 그날 서산으로 지는 해를 바라보면서 나는 다짐하였다. '나는 커서 절대로 시골에서 농사를 지으면서 살지 않을 것이다!'

"할 일 없으면 시골에 가서 농사나 지어라."라는 말을 함부로 하지 않았으면 좋겠다. 농사는 낭만이 아니라 '치열한 삶의 현장'이었다.

돌이켜 보면, 시골 겨울은 참으로 길었다. 밖에 함박눈이 쌓이거나 찬바람이 쌩쌩 부는 겨울날 밤, 두런두런 인생 얘기, 자식 얘기를 하시는 부모님의 목소리가 나이가 들어갈수록 그리워진다.

● 동문서답

　A 검사가 시골 지청에서 근무하던 중 어르신들의 도박사건을 수사하고 있었다. 시골 할아버지와 할머니들로 구성된 여러 명의 피의자들은 도박장에서 구경만 했다면서 오리발을 내고 있었다.

　A 검사는 우선 할아버지와 할머니들을 1명씩 조사하여 진술에 차이가 있음을 확인하여 그들의 신빙성을 깨뜨릴 목적이었다.

　그런데, 시골 할아버지 할머니들이라 귀가 잘 들리지 않으신 분들이 많았다. 바로 앞에 앉아 있는데도 큰 소리로 조사를 해야만 하는 어려움이 있었다.

　휴식 시간.

　방금 조사를 받은 할아버지 한 분이 청사 현관을 나서려다가 나무 그늘 밑에서 대기를 하던 할아버지와 대화를 하였다.

　대기하던 할아버지가 말씀하셨다. "김 영감, 조사가 끝났는가?"

　귀가하던 할아버지가 말씀하셨다. "아니, 난 조사가 끝났네."

　대기하던 할아버지가 말씀하셨다. "아 그래? 난 또 조사가 끝난 줄 알았네."

　※ 어르신들이 서로 소리가 안 들리다 보니 이런 일이 발생한다. 세상의 밝고 맑은 소리를 들을 수 있다면 얼마나 행복하실까.

슬로우 라이프

시골 생활은 그야말로 '슬로우 라이프(slow life)'다. 오늘 끝내지 못한 일은 내일 하면 되는 것이고, 그것도 여의치 않다면 그다음 날 할 수도 있는 것이다. 필사적으로 시간 마감을 할 만한 일이 그다지 많지도 않다. 시골 사람들이 도시 사람들과 달리 아등바등 살지 않는 것에 대하여 사람들은 순박하다고 표현하기도 한다.

시골 어린이들은 도시에 살고 있던 또래에 비하여 문명의 편리함을 늦게 접할 수밖에 없었다. 물질문명이든 현대적인 각종 서비스든 너무 늦게 알게 되었다. 어릴 적 얘기를 하면 사람들은 다들 자신의 할아버지가 말씀하시는 것 같다고들 한다.

나는 1969년에 태어났지만 1년이 늦은 1970년으로 주민등록이 되어 있다. 시골에서는 갓난아기가 무사히 살아가는지 경과를 본 후 출생신고를 하였다. 농사일이 바쁘다 보니 출생 시마다 신고하는 것이 아니라 마을 동장이 면사무소에 갈 때 함께 부탁하였다. 이름도 돌림자 한 글자는 정해져 있으니 나머지 한 글자를 알려 주면 면사무소 서기가 알아서 한자를 정해 주었다. 내 이름도 '찬(贊)' 자는 돌림자이고 '록(祿)' 자의 한자는 면사무소 서기가 선택한 것이다.

나는 돌 사진이 없다. 내가 돌이 되었을 때 사진을 찍지 못하였기 때문이다. 시골에서는 사진사들이 몇 년에 한 번씩 나타나 사진을 찍어 주었다. 아침에 농사일을 나갔다가 밤에 돌아오니 사진사들과 마주칠 리가 없다. 그러다가 보니 자식이 돌이 되어도 제때 사진을 찍어 줄 수 없었다. 내가 2살쯤 찍은 사진이 첫 번째 사진이다. 초가지붕을 배경으로 작은형과 누나들이 함께 찍은 사진이다. 한동안 이 사진을 두고 작은형과 경쟁을 하였는데, 현재는 내 품에 소중히 간직되어 있다. 이런 이유로 성인이 되어서도 독사진 찍기에 집착하는 성향이 생겼는지도 모른다.

어렸을 때는 상수도가 없었기에 우물에 있는 물을 길어 식수와 생활용수로 사용하였다. 평상시에는 집 바로 앞에 있는 우물을 이용하였고, 날이 가물어 수량이 부족하면 마을 공동 우물을 이용하였다. 어머니는 똬리를 머리에 얹어 그 위에 물통을 이고 물을 나르셨고, 우리는 '무지개(물지개)' 양쪽에 물통을 달아 물을 져 날랐다. 겨울이 되어 우물물이 꽁꽁 얼면 곡괭이로 구멍을 내어 우물물을 길을 수 있었다.

그러다가 초등학교 몇 학년 때인가 우리 집에서 사용하던 우물물을 정비하여 펌프라는 것을 설치하였다. 한 바가지 정도의 '마중물'을 붓고 펌프질을 하면 신기하게도 물이 딸려 올라오게 된다. 가뭄이 들었을 때는 물의 양이 부족하여 금방 흙탕물이 올라왔고, 장마가 치는 시기에도 흙탕물이 섞여서 올라오기도 하였다. 그럼에도 펌프를 통해 물이 올라오는 것이 신기하기도 하고 펌프질이 재미있기도 하여 우리는 물을 길어 오는 것을 싫어하지 않았다.

대학교를 졸업하고 난 후 우리 마을에도 상수도가 설치되었다. 마을 높은 곳에서 지하수를 뽑아내어 온 마을에 저렴한 비용으로 물을 공급하였다. 다만, 명절 때가 되면 집집마다 물을 쓰게 되니 물이 부족하였고, 우리 집은 고지대에 위치하여 물이 나오지 않아 이웃집에 가서 물을 얻어 와야 했다.

어렸을 때 어머니는 가마솥에 밥을 지으셨다. 커다란 가마솥에 보리를 안치시고 가운데만 하얀 쌀을 주먹 크기 정도로 안치셨다. 보드라운 땔감을 이용하여 불을 지피면 밥이 익는 구수한 냄새가 진동하였다. 부엌에 붙어 있는 외양간의 우리 집 소도 입맛을 다셨다.

어머니는 밥을 두 상 차리셨다. 조그만 두레상은 아버지를 위한 것이었다. 가마솥 가운데 있는 하얀 쌀밥을 떠서 아버지 밥상에 올리시고 조금 남은 쌀밥은 보리밥과 함께 섞어서 자식들 밥상에 올리셨다. 그리고 어머니는 바닥에 쟁반을 펴고 고추장과 된장을 넣고 밥을 비벼 식사를 하셨다. 가부장제(家父長制) 가정의 전형적 모습이었다.

우리 마을은 밭농사가 주종이었고 논농사는 아주 적었다. 쌀이 귀한 때라 주로 보리밥을 먹었다. 나는 어릴 때는 쌀밥이라는 단어를 몰라 어머니에게 '하얀 밥'을 달라고 졸랐다고 한다. 쌀밥의 존재를 알게 된 후부터 나와 형은 아버지 밥상에 있는 쌀밥을 얻어먹을 심상으로 우리 밥상에 올라온 보리밥을 제대로 먹지 않았다. 아버지도 이것을 눈치채시고 쌀밥 중 3분의 2 정도만 잡수시고 그냥 밖으로 나가시면 그 쌀밥은 나와 형의 차지가 되는 것이었다.

그러나, 나와 형의 이러한 작전은 오래가지 못하였다. 아이들의 버릇을 그르친다면서, 아버지가 남기신 쌀밥을 큰누나가 중간에 낚아채어 우리 집 소에게 갖다주고 만 것이었다. 덕분에 우리 집 소가 몇 번 쌀밥을 얻어먹는 호사(好事)를 누렸다. 이러한 일이 몇 번 반복되자 나와 형도 더 이상 아버지가 남기신 쌀밥을 기대할 수 없었다.

외람되게 나는 아직도 쌀밥을 좋아한다. 무슨 반찬이 필요하겠는가? 쌀밥에 고추장이나 된장, 김치만 있으면 맛있게 먹을 수 있다. 불과 몇십 년 사이에 쌀밥을 마음껏 먹을 수 있는 국가가 되었다. 쌀이 남아돌아 수출도 한다고 한다. 정말로 눈부신 발전이다.

초등학교 1학년일 때 우리 마을에 전기가 들어왔다. 전기가 들어오기 전까지는 호롱불과 남포등을 이용하였다. 기름을 아끼기 위하여 저녁을 먹고 날이 어두워지면 간단히 숙제를 하고 빨리 잠자리에 들 수밖에 없었다. 그러니 밤이 길었다.

전기가 들어오자 슬로우 라이프는 순식간에 변하기 시작하였다. 이제는 밤에도 숙제를 할 수 있었고 어머니는 편하게 설거지를 마무리 지을 수도 있었다. 전깃불을 켜 두고 밤늦게까지 농산물을 다듬는 등 추가적인 일도 할 수 있었다. 새로운 세상이 열린 것이다.

전기가 공급되니 텔레비전도 공급되기 시작하였다. 우리는 이웃 동네에 텔레비전 구경을 가기도 하였다. 동네 꼬맹이들이 옹기종기 모여 앉아 텔레비전의 신기한 모습을 들여다보았다. 그러나, 다른 사람의 집이기 때문에 눈치가 보여 오랫동안 볼 수는 없었다. 적당히 보고는 자리를 떠서 다른 집으로 가거나 우리 집으로 돌아와야 했다.

당시 보았던 프로그램은 주로 「동물의 왕국」 같은 어린이 프로그램이나, 축구나 복싱 같은 스포츠 프로그램이었다. 아직도 기억나는 것은, 복싱 프로그램에서 아나운서가 "양 선수, 잘 싸우고 있습니다."라고 해설하는 말이었다. 우리나라 양정모 선수가 1976년 제21회 캐나다 몬트리올 올림픽 레슬링 종목에서 금메달을 땄다. 우리나라 최초로 올림픽에서 금메달을 딴 것이기 때문에 시골에 살고 있던 우리도 양정모 선수를 알고 있었다. 그런데, 아나운서는 복싱 종목에서 '양 선수'를 언급하고 있었던 것이다. 아나운서는 양정모 선수가 아니라 '양쪽 선수', '두 선수'를 언급하고 있었던 것이다. 그런 것도 모르고, 어린 나이에 나는 양정모 선수가 레슬링뿐만 아니라 복싱 경기도 하는 선수인 것으로 생각하였다. 그러나, 아무한테도 물어보지 않았다.

초등학교 2학년 때쯤인가, 우리 집에도 텔레비전이 들어왔다.

우리 동네에서 몇 번째로 텔레비전이 들어온 것이다. 큰형님이 부산에서 대학교를 다니면서 당시 인기 있던 대한전선 텔레비전을 구입하여 설치한 것이다. 이제는 동네 꼬맹이들이 우리 집으로 텔레비전을 구경하러 왔다. 어깨가 으쓱해졌다. 현재 그 텔레비전 브라운관은 어디로 사라졌는지 없어졌고, 케이스만 시골집에 그대로 남아 있다.

초등학교에 다닐 때 우리 동네에 전화가 들어왔다. 동장 집에서 먼저 전화를 넣었다. 대학을 다니던 큰형님이 가끔 동장 집으로 전화를 하였다. 그러면 저 멀리서 동장이 고함을 쳐서 어머니를 불렀다. 전화가 왔으니 빨리 와서 받으라는 것이다. 어머니는 집안일을 하시다가도 그 소리를 들으시고 부리나케 달려가시곤 하셨다. 동장은 어떤 때는 "아무개네 집에 전화가 왔습니다."라고 방송을 하기도 하였다.

그러다가, 중학생이 되었을 때 우리 집에도 전화를 넣었다. 웬만한 집은 거의 전화를 넣었다. 초기 전화기는 오늘날과 같이 다이얼을 돌리거나 번호를 눌러서 통화하는 구조가 아닌 '자석식 전화기'였다. 전화기 수화기를 들고 오른쪽에 달린 손잡이를 마구 돌리면 우체국 교환이 나온다. 원하는 전화번호를 연결해 달라고 요청하고 전화를 끊으면 한참 후에 전화가 와서 연결되었으니 통화를 하라고 안내하였다.

고등학교에 다닐 때까지도 같은 방식으로 전화를 하였다. 안동 시내에는 전화를 교환해 주는 전화국이 있었다. 자취 생활 중 시골 부모님에게 연락드릴 일이 있으면 전화국에 가서 전화번호를 주고 통화를 신청하였다. 대기실에 한참 동안 앉아 있으면 이름을 호출하고 부모님과 통화할 수 있었다. 전화국 직원이 시골 우체국 직원에게 연락하고 우체국 직원은 시골집으로 연락하여 통화하는 방식이었다.

이후, 전화기는 다이얼 전화기로 바뀌었고, 동그란 숫자판에 손가락을 넣고 다이얼을 돌려 원하는 전화번호와 바로 통화를 할 수 있었다. 엄청난 발전이었다. 지금은 초등학생들까지도 최신 기술의 휴대폰을 하나씩 들고 다니는 세상이니 천지가 개벽할 노릇이다.

내가 중국 음식점에 처음으로 가 본 것은 중학교 2학년 때였다. 집에서 걸어서 40분가량 떨어진 면사무소 소재지에 중국 음식점이 들어왔다는 말은 들었으나, 시골에서는 중국 음식점에 가서 음식을 사 먹는다는 것을 상상하기 어려웠다. 그것은 사치에 가까웠다.

어머니는 5일장이 되면 면사무소 소재지 시장에 좌판을 깔고 농산물을 팔기도 하셨다. 오전에 다 팔리지 않으면 오후까지 팔면서도 시장에서 점심을 사 드시지 않으셨다. 음료수 하나 사 드시지 않으셨다. 한 푼이라도 아껴야 한다는 일념에서였다. 그러니, 우리가 중국 음식점에서 자장면을 사 먹는다는 것은 용납될 수 없는 일이었다.

그러던 중, 중학교 2학년 때 교내 수학경시대회가 있었다. 다행히 전체 1등을 하여 안동 시내 경시대회에 출전하게 되었고, 우리를 인솔하신 수학 선생님이 안동 시내 유명한 중국 음식점에서 자장면을 사 주셨다. 난생처음으로 먹어 보는 자장면은 너무나 맛이 좋았다. 그날 나는 어느 누구에게도 자장면을 처음 먹어 본다는 말을 하지 않았다. 내 친구들도 그런 말을 하지 않았다. 그러나 서로가 자장면을 처음 먹는다는 것을 알고 있었을 것이다. 서로의 처지가 비슷하였으니 말이다. 그런데, 당시 내가 시내 수학 경시대회에서 입상을 했느냐고? 당연히 입상하지 못하였다. 안동 시내 학생들의 수학 실력과 우리 산골 소년들의 실력이 다를 수밖에 없었기 때문이다.

고등학교 1학년이 되어서야 처음으로 극장이라는 곳에 가 보았다. 1학년 중간고사가 끝나고 단체로 영화를 보게 된 것이다. 당시 안동 시내에는 극장이 두 곳 있었고, 껄렁껄렁한 친구들은 나이를 속이고 야한 영화를 보기도 했다는 말이 들리기도 하였다.

시골에서도 영화를 볼 수 있기는 하였다. 초등학교에 들어가기 전에는 동네 느티나무 아래에 천막을 치고 1년에 한두 번 영화를 상영하였다. 물론 돈을 내야 했다. 초등학교와 중학교 때는 시험이 끝나면 학교 강당에 모여 커튼을 치고 영화를 보여 주었다. 그런데, 시내 극장이라는 곳을 가 보니 화면과 사운드 자체가 이전에 보던 영화와 완전히 달랐다. 새로운 세계였다.

고등학교 3학년이 되어 대중목욕탕에 처음으로 가 보았다. 당시까지만 하여도 시골에서 목욕을 한다는 것은 상당히 어려운 일이었다. 여름에는 주로 등목을 하거나 집 뒤꼍에서 물을 뒤집어 쓰곤 하였다. 어머니에게 말하여 등을 밀어 달라고 부탁드리기도 하였다. 그러나, 겨울에는 목욕하기가 쉽지 않았다. 주로 물을 데워서 부엌에서 목욕을 하여야 했으니 그 횟수가 줄어들 수밖에 없었다.

고등학교 3학년 때 학교 앞 자취방이 4개 달린 집에서 혼자 자취를 하던 때였다. 연탄불에 찜통을 올려 물을 데운 후 조그맣게 마련된 부엌에서 혼자 샤워를 하였다. 그런데, 어느 날 친구가 시내 목욕탕을 가 보자고 하였다. 얼떨결에 시내 목욕탕에 따라가게 되었다. 다 큰 사람이 다른 사람들 앞에서 옷을 벗는다는 자체가 너무나 부끄러웠다. 아무렇지도 않게 옷을 벗는 친구와 옷을 벗고 있는 사람들이 신기하게 보였다. 그렇게 처음으로 목욕탕이라는 세상을 맛보면서 보다 편리함을 추구하게 되었다.

시골에 물질문명이 전파되면서 시골은 빠르게 변화하고 발전하게 되었다. 노동력을 줄이고 생활에서도 수고를 덜 수도 있었다. 그러나, 그와 비례하여 시골만의 독특한 슬로우 라이프는 조금씩 사라지게 되었고, 그들의 넉넉한 인심도 사라지게 되었다.
이제는 시골의 옛 정서를 간직한 사람들도 점점 줄어가고 있다. 앞으로 몇십 년이 지나면 나의 어릴 적 시절도 역사 속으로 완전히 사라질지도 모를 일이다. 각박한 도시생활 속에서 가끔은 시골에서의 슬로우 라이프가 그리워질 때가 있다.

● 운명

A 검사는 지방자치단체장의 금품수수 사건을 수사하고 있었다. 지방자치단체장이 공사업자로부터 거액의 금품을 수수하고 공사권을 준다는 것이다.

A 검사는 관련 자료를 검토한 결과 첩보에 신빙성이 있다고 생각하여 우선 지방자치단체장 및 관련인들 명의로 된 계좌를 분석하기 위해 법원에 계좌영장을 청구하였다. 그러나, 법원에서는 소명이 부족하다면서 계좌영장을 기각하였다.

A 검사는 상당한 기간 동안 추가 자료를 확보하여 다시 계좌영장을 청구하였다.

이번에는 계좌영장이 발부되었다. 계좌영장을 분석한 결과 수상한 자금의 흐름을 발견하고 추적하여 '검은돈'을 확인하였다. 이에 근거하여 A 검사는 지방자치단체장을 구속하였다.

그런데, 공교롭게도 지방자치단체장의 첫 번째 계좌영장이 기각된 이후에 공사업자로부터 금품을 수수한 정황이 확인되었다!

지방자치단체장은 구속될 운명이었다.

※ 만약에 첫 번째 계좌영장이 발부되었더라면 A 검사는 지방자치단체장의 금품수수를 확인할 수 없었을 것이다. 다행히 첫 번째 영장이 기각되는 바람에 그 이후의 금품수수가 확인되었던 것이다.

30년 묵은 인동초

내가 다닌 초등학교는 한 학년이 2개 반으로 된 남녀공학이었다. 안동호 건설로 수몰지구(水沒地區)에 있던 초등학교가 현재의 안동시 예안면 소재지로 옮겨 학교의 명맥을 이어 갔다. 통학 거리가 2시간에서 1시간 정도로 단축되었다.

초등학교에 가는 길은 양옆으로 논과 밭이 즐비하였다. 산길을 따라 조그만 고개를 넘어가면 넓은 신작로를 만나게 된다. 이웃 동네에 사는 친구들도 만나게 된다. 울퉁불퉁한 비포장도로이지만 당시 새롭게 마련된 신작로이므로 엄청 넓게 느껴졌다.

장마철에는 산에서 내려오는 흙탕물로 도로가 유실되기도 하였다. 어린 나이에 콸콸 흐르는 흙탕물이 무섭기도 하였다. 도로가 끊어졌을 때는 위험하여 학교에 가지 못한 때도 있었다. 비가 그친 다음 어른들이 모두 나와 도로를 다시 연결하고서야 학교에 갈 수 있었다.

우리 초등학교에는 대부분 농사를 짓는 가정의 자녀들이 다녔다. 그러다 보니 가격이 저렴한 '다이얼 표' 검은색 고무신을 신고 다녔다. 가장 부유한 계층의 자녀로 알려진 선생님, 면사무소 직원, 농협 직원 등의 자녀들은 하얀 고무신을 신기도 하였고, 때로는 운동화를 신은 학생들도 가뭄에 콩 나듯이 구경할 수 있었다. 검은 고무신이 더 오래 신을 수 있었다고 한다. 신발만 봐도 누가 손에 흙을 묻히지 않는 '부유층'인지 알 수 있었다. 우리는 고학년이 되어서야 '육성화'라는 검은색 운동화를 손에 넣을 수 있었다.

초등학교에 다닐 때는 가방이 아니라 보자기를 사용하였다. '책보'라고 하였다. 네모로 된 보자기에 책을 놓고 맨 위에 도시락을 얹은 다음 묶어서 대각선으로 어깨에 메고 학교를 다녔다. 여학생들은 허리에 책보를 맸다. 하교를 할 때는 다 먹은 도시락 속에서 달그락달그락하는 숟가락 소리가 여기저기서 울리기도 하였다.

초등학교에서는 건빵을 나누어 주었다. 건빵을 배급받아 집으로 가지고 와 가족들이 나누어 먹었다. 형이나 누나 때는 빵도 배급해 주었다고 한다. 놋그릇에 물을 가득 담아 놓고 건빵을 몇 개 넣어 잔뜩 불렸다. 배가 빵빵한 건빵 몇 개만 먹으니 우리들 배도 빵빵해졌다.

추운 겨울에는 교실마다 난로를 피워야 했으나 갈탄이 절대적으로 부족하였다. 늦은 가을 선생님의 인솔하에 우리들은 낫이나 톱을 들고 산에 땔감을 구하러 다녔다. 며칠에 걸쳐 우리들이 모아 온 땔감은 학교 뒤 창고에 저장을 하고 난로를 지필 때마다 불쏘시개로 사용하거나 부족한 갈탄 대용으로 사용하였다.

교실 가운데에 난로가 설치되어 있고, 점심시간이 가까워져 오면 가져온 도시락을 난로 위에 올려 밥을 데웠다. 난로 바로 뒤에 앉은 친구는 점심시간이 될 때까지 도시락 순서를 바꾸면서 골고루 데우는 일을 담당하였다. 여러 개의 도시락 중에 어느 도시락이라도 밥이 타게 되면 그 친구는 혼이 났다. 그 친구는 도시락을 데우는 일에 열중하여 공부는 뒷전이었다. 선생님도 그 사실을 잘 알고 계셨음에도 아무 말씀도 안 하셨고, 그 친구도 천명(天命)인 양 매일같이 도시락을 데웠다.

시골에서도 봄과 가을 두 번에 걸쳐 소풍을 가기도 하였다. 인근 산이나 개울가 등으로 이동하여 즐거운 시간을 보내기도 하였다. 소풍 때는 반장이나 부반장 어머니가 선생님의 도시락을 책임져야 했다. 김밥이 대부분이었으나 우리들보다 상대적으로 부유한 집에서는 우리도 처음 보는 도시락을 싸 오기도 하였다. 선생님이 담배를 피우시건 피우지 않으시건 상당수의 학생들은 담배 한두 갑을 포장하여 선생님께 전달해 드리기도 하였다. 담배 몇 갑은 뇌물이 아니라 감사의 표시로 드리는 정(情)이었다. 시골 어머니들은 오늘날의 학부모와 같은 치맛바람이 아니라 조용하게 자식들의 선전(善戰)을 기대하고 계셨던 것이다. 그러나, 이제는 '김영란법(부패방지법)'이 시행되고 있어 이와 같은 정을 표시할 수가 없게 되었다. 선물을 잘못 드렸다가 뜻하지 않게 범법자가 될 수도 있다. 무서운 세상이다.

시골 학생들은 여러 가지 노역에도 동원되었다. 비가 많이 와서 학교 운동장이 유실되거나 공사의 필요성이 있으면 학생들이 투입되었다. 인근 하천에서 돌을 운반하여 무너진 곳에 쌓고 들것으로 흙을 파서 메우기도 하였다. 배수구가 막히면 삽과 괭이로 흙이나 오물을 파서 하수가 정상대로 흐르게도 하였다.

봄에는 학교 주변 산에서 식목일 행사를 하면서 꽃이나 나무를 심고 비료도 주었다. 여름에는 송충이들이 소나무의 솔잎을 다 먹어 치운다고 송충이 잡기도 하였다. 집에서 나무와 고무줄을 이용하여 집게를 만들어 송충이를 잡았는데, 송충이가 꿈틀꿈틀 하는 것이 너무 징그럽기도 하고 놀라기도 하였다.

여름에는 마늘을 캐거나 보리를 베기도 하였고, 가을에는 벼 베기를 하면서 어려운 이웃을 도와주기도 하였다. 학교에 가서까지 농사일을 하여야 하는가 하는 생각이 들기도 하였다. 겨울이 오기 전 난로에 사용할 땔감을 구하기 위해 이 산 저 산을 동분서주 하기도 하였다.

그러다 보니 책을 읽을 기회가 거의 없었다. 책을 읽는다는 것이 사치로 느껴지기도 하였다. 초등학교 한쪽에 도서실이 있었고 거기에 얼마의 책이 꽂혀 있었던 기억은 있으나 책을 대출하여 읽었던 기억은 별로 없다. 책이 읽기 싫어서가 아니라 읽을 시간이 없었고 여건이 되지 않았던 것이다. 당시 시골 학생들은 문명과 문화의 혜택을 보지 못하였다.

시골 학생들은 집에서도 가정의 보탬이 되어야 했다. 농사일을 하는 것 이외에도 푼돈이 되는 '아르바이트'를 하기도 하였다.

봄이 되면 약초가 되는 '인동초'를 따서 말려 팔기도 하였다. 인동초에는 꿀이 있어서 입으로 깨물어 꿀을 맛보기도 하였다. 여름이 되면 또래들끼리 만나 산에 도라지를 캐러 다녔다. 괭이 하나와 망태기 하나를 가지고 먼 산까지 다녔다. 가까운 산에는 이미 다른 사람들이 모두 캐 버린 상태이므로 점점 멀리까지 갈 수밖에 없었다. 땀을 뻘뻘 흘리면서도 하얀색이나 보라색의 도라지 꽃을 보면 냅다 달려갔다. 도라지를 캐어 깨끗이 씻고 말려서 약재로 팔았다. 내친김에 산삼을 캐러 다니기도 하였으나 구경조차 못 하였다.

가을이 되면 논둑과 밭둑을 다니면서 메뚜기를 잡았다. 플라스틱 통에 메뚜기를 가득 잡아 부모님께 드리면 메뚜기로 안주를 만드는 사람들에게 팔았다. 예전에는 논에 농약을 치지 않았기 때문에 메뚜기가 아주 많았고 메뚜기는 가정생활에 보탬이 되었다.

가을에는 여름내 태풍이나 호우로 공사가 필요한 비탈길을 보수하였다. 비탈길이 무너지지 않도록 하기 위해서 나무를 심고 잔디를 입혔다. 산에 있는 잔디를 떼어 흙을 턴 다음 지게에 지고 가공사업자들에게 판매하였다. 지게를 진 채 저울에 올라가 무게를 측정하고 몸무게와 지게 무게를 빼 가격을 쳐 주었다.

초등학교에서는 6학년이 되면 수학여행을 가는 것이 전통이었다. 우리도 6학년이 되어서 수학여행을 가야 했으나 다들 가정형편이 어려웠다. 담임선생님은 들판이나 산에 있는 '인동초'를 따서 말려 팔아 수학여행을 가는 비용을 마련하자고 제안하셨다. 선생님은 젊으셨고 성실하시고 아이디어도 많으신 분이셨다. 우리도 모두 찬성하였다.

집에서 농사일을 하다가 시간이 나는 대로 인동초를 따러 다녔다. 학교를 마치고는 선생님과 함께 산으로 들로 인동초를 따러 다녔다. 인동초는 넝쿨로 이루어져 있어 혹시라도 뱀에 물리면 큰일이 날 수 있어서 매우 조심하였다. 다행히 아무도 뱀에 물리지 않았다.

선생님은 우리가 따서 모은 인동초를 학교 옥상에서 잘 말리셨다. 인동초는 어느덧 수북이 쌓이게 되었고 그것을 팔아 꽤 많은 돈이 모였다. 선생님은 우리 모두에게 개인 통장을 만들어 인동초를 팔아 모은 돈을 배분해 주셨다. 그렇게 하여 우리는 난생처음 기차를 타고 경주로 수학여행을 다녀올 수 있었다.

우리 담임선생님은 6학년이던 1981년 우리들에게 말씀하셨다. 우리가 졸업 후 30년이 되는 해에 다시 만나자는 것이었다. 그때까지 각자가 열심히 공부하고 일하여 가정과 사회에 훌륭한 사람이 되라고 말씀하셨다. 우리들에게 꿈과 희망을 심어 주셨다. 그러나, 우리가 정말 졸업 30년 후에 다시 만날 것이라고 생각하지 못하였다.

그로부터 30년 후인 2011년 5월 15일 스승의 날! 우리 졸업생들 60여 명은 시골 초등학교에서 선생님과 가족들을 모시고 30년 전의 약속을 지킬 수 있었다. 30년 전 인동초를 팔아 수학여행을 갔던 얘기로 시간 가는 줄을 몰랐다. 우리들과 선생님은 모두 감격하였고 지난날의 추억을 되새겨 볼 수 있었다. 우리들을 잘 이끌어 주신 담임선생님께 진심으로 감사드린다.

● 소귀에 경 읽기

아무리 뛰어난 사람이라도 자식을 이기는 부모는 없다. 자식을 키우는 것이 맘대로 되지 않는다. 자식은 부모의 속도 모르고 공부도 하지 않고 자기 마음대로 행동하기 일쑤다.

A 검사는 뭇 신도들을 대상으로 공부를 하지 않고 말썽을 피우는 자식에 대한 '마음의 평화법'을 전도하였다.

"애가 말을 안 듣고 속을 썩이면 그냥 우리 집에서 기르는 소라고 생각하세요. 부모가 아무리 뭐라고 해도 소니까 '소귀에 경 읽기'가 될 것이므로 굳이 가르치거나 훈수를 두려고 하지 마세요. 다만, 우리 집 소니까 가끔 집에 들어오면 여물을 주듯이 밥을 주세요."

명언이었다.

"자식이 계속 말을 듣지 않아 부모의 마음이 한계점에 도달하면, 'It's his life!'라고 생각하세요. 공부를 하든, 하지 않든 그건 '그 사람의 인생'이니 그 사람이 알아서 하겠지요."

※ 대단한 내공이다. 이러한 명언을 만들어 내기까지 얼마나 많은 고뇌가 있었던 것일까?

홀로서기

시골에서 중학교 생활은 그다지 힘든 생활은 아니었다. 자전거를 타고 비포장도로를 이용하여 통학하는 것은 나름 고충이 있었으나 어차피 집에서 학교를 다니고, 어머니가 밥을 해 주시고, 빨래도 해 주시니 의식주는 해결되었기 때문이다. 그러나, 고등학교는 안동 시내에 있기 때문에 통학이 불가능하고 학교를 다니기 위해서는 시내 다른 사람의 방을 임차하여 자취 생활을 하여야만 하였다.

1980년대 고등학교에 들어가기 위해서 지역별로 '고입선발고사'라는 시험을 치러야 했다. 시골 중학생들이라도 수험생이 되다 보니 은근히 신경이 쓰였음은 부정할 수 없었다. 다만, 당시에는 시골은 물론 안동 시내조차도 변변한 입시학원이라는 것이 없었고, 시골의 경우는 교과서나 '전과(全科, 참고서)' 이외 공부할 만한 자료가 귀하던 시절이라 공부의 분량은 적은 편이었다.

고입선발고사를 보아야 하는 중학생들이 시험 직전에 제일 많이 보던 자료가 '○○년간 총정리'라는 기출문제집이었다. 고입선발고사가 시작된 후 그간의 기출문제를 정리해 놓은 두꺼운 문제집이었다. 문제집을 과목별로 떼 내어 방과 후 자율학습 시간에 보았다.

주말 오후에는 소를 몰고 산으로 가 고입선발고사 공부를 하였다. 집에서 기출문제집 일부를 떼 내어 검은색 비닐봉지에 넣고 산에 가져가 공부를 하였다. 소는 자기 혼자서 한가로이 풀을 뜯고 나는 소나무 그늘에 앉아 기출문제를 풀었다. 소도 먹이고 공부도 하는 일석이조(一石二鳥)의 효과가 있었다.

우리가 고등학교를 갈 때는 소위 '평준화(平準化)' 시기였다. 이전에는 자신이 입학을 원하는 고등학교를 지원하여 시험을 치르는 '선발제(選拔制)' 방식이었으나 입시 과열을 해소하기 위해 평준화 방식을 도입했다고 한다. 안동 시내에는 인문계 남자 고등학교가 5개, 여자 고등학교가 4개 있었고, 고입선발고사를 통과한 학생들이 무작위로 고등학교에 배정되었다. 인문계를 지망한 거의 모든 학생이 통과하였고 탈락한 학생은 거의 없었다.

내가 고등학교에 입학할 때 우리 고등학교의 경우는 평준화 2년째였다. 솔직히 내가 바라던 학교가 아니었던 것은 부인하지 않겠다. 그렇지만, 평준화 시대를 맞이하여 선생님들과 학생들의 열정은 대단하였고, 나름대로 꿈을 이룬 나로서는 고마운 과정이었다.

고등학교 1학년 때는 형이 다른 고등학교 3학년에 다니고 있어서 두 고등학교 가운데쯤 되는 곳에 자취방을 임차하였다. 큰 도로에서 나와 좁은 골목길을 한참 올라가야 했다. 우리 자취방 외에 다른 자취방이 1개 더 있었는데, 다른 고등학교에 다니는 학생들이 살고 있었다. 형은 걸어서 학교에 다닐 수 있었으나, 나는 거리가 멀어서 자전거를 타고 시내를 가로질러 학교에 다녔다. 화창한 봄날, 벚꽃이 흐드러지게 핀 낙동강 변을 따라 자전거를 타고 학교에 다니는 것은 꽤 괜찮은 경험이었다.

형과 함께 자취 생활을 할 때는 형이 오히려 많은 일을 해 주어서 상대적으로 편했다. 그러나, 고등학교 2학년 때는 우리 학교 앞으로 이사하여 혼자만의 자취 생활을 하였다. 이사한 집은 넓은 마당이 있고 자취방도 4개나 있었다. 학교에 가야 하는 아침 시간에는 수도나 화장실에서 경쟁이 있을 수밖에 없었고 불편하였다. 그러나 어쩔 수 없는 일이었다. 그나마 학교가 걸어서 10분 거리여서 위안이 되었다.

주중에는 자취 생활을 하면서 학교를 다니고, 토요일 오후에는 버스를 타고 시골로 들어가 농사일을 도왔다. 일요일 오후가 되어서 쌀이나 김치, 밑반찬을 가지고 시내로 나와 다시 한 주를 시작하였다.

청소년이 되면 답답한 가정에서 독립하려는 욕구가 강하다. 시골에서 생활하면 농사일을 거들어야 하나 자취 생활을 하면서 농사일에서 상당 부분 벗어날 수 있었다. 육체적으로 환영할 만한 일이었다. 어떤 때는 시험을 핑계로 주말에도 시골에 들어가지 않기도 하였다.

자취 생활의 장점에도 불구하고 어려운 점도 많았다. 첫째, 겨울에는 연탄불을 이용하여 난방을 하고 빨래에 필요한 물도 데워야 했다. 춥게 자지 않으려면 연탄불이 꺼지지 않도록 관리하는 것이 중요하다. 바람이 들어가는 마개를 돌려서 불을 조절을 하는 방식인데, 타는 속도를 잘 조절하여야 방이 항상 따뜻하게 되고 다 탄 연탄을 교체하는 시간도 일정하게 된다. 학교에 갔을 때는 주인집 아주머니가 대신 연탄불을 교체해 주기도 하였다.

연탄을 교체할 때 매캐한 냄새가 순식간에 몸속으로 들어간다. 연탄은 일산화탄소를 방출하므로 중독되면 죽을 수도 있다. 비가 오는 등 저기압 날씨나 방바닥의 상태가 불량한 경우 아주 조심해야 한다. 실제로 연탄가스에 중독되어 학생들이 사망하는 경우도 발생하였다.

둘째, 스스로 밥을 짓고 학교에 도시락을 싸 가야 했다. 아침에 쌀을 씻고 전기밥솥으로 밥을 하려면 시간이 부족하다. 저녁에 잠을 자기 전에 미리 쌀을 씻고 전기밥솥에 밥을 얹어 놓는다. 물론 바로 쌀을 씻어서 지은 밥보다 맛이 떨어지는 것은 감수할 수밖에 없다. 타이머를 맞추어 두면 새벽에 밥이 익는 소리가 났다. 밥을 퍼서 도시락을 싸고 혼자서 아침을 먹었다. 전기밥솥에 붙어 있는 밥알을 설거지하지 않고 물을 부어 두었다가, 저녁 야간 자율학습을 하기 전에 집에 내려와 그대로 라면을 삶아 먹기도 하였다.

밥은 전기밥솥을 이용하여 지으면 되지만 도시락 반찬을 만들어 가는 것이 큰 문제였다. 멸치나 쥐치에 고추장과 간장, 설탕과 소금을 조금 넣고 마구 버무리도 하였고, 겨울에는 배추를 잘게 썰어 역시 간장과 설탕을 조금 넣기도 하였다. 임시방편으로 반찬을 만드는 것이다. 점심시간이 되면 친구들과 도시락 반찬을 펴 놓고 같이 먹었기 때문이다. 나도 내 반찬을 당당하게(?) 내놓고 친구들이 싸 온 계란이나 햄, 소시지 같은 맛있는 반찬을 먹었다. 그런데, 내가 싸 온 반찬은 친구들이 거의 먹지 않았다. 물론, 나도 거의 먹지 않았다. 그렇게 친구들이 내 도시락 반찬을 대신 마련해 준 꼴이 되었다.

셋째, 빨래하는 것이 문제였다. 자취 집 마당 한가운데 수도가 있었는데 거기에서 빨래를 하여 빨랫줄에 널어 두었다. 자취생들이 모두 남자이므로 그냥 퍼질러 앉아 빨래를 하였다. 여름에는 빨래하는 것이 그다지 힘들지 않았으나 겨울은 상황이 달랐다. 수돗물이 차가워 제대로 빨래를 할 수 없었다. 찜통에 물을 채워 연탄불 위에서 데운 후 마지막 헹구는 데 아껴서 사용하였다. 당시는 고무장갑도 없던 시절이라 손이 꽁꽁 어는 것 같았다. 그나마 속옷이나 양말 등 간단한 빨래는 감내할 수 있었으나 겨울철 두꺼운 점퍼나 바지 빨래는 고역이었다.

고등학교 3학년 때는 학교에서 마련한 숙소에서 친구들과 함께 생활하며 학교 식당에서 마련한 식사를 하였다. 잠자리나 샤워하기가 불편하기는 하였지만 아침밥을 하고 도시락을 싸지 않아도 되었으니 그만큼 공부에 열중할 수 있어서 좋았다.

시간이 흘러 자취 생활을 하던 집들은 모두 헐리고 지금은 도로가 되거나 빌라가 들어섰다. 그래도, 우리가 살았던 자취 집 주인 식구들, 같은 집에서 자취를 했던 친구들은 지금도 연락을 하고 있다.

　고등학교 때부터 시작된 자취 생활은 초임검사 시절 결혼을 하고 나서야 벗어날 수 있었다. 나도 밥을 짓고 반찬도 몇 개는 만들 줄 안다. 라면도 잘 끓일 수 있다. 그러나, 부엌 근처에는 얼씬거리기도 싫다. 굳이 변명하자면, 오랜 세월 자취 생활을 해 왔기 때문일 것이다.

● 마약 검사

    A 검사는 어느 날 카페에서 마약 사건을 전담하는 후배 검사와 얘기를 나누고 있었다.

    A 검사가 말했다. "김 검사, 지금도 마약 하나?"

    후배 검사가 말했다. "네, 요즘도 마약 하고 있습니다."

    A 검사가 말했다. "언제부터 마약을 했지?"

    후배 검사가 말했다. "몇 년 된 것 같습니다."

    A 검사가 말했다. "이제 그만할 때도 되지 않았나?"

    후배 검사가 말했다. "그러게 말입니다."

    주변에 있던 손님들의 눈이 휘둥그레졌다.

    '요즘은 검사들이 마약도 하나 보다…'

※ 마약 사건을 전담하는 검사들의 비애다. 검사들은 통상 마약 사건 전담이 되면 "마약을 한다."고 표현한다.

국문학도의 꿈을 꾸다

고등학교 3학년이었던 1987년, 우리가 대학교 입시를 위해 열심히 공부하고 있을 때 우리나라는 민주화 열풍으로 뒤덮였다. '6월 민주항쟁'이 있었던 해이다.

1987년, 국민들은 간선제로 선출된 제5공화국 전두환 대통령의 비정통성과 비민주성을 문제 삼으면서 직선제 개헌을 주장하였다. 전두환 대통령은 1987년 4월 13일 모든 개헌 논의를 금지하는 '4·13 호헌조치'를 발표하여 분위기가 격앙되었다. 이러한 와중에 서울대생 박종철이 경찰의 물고문으로 사망한 사건이 은폐·조작되었다는 사실까지 밝혀지게 되면서 민주화 운동의 도화선으로 작용하였다.

6월 10일, '민주헌법 쟁취 국민운동본부'는 '박종철 고문살인 은폐조작 규탄' 및 '민주헌법 쟁취 범국민 대회'를 개최하였다.

20일간 전국적으로 약 500만 명이 시위에 참여하였고, 결국 정부와 여당의 대통령 후보였던 노태우는 '6·29 선언'을 통해 대통령 직선제를 수용하였다. 12월 16일에 새 헌법에 따라 직선제 대통령 선거가 치러졌다.

6월 민주항쟁은 독재정권의 연장을 막고 정치 민주화의 전환점이 되었다. 국민의 힘으로 불의를 막고 정의로운 국가, 정의로운 사회를 만들 수 있다는 희망을 보여 주었다.

전국적인 민주화 열풍에도 불구하고 안동 지역에는 그다지 큰 영향을 미치지는 않았던 것으로 기억한다. 워낙 보수적인 동네일 뿐만 아니라 우리 학교가 시내에서 떨어져 있어 민주화 열기를 느끼기에 부족하였다. 다만, 시내에서 사람들이 집회를 하였고 경찰이 최루탄을 쏘기도 하였다는 말이 돌 정도였다.

그 와중에 대입 학력고사가 다가왔다. 우리가 시험을 보던 한 해 전까지는 각 지역에서 전국적으로 동일하게 학력고사를 본 다음 자신의 점수에 맞추어 대학교와 학과를 선택할 수 있었다. 그러나 우리 때부터는 가고 싶은 학교와 학과를 먼저 선택한 후 학력고사를 보는 '선지원 후시험(先支援 後試驗)' 제도로 바뀌었다. 점수에 따른 '눈치작전'을 없애고 소신 지원을 통하여 대학교 입시를 정상화한다는 취지였다.

나는 서울대학교 국어국문학과를 지원하였다. 3학년 2학기가 되어 무슨 학과가 적성에 맞을지 많은 고민을 했다. 문과이므로 누구나 그렇듯이 성적이 제일 높은 법학과, 경영학과, 경제학과를 생각하였다. 그 학과들이 나의 적성에 맞는 학과인지도 알 수 없었다.

나는 고등학교 때 국어 선생님의 도움을 받아 자작시(自作詩)를 라디오 방송국에 가서 낭송한 경험이 있었다. 크게 공을 들이지 않았음에도 선생님은 잘 썼다고 칭찬하시면서 낭송하라고 하셨다. 정말 내가 시를 잘 썼던가? 이제 나이가 들어 내가 낭송했던 시를 읽어 보면 아주 정형적일 뿐 시적 영감(靈感)을 불어넣는 내용은 없어 부끄럽기 짝이 없는 내용이었다.

선배들이 학교를 찾아와 학과의 장점을 설명해 주기도 하였다. 국어국문학과를 다니던 선배는 국어국문학과를 적극 추천하였다. 나도 상당 부분 공감하였다. 대학교 입학 면접시험 당시 어떤 교수님이 나에게 왜 국어국문학과를 지원하였는지 물어보셨다. 나는 그 선배의 얘기를 장황하게 늘어놓으면서 그 선배로부터 추천을 받았다고 대답하였다. 교수님들은 그 선배 이름이 뭐냐고 물으셨다. 내가 이름을 말했으나 교수님들은 서로의 얼굴을 쳐다보실 뿐 아무 말씀이 없으셨다. 허탈하게도 그 선배는 당시 학생 운동을 하느라 학교를 거의 나오지 않아 교수님들이 아무도 몰랐던 것이다.

그해 12월 22일, 드디어 전국 학력고사가 치러졌다. 우리는 자신이 지원한 대학교에 직접 가서 시험을 보아야 했다. 어머니와 작은형이 여관에서 함께 잠을 자 주었다. 어머니와 형은 학교로 오지 말라고 부탁드렸다. 부담을 드리지 않고 혼자서 조용히 정리하는 마음으로 시험장에 가고 싶었다. 점심 식사로 김밥과 필기도구만을 챙겼다.

와글와글한 교문을 뚫고 고사장으로 들어서자 나는 그만 얼음이 되고 말았다. 학생들이 모두 책상에 앉아서 책을 보고 있지 않은가! 분명히 안내문에는 점심 식사와 필기도구만 가져오라는 취지로 기재되어 있었던 것으로 기억한다. 내가 잘못 본 것인가? 이미 때는 늦었다. 당시는 휴대폰이 없었으니 공부할 책을 학교로 가져다 달라고 할 수도 없었다. 하릴없이 고사장 바깥을 배회하다가 시간이 되어서야 고사장으로 들어가 1교시 시험에 응시하였다.

맨 먼저 국어 시험이었다. 시험 답안지와 시험 문제지를 배포하였다. 이제 시험이 시작되었다. 방송국에서 나온 카메라 기자는 고사장에서 나가지 않고 수험생 뒷모습과 수험표 등을 찍고 있었다. 여기저기서 카메라 플래시가 터졌다. 시험 감독은 왜 카메라 기자를 고사장에 들여서 시험이 시작되었는데도 나가지 않도록 하였을까? 요즘 같으면 난리가 날 일이지만 당시에는 아무도 이의를 제기하는 수험생은 없었다. 나중에 들은 이야기지만 내 수험표가 9시 뉴스에 잠깐 나왔다고 하였다. 내가 직접 찾아보지는 못하였다.

오전 시험이 끝나고 야외 벤치에서 김밥을 뜯어 먹었다. 왜 공부할 자료를 가지고 오지 않았을까 자책하였다. 비참하였다. 내가 너무 순진한 탓이라고 위로하였다. 시험 시간이 남아 있으면 공부를 할 수 있다는 것이 당연한 것인데 학력고사는 다른 줄로

만 알았다. 그렇게 남은 점심시간을 배회한 후 다시 오후 시험을 마무리할 수 있었다.

당시 고사장은 같은 학과를 지망한 학생들끼리 모아서 시험을 치르는 방식이었으므로 모두가 서로의 경쟁자들이었다. 시험 종료 시간이 많이 남았음에도 당당하게 시험을 마치고 나가는 수험생들이 너무나 부러웠다. 나중에 안 일이지만 그 수험생들은 합격자 명단에 없었고 우리와 함께 대학 생활을 할 수 없었다. 나의 오른쪽에 앉아서 시험을 보았던 친구는 합격하였다.

가채점(假採點)을 한 결과 충분히 합격할 것으로 생각하였다. 마지막으로 교수님들의 면접을 보고 합격자가 발표되었다. 우여곡절 끝에 국어국문학과에 합격하게 된 것이다. 부모님도 기뻐하셨다. 시골에서 소 팔고 고추 팔아 막내아들을 서울에 있는 대학에, 그것도 우리나라에서 제일 좋다는 대학에 보냈으니 어찌 느낌이 없으시랴? 나도 부모님께 조금이나마 효도를 하였다는 생각으로 위안이 되었다. 나의 노력에 어느 정도 보상을 받았다고도 생각하였다.

태어난 후 사교육(私敎育)이라는 것은 한 번도 경험하지 못하였다. 개인 과외는 고사하고 학원이라는 곳도 구경조차 못 하였다. 시골에는 당연히 학원이 없었다. 시내에 드문드문 있었던 보습학원, 주산학원, 웅변학원, 미술학원, 피아노학원, 태권도학원 어느 하나도 먼 나라의 이야기일 뿐이었다. 애초부터 출발선이 다르다는 악조건을 극복하고 대학에 합격한 것이니 감회가 남달랐다.

1988년 입학식을 치른 후 따뜻한 봄날, 본격적인 대학 생활이 시작되었다. 국어국문학과 88학번 동기는 모두 38명으로, 정원이 35명에 정원 외 입학이 3명이 있었다. 가족과 같은 분위기였다. 학과 모임, 향우회 모임, 서클 모임 등 각종 신입생 환영회를 끌려 다니면서 마음껏 '88꿈나무'의 정취를 즐겼다. 국어국문학도로서의 꿈을 키웠다.

그러던 어느 날, 문득 이런 생각이 들었다. '무엇을 할 것인가? 어떻게 살아야 하는가?' 시대 상황에 비추어 내가 무엇을 하고 어떻게 살아야 바람직한 것인지에 대한 진지한 고민이 나를 엄습하였다.

● 우째 이런 일이

    검사의 업무 중에 변사체 검시 업무가 있다. 원인 불명으로 사망하신 분들이 혹시라도 타살된 것은 아닌지 검사가 직접 사체를 확인하고 경찰에 사체 처리를 지휘한다.

    A 검사가 어느 날 변사 기록을 검토하고 있었다.

    경찰이 변사자의 휴대폰 문자메시지를 사진 촬영하여 기록에 첨부하였다. 변사자 지인의 문자메시지가 눈에 띄었다.

(지인) '○○야, 언제 어디에서 만나자'

(변사자) '…'

(지인) '○○야, 왜 대답을 안 해? 빨리 대답을 해!'

(변사자) '…'

(지인) '살았냐, 죽었냐. 살았으면 대답을 하란 말이야'

(변사자) '…'

(지인) '죽은 거 아냐?'

(변사자) '…'

변사자는 이미 그 이전에 사망한 상태였다….

  ※ 살인사건 현장에 검시를 갈 때는 저절로 고개가 숙여지고 망자(亡者)가 저세상에서 편히 살기를 마음속으로 기도할 뿐이다.

4.

대학 및
군대 시절

민주화 물결의 끝자락에서

　우리는 흔히 '386세대'니 '486세대'니 하는 말을 들어 왔다. 이제는 '586세대'가 되어 버렸다. 386세대는 나이가 30대이고 1980년대 학번을 가지고 있으며 출생연도가 1960년대를 의미한다. 이 사람들이 나이가 40대, 50대가 되면서 앞자리 숫자가 바뀐 것이다. 1960년대에 태어나 1980년대에 학생운동과 민주화 운동에 앞장섰던 사람들이 1990년대부터 정치적·사회적으로 두각을 나타내면서 붙여진 이름이다. 때마침 1990년대 초에 286컴퓨터가 386컴퓨터로 바뀌면서 차세대(次世代)를 상징하는 의미로 사용된 것이다.

　1987년 '6월 민주화 운동' 이후 우리 사회는 급격하게 변화하였다. 종래의 소극적인 모습에서 사회의 부조리(不條理)를 혁파하려는 움직임, 사회를 변혁하려는 움직임, 소위 혁명을 기도하는 움직임이 일었다. 시민 개개인들의 힘을 모아 거대한 사회적 변화를 꾀할 수 있다는 것을 깨닫게 되었다. 대학에서도 학생운동이 일상화되었다.

1980년대 후반 학생운동은 크게 3개 부류로 나누어져 있었다. 민족해방 계열인 'NL(National Liberation)', 민중민주 계열인 'PD(People's Democracy)', 제헌의회 계열인 'CA(Constituent Assembly)'이다. 우리나라 사회 모순의 근거를 어디에서 찾느냐, 어떻게 사회를 변혁할 것인가에 대한 입장이 달랐기 때문이다.

NL은 우리나라를 식민지 반(半)자본주의 사회로 규정하면서 미국으로부터의 자주, 통일, 민족해방을 주장하였다. 우리나라를 미국의 식민지로 인식하였다. 1987년부터 NL은 북한의 주체사상을 추종하는 부류가 헤게모니(hegemonie)를 장악하였다.

그들은 대놓고 자신들이 북한을 추종하는 '주체사상파(주사파)'라고 주장하지는 않았다. 자신들도 주사파라는 것을 인정하고 다른 사람들도 그렇게 알고 있었다. 그러나, 아이러니하게도 스스로를 주사파라고 말하지는 않았다. 남북 분단의 상황에서 북한을 추종한다고 말하는 것을 터부(taboo)시하기 때문이다. 북한의 주체사상이나 수령론 등을 공부하였다. 주체사상이나 수령론 등은 어려운 말이 거의 없고 알기 쉬운 말로 쓰여 있었으므로 대중에 대한 파급력이 상당하였다. 당시 대부분의 서적이 금서(禁書)로 지정되어 있었다.

NL은 조직력과 실행력, 대중선동 능력이 탁월하였다. 선배와 후배 사이에 정과 의리로 뭉쳐져 있었고 강력한 메시지로 정국의 주도권을 잡기도 하였다. 각 대학의 총학생회장이 대부분 NL에서 배출되었고, 1987년 결성된 '전국대학생대표자협의회('전대협', 1993년에는 '한국대학총학생회연합', 즉 '한총련'으로 재발족하였음)'의장도 NL에서 배출되었다. 학생운동의 주류로 자리 잡았다.

PD는 우리나라를 신(新)식민지 국가독점자본주의 사회로 규정하면서 독재정권과 독점자본이 결합하여 민중을 착취하고 있다고 주장하였다. 마르크스 레닌주의 등 사회주의 서적을 원전(元典)으로 삼고 노동자 계급 중심의 혁명을 추구하였다. 소련식 사회주의를 통해 이상적인 공산주의로 나아가는 것이 바람직하다고 보았다.

PD는 사회를 변화시키기 위한 행동에 바로 나서기보다는 원전에 기재되어 있는 행간(行間)의 내용을 가지고 토론하고 논쟁하였다. NL의 이론은 쉽게 이해할 수 있었으나 PD의 이론은 심오하게 공부를 하여야 이해할 수 있었다. PD는 NL에 비하여 인간적인 면이 부족하고 엘리트주의나 우월주의 의식이 스며들어 있었다. 그런 이유로 PD는 지식의 함양으로 자기만족이 될 수는 있었으나 대중을 장악하고 학생운동의 구심점으로 서기에는 한계가 있었던 것으로 평가된다.

한편, CA는 우리나라를 반(半)식민지 사회로 규정하였다. 현재의 기득권 계급을 배제한 상태에서 민주적 선거에 의한 제헌의회 소집과 그를 통한 민주주의 민중 공화국을 구현하는 헌법을 제정하자고 주장하였다. 혁명적 민중은 무장봉기로써 현 정권을 타도

하고 제국주의를 축출할 수 있다고 보았다. CA는 NL이나 PD보다는 학생들의 호응을 얻지는 못하였다.

우리나라의 학생운동은 대체로 정치적 민주주의를 진전시키는 데 중요한 역할을 해 온 것으로 평가된다. 당시 학생운동의 주역이었던 사람들이 현재도 우리나라 정치나 사회의 중요한 역할을 맡고 있음은 주지의 사실이다.

우리는 1988년에 입학한 '88꿈나무' 학번이었다. 1988년에 서울에서 올림픽을 개최하기로 되어 있었고 우리가 1988년에 신입생으로 입학하게 되었으니 자연스레 선배들은 '88꿈나무'라고 불렀다. 그러나, 캠퍼스에서 낭만을 꿈꾸던 우리의 희망은 입학 첫날부터 산산조각이 나고 말았다. 선배들이 교내 곳곳에서 스크럼을 짜고 행진을 하면서 구호를 외치고 운동가를 불렀다. "반전반핵 양키고홈!", "양키의 용병교육 전방입소 결사반대!" 1987년도에 절정을 이루었던 학생운동이 여전히 캠퍼스를 장악하고 있었다.

당시 대학교 1학년들은 성남에 있는 군부대인 '문무대'에서 1주일 동안 군사교육을 받아야 했고, 2학년들은 전방에 있는 군부대에 입소하게 되어 있었다. 대학생들로 하여금 남북 대치 상황에서 국가 안보의식과 올바른 시민의식을 함양한다는 명목이었다. 대신 실제 군 생활을 하게 되면 복무 단축이라는 혜택을 주었다. 문무대 교육을 마친 사람은 1개월 반, 전방입소를 마친 사람은 1개월 반, 2개 과정을 모두 마친 사람은 무려 3개월의 복무 단축의 혜택이 있었다. 내가 군대에 갈 때는 복무 기간이 30개월이었으므로 3개월은 전체 복무 기간의 10%에 해당하는 엄청난 혜택이었다.

그러나, 학생운동 측에서는 문무대 교육과 전방입소를 '양키의 용병교육'으로 규정지었다. 대학교 새내기들을 상대로 독재정권이 정신교육을 통해 세뇌시킴으로써 학생운동을 탄압하고 있다고 주장하였다. 우리가 입학하기 전인 1986년 4월 28일에는 서울대학교 학생들이 신림사거리에서 전방입소를 반대하는 집회를 하던 중 김세진과 이재호 두 학생이 몸에 석유를 붓고 분신 사망하는 사건까지 발생한 터였다.

그럼에도 우리는 입학한 지 불과 1주일도 안 되어 문무대에 입소하게 되었다. 선배들의 극력반대가 있었으나 입소 당사자들인 우리를 충분히 설득할 시간이 절대적으로 부족하였다. 신입생 중에는 '의식'이 있는 친구들이 있었지만 세(勢)를 형성하기에는 역부족이었다.

문무대에서는 일부 학생들의 항의가 있기도 하였으나 큰 문제는 없었다. 1주일 동안 엄격한 조직생활을 통해 군대 생활을 조금이나마 경험하였다. 이념 논쟁을 차치하자면 서먹서먹한 학과 동기들이나 다른 학과 친구들과 가까워질 수 있는 기회가 되기도 하였다.

그해 2학년 선배들의 전방입소도 계획대로 시행되었다. 2학년 선배들은 더욱 강하게 전방입소를 거부하였으나 대부분 입소할 수밖에 없는 상황이었던 것으로 알고 있다.

1989년, 우리가 2학년 때부터는 문무대 교육과 전방입소가 완전히 폐지되었다. 대학생들의 끊임없는 주장에 정부가 정책을 포기한 것이었다. 나는 문무대 교육만 받았으므로 실제 군대 복무 기간에서 1개월 반의 혜택을 보게 되었고, 고졸 출신의 고참들보다 더 빨리 제대할 수 있었다. 물론, 고참들로부터 괴롭힘을 당하는 것은 피할 수 없었다.

  1980년대 후반 대학교 캠퍼스는 민주화 운동의 열기로 달아 있을 때였다. 사회를 개혁해야 한다는 의견이 지배적이었고 학과 공부는 그다지 중요하지 않은 것으로 간주되었다. 학과에서 대표를 선출하였고, 단과대학에서 학생회장을 선출하였고, 총학생회에서 학생회장을 선출하여 조직을 정비하였다. 하루 종일 교정은 선봉대의 구호와 노랫소리가 울려 퍼졌다. 대학교본부와 도서관 사이에 있는 광장인 '아크로폴리스'에서는 하루가 멀다 하고 집회의 함성으로 뒤덮였다.

  1동에 위치한 우리 학과는 아크로폴리스 바로 옆에 있었으므로 소음으로 수업을 진행할 수 없는 날이 더 많았다. 교수님들이 먼저 휴강을 결정하셨다. 칠판에는 커다랗게 '휴강'이라고 두 글자만 남아 있었다. 정상적인 수업이 어려웠으므로 과제물을 제출하는 것으로 대체되었다. 중간고사나 기말고사는 교재 시험 범위를 알려 주고 시험문제를 미리 알려 주었다. 5문제 중에서 3문제가 출제된다는 식이었다.

  시골에서 서울로 유학을 간 학생들은 당시 학생운동의 상황에 대해 더 큰 관심을 가지는 경향이 있었다. 사회 문제에 대해 논의하고 사회 변혁을 고민하는 서클을 기웃거리기도 하였다. 시골에서의 삶과 서울에서의 삶은 왜 다르고, 시골 농민들이나 도시 노동자들은 왜 어려운 삶을 살아야 하는 것인지, 사회의 부조리는 왜 발생하고 없어지지 않는 것인지에 대해 큰 분노를 느낄 수밖에 없었다.

1980년대 후반 대학교에 다닌 우리들에게는 학생운동이라는 것이 특별한 학생들만 하는 운동이 아니었다. 학생운동은 학교생활의 대부분을 차지하였고 필요성과 당위성이 있는 보편적인 사회운동으로 인식되었다. 사회운동이나 학생운동에 관심을 가지지 않고 교내외 서클에 가입하지 않는 학생이 오히려 드물 정도였다. 대부분이 교내 서클 두어 군데에 가입하여 사회 변혁에 대한 학습을 하였다.

아침에 학교에 가서 학과별로, 서클별로 모여 세미나를 하였다. 커리큘럼에 따라 각자 철학 서적, 역사 서적, 경제 서적, 이념 서적, 문학 서적을 읽은 다음 사회자 주재하에 발제자가 발제하고 참여자들이 토론하였다. 바로 위 학년의 선배들이 참여하여 '자문(諮問)'을 해 주기도 하였다. 학과별로 혹은 서클별로 관련된 교내 집회에 참여하기도 하였다. 공부를 많이 하였다. 하루하루를 아주 바쁘게 보냈다. 이 정도까지는 아주 합법적인 학습과 행사 참가였다.

소위 '잘나가는 학생'들은 지하조직이라는 불리는 '언더서클'에 가입하기도 하였다. 아무나 들어갈 수 있는 서클이 아니다. 선배들이 후배들의 활동을 눈여겨보았다가 활동 능력이 탁월한 후배를 선택하는 방식이다. 공개된 서클이 아니므로 언더서클이라고 불렀다. 당시를 기준으로 보면 '합법 반 불법 반'의 조직이었다. 공개된 서클에서보다 훨씬 심화된 학습을 진행한다. 같은 레벨을 이끌어 주는 선배 1~2명 외에 그 이상의 선배가 누가 있는지 알 수 없는 비밀스런 조직이었다. 조직이 적발될 경우를 대비한 것이다.

가끔씩, 집회에 참여한 학생들이 교문을 통해 신림동 쪽으로 진출하기도 하였다. 여기서부터는 합법과 불법의 경계로 나아가게 된다. 학생들은 굳이 불법이라기보다 정당방위(正當防衛) 내지는 자구행위(自救行爲)로 해석하였다. 교문에 진을 치던 전투경찰은 학생들의 진군을 막았다. 드디어 '교투(校鬪)'가 벌어졌다. 말 그대로 학교에서의 전투였다. 학생들은 정문에서 캠퍼스로 올라오는 양쪽 보도에 설치된 블록을 뜯고 깨서 '짱돌'을 만들었다. 일부 학생들은 화염병도 준비하였다. 당시까지는 화염병 제조나 사용 자체로 처벌되지 않았던 시기였다. 학생들은 돌이나 화염병을 던지고 경찰들은 최루탄을 발사하였다. 제일 앞 선봉대에서는 양쪽에서 모두 쇠파이프로 진짜로 '전투'를 하였다. 경찰은 안면보호대를 착용하고 방패를 들었으니 학생들이 불리한 싸움이었다. 돌에 맞거나 쇠파이프에 맞아 학생들과 경찰들이 서로 피를 흘리기도 하였다. 치열한 전투였다.

예전과 달리 우리가 학교에 다닐 때는 다행히도 경찰들이 학내로 진입하지는 않았다. 학생들은 전세가 불리하면 교내로 대피하면 무사할 수 있었다. 다만, 불법이라고 규정된 대규모 집회가 교내에서 개최되었을 때, 경찰이 헬기까지 동원하여 무차별적으로 교내에 최루액을 살포한 적도 있었다. 학교는 배움의 전당이라기보다 전쟁터 그 자체였다. 그 몇 년 후 교문 쪽 보도블록은 모두 시멘트로 교체되었다.

학생들은 서울 시내 거리에서 하는 집회인 '가투(街鬪)'에 참여하기도 하였다. 자체적으로 제작한 유인물을 몰래 가지고 가 시민들에게 배포하기도 하였다. 시민들도 학생들이 배포하는 유인물을 잘 받아 주었다. 때로는 명동성당에서 철야 농성을 하기도 하였다. 당시 대부분의 시내 집회는 금지되었던 것으로 생각이 된다. 거의 모든 집회에서 '짱돌'과 화염병, 최루탄이 난무하였다. 원래는 합법적으로 집회 허가를 받았다가 상황이 악화되어 이런 전투상황이 되었는지도 모를 일이다. 차량에서 연속적으로 발사하는 '페퍼포그(pepper fog)'와 수류탄 형식으로 던지는 '지랄탄'으로 눈물과 콧물이 사정없이 흘러내리기도 하였다. 부상자들도 속출하였다. 학생들은 최루탄으로 자욱한 거리에서 조국의 앞날을 걱정하면서 눈물을 흘리기도 하였다.

거리 투쟁이라 불리는 '가투'에서는 경찰 특수기동대인 '백골단'이 단연 갑(甲)이었다. 백골단에게 체포될 경우 무자비한 폭행을 당하는 것으로 알려져 있어 백골단은 악명이 높았다. 집회의 최전선에 백골단이 나타나면 본격적인 체포 작전이 임박하였다는 것을 의미하였다. 시위대들이 백골단과 싸움을 하여 승리하였다는 말을 들어 보지 못할 정도였다. 백골단은 경찰 중에서 특별히 선발되어 전문적인 훈련을 받은 기동대이므로 일반 학생들이 감히 백골단과 맞서 싸우기가 쉽지 않았다. 물 반 고기 반의 어장에서 백골단은 마구잡이로 학생들을 낚아챘다. 어쩌면 백골단이 투입되면 그 정도의 선에서 집회를 마무리하여 더 이상의 폭력사태를 방지하고자 했을 수도 있다.

하룻밤 사이에 불법집회 참가자로 체포된 사람만 1,000명을 넘어서는 경우가 많았다. '닭장차'라고 불리는 경찰차 안에서 백골단들은 체포된 사람들에게 폭력을 행사하기도 하였다.

경찰은 학생들을 유치장에 분산 수용한 후 전과와 수배 조회를 하고 집회에 참가한 동기와 불법행위 여부에 대한 조사를 진행하였다. 시국사건 수배자, 집회의 주동자나 폭력을 행사한 사람이 아니면 대부분 다음 날 새벽에 훈방조치 되었다.

예전 경찰서 유치장은 마루로 되어 있어서 난방이 되지 않았다. 바로 옆에 허리 높이 정도의 시멘트로 만든 뒷간이 있었고 거기에서 볼일을 보았다. 유치장에 화장실 냄새가 진동하는 것은 불가피하였다.

이후 나는 검사가 되어 경찰서 유치장 감찰을 하게 되었다. 옛날의 냄새 나던 화장실이 아니라 깔끔한 변기가 설치되어 있는 것을 보고 깜짝 놀란 적이 있었다.

우리나라 학생운동은 1990년을 기점으로 급속하게 쇠퇴하기 시작하였다. 1988년 올림픽을 성공적으로 개최하여 우리나라의 세계적 위상이 제고(提高)되면서 우리나라가 미국의 식민지 상태인가에 대한 회의가 일기도 하였다. 우리나라의 국민총생산

(GNP)이 북한을 월등하게 앞지르면서 주체사상 이론이 타당한지에 대한 의문도 제기되었다. NL 계열의 기본 논리가 흔들리게 된 것이다.

PD 계열도 마찬가지였다. 1990년 베를린 장벽이 무너지면서 동독과 서독이 통일에 이르게 되었고, 1991년에는 마르크스 레닌주의를 가장 잘 실현하고 있다고 평가되던 소련이 해체되었다. 동구권 사회주의도 붕괴하여 더 이상 원전(元典)에 따른 사회주의 혁명이 이상적이라고 주장하기 어려워졌다. 세계적으로 충격적인 사건이 발생한 것이다.

2000년 김대중 정부 시절 검사 임용을 신청하였을 때, 집시법 위반 등 시위 전력이 있던 사법연수생들은 3차 시험인 면접에서 '심층면접'을 받아야 하였다. 면접관들은 시위 전력에 대해 집중적으로 물어보았다고 한다. 지원자들은 "우리나라의 민주화를 위하여 우리가 구속되어 형을 선고받는 고초를 당하고 사회에서 불이익까지 받았다. 나라와 민족을 위해 독재정권과 싸워 현재의 우리나라가 있게 된 것이 아니냐?"라고 주장하였다고 한다. 3차 심층면접에서 탈락한 동기생은 아무도 없었다고 한다.

어느덧 나도 '586세대'에 속하는 나이가 되어 버렸다. 1988년 참신한 대입 새내기로 캠퍼스에 발을 들여놓은 지 30년이 훨씬 지났다. 대학교 캠퍼스는 여전히 젊음의 열기로 분주하기만 하다. 예전처럼 밤새 술을 마시면서 나라와 민족의 앞날을 토론하고 울분을 토하던 모습은 찾아보기 어려운 것 같기도 하여 아쉬운 마음이 들기도 한다. 그러나, 오늘날의 방식으로 우리나라와 민족의 앞날을 걱정하는 젊은이들로 가득 차 있음을 믿어 의심치 않는다.

　돌이켜 보면, 나는 1980년대 끝자락 '보통 대학생'의 삶을 살았던 것 같다. 누구보다 더 앞서가지도 않았고 시대 상황을 외면하지도 않았다. 현재 상태에서 학생운동이 옳았는지 잘못되었는지를 따지기 전에, 그 시대 학생들의 노력으로 우리 사회가 이 정도까지 발전할 수 있었던 것은 부인할 수 없을 것이다.

● 내 배 속에 무엇이 있는지 아시오?

교도소나 구치소와 같은 수용시설의 방실을 '감방'이라고 부른다. 감방에 있는 사람은 하루, 아니 1시간 빨리라도 감방 생활을 벗어나고자 온갖 방법을 동원한다.

「쇼생크 탈출」과 같은 기가 막힌 탈출은 아닐지라도 잠시나마 담벼락 밖의 세상을 맛보려고 한다.

그 방법 중 하나가 이물질을 삼키는 것이다. 단추 등 간단한 물건은 물론, 바늘, 심지어 칫솔 머리 부분을 부러뜨린 채 손잡이 부분을 통째로 삼키기도 한다. 배가 아프다고 데굴데굴 굴러 드디어 외부 병원에서 엑스레이 촬영 등 진료하는 기회를 얻게 된다.

A 검사도 이러한 사람을 조사할 기회가 있었다. 대상자는 검사실에 오자마자 데굴데굴 굴렀다.

(대상자) "검사야, 내 배 속에 무엇이 있는지 아느냐?"

(A 검사) "알죠. 처음에 단추, 그다음 작은 못, 그다음 조사받다가 인주 통을 깨서 먹은 인주 통 부스러기요. 순서대로 있네요."

(대상자) "…."

※ 최근 언론에 중범죄를 저지른 피의자가 이물질을 삼키고 병원에 진료를 간 것을 기화로 도주하였다가 다시 체포된 기사가 있었다. 고전적인 수법이다.

나는 대한민국 육군이다

국방의 의무는 신성한 의무이다. 국가가 존재하지 않는다면 우리 사회가 존재할 수 없고, 우리 가정과 개개인도 존재하기가 어려울 것이다. 국가는 국민의 생명과 재산을 보호해 주고, 국민은 국가를 위하여 병역의무를 이행하는 것이다.

우리나라 헌법 제39조에서는 국방의 의무를 규정하고 있다. 제1항에서는 "모든 국민은 법률이 정하는 바에 의하여 국방의 의무를 진다."고 규정하고, 제2항에서는 "누구든지 병역의무의 이행으로 인하여 불이익한 처우를 받지 아니한다."고 규정하고 있다. 또한, 「병역법」 제3조 제1항에서는 "대한민국 국민인 남성은 「대한민국헌법」과 이 법에서 정하는 바에 따라 병역의무를 성실히 수행하여야 한다. 여성은 지원에 의하여 현역 및 예비역으로만 복무할 수 있다."고 규정하고 있다.

병역에는 모든 국민이 의무적으로 병역을 이행하여야 하는 의무병제도와 개인의 자유의사에 따라 병역을 지원하는 지원병제도가 있다. 의무병제도는 모든 국민이 병역을 지는 국민개병제(國民皆兵制)의 성격을 가지고 있다. 우리나라는 남과 북의 대치라는 특수 상황으로 국민개병주의(國民皆兵主義)에 따른 의무병역제도를 유지하고 있으면서도, 원칙적으로 남성에게만 병역의무를 부과하고 있다. 사회적으로 여성에게도 평등하게 병역의무를 부과해야 한다는 주장도 있고, 종래 병역의무를 이행한 남성에게 부여하던 취업상의 혜택 등을 부활해야 한다는 주장도 있다.

병역의무자는 19세가 되면 병역을 감당할 수 있는지를 판정받기 위해 징병검사를 받아야 한다. 검사 결과에 따라 신체등급 1급에서 7급까지의 판정을 받게 되고, 1급에서 4급까지인 사람 중에서 현역병 입영 대상자를 선정한다. 현재 현역병의 복무기간은, 육군은 2년, 해군은 2년 2개월(해병은 2년), 공군은 2년 4개월로 규정되어 있다.

나는 대학교 2학년을 마치고 3학년으로 올라가기 전인 1990년 1월 30일 군에 입대하였다. 군대에서 복무 중이던 형이 제대하여 다시 대학교를 다녀야 하였다. 학생들 과외를 하여 등록금이나 생활비를 마련하고 시골에서 올라오는 생활비를 아끼더라도, 시골에서 자식 2명을 한꺼번에 대학에 보낸다는 것은 무리였다.

1990년 당시, 학생운동이 혼란기로 접어드는 시기였음에도 불구하고 학생운동은 대학 생활의 가장 중요한 부분으로 인식되었다. 1학년과 2학년 때 선배들로부터 이론과 실천을 배워 어느 정도 틀이 갖춰진 3학년이 덜컥 군에 입대한다는 것은 전력 손실에 따른 아쉬움은 물론 '변절'로까지 비판받는 분위기였다. 우리나라 군대를 '양키의 용병'으로 인식하는 쪽에서는 입대 자체가 금기시되었다. 어떤 친구들은 집에서 뛰쳐나와 구로공단에서 노동운동에 전념하면서 당국의 추적을 피하였고, 어떤 친구들은 집 주소를 옮겨가며 징병검사를 회피하여 스스로 수배자가 되기도 하였다.

나도 입대에 대해 선배들과 동료들로부터 따가운 눈초리를 피할 수 없었다. 굳이 변명하자면 가정 형편상 어쩔 수 없었다는 것이었다. 밤새워 함께 술 마시고 논쟁하고 토론하면서 조국과 민족의 앞날을 걱정하다가 혼자서만 훌훌 털어 버리고 군대를 가자니 한편으로 미안하기도 하였다. 그나마 편한 군대를 가기 위해 머리를 굴리지 않고 일반 사병으로 입대한다는 것에 상당한 위로를 얻었다.

입대 전날, 함께 입대하는 고향 친구와 함께 기차를 타고 춘천으로 이동하였다. 아직은 쌀쌀한 날이었음에도 차창 가에서는 따스한 햇볕을 느낄 수 있었다. 복잡한 대학 생활을 정리하고 떠나는 여정에 스쳐 가는 창밖의 풍경이 아름답기까지 하였다.

춘천(春川)은 호반의 도시다. '봄이 오는 시내'란 예쁜 이름의 춘천은 단순한 지도상의 지역이 아니라 모든 이에게 청춘의 이정표 같은 상징성을 가진다. 대학교시절 춘천이나 대성리 방면으로 엠

티(MT)를 가 보지 않은 학생이 없을 것이다. 이중환의 『택리지』에서는 "우리나라의 수계로 가장 살기 좋은 곳은 대동강의 수계인 평양이고 둘째로 춘천의 소양강 수계를 들고 있으니 이것은 어제오늘의 일이 아니다."라고 기록하고 있다고 한다. 그러나 우리는 소위 '군대에 끌려가기 위해서' 그 아름다운 춘천으로 가고 있는 것이다. 아이러니하였다.

신병이 입대하는 지역은 몇 군데로 나누어져 있었다. 논산에 있는 훈련소로 입대하면 군 생활 내내 나름대로 먹고살 빵빵한 주특기를 받게 되고, 특별한 사정이 없으면 후방 부대에 배치되는 것으로 알려져 있었다. 의정부에 있던 '101보충대'로 입대하면 경기도 전방에 배치되는 경향이 있었고, 춘천에 있던 '102보충대'로 입대하면 강원도 전방에 배치되는 경향이 있었다. 신병들이 102보충대를 가장 꺼리던 것이 나름 이유가 있었던 것이다.

춘천 시내는 그때 처음으로 가 보았다. 도시가 아담하다는 느낌을 주었다. 그러나, 날씨도 추웠고 102보충대로 입대하게 되었으니 기분이 좋을 리 없었다. 친구와 함께 이발소에 들러 머리를 밀었다. 중학교 때 머리를 민 이후 처음으로 빡빡 밀었다. 두상이 고스란히 모습을 드러냈고 우리는 서로를 보고 웃고 말았다. 저녁을 먹으면서 반주로 소주를 걸쳤다. 102보충대에서 가까운 여관을 잡아 둘이서 그간 살아온 인생 얘기에 밤 깊은 줄을 몰랐다. 그 시간이 영원히 계속되고 내일이 오지 않았으면 하는 바람을 하면서 잠을 청했다.

이른 아침 나도 모르게 눈이 떠졌다. 인생에서 잊지 못할 새로운 하루가 시작되었다. 친구는 아직도 잠을 자고 있었다. 창밖으로 하얀 눈이 펑펑 내리고 있었다. 이때까지만 해도 몰랐다. 그 눈이 그때부터 10일간 계속되리라는 것을.

마침내, 우리는 102보충대에 입대하였다. 두 부류의 사람, '민간인'과 '군인'의 갈림길에서 가족이나 친구들이 배웅하러 온 사람들도 많았다. 내심 부럽기도 하였으나 오히려 홀로 입대하는 것이 깔끔하다는 생각도 들었다. 내무반을 배정받은 후 군복으로 갈아입었다. 이제는 정말로 '군인'이 된다는 생각이 들었다. 우리가 입고 있던 옷을 고향으로 배송하기 위해 편지를 쓰고 박스에 담아 제출하였다. 나도 모르게 눈물이 글썽거림은 어쩔 수 없었다.

통상 보충대에서는 3일 정도 생활하면서 소위 '사제(私製)물'을 빼고 군인정신을 함양하는 것이 목표이다. 그런데, 웬일인지 우리가 입대한 지 3일이 지나고 4일이 지나도 눈이 그치지 않았다. 1주일 동안 하루도 하늘을 볼 수 없이 매일 눈이 온 세상을 뒤덮었다. 눈을 치우는 도구가 부족하여 매일 밥을 먹고 군홧발로 눈을 치우는 것이 하루의 일과였다. 처음부터 순탄치 않은 군 생활이 예고되었다.

끊임없이 내리던 눈은 10일이 지나 그쳤고, 우리 교육생들은 각자가 배정받은 부대로 이동하게 되었다. 예상대로 대부분이 강원도의 각 부대로 배정받았고, 나는 속초에 있는 사단으로 이동하게 되었다. 102보충대 자체에서 일가 친인척 중에서 '원 스타 (준장)' 이상의 군인이 있는 교육생들을 따로 차출하였다. 차출된 교육생들은 주로 행정병의 보직을 받아 상대적으로 편한 군대 생활을 할 수 있었다. 우리 같은 농민의 아들은 그 대상에 포함될 리가 없었다. '의문의 1패'를 당한 우리들은 '소양강 처녀'를 목 놓아 부르면서 미시령을 넘었다.

속초 부대에서 8주간의 신병 교육을 받았다. 2월 초의 날씨이지만 바닷바람이 살을 에는 듯하였다. 계속되는 폭설에 눈을 치는 것이 하루하루 주요한 일과였다. 강원도에는 눈이 많이 온다고 하더니만 정말이었다. 나는 속초에서도 행정병으로 차출되는 행운을 누리지 못하였다. 훈련이 끝나고 삼척에 있는 부대로 이동하였다.

삼척 부대로 이동하였으나 신병 교육은 계속되었다. 이미 8주간의 정규교육을 받았음에도 부대 자체로 2주간의 추가 교육을 받아야 한다는 것이었다. 훈련장 언덕이 반들반들하였다. 빨간 모자의 조교는 먹을 것이 없어서 교육생들이 새싹을 모두 뜯어 먹어서 풀이 나지 않는다고 하였다. 정말인지는 모를 일이었다.

속초 부대에서는 대규모의 단체생활이었으므로 최소한 꼴찌만 하지 않으면 살아남는 시스템이었다. 그러나, 삼척 부대에서는 소수의 교육생이었으므로 누구 하나 부족하게 되면 바로 표시가 나고 단체 기합으로 이어졌다. 혹독한 책임이 뒤따랐다.

훈련소에는 목봉이 즐비하였다. 엄청 길고 무거운 나무기둥이었다. 당시 언론에 많이 나와서 유명해졌던 악명 높은 '삼청교육대'에서 수용자들을 상대로 교육하던 목봉이라고 하였다. 그 교육대가 폐쇄되고 우리 부대가 창설되면서 목봉을 우리 부대로 옮겼다고 한다. 몇 팀으로 나누어 빨간 모자 조교가 지시하는 곳으로 목봉을 들고 가 삽으로 땅을 파고 목봉을 세우는 훈련을 하였다. 빨리 목봉을 세우는 팀이 승리하는 방식이었다. 지는 팀은 연병장을 계속 돌아야 했다.

텔레비전에서 가끔 보았던 목봉 체조도 실제로 하였다. 키 순서로 일렬로 선 다음 동시에 목봉을 들어 오른쪽 어깨 위에서 왼쪽 어깨 위로 구호에 맞추어 반복적으로 이동시켰다. 이때는 맨 뒤에 있는 키가 작은 사람이 상당히 유리하였다. 뒤편에는 기둥의 윗부분을 담당하게 되므로 무게가 상대적으로 덜할 뿐만 아니라, 앞에 키 큰 사람들이 목봉을 들면 뒤에서는 팔 운동만 하면 되었다. 그러나, 훈련생들이 두 줄로 서서 목봉을 던지고 받는 훈련은 키가 작은 훈련생이라고 하더라도 집중해야 한다. 상대방이 목봉을 잘못 던지거나 이쪽에서 잘못 받으면 얼굴에 치명상을 입을 수 있기 때문이다.

팀을 나누어 '참호 전투'라는 것도 하였다. 운동장에 구덩이를 파고 안에는 진흙을 넣고 흙탕물을 만든다. 화장실에서 흘러가는 물도 몇 바가지 퍼 넣는다. 몇 개의 조를 편성한 후 4명씩 8명이 들어가 상대방을 모두 밖으로 밀어내면 승리를 하게 되는 방식이다. 빨간 모자 아저씨가 지켜보고 있고 패자(敗子)에게 부여되는 얼차려가 두려웠을 뿐만 아니라 팀의 자존심이 있으므로 죽기 살기로 전투를 하였다. 바닥에는 하수구가 뿌려져 있는 것을 아랑곳하지 않고 말이다. 그날 밤 내무반에는 밤새도록 화장실 냄새가 진동하였다. 그러나 아무도 투덜거리지 않았다. 모두에게서 똑같이 나는 냄새였기 때문에.

4월이 되었음에도 아침저녁으로는 매우 추웠다. 취침 전 내무반 청소가 불량하다는 이유로 교육생 전체가 팬티 바람으로 연병장 바닥을 뒹굴었던 적도 있었다. 정말로 청소가 불량하였는지는 모르겠다. 우리는 명령에 복종할 뿐이었다. '앞으로 취침', '뒤로 취침', '좌로 굴러', '우로 굴러' 구령에 따라 쩌렁쩌렁 복창하면서 연병장을 굴러다녔다. 연병장 웅덩이에는 살얼음이 있었다. 온몸에 모래가 묻는 것은 별론으로 하고 추위에 벌벌 떨어야 했다.

달밤에 장정들 수십 명이 하는 행동을 보자면 웃음이 나오는 일일 수도 있으나 교육생들은 목을 잡고 있는 빨간 모자 아저씨의 지시에 따를 수밖에 없었다. 그날 밤 빨간 모자 아저씨는 교육생들의 목욕을 금지시키고 얼차려를 받은 상태 그대로 전투복을 입고 침낭 속에서 자도록 명령하였다. 침낭 속이 따뜻하였다. 다음 날 아침 내무반은 모래로 범벅이 되었고 며칠 동안이나 청소하는데 애를 먹었다.

그렇게 2주간의 고된 훈련이 끝나고 삼척 부대에서 그 예하 대대가 있던 임원 부대로 이동을 하게 되었다. 임원이라는 곳은 강원도와 경상북도의 경계에 있는 작은 어촌 마을이었다. 나는 대대에서도 행정병으로 차출되지 못하고 다시 중대로, 중대에서 다시 소대 소총수로 더블백을 메고 이동하였다. 춘천 102보충대에서 시작된 고되고 기나긴 신병훈련을 무사히 마치고 자대배치를 받게 된 것이다. 폼 나는 군 생활이 아니라 전쟁에서 최종적으로 고지에 깃발을 꽂으러 가는 '일빵빵(보직 번호가 100임)'이라고 불리는 '보병'의 보직을 받게 된 것이다.

임원 부대는 1개 대대에 4개 중대가 배속되어 있는데, 2개 중대는 6개월 동안 동해안에서 야간 해안 철조망 경계를 서고, 2개 중대는 그 기간 동안 내륙에서 훈련을 받았다. 내가 자대배치를 받았을 때 우리 중대는 해안 경계 기간이었다. 나는 훈련소 동기 여러 명과 함께 그 주변에서 가장 높은 바닷가 산 정상에 있던 'OP('Observation Post'의 준말로 높은 고지에서 전후방을 관측하는 장소라는 의미임)'로 더블백을 메고 땀을 흘리며 올라갔다.

고민스럽고 혼란스럽던 대학 생활을 잠시 중단하고 마침내 삼척 부대 1대대 4중대 3소대의 소총수가 되었다. 세월이 어떻게 흘러갔는지 정신이 없었다. 그렇게 '일빵빵'의 군대 생활이 시작되었다.

● 차관(次官)

행정부처에는 수장으로 장관(長官)이 있고 그 아래 직책으로 차관(次官)이 있다. 장관은 물론이고 차관도 행정부처를 대표하여 수많은 회의를 소화해야 하는 직책이다. 장관은 조선시대 육조판서에 해당하는 지위이니 그다음인 차관이 된다는 것도 가문의 영광이다.

A 검사가 법무부에서 과장으로 근무할 때였다.

어느 날, 차관님이 과장들에게 진지하게 물어보셨다. "차관이 왜 차관인 줄 아는가?"

"…." 과장들은 아무도 선뜻 대답하지 못하였다.

차관님이 말씀하셨다. "매일 회의를 위해 차를 타고 다닌다고 하여 차관(車官)이라고 그러지."

※ 장관이나 차관 등 고위직에게 보고하는 것은 보통 일이 아니다. 많은 준비를 해야 한다. 보고 내용을 다시 스크린하고 예상 질문에도 대비해야 한다. 한번 찍히면 끝이기 때문이다.

진부령과 미시령을 걸어서 넘다

　군대는 기본적으로 전투를 위해 존재하는 조직이다. 총싸움이든 육박전이든 싸움을 잘해야 훌륭한 군인으로 평가된다. 싸움을 잘해야 우리나라를 지켜 낼 수 있다. 말만 잘하고 싸움을 못하는 군인은 필요 없다. 싸움을 잘하려면 육체적으로나 이론적으로 끊임없이 훈련해야 한다. 군인은 평생에 한 번 있을까 말까 한 전투를 대비하여 끊임없이 훈련을 해야 한다. 전투에서 이겨야 자신도 살아남는다.

　나의 군대 생활 중 가장 기억에 남는 훈련이 '천리행군(千里行軍)'이었다. 천리행군은 말 그대로 20일 동안 강원도 산길을 천리, 즉 400km를 행군하는 것이다. 정확히 측정해 보지는 않았으나 우리가 행군한 거리가 천 리쯤 된다고 하였다. 강원도 내에서 어떻게 천 리라는 거리가 나올까 하는 의문도 있으나, 꼬불꼬불한 산길을 주로 걸으므로 그 거리가 천 리가 된다고 하였다.

군 생활을 소위 '빡세게' 했다는 사람도 천리행군을 했는지 물어보면 대부분이 꿀 먹은 벙어리가 된다. 그 질문에 자신 있게 등장하는 사람들이 특수부대 출신이다. 특수부대 출신들은 천리행군에 더 나아가 산에서 나무뿌리를 캐 먹고 뱀을 잡아먹으면서 한 달을 버텼다는 무용담을 터뜨린다.

그러나, 특수부대 천리행군과 우리와 같은 속칭 '땅개(육군 보병)'의 천리행군을 동일하게 보아서는 안 된다. 차원이 다르다. 굳이 표현하자면 특수부대의 천리행군은 고상하고 효율적인 방식이지만 보병의 천리행군은 짠한 생활형 방식이다.

특수부대의 장거리 행군은 가벼운 배낭과 소총 등 무게를 최소한으로 줄인다. 목표지점까지 신속히 이동하면 닭고기나 돼지고기 등 맛있는 음식이 기다린다. 보병의 천리행군은 소총은 물론 온갖 살림살이를 군장에 넣는다. 텐트, 모포, 우의, 전투복, 내의, 양말, 수건, 빨랫비누, 치약, 칫솔, 실, 바늘까지, 생활에 필요한 모든 물품을 준비해야 한다. 심지어 막내 병사는 고참들의 전투화를 도맡아 닦아야 하였으므로 구둣솔과 구두약까지 챙겨야 한다. 특수부대 천리행군과 보병의 천리행군을 동일하게 비교할 수 있을까?

1991년 가을, 내가 상병일 때 드디어 천리행군이 시작되었다.
우리 대대는 주둔지인 강원도 임원에서 군용차로 주문진까지 이동하였다. 주문진에서 천리행군을 시작하는 것이다. 당시 소대가 30~40명, 중대가 120~140명, 대대가 500~700명 정도였다. 대대장인 중령이 제일 앞장을 서고 500~700명의 병사들이 도로 한쪽 길을 걸어 오대산으로 향하였다. 군인들의 긴 행렬은 그 자체로 장관(壯觀)이자 구경거리였다. 시골 동네 사람들도 무슨 난리가 났나 싶어서 집 밖으로 나와 구경하기도 하였다.

장거리 행군을 하게 되면 누군가가 낙오자가 생기게 된다. 군기가 들지 않은 훈련소에서는 가벼운 차림으로 20~30km 행군을 하여도 낙오자가 생기고, 군기가 바짝 든 우리가 천리행군같이 장기간의 행군을 하더라도 낙오자가 생기기 마련이다.

천리행군은 당일치기로 끝나는 것이 아니라 20일 동안 계획적이고 효율적으로 진행해야 한다. 행군 내내 지루함을 없애고 낙오자에 대비하기 위하여 대열 맨 뒤편에 의무차를 배치하였다. 의무차에서는 끊임없이 대중가요를 틀어 주었다. 마을이 있는 경우에는 스피커 음악 소리를 낮추거나 아예 끈 상태로 행군함으로써 민원 발생 소지를 없앴다. 행군이 끝날 무렵에는 테이프에 수록된 노래를 거의 외울 정도에 이르렀다. 낙오자가 생기면 즉시 의무차에 싣고 응급조치를 하기도 하였다. 전문적인 훈련을 소화하는 특수부대가 아니라 '땅개'들이 모인 보병부대의 겁 없는 도전이므로 모든 준비가 필요한 훈련이었다.

장기간 행군에 경련이 오거나 쓰러지는 병사도 있었다. 평소 체력이 좋거나 나쁘거나, 체격이 크거나 작거나 관계없이 낙오자가 발생하였다. 낙오자는 응급처치를 받고 의무차를 타고 편하게 다음 코스까지 이동하게 되지만, 한번 낙오를 하게 되면 향후 부대에 복귀하여 '고문관'으로 낙인이 찍혔다. 아무리 내무반 생활을 잘하여 고참들로부터 인정을 받았다고 하더라도, 야외 훈련이나 행군에서 낙오를 하는 경우는 용서될 수 없었다. 그러므로 후임병일수록 부대 복귀 후의 불이익을 우려하여 낙오하지 않기 위해 더욱 악을 쓰고 이를 악물었다.

아침부터 행군을 하다가 점심을 먹고 또다시 행군하였다. 야영할 장소에 도착하면 저녁이 되었다. 신속하게 중대별로 정해진 지역에 텐트를 치고 제일 먼저 화장실을 파고 둘레에 나무를 얼기설기 엮어서 밖에서 사람이 잘 안 보이게 만들었다. 이어서 식사가 공급되었다. 고된 하루의 일정을 마친 후 먹는 저녁 식사는 그야말로 꿀맛이었다. 어두움이 채 가시기 전에 주변에 시냇물이 있으면 빨래를 하기도 하고 물에 들어가 샤워도 하였다. 늦가을 강원도 산골의 맑은 물은 정말로 차가웠다. 행군을 하면서 땀을 많이 흘렸고, 또 언제 시냇물을 만날 수 있을지 모르기 때문에 추위를 무릅쓰고 샤워를 하여야 했다. 텐트 속에서 2~3명의 병사들이 들어가 노곤한 하루를 마무리하였다.

새벽 6시, 기상나팔이 울리면 일제히 일어나 아침체조를 하고 가벼운 구보를 하였다. 안 그래도 다리가 아파 죽겠는데 아침에 구보까지 하니 정말로 죽을 맛이었다. 그래도 장병들은 아무도 투덜거리지 못하였다. 식사를 한 후 잠을 잤던 텐트를 모두 걷어 다시 군장에 넣고 정처 없이 북쪽으로 행군을 계속하였다.

행군 도중 대부분은 차량의 지원을 받아 편하게 식사를 해결하였다. 그러나, 산악지대를 이동하여 식사 차량의 지원을 받을 수 없는 경우에는 미리 배급받은 전투 식량으로 식사를 해결하거나, 반합으로 불을 지펴 직접 밥을 짓기도 하였다. 맑은 강원도 오대산 물에 쌀을 씻어 반합에 넣고 시냇물을 적당히 부어 불을 지폈다. 예전에 자취 생활을 하던 실력을 그대로 발휘하였다. 여기저기에서 쌀을 태우는 냄새가 그윽하였으나 내가 물을 부어 준 동료들의 밥은 하얗게 잘 익었다.

점심을 먹고 휴식 시간 중에는 속옷이나 양말 등 간단한 빨랫감을 빨기도 하였다. 당시는 늦가을이었고 햇볕이 강했으므로 러닝이나 양말을 군장 위에 매달아 오후 내내 행군을 하면 저녁에는 다 말랐다. 외관상 그다지 좋아 보이지는 않았으나 갈아입을 속옷이나 양말이 없으니 어쩔 수 없었다.

행군 중 가장 고통스러운 문제는 발목이나 무릎이 아픈 것이었다. 군장 무게가 최소 20kg이 넘었고, 때로는 M60 소총이나 80mm 박격포를 교대로 메고 행군을 하여야 했다. 각 분대마다 M60이 한 정씩 있었으니 우리가 메고 이동하는 것은 어쩔 수 없었다. 우리 중대에 화기 소대가 있었고 거기에 80mm 박격포도 여러 문이 있었는데, 상급 부대에서 천리행군을 점검 나올 때는 박격포를 포열, 포다리, 포판으로 나누어 군장 위에 올려서 행군을 하여야 했다. 군장의 무게만도 이미 벅찬 상황인데, 기관총이나 중화기까지 책임져야 하는 구간은 정말 죽을 맛이었다. 키가 작거나 체격이 작다고 하여 기관총이나 중화기까지 작은 것을 배정해 주는 것이 아니다. 기관총이나 중화기의 크기나 무게는 모두 일률적이었으니 말이다.

행군을 하면서 발생하는 또 하나의 문제는 발바닥에 물집이 생기는 것이다. 평소 훈련을 많이 하였으나 천리행군 같은 극한의 상황에 처한 적은 없었으므로 물집을 처리하는 것이 중요한 문제였다. 물집을 제거하지 않으면 통증으로 제대로 걸을 수가 없고, 양쪽 다리에 힘의 균형이 이루어지지 않으면 어느 한쪽 다리 관절에 무리가 가게 된다.

50분 행군에 10분 동안 주어지는 휴식 시간, 점심이나 저녁 식사 후, 옹기종기 둘러앉아 발바닥에 난 물집을 제거하였다. 방법은 간단하다. 바늘에 실을 꿰어 물집을 가로질러 찌른 상태에서 실을 자르고, 직각 방향으로 바늘을 찌른 상태에서 실을 잘라 십자가 모양으로 실을 끼워 둔다. 그 상태에서 걸어 다니면 물집 속에 있던 물이 자연스럽게 실을 따라 밖으로 배출된다. 물이 다 빠진 후 실을 당기면 자연스럽게 빠지게 된다. 하루에 최소한 한두 개의 물집을 제거해야 했고, 내일이면 어김없이 다른 장소에 또 다른 물집이 나타나곤 하였다.

우리의 천리행군 코스는 주문진에서 시작하였다. 오대산을 거쳐 구룡령이라는 고개를 넘고, 양양, 속초, 고성, 화진포를 거쳐 통일전망대까지 가는 코스이다. 돌아오는 길은 다시 화진포, 고성, 진부령, 미시령, 속초, 양양을 거쳐 주문진으로 돌아오는 것이었다. 우리가 가는 길은 대부분이 산길이거나 자동차가 거의 다니지 않는 비포장도로였다. 혹시 큰 도로를 이용하더라도 최대한 자동차 통행에 방해되지 않도록 걸어야 했다. 우리가 걷는 길이 어디인지 정확히 알지도 못한 채 다만 앞사람만 보고 정처 없이 걸었다.

북쪽으로 올라가던 길에 강원도 고성군을 지나갈 때였다. 그해 여름 고성군에서 '세계 잼버리 대회'를 유치하여 행사를 치렀고, 그 흔적들이 남아 있었다. 잼버리 대회는 청소년들이 대자연 속에서 단체생활을 통하여 심신을 단련하고 잠재 능력을 개발하여 국가 발전과 세계 평화에 이바지하도록 하기 위한 행사라고 하였다. 우리도 600명 정도가 대자연 속에서 단체생활을 통하여 심신을 단련하고 있었다. 교차되는 기분이 참으로 묘하였다.

화진포는 경치가 아름다운 바닷가로 기억이 된다. 백사장이 펼쳐져 있고 파란 수평선이 파란 하늘과 맞닿아 있었다. 이렇게 경치가 좋은 곳이니 김일성 별장, 이승만 별장, 이기붕 별장이 만들어지게 되었으리라. 우리도 텐트를 치고 아름다운 화진포에서 하룻밤을 보내게 되었다. 비록 별장은 아니지만 고생하는 동료들과 함께하는 텐트 안이 별장이나 다름없었다.

화진포에서부터는 총기류를 휴대하고 군장을 멘 채 대규모의 군인들이 북쪽으로 행군을 할 수 없다고 하였다. 확인해 보지는 않았으나 정전협정 위반이라나. 우리는 군장과 소총 등 총기류는 모두 모아서 보관하고 '무장해제'를 당한 상태로 북쪽으로 진군하였다.

반나절을 걸어 고성군에 있는 통일전망대에 도착하였다. 대장정의 반환점에 도달한 것이다. 북쪽 저 멀리 금강산이 보이고 아름다운 해변이 펼쳐져 있었다. 처음으로 북한 땅을 구경하게 되었다. 남과 북이 가로막혀 있다는 것이 실감이 났으나, 너무나 조용하였고 아무 일도 일어나지 않았다. 우리는 주먹밥으로 점심을 해결하였다. 어떤 짓궂은 고참이 막내 후임병에게 통일전망대에 전시된 조형물에 올라가 노래 한 곡을 부르도록 하였다. 후임병은 능청스럽게도 노래를 잘 불렀고 우리는 박수로 화답하였다.

돌아오는 길은 더욱 지치고 힘들었다. 체력이 바닥나기 시작했기 때문이다. 북쪽으로 올라갔던 길을 그대로 돌아오지는 않았다. 갔던 길을 그대로 돌아오면 흥미가 떨어진다나….

진부령과 미시령을 한꺼번에 넘어야 하는 날이 다가왔다. 아침에 출발할 때 점심때 먹을 전투 식량을 미리 받아 군장에 넣었다. 정규 도로를 따라 행군을 하는 코스였고 자동차들이 많이 다니는 길이었으므로 중간에 배식할 수 없었다. 앞서가는 동료 뒤꿈치만 보고 꾸역꾸역 고개를 올라갔다. 뒤편 의무차에서 들려오는 대중가요를 들으면서 어느덧 꼬불꼬불 진부령을 넘었다. 인제군 용대리 인근에서 여장을 풀고 전투 식량으로 점심을 먹었다.

이제 다시 미시령을 넘어서 속초 방면으로 향했다. 늦은 가을 오후의 볕이 군장을 데웠다. 군장에 달아 놓은 빨래가 잘 말라 가고 있었다. 드디어 미시령 정상. 속초시가 한눈에 들어왔다. 멋진 경치가 눈앞에 펼쳐져 있었다. 미시령을 내려올 때는 힘도 빠지고 다리가 풀려 휘청휘청 걸을 수밖에 없었다.

당시에는 서울에서 속초를 가기 위해서는 반드시 미시령을 넘어야 했고, 우리가 행군을 하던 시절은 늦은 가을로 단풍이 만개하던 때였다. 수많은 관광버스가 미시령 고개를 넘고 있었고, 대규모 군인들이 행군을 하고 있으니 차량들도 조심스레 운행하였다. 그런데, 어느 순간, 이게 무슨 일인가! 우리가 휴식을 취하고 있을 때 지나가던 버스에서 우리들에게 음식물 폭탄 세례를 하였던 것이다. 아저씨와 아주머니들이 단풍놀이를 가다가 우리를 발견하고 버스 창문으로 음식물을 던져 주었다. 과일이며 과자며 떡이며 음료수며, 우리는 정신없이 음식물을 군장에 담았다. 간부들 수입(?)도 짭짤하였던지 50분을 채 행군하지 않아 다시 휴식을 지시하였고, 우리는 며칠 동안 먹을 수 있는 귀중한 음식물을 얻을 수 있었다.

미시령을 내려와 속초에 있는 커다란 콘도와 마주하게 되었다. 콘도 입구에서는 젊은이들, 연인들, 가족들로 북적거렸다. 그때까지 콘도를 한 번도 이용해 본 적이 없었다. 힘이 빠지고 땀에 찌든 나의 모습과 콘도의 선남선녀(善男善女)들이 대비되었다. 그들은 다른 세상의 사람들이었고 너무나도 부러운 존재였다. '그래, 나도 나중에 반드시 저 콘도에서 잠을 자고야 말겠다' 나의 소망은 1999년 사법연수원 1년 차 때에 이루어졌다. 그 콘도에 연수생들이 단체로 여행을 가게 되었다. 정말로 감개무량(感慨無量)하였다.

우리가 천리행군을 무사히 마치고 부대로 복귀할 때 부대 주변 주민들이 거리로 나와 우리를 환영해 주었다. 물론 행정관청에 의하여 동원된 모습이었을지라도 그 순간만큼은 감격하고 울컥하였다.

그렇게 그 무시무시한 천리행군을 무사히 마칠 수 있었다. 동료들과 부대끼면서 많은 생각을 하고 많이 배우기도 하였다. 우리가 천리행군의 임무를 무사히 완수하자 그다음부터 다른 부대도 천리행군이 시작되었고, 부대 정규교육과정으로 편성되었다는 얘기를 들었다.

다시 군대에 간다면 또 천리행군을 할 것인가? 그러지 않았으면 좋겠다. 그런데도 가끔씩 군대 관련된 꿈을 꾼다. 나는 군대를 다녀왔다고 주장함에도 불구하고 꿈에 등장한 사람들은 나에게 다시 군대를 가야 한다고 강요한다. 미칠 노릇이다. 천리행군도 다시 하란다. '아, 그만, 그만…' 가까스로 꿈에서 깨어난다. 현실이어서 다행이다.

● 겸손

　A 검사가 법무부에서 근무하면서 여성가족부에서 추진하는 당정협의회에 참석할 기회가 있었다. 정부에서는 각 부처 차관들이 주축으로 회의에 참석하였고, A 검사는 과장으로서 법무부 차관을 수행하여 회의장 뒤편 의자에 배석하게 되었다.

　회의장 상석에는 여성가족부 차관 자리가 배치되어 있었고, 법무부차관 자리는 상석 옆쪽에 배치되어 있었다.

　A 검사는 아무리 여성가족부에서 담당하는 주제가 중점이기는 하나 엄연히 서열이 있는 터라 생각하고 회의장에 있던 여자 실무관(?)에게 "왜 자리 배치를 이렇게 했느냐, 서열과 다른 것이 아니냐."는 등으로 어필을 하였더니, 여자 실무관은 미안하다고 답하였다.

　그렇게 회의가 시작되려 하자….

　A 검사가 따졌던 그 여자 실무관이 여성가족부 차관 자리에 앉았다!!!
'왜 저분이 저 자리에 앉지?'

※ 사람의 겉모습만 보고 그 사람을 평가할 수는 없다. 언제나 낮은 자세로 겸손하게 임하는 것만이 평화를 가져올 수 있다.

학생들 가르치기

요즘 고등학생들이나 대학생들도 '알바(아르바이트)'를 많이 한
다. 행사장 안내, 편의점 근무, 음식 배달 등 그 종류도 다양하다.
그중에서 학생들을 가르치거나 지도하는 일은 상대적으로 고급스
런 아르바이트로 분류되고 나중에 보람도 많이 느낄 수도 있다.

우리가 대학교를 다닐 때도 학생들 '과외' 아르바이트가 성행하
였다. 다른 아르바이트를 하는 경우도 있었으나 대부분은 과외를
하였다. 학생들에게 공부를 가르치는 것이 가장 자신 있는 일이
고 많은 준비가 필요하지 않은 일이었기 때문이다. 1주일에 두 번
정도, 한 번에 2시간 정도 공부를 시키는 '파트타임 과외'부터 시
작하여 학생의 집에 들어가 살면서 가르치는 '입주 과외'를 하기
도 하였고, 더 나아가 학원 강사로 학생들을 가르치기도 하였다.

시골 출신 대학생들은 과외를 하여 등록금이나 생활비에 보태야 하는 경우가 많았다. 시골이 아닌 지방에서 올라온 친구들 중에는 집안이 경제적으로 여유가 있어 자취가 아닌 하숙을 하기도 하였고, 더 부유한 계층은 아예 학교 근처 아파트를 임차하여 생활하기도 하였다. 거기에 자동차까지 보유한 학생은 최고의 부유층으로 평가받았다.

대부분은 대학 생활의 일부를 쪼개어 등록금이나 생활비에 도움을 받고자 과외를 하는 '생활형 과외' 방식이었다. 그러나, 한 달 과외비용이 '큰 거 한 장', 즉, 100만 원 이상 하는 고액 과외도 존재하였다. 내가 1988년 대학교에 입학할 때 입학금이 52만 7,000원이었고, 그다음부터 학기당 등록금이 35만 원 정도였다. 내가 2학년 때 조그만 자취방 1개를 임차하여 생활할 당시 보증금 50만 원에 월 7만 원 정도 하였으니, 100만 원이라는 돈은 어마어마한 거금이었다.

나는 대학교 1학년 여름방학 때부터 과외를 시작하였다. 이제까지 다른 사람을 가르쳐 본 적이 없기 때문에 상당히 긴장하였다. 교재를 선택하는 것부터 시작하여 학생의 집에 가서 2시간 정도 가르치는 것도 부담스럽기도 하였다.

주로 중학생과 고등학생들을 대상으로 하였는데 고등학교 3학년을 담당한 적도 있었다. 아무래도 고등학교 3학년은 수능시험을 치르면 결과가 나오므로 상당히 부담이 되었다. 국어와 영어, 수학 과목을 담당하였는데, 내가 국어국문학과를 다니다 보니 은근히 국어 과목에 수요가 많았다. 나도 국어 과목이 편하기는 하였으나 부모님의 요청으로 국어와 영어, 혹은 국어와 수학 이렇게 두 과목을 묶어서 가르치기도 하였다. 과외는 학생과의 호흡이 매우 중요하였다. 학생이 차분하게 잘 따라오면 가르치는 사람도 덩달아 신이 나는 법이다.

2학년 여름방학 때는 2개월 정도 입주 과외를 하기도 하였다. 여름방학 기간 동안 중학생의 집에 들어가 삼시 세끼를 얻어먹으면서 학생을 가르치는 것이다. 주요 과목에 대해 1학기 때 배운 것을 복습해 주고 2학기 때 배울 것을 예습해 주었다. 가르치는 시간이 많다 보니 '페이(pay)'가 센 것은 당연한 일이었다.

나도 성인이 되었으니 입주 과외가 상당히 불편하였다. 별도의 잠을 자는 방을 주기는 하였다. 그러나, 잠을 자는 것, 함께 밥을 먹는 것, 화장실을 사용하는 것, 빨래는 하는 것, 어느 것 하나 마음이 쓰이지 않는 것이 없었다. 부모님들이 나를 주시하는 시선도 부담스러웠다. 간혹 책을 사러 간다는 평계를 대고 집에서 탈출할 때는 집 밖 공기가 다르게 느껴졌다. 자유가 무엇인지, 나만의 공간이 얼마나 소중한 것인지를 절실히 느낄 수 있었다.

한번은 고등학교 3학년 남학생과 고등학교 2학년 여동생을 함께 과외 한 적이 있었다. 영어 한 과목만 하였다. 고등학교 2학년은 큰 부담이 없었으나 고등학교 3학년이 문제였다. 월등히 공부를 잘하지도 않았고, 그렇다고 바닥권을 맴도는 친구도 아니었다. 수능시험 때까지 영어를 담당하게 되었으니 과외의 결과를 정확하게 검증받을 수밖에 없었다. 그만큼 신중하고도 꼼꼼히 3학년을 지도하였다.

당시 수학능력시험을 두 번 치르던 때였다. 불행하게도 내가 가르쳤던 학생이 첫 번째 시험보다 두 번째 시험에서 성적이 더 떨어지게 되었다. 학부모의 성화로 난감한 상황이 되었다. 두 번째 시험이 훨씬 어려웠다는 것이 언론에 보도되었음에도 불구하고 학부모는 나에 대한 공격을 멈추지 않았다. 두 번째 시험이 더 어려웠으므로 성적이 떨어진 것은 어쩔 수 없었다는 나의 설명을 인정하려고 하지 않았다. 어쩌면 그것이 학부모의 마음이었는지도 모른다.

급기야 학생의 어머니는 두 학생의 한 달 치 과외비를 주지 못하겠다고 나에게 통보하였다. 충격적이었다. 자기의 자식을 위해, 그 자식이 시험을 잘 보도록 하기 위해 나름대로 최선을 다해 가르쳤음에도 이런 대우를 받으니 억울하였다. 돈이 많은 집안 같은데 가진 분들이 너무하다는 생각도 들었다. 그러나, 나는 정당하게 일한 대가를 받아 내야만 했다. 나의 생계를 꾸리기 위해서다. 학생 2명에 대한 과외비였으니 자취 생활을 하는 나에게는 매우 큰 돈이었다.

학생의 어머니와 더 이상 말이 통하지 않는다고 판단하여 학생의 아버지와 남자 대 남자로 대화해 보기로 하였다. 다행히 과외를 시작할 때 학생의 아버지로부터 받은 명함이 있어 무작정 직장을 찾아가기로 하였다. 당시 학생의 아버지는 남대문에서 대규모 안경 도·소매업을 하고 있었는데 매장도 넓고 손님들도 아주 많았다. 한눈에 봐도 영업이 잘된다는 것을 알 수 있었다. 부아가 치밀어 올랐다. 이렇게 잘사는 분들이 나에게 줄 코 묻은 푼돈을 떼먹으려고 한단 말인가?

처음에는 학생의 아버지에게 좋은 말투로 밀린 과외비를 받았으면 한다고 말씀드렸다. 그런데 학생의 어머니와 상의가 되었던지 부정적인 대답만 하였다. 나도 슬슬 화가 나기 시작했다. 급기야 두 사람의 목소리가 높아졌다. 이제 나도 인정사정 볼 것이 없었다. 싸움 장소는 내 영업장이 아니다. 주인이 손님과 돈 문제로 말다툼을 하고 있다는 것은 주인에게 아주 악영향을 미치고 불리한 상황에 처한다. 우리 주변에 몇몇 손님들이 기웃거리기 시작하였다. 그제야 학생의 아버지는 자신이 불리한 위치에 있음을 인식하고 타협안을 제시하였다. 직장에서 이러지 말고 이번 주말에 집으로 오면 밀린 과외비를 주겠다는 것이다. 그렇게 일단은 절반의 승리를 거두었다.

드디어 주말이 되어 과외를 하던 집으로 돈을 받으러 가야 했다. 대학교 2학년이던 내가 과연 적지(賊地)에 가서 학생 부모의 공격을 버텨 낼 수 있을지, 정당한 노동의 대가인 과외비를 무사히 받아 올 수 있을지 자신이 없었다. 내가 왜 이런 상황에 처한 것인지 나 자신이 초라해지기도 하였다. 그러나 어쩌랴. 목구멍이 포도청인 것을.

잔소리나 야단을 맞을 각오를 단단히 하고 집 안으로 들어섰다. 소가 도살장에 들어가는 기분이었다. 학생의 어머니가 보였고, 학생의 아버지도 거실에 앉아 있었다. 내가 가르쳤던 학생들은 보이지 않았다. 방에 숨을 죽이고 있었을지도 모른다. 예상대로 학생의 어머니는 왜 남편의 직장에 가서 난리를 쳤느냐고 추궁하였다. 나도 할 말이 많았지만 그냥 죄송하다고만 하였다. 어차피 돈만 받아 나오면 될 일이기 때문에 싸우면 내가 불리하였다. 돈을 안 준다면 다시 발톱을 꺼내어 싸워야 하지만 돈을 받기 전에는 얌전한 고양이가 되어야 했다. 학생의 아버지도 몇 마디를 거들었다. 그러나, 학생의 아버지는 아들의 성적이 떨어진 것이 나의 잘못이 아님은 잘 알고 있었으므로 단지 자신의 처를 도와주었을 뿐이리라.

드디어 정당한 노동의 대가를 받았다. 두툼한 돈 봉투가 내 손으로 전달되는 순간 괜스레 죄송스럽기도 하였다. 내가 좀 더 노력하였으면 성적이 더 올라가지 않았을까 하는 의미 없는 생각도 떠올랐다. 집을 나오면서도 학생들의 얼굴은 보지 못하였다. 아름답게 이별할 기회가 사라졌다. 내 책임인 듯 괜히 학생들에게 미안하였다.

과외를 하면서 좋은 관계가 형성되는 일도 있었다. 그다지 공부를 열심히 하는 학생은 아니었으나 나를 잘 따랐고 학생의 부모님도 나를 잘 대해 주었다. 수업이 끝나면 함께 농구장에 가서 농구를 하기도 하였고 당구를 치기도 하였다. 어떤 때는 학생의 어머니가 집에서 삼계탕을 끓여 함께 먹기도 하였다. 잊을 수 없는 삼계탕 맛이다. 그때의 인연은 오늘날까지 이어져 가끔씩 학생을 만나고 있다. 이제 그 학생은 어엿한 가장이 되어 한 가정을 꾸리고 있다.

사법고시 공부를 하면서도 학생들을 가르치는 일을 계속할 수밖에 없었다. 시골에서 조금씩 보내 주는 돈으로는 생활하기에 부족하였으므로 생활비를 벌어야 하였다. 공부하는 데 필요한 책도 사야 하였다.

1996년, 규모가 있는 입시학원에서 국어를 가르치는 강사 일을 하였다. 매주 금요일과 토요일 6시부터 11시까지 풀로 강의하는 방식이었다. 외고와 과학고를 준비하는 중학교 3학년 1개 반, 일반 중학교 3학년 1개 반, 고등학교 1학년 1개 반이 나의 담당이었다. 원장님과 사모님은 매우 따뜻하고 인자한 분들이었다. 내가 강의하는 방식이나 학생들 관리 방식, 문제 출제 방식 등에 대해 많은 관심을 주셨다. 나도 학생들을 가르치는 데 최선을 다하였다.

당시는 대학을 졸업하고 사법고시 1차를 준비하고 있던 시기였다. 경쟁자들에 비해 1주일에 최소한 10시간 이상은 손해였다. 경쟁자들은 집에서 따뜻한 쌀밥을 먹고 공부할 때 나는 김밥으로 때우고 학생들의 수업 준비를 해야 했다. 학원으로 이동하는 시간도 손해였다. 얻는 것이 있으면 잃는 것이 있는 법이니 감내(堪耐)해야만 하였다.

학생들의 미래가 달려 있는 문제였으므로 학원 수업을 대충 할 수는 없었다. 나중에 학생들이나 그 부모님들로부터 못 가르치는 선생이라고 욕을 먹는 것도 자존심이 허락하지 않았다. 학교 중간고사나 기말고사가 다가오면 내신 대비 모의고사도 치러야 했다. 시중에 출판된 문제집을 검토하고 학교 기출문제를 분석하여 문제를 출제하기도 하였다. 문제집에 있는 내용을 발췌하여 학생들을 테스트하기도 하였다. 나의 경쟁자들은 날밤을 새워 공부하고 있을 터인데 시간이 너무 아까웠다.

1997년 드디어 사법고시 1차 시험이 다가오고 있었다. 학원에 가서 학생들을 가르치는 시간 외에는 모든 시간을 공부하는 데 투자하였다. 낭만도 즐길 수 없었다. 이성에게 관심을 기울일 여유도 없었다. 미팅 한번 하지 못하였다. 마무리 시험 준비를 위해서 1년 가까이 강의하던 학원을 그만둘 수밖에 없었다. 그간 받은 월급을 조금 모아 둔 것도 있었다. 이제는 사법고시에 목숨을 걸어야 했다. 어렵사리 원장님께 말씀드리고 공부에 전념할 수 있었다. 그동안 정들었던 학생들과 이별을 하려니 서운한 감정도 복받쳐 올랐다.

1998년 6월 29일 사법고시 2차 시험이 끝났다. 2차 시험 동안은 과외나 학원 강사를 하지 못하여 경제적으로 매우 쪼들려 있었다. 그해 7월부터 동네에 있는 입시학원에서 다시 학생들을 상대로 국어를 가르쳤다. 사법시험 2차 합격 소식도 학원에서 수업을 마치고 쉬는 시간에 원장 선생님으로부터 들을 수 있었다.

그로부터 수년이 지난 2008년, 내가 법무부 검사로 근무하던 때에 검찰 내부망을 통해 한 통의 쪽지가 날아왔다. 초임검사가 나에게 쪽지를 보낸 것이다. "혹시 96년경 ○○에 있는 ○○학원에서 국어를 가르치신 적이 있으신지요? 제가 중학생일 때 배운 선생님 같으셔서요." 이름을 보자마자 바로 알 수 있었다. 내가 어렵게 공부를 하던 시기, 그 검사는 과학고와 외고반 수강생이었던 것이다. 이제는 어엿한 검사가 되어 다시 내 앞에 나타난 것이다. 말로 표현할 수 없는 감격이 솟구쳐 올랐다. 머지않아 그 검사 부부와 함께 저녁을 하면서 오랜만에 옛날 추억을 되새길 수 있었다.

　나는 대학교 시절 동안은 아르바이트로, 사법고시를 준비하고 발표를 기다리는 동안은 입시학원에서 학생들을 가르치는 일을 하였다. 그 수입으로 학교에 다니고 시험공부를 할 수 있었다. 만약에 내가 사법고시에 합격하지 못하였다면 학원 강사를 하고 있을 가능성이 높다. 원래 천직(天職)이 학생들을 가르치는 것이었으나 분수에 넘치게 나라의 녹(祿)을 먹게 된 것이 아닌지 내심 부끄러워질 때도 있다.

　어려운 시기에 학생들의 도움을 참으로 많이 받았다. 정확하게는 학생들의 부모님들로부터 경제적 도움을 받은 것이다. 참으로 고맙게 생각한다. 혹시라도 내가 시험공부를 해야 하는 것 때문에 학생들에게 나의 모든 능력을 쏟아붓지 못한 것이 아닐까 내심 미안하였던 적도 있었다. 내가 가르쳤던 모든 학생들이 건강한 가정을 꾸리고 우리 사회를 이끌어 가는 소중한 사람들로 성장하였을 것으로 믿는다.

일구이언(一口二言)

　　A 검사가 법무부에서 근무하면서 여당 의원들에게 정부 정책을 설명할 기회가 있었다. 법무부뿐만 아니라 타 부처도 참석하여 각자 추진하려는 정책의 타당성에 대해 설명하였다.

　　A 검사는 ○○부 담당 과장의 발표 내용이 향후 법무부 정책에 유리할 것으로 생각하고 그 내용을 충실히 청취하였다. 그로부터 얼마 후 A 검사는 ○○부의 협조가 필요한 법무부 정책을 ○○부 담당 과장에게 설명하였다.

　　그런데, 담당 과장은 의외로 부정적인 입장을 표하였다.

　　A 검사는 어이가 없어 따져 물었다. "과장님, 저번에 우리가 같이 정부 정책 설명회를 할 당시 과장님께서 이 내용에 찬성한다고 말씀하시지 않으셨는지요?"

　　담당 과장이 말했다. "그건 회의니까 그런 말을 한 것이고요…."

　　"…."

　　※ 국민의 행복을 위해 정부 정책을 추진한다는 사람이 한 입으로 두말을 해서야 되겠는가?

적성은 움직이는 거야

　어린이들에게 장래 꿈이 무엇인지 물어보라. 학교에 들어가기 전에는 대통령이 되겠다는 어린이들이 의외로 많다는 것을 알게 될 것이다. 초등학교에 들어가서는 선생님이나 과학자라는 대답이 주류를 이룬다. 어린이들은 주변 사람들의 영향을 받아 미래를 꿈꾼다.

　내가 어렸을 때는 장래 무엇이 될 것인지에 대한 질문을 받은 적이 거의 없었다. 자식들이 잘되기를 바라는 부모 마음이야 매한가지겠지만 자식의 장래 희망을 물어 놓고는 뒷바라지도 제대로 하지 못할 바에야 머쓱한 상황이 되고 말 것이기 때문이다. 시골 부모님으로서는 목구멍이 포도청이니 자식들의 먼 장래까지 고민하기 어려웠고 꿈을 이루기 위한 멀고도 험한 길을 책임질 수도 없었다. 그저 막연히 자식들은 당신들과 같이 힘들게 땅을 파서 먹고살지 않고 배불리 먹을 수 있는 직장을 가졌으면 하고 바랐을 것이다.

나도 어렸을 때는 어른이 되면 막연히 훌륭한 사람이 되겠노라고 생각하였다. 선생님, 교수, 정치인, 법조인, 과학자 모두 좋았다. 다만, 시골에서 농사를 짓고 살지는 않겠다고 다짐하였다. 어려서부터 부모님이 농사를 지으시는 것을 생생하게 보아 왔고 나 스스로도 직접 농사일을 거들다가 보니 농사일이 너무 힘들다고 느껴졌기 때문이다. 농사를 짓지 않고 도시에서 사는 것이 꿈이었다.

고등학교 1학년 때 적성검사를 한 적이 있었다. 여러 가지 영역을 검사하였는데, 가장 맞는 적성으로 건축과 토목 분야가 나왔다. 문과(文科)를 가는 것을 당연시하였는데 적성검사가 반대로 나온 것이다. 당황하였다. 내가 이과(理科) 체질인가? 그러면 2학년 때 이과를 지망하여야 하나? 적성검사가 어느 정도 믿을 만한 것인가?

여러 가지 의문이 들었음에도 결국 2학년 때 문과를 지망하였다. 이과를 지망하여 공부하는 것을 생각해 본 적이 없었기 때문이다. 수학이나 과학 과목보다는 국어나 사회 과목이 더 좋았던 점도 있었다. 그렇게 문과에서 2학년과 3학년을 공부하였다.

전국 모의고사를 치르게 되면 대학과 학과를 지원하게 되어 있었다. 당시 거의 예외 없이 문과에서는 법학과, 경영학과, 경제학과가 가장 인기가 있었고, 이과에서는 의학과, 치의학과, 한의학과, 전자공학과, 물리학과가 가장 인기가 있었다. 공부를 좀 한다는 학생들이 문과에서는 법학과를 지망하였고 이과에서는 의학과를 지망하는 경향이 있었다. 어차피 모의고사이므로 자신의 실력을 가늠해 보는 것이다.

대부분의 학생들이 자신들의 적성이 어떠한지를 잘 몰랐다. 법학과가 자신에게 맞는지, 경영학과가 맞는지, 국어국문학과가 맞는지. 어떤 일을 하였을 때 더 잘할 수 있을지 아무도 예측할 수 없었다. 공부를 잘하거나 사회생활이 좋은 학생들은 어떤 분야의 공부를 하더라도 모두 잘할 것 같은 생각도 들었다. 다만, 예외적으로 음악이나 미술, 체육 등 예체능에 소질이 있는 학생들은 미리부터 두각을 나타냈다. 그들은 미술반, 음악반, 체육반에서 생활하며 자신의 적성을 마음껏 뽐내기도 하였다. 대부분이 현재도 같은 분야에서 생업을 꾸리고 있음을 보아도 예체능계는 확실히 맞는 적성이 따로 있는 듯하다.

드디어 학력고사를 앞두고 나는 국어국문학과를 지망하게 되었다. 내가 국어국문학에 적성이 맞는지 알 수도 없었다. 고등학교를 다닐 때 국어 선생님의 도움으로 시를 써서 라디오 방송국에서 낭송한 경험이 있었고, 국어 성적이 남들보다는 훨씬 좋았다는 긍정적인 측면은 있었다. 그러나 그것이 적성을 판단하는 기준이 될 수 있을지는 몰랐다. 과학적으로 검증된 것도 아니다. 몇 가지의 경험과 이미 국어국문학과를 다니고 있던 선배의 권유를 바탕으로 인생의 목표를 설정한 것이다. 그래, 열심히 공부하여 국어국문학과를 졸업하고 대학에서 학생들을 가르치는 교수가 되자. 그렇게 나의 꿈이 정해졌다.

그런데, 막상 대학교에 입학하여 보니 학과 공부에만 전념하는 사회 분위기가 아니었다. 1980년대 끝자락 학번으로 민주화 운동의 흐름에 따를 수밖에 없는 상황이었다. 사회의 부조리에 대해 함께 고민하고 토론하고 행동에 옮기는 일에 동참할 수밖에 없었다. 학과 내 모임이나 서클 활동을 하면서 1주일에 몇 개의 세미나에 참석하여야 했다. 사회과학 서적, 사회 비판 서적, 철학 서적, 문학 서적을 공부하였다. 때로는 관련된 집회에 참석하기도 하였다. 너무나 바쁜 나날이었다.

1동에 위치한 우리 학과 바로 옆 '아크로폴리스'에서는 하루가 멀다 하고 집회가 개최되었고, 교수님들이 먼저 휴강을 선언하셨다. 학과 공부에 재미를 붙일 수도 없었다. 시험 기간 외에는 학과 관련된 교과서를 볼 기회가 거의 없었다. 학과 공부보다는 젊은이로서 우리 사회를 변화시키는 일이 더 중요한 일로 인식되었다. 그렇게 대학교 1학년과 2학년이 순식간에 지나가 버렸다.

대학교 3학년이 되기 전에 군에 입대하였다. 나의 꿈을 실현시킨다는 측면에서 보면 암흑기에 가까웠다. 다만, 혼란스럽고 복잡하던 기존 생활에서 떨어져 머릿속을 비우고 제로 상태에서 내 삶을 돌아볼 수 있는 기회가 되었다. 당시 군부대에는 내무반에 책이라고는 전혀 없었다. 책꽂이가 없었으니 책이 있을 리도 만무하였다. 책이 있더라도 내무반에서 책을 볼 여유도 없거니와 졸병이 책을 본다는 것을 상상할 수도 없는 시기였다. 유일하게 인쇄된 활자를 볼 수 있는 것은 1주일에 한 번씩 배달되는『국방

359

일보』라는 신문이었다. 그마저도 고참들이 뒤적뒤적하는 것이지 어디 감히 졸병이 건방지게 신문이라니!

정확히 28.5개월의 군 생활을 마치고 제대하니 머릿속이 정말로 하얗게 되어 있었다. 고등학교에 배웠던 영어나 수학, 대학교에서 읽고 논쟁하였던 사회과학 서적들의 내용, 모든 것들이 기억에서 사라졌다. 백지상태가 되어 버렸다. 6월에 제대하였으나 2학기에 바로 복학할 수 없었다. 처음에는 시골에서 농사를 거들었고 나중에는 시내 독서실에 나가 기본영어부터 다시 시작하였다. 수학도 처음부터 다시 공부하였다. 고등학교 때는 풀이 방식을 통째로 외워서 풀었던 문제들이 나름대로 풀이 방식이 있다는 것을 새삼스레 깨닫게 되었다.

1993년 3월, 3학년으로 복학하였다. 그간 동구권과 소련이 붕괴하면서 캠퍼스 분위기도 많이 바뀌었다. 대규모의 집회는 구경하기 어려웠고 소수의 학생들만 캠퍼스를 돌아다니면서 구호를 외치거나 운동가를 부르고 있었다. 학생들이 주장하는 내용도 기존의 주장 내용과 상당히 다르다는 것을 느꼈다. 우리 때는 거의 구경하지도 못한 미니스커트를 입은 여학생들의 모습을 자주 목격하기도 하였다. 충격적임과 동시에 묘한 허탈감이 일었다. 우리 같은 복학생들이 현역들의 활동에 끼어들 틈도 없었다. 노골적인 소외감도 느꼈다. 개인의 영달과 사생활도 포기한 채 조국과 민족을 위하는 길이라고 철석같이 믿고 살았던 대학교 1학년과 2학년의 시절을 되새겨 보기도 하였다. 머리를 깨끗이 비우고 나온 28.5개월의 군 생활이 너무 아쉽기도 하였다.

이제 무엇을 할 것인가? 어떻게 살아야 하는가?

대학교수가 되겠다는 희망을 곰곰이 따져 보았다. 내가 국어국문학에 적성이 맞는가? 내가 국어국문학에 소질이 있는가? 쟁쟁한 선배들을 제치고 교수 자리에 오를 수 있을까? 결론은 부정적이었다. 내가 국어국문학에 적성이 있는지도 알 수 없는 일이고, 더구나 훌륭하다고 알려진 학과 선배들을 제치고 내가 교수 자리를 꿰차기는 어려워 보였다. 대학원을 가고 석사 학위를 받고 박사까지 받을 수도 있을 것이다. 그러나, 내가 국어국문학계의 권위자가 되기는 어렵다고 느껴졌다. 당시 상황에서 군대에 가지 않고 학과 공부를 하였던 친구들에게도 한참 뒤지는 상태였다. 이제 공부를 시작하여 친구들조차도 따라갈 수 없는 현실을 직시하여야 했다. 그래, 깔끔히 포기하자.

그럼 무엇을 할 것인가?

졸업 후 취업을 생각하면 언론사 기자나 방송국 피디가 되는 것도 괜찮았다. 나의 주장을 마음껏 펼 수 있고, 나만의 삶의 방식을 유지할 수 있을 것이라는 생각도 들었다. 기자나 피디 공부를 하는 학생들도 상당수 있었다. 시험을 보려면 영어가 기본이고 상식도 공부해야 했다. 처음으로 중앙도서관을 가 보았다. 신입생 때 잠깐 구경하러 가 본 이후 5년이 지난 후였다. 도서관에 들어서는 순간 나는 충격을 받았다. 이렇게 많은 학생들이 도서관에서 공부하고 있을 줄은 몰랐다. 우리가 사회과학 서적에 몰두하여 조국과 민족을 외치는 사이에 누군가는 도서관에서 자신의 진로를 위해 공부하고 있었던 것이다.

　나도 도서관 화장실 가까운 곳에 자리를 잡고 영어를 공부하였으나 기본 지식도 부족할뿐더러 머리에 들어오지도 않았다. '땅개' 소총수로 군대에 갈 것이 아니라 욕을 먹더라도 '카투사'를 다녀왔으면 영어 때문에 이 고생은 하지 않았을 것이라는 생각도 불현듯 들었다. 나름대로 자존심을 지킨다고 카투사를 지망하지 않고 강원도에서 현역으로 입대하여 생고생한 것이 아닌가 하는 아쉬움도 내심 있었다.

　그렇게 몇 개월 도서관을 왔다 갔다 하다가 새로운 사실 하나를 발견하였다. 도서관에서 안정적으로 공부하는 학생들 대부분이 법서(法書)를 보고 있다는 것이다. 도서관을 이용하는 전체 학생들 중 대부분이 고시 공부를 하고 있었던 것이다. 간혹 고시 공부를 하는 친구들과 함께 식사할 기회가 있었는데, 나 같은 뜨내기는 친구들의 말에 끼어들 수도 없었다. 그들은 스터디 팀을 구성하여 공부를 하는 형태였으므로 그 모임에 끼어 있는 내가 불청객이었다.

　4학년이 되자 진로에 대한 나의 의문이 또다시 요동치기 시작하였다. 기자나 피디가 나에게 맞는 직업인가? 자신이 없었다. 마침내 고시 공부에 관심을 기울이기 시작하였다.

　당시 우리 학과에서 행정고시를 준비하는 후배들이 몇 명 있었다. 그들에게 행정고시에 대한 정보를 얻을 수 있었다. 실제로 도서관에서 행정고시를 공부하는 학생의 비율도 상당하였다. '그래, 바로 이것이다! 몇 년 열심히 공부하여 고시에 패스해야 한다. 합격한 후 염상섭의 『삼대』에 버금가는 부모님 세대, 우리 세대, 우리 다음 세대의 진솔한 삶의 모습을 글로 한번 써 보자' 그렇게 뜻하지 않게 고시생의 길에 입문하게 되었다.

나는 행정고시에 대한 매력에 빠져 버렸다. 대학교에 입학하면서 사회를 바꾸어 보겠다는 생각 연장선에서 나 자신을 합리화시켰다. 행정고시를 패스하여 정부부처에서 우리 사회를 밝고 바르게 만드는 밑알이 되자. 그렇게 4학년 2학기부터 행정고시를 공부하게 되었다. 교양 과목으로 법과대학에서 진행하는 헌법 과목도 정식으로 수강하였다. 새로운 형태의 학문을 맛보기 시작하였다.

법 과목 중 먼저 헌법과 민법총칙을 공부하였다. 민법총칙은 몇 장을 넘기기도 전에 그 내용에 매료되었다. 단순하게 적시된 법률 조문으로 생각하였는데 행간에 뜻이 숨어 있었고, 조문의 해석도 분분하였다. 예전에 저학년 때 읽었던 사회과학 서적을 해석하던 때와 유사한 측면이 있었다. 신기하고도 재미있었다.

4학년 겨울 방학이 되었다. 이제 모든 학점을 이수하였고 다음 해 2월에는 졸업식이 있을 것이다. 행정고시를 그대로 계속할 것인가? 함께 공부를 하였던 선배는 사법고시로 갈아탔다. 나에게도 사법고시로 갈아탈 것을 권유하였다. 도서관을 돌아보니 대부분이 사법고시를 공부하고 있었다. 행정고시를 하더라도 잘못하면 3~4년을 넘어가기 일쑤였으니 기간을 보더라도 사법고시와 크게 차이가 없었다. 사회적으로 사법고시 출신이 훨씬 좋은 대우를 받기도 하였다. 거창하게 사회 개혁이 아니라 살기 좋은 사회를 만드는 데 일조하려 한다면 사법고시를 패스하여 검사가 되는 것이 훨씬 유리하다고 판단하였다.

'그래! 사법고시를 패스하고 검사가 되자!'

오랜만에 시골을 들렀다. 부모님은 왜 빨리 취직을 하지 않고 무슨 공부를 하느냐고 성화셨다. 특히, 아버지는 부정적인 말씀을 많이 하셨다. 하기야 부모님이 연세가 많이 드셨으니 언제 끝날지도 모르는 사법고시를 뒷바라지해 주실 능력이 없었던 것이다. 부모님의 마음을 어느 정도 이해하면서도 나는 뜻을 굽히지 않았다. 내 스스로 앞으로 닥칠 어려움을 생각하니 두렵기도 하고 안타깝기도 하였다. 마음이 너무 아팠다. 그날 밤 아버지와 함께 술을 많이 마셨다. 언제 어떻게 잠이 들었는지 몰랐다. 아침에 일어나니 베갯잇이 눈물로 흥건하였다.

아버지는 언제 일어나셨는지 새벽에 밭에 일하러 나가셨고 어머니는 부엌에서 아침밥을 짓고 계셨다. 어머니의 정성스러운 아침밥을 뜨는 둥 마는 둥, 무거운 마음으로 상경(上京)하였다.

이제 나의 목표는 사법고시 합격으로 정해졌다. 적성은 처한 상황에 따라 움직이는 것이라고 스스로를 위안하였다.

● 엄마 데리고 와!

70대 할아버지가 20대 아가씨를 폭행한 혐의로 기소 의견으로 송치된 사건이 있었다.

할아버지가 할머니와 함께 산책하던 중 20대 아가씨와 시비가 붙었다. 아가씨가 데리고 나온 강아지가 달려들어 할아버지가 강아지에게 발길질을 했다는 이유였다.

급기야 할아버지와 아가씨는 서로 반말을 하면서 멱살잡이까지 가게 되었다. 할머니는 말리고 있었다.

할아버지가 소리쳤다. "나이도 어린 것이, 너 엄마 데리고 와!"

아가씨도 지지 않고 쏘아붙였다. "너도 너 엄마 데리고 와!"

할아버지는 침울한 목소리로 말했다. "우리 엄마는 돌아가셔서 하늘 나라에 계셔…. 나는 못 데려온다…."

※ 주임검사는 합의가 되지 않았다는 이유로 할아버지에 대해 소액 벌금으로 결재를 올렸다. 그러나, 부장은 사안을 참작하여 기소유예로 처리하도록 반려하였다.

5.

사법고시 합격
및 검사 임용

도(道)를 아시나요?

　길거리를 가던 중 낯선 사람으로부터 "혹시 도(道)를 아시나요?"라는 질문을 받을 때도 있다. 때로는 얼굴이 아주 선하게 생겼다면서 접근하기도 한다. 포교(布敎) 방법의 일종이다.

　'도'를 안다는 것은 어려운 일이다. '깨달음'의 경지를 찾아가는 길이다. 부처님이나 예수님 같은 성인(聖人)도 아닌 우리 같은 범인(凡人)들이 깨달음의 경지를 맛볼 수 있을까?

　부처님은 29세가 되던 해에 출가하여 6년 동안 여러 스승을 찾아다니면서 혹독한 고행을 하였다고 한다. 그럼에도 깨달음을 얻지 못하자 보리수 아래에서 조용히 명상(冥想)에 들어갔고 명상에 잠긴 지 7일 만에 깨달음을 얻었다고 한다. 그때가 그의 나이 35세로 수행자 싯다르타가 마침내 부처님이 된 것이다.

　조선시대 정조대왕은 밤이면 하루에 한 일을 점검하고, 한 달이 끝날 때면 한 달에 한 일을 점검하고, 한 해가 끝날 때면 한 해 동안 한 일을 점검했다고 한다. 이렇게 여러 해가 되니 일을 처리하는 과정에서 잘하고 잘못한 것과 편리하고 그렇지 못한 것을 마음속에 묵묵히 깨달은 것이 많았다고 한다.

깨달음이라는 것은 종교적 관점에서 이루어질 수도 있고, 거창하지 않지만 일상생활에서 얻을 수도 있다. 하루하루의 삶 속에서 깨달음의 희열을 맛보기도 한다. 나도 일상생활 속에서 깨달음의 희열을 느낀 적이 있었다. 이것이 깨달음이라는 것을 스스로 느낄 수 있었다.

1995년, 대학을 졸업하면서 본격적으로 사법고시를 준비하고 있었을 때였다. 학교 도서관에서 공부를 하였다. 졸업생들도 자유롭게 도서관을 이용할 수 있었는데, 도서관 맨 위층 대형 열람실 창가 자리는 대부분이 장수 고시생들 고정 좌석이었다. 아침 일찍 도서관에 도착하여야만 차지할 수 있는 아늑하기도 하고 경치도 좋은 공간이었다.

나는 장수 고시생들과 경쟁을 벌였다. 아침 일찍 일어나 도서관으로 달려가 좋은 자리를 잡았다. 최소한 하루 동안 편안하게 공부할 수 있었다. 내가 느닷없이 나타나 장수 고시생들이 장기적으로 점유하고 있던 좌석을 차지하게 되니, 뜻하지 않게 눈총을 받기도 하였다. 장수 고시생들 사이에는 암암리에 통용되던 도서관 규칙이 있었던 것이다. 서로가 서로의 좌석 영역을 존중하는 분위기가 지배하고 있었다.

나는 이런 경쟁이 싫었다. 밤늦게까지 공부하고서도 아침 일찍 일어나 학교에 가야 하는 것도 피곤한 일이기도 하였다.

당시 대학원에 재학하는 학생들에게는 학교 측에서 소규모 열람실을 장기간 제공해 주기도 하였다. 그렇지만 대학원생들이 도서관 열람실에서 머리를 싸매고 공부하던 모습은 거의 찾아볼 수 없었다. 대학원생들은 지도 교수실에서 대부분 생활하고 있었고, 필요시에는 각 학과 도서실에서도 공부할 수 있었기 때문이다.

당시 학과 친구들은 대학원을 다니고 있었다. 어느 날 도서관 현관 앞에서 한 친구로부터 소규모 열람실 사용권 2장을 얻을 수 있었다. 사용권에는 열람실 및 좌석 번호가 기재되어 있었다. 이 사용권만 있으면 여기저기 자리를 옮겨 다니지 않고 고정 좌석에서 6개월간 편안하게 사용할 수 있었다. 정당한 방법은 아니었으나 대부분의 소규모 열람실 좌석을 고시생들이 점령하고 있던 때였다.

나는 기쁜 마음으로 열람실을 올라가려던 참에 운명적으로 사법고시를 공부하던 다른 친구를 만나게 되었다. 나에게는 2장의 소규모 열람실 사용권이 있었던 터라, 별생각 없이 사용권 중 하나를 그 친구에게 주었다. 너무 착한 나.

우리는 함께 해당 열람실로 올라갔다. 내 손에 쥐어진 좌석 번호와 내 친구가 가지고 간 좌석 번호를 확인하고 나는 까무러치고 말았다. 이럴 수가! 내 친구의 좌석은 열람실 제일 구석에 책상 하나가 창가에 배치된 곳이었다. 내가 가장 바라던 천혜(天惠)의 조건이었다. 조용할 뿐만 아니라 높은 열람실에서 바깥을 바라보는 경치는 눈의 피로를 씻어 줄 수도 있었다. 그에 비해 내 좌석은 열람실의 출입문 바로 앞에 위치해 있었다. 이 무슨 운명의 장난인가!

나는 책상에 가방을 풀 생각도 하지 못한 채 친구에게 다가가 작은 목소리로 말을 걸었다. 대놓고 말하기는 좀 애매하여, "나는 성격이 예민하고 너는 성격이 털털하니 자리를 좀 바꾸어 주면 어떨지?"라는 취지였다. 내 친구는 내 말을 제대로 들었는지 "야~~, 여기 자리 좋네." 하면서 가방에 있던 책을 꺼내어 책상 위에 정리하고 있었다.

속절없이 내 자리로 돌아와 가방을 풀었다. '그래, 한번 부딪쳐 보자. 6개월이 보장되는 고정 좌석이 아닌가'

내 좌석은 출입문 바로 앞이라 이용자가 30명이 되지도 않음에도 무슨 사람들이 그렇게 출입문을 사용하는지 모르겠다. 조금 전에 나갔던 사람이 들어왔다가 또 나간다. 무슨 볼일이 저렇게 많은지. 공부는 언제 할 것인지. 저쪽 사람은 휴대폰을 들고 급히 밖으로 나가고 있다. 고시생이 휴대폰을 사용하면 공부가 되겠는가? 출입문은 왜 이리 세게 닫고 나가는지 문짝 부서지겠다. 출입문 틈새로 바람은 왜 이렇게 많이 들어오는지. 먼지도 같이 들어오려나?

이렇게 하루가 지나갔다. 그다음 날도 똑같이 지나갔다. 책이 눈에 들어오지 않았고 청각이 발달해 갔다. 내가 도대체 무엇을 하고 있는가? 꼬박 1주일 동안 학습 진도를 나갈 수가 없었다. 아니 건성으로 넘긴 내용은 아무 기억도 나지 않았다. 1주일을 그냥 날렸다.

내 친구가 원망스러웠다. 자리를 좀 바꾸어 주지 그랬는가. 가끔씩 내 친구는 무엇을 하고 있는지 고개를 빼내어 보았더니 정신없이 공부하고 있었다. 이제는 내 친구가 미워졌다. 이게 다 누가 얻어 준 좌석인데. '좌석을 얻어 온 놈은 이러고 앉아 있고, 엉겁결에 좌석을 얻은 놈은 열공 중이라니' 급기야, 좌석 번호를 확인한 다음 내가 좋은 좌석을 확보하고 나머지 좌석을 내 친구에게 주지 않은 경솔한 나의 행동을 자책하였다. 바보같이!

밤에 잠도 잘 오지 않았다. 괴로웠다. 어떻게 해야 할까?

그렇게 10여 일이 지난 어느 날 밤. 드디어 나는 깨달음을 얻었다. 그날도 잠자리에 들었으나 잠은 오지 않았다. 밤늦게까지 친구의 얼굴이 머리를 떠나지 않았고 나의 경솔함을 자책하고 있던 중이었다.

갑자기 어두컴컴한 자취방 천정에 한자 문구가 거짓말처럼 나타났다. "불복(不福)이면 불구(不求)하고, 유복(有福)이면 필득(必得)하라!", "내 복이 아니면 구하지 말고, 내 복이라면 반드시 획득하라!" 자리를 박차고 일어나 무릎을 '탁' 쳤다.

그렇다. 창가 좌석이 내 것이라면 내가 반드시 확보했어야 한다. 그러나 내 것이 아니라면 거기에 집착하면 안 된다. 현 상황에서 창가 좌석이 내 것인가? 아니다. 운명의 장난처럼 그 좌석은 내 친구에게로 넘어갔다. 이미 내 것이 아니다. 그런데 나는 그 좌석에 왜 그렇게 집착하고 있는가? 미련 때문인가? 욕심 때문인가? 처음에는 누구의 좌석인지 몰랐다고 하더라도 이제는 내 것

이 아니므로 내가 구해서는 안 된다. '그래, 내가 그 좌석을 버리자! 그 좌석을 잊어버리자!'

순간 나는 뭔지 모를 짜릿함을 느꼈다. 아, 내가 10여 일 동안 왜 그렇게 어리석게 그 좌석에 집착을 했을까? 욕심 때문이다. 욕심을 버리니 세상이 나에게 마음을 활짝 열었다. 마음이 이렇게 편안할 수가 있을까! 이것이 바로 생활 속의 작은 깨달음이었던 것이다!

다음 날 나는 미련 없이 소규모 열람실 좌석을 버렸다. 다시 일반 열람실에서 장수 고시생들과 경쟁하였다. 마음도 편안해졌고 공부하는 내용도 머리에 쏙쏙 들어왔다.

● 10년 이상 된 검사

A 부장이 검사가 상신한 사건을 검토하였다. 피의자가 행정법규 위반으로 수회 처벌받은 전력이 있음에도 다시 같은 종류의 행정법규를 위반한 혐의였다.

검사는 피의자에 대해 법정 최고형에 해당하는 벌금 2,000만 원으로 정하여 결재를 상신하였다. A 부장이 보기에는 행정법규 위반 행위가 반복되고 있으므로 구공판(정식 재판에 회부하는 것) 하면서 집행유예를 구형하는 것이 훨씬 효과적인 것으로 생각되었다.

검사는 고액 벌금이 피의자에게 효과가 더 크다고 버티었다.

A 부장이 말했다. "김 검사, 김 검사 의견도 틀린 것이 아니다. 그렇다고 내 의견도 틀린 것이 아니지 않은가?"

검사가 말했다. "예, 맞습니다. 부장님."

A 부장이 말했다. "그러면, 부장의 의견을 들어주면 안 되나?"

검사가 말했다. "저는 그렇게 생각하지 않습니다. 10년 이상 된 검사의 의견을 존중해 주십시오."

A 부장은 전혀 뜻밖의 대답을 듣고 화들짝 놀라 아무 말도 못 했다. 다만 속으로만, '난 검사 생활 20년이 되었는데…'

> ※ 예전에는 부장의 지시를 금과옥조로 여겼으나 세상이 바뀌어 검사들도 제 목소리를 내는 세상이 되었다.

사법고시에 합격하다

1995년 2월, 눈이 펄펄 내리던 날 대학교 졸업식이 있었다. 나에게 사법고시를 권유하였던 선배 형으로부터 『형법총론』과 『형법각론』을 선물 받았다. 행정고시에서 사법고시로 갈아탄 증표(證票)였다. 눈물이 났다.

졸업 당일 저녁, 같은 과 친구들 몇 명과 함께 신림동 꼬치 집에서 소주를 펐다. 졸업을 자축하는 자리이기도 하였지만 이제부터 사법고시에 매진하겠다는 의지가 담긴 만찬이었다. 늦은 밤까지 눈은 펑펑 내리고 있었고, 발밑에서는 눈이 밟히는 뽀드득뽀드득 소리가 경쾌하게 들렸다. 예기치 않은 사법고시 준비를 위해서 앞으로 얼마나 많은 노력을 해야 할지, 어떤 어려움이 나를 가로막고 있을지, 최종적으로 합격은 할 것인지 불안하였다.

이제 주사위는 던져졌다. 퇴로는 없다!

처음 나는 낙성대에 있는 고시원에서 생활하였다. 베니어판으로 만들어진 저렴한 고시원이었다. 2층 전체가 고시원이었는데 복도에 듬성듬성 백열등이 달려 있는 어두침침한 구조였다. 고시원 방실 천장에는 전등이 없어 방안은 캄캄하였다. 책상에 설치된 전등을 켜 방을 밝혀야 했다. 옆방과 사이에 베니어판이 설치되어 있었는데 방음이 전혀 되지 않았다. 옆방에서 무엇을 하는지 다 알 수 있었다. 책장을 넘기는 소리, 심지어 옷을 벗는 소리도 들렸다. 이뿐만 아니었다. 화장실과 세면장도 20여 명의 고시원 사용자들이 공용으로 사용하여야 했다. 그러니 빨리 일어나 학교로 가 공부를 하는 것이 상책이었다.

고시원 1인용은 누워서 팔을 반만 뻗은 상태의 넓이였고, 2인용은 양팔을 쭉 뻗었을 때의 넓이였다. 1인실이 너무 좁아 2인실을 사용하였으나 좁기는 매한가지였다. 짐이라고는 조그만 옷 가방 1개, 점퍼 두어 개, 기타 생활용품, 책이 전부였다. 그럼에도 의자를 책상 위로 올려놓고 잠을 자야 할 정도로 좁았다. 신문이나 뉴스, 책에서만 보던 '폐소공포증(閉所恐怖症, 좁거나 어두운 장소에서 극도의 공포감을 느끼는 증상을 말함. 'claustrophobia'라고도 함)'이 무엇인지 알 수 있었다. 밤에 잠을 자기 위해 누우면 고시원 복도의 희미한 불빛이 천장에 스며들었다. 왠지 모를 압박감이 엄습하였다.

고시생들이 생활하는 방식은 몇 가지로 나뉘어져 있었다. 최하층의 주거지가 내가 살던 고시원과 같이 베니어판으로 만들어진 곳이었다. 그다음은 고시촌에 형성된 고시원인데 벽이 시멘트로 되어 있어 방음이 되는 주거지였다. 그다음은 그나마 자신만의 생활이 가능한 자취방을 얻어 생활하는 것이었고, 하숙 생활을 하는 것은 상당히 부르주아적 고시생이었다. 물론 집에서 어머니가 해 주시는 밥을 먹으면서 고시 공부를 한다면 더할 나위가 있을까?

나는 지옥 같은 고시원에서 6개월을 버티지 못하고 돈을 좀 더 들여 인근에 조그만 자취방을 하나 얻었다. 2층 단독주택에 할머니가 주인이고 나 이외에 다른 자취방이 하나 더 있었다. 자취방에 입주하는 날 날아갈 듯이 기뻤다. 바깥이 보이는 창문도 조그맣게 하나 달려 있었다. 화장실은 공용이지만 나만의 공간이 형성되었고 마음도 편안하였다. 내친김에 무리를 하였다. 자취방에 처음으로 전화기를 넣었다. 전화가 올 곳이 거의 없었으나 삶의 격이 달라진 느낌이었다.

이제 텔레비전만 구비하면 완벽한 자취 생활의 환경이 조성된다. 1995년 어느 여름, 비가 억수같이 내리던 날 벼룩시장을 통해 방배동에 있는 여관을 찾았다. 그 여관에서는 방실에 있던 텔레비전을 일제히 교체하면서 싼 가격으로 판매하고 있었다. 저렴한 가격으로 텔레비전을 구매하여 버스를 타고 돌아오는데 비가 워낙 많이 와서 낙성대의 주도로에 발목까지 빗물이 차올랐다.

옷이 젖은 줄도 모르고 기쁜 마음으로 텔레비전을 안고 자취방에 가져와 연결하였다. 이런! 텔레비전이 나오지 않는 것이었다. 분명히 여관에서 테스트하였을 때는 텔레비전이 작동되었는데 이상한 일이었다. 여관에 전화하였더니 다시 텔레비전을 가져오면 상태가 더 좋은 것으로 바꾸어 주겠다고 하였다. 제기랄! 다시 텔레비전을 안고 버스를 타고 여관에 가 다른 텔레비전으로 교체하였다. 다행히 두 번째 텔레비전은 그런대로 괜찮았다. 정말 뿌듯한 날이었다.

학교에서 공부를 하고 밤에 돌아와 머리를 식힐 겸 텔레비전을 보면 행복감마저 들었다. 전화를 넣은 것에 더하여 텔레비전까지 넣었으니 너무 사치스럽게 사는 것이 아닐까 은근히 찔리기도 하였다.

매일 아침 일찍 일어나 마을버스를 타고 학교로 갔다. 당시는 졸업생들도 출입증 없이 학교 도서관을 이용할 수 있었다. 재학생뿐만 아니라 졸업생들도 학교 도서관에서 고시 공부를 할 수 있었다. 나는 중앙도서관 중 제일 꼭대기에 있던 열람실 중 창가 자리를 거의 고정 좌석처럼 이용하였다. 상당히 예민한 성격이라 학생들이 많이 왕래하는 통로, 화장실이나 출입문 앞에서는 공부에 집중할 수 없었다. 아니, 남들보다 늦게 시작하였으므로 더 열심히 집중하여 공부해야 한다는 조바심이 나를 더 예민하게 만들었을지도 모른다.

아침 일찍 도서관에 오는 사람들은 주로 '직업적'으로 공부를 하는 고시생들이 많았고, 그중에는 소위 '노땅'들도 포함되어 있었다. 당시 나의 나이 정도는 아직 노땅이라고 부르기 어려웠다. 노땅들은 대부분이 창가 쪽 등 한적한 좌석을 선호하였고 매일 공부하는 좌석이 거의 같았다. 특별한 일이 있어 조금 늦게 도서관에 오더라도 잡는 좌석의 바운더리는 한정되어 있었다. 어느 정도 범위에서는 서로가 서로의 좌석을 존중해 주었다. 서로 대화를 하지는 않았으나 가벼운 눈인사는 하면서 공부하였다. 통상적인 시간보다 빨리 학교에 도착하였다고 하더라도 갑자기 다른 사람이 주로 사용하는 좌석을 덥석 물지는 않았다. 신의가 있기 때문이었다.

졸업을 하고서도 직장을 얻지 못하고 고시 공부를 하여야 했으므로 생활비가 필요하였다. 교재를 구매할 비용도 필요하였다. 시골에서 올라오는 돈, 가족이 도와준 돈도 있었으나 부족하였다. 아르바이트를 하여 생활비를 마련해야 했다.

1995년도 후반부터 인근 동네 입시학원에서 고등학생을 대상으로 국어와 영어를 가르치는 강사 일을 하였다. 1주일에 3일 정도 시간을 정하여 강의하였다. 동네 입시학원이다 보니 강의하는 것에 비하여 페이가 적다고 생각되었다. 그럼에도 나름대로 학생들을 열심히 가르쳤다고 생각한다.

당시 사법고시는 1차 시험이 객관식으로 6과목, 2차 시험은 주관식으로 7과목, 3차 시험은 면접이었다. 나는 1차 시험에서는 필수과목인 헌법, 민법, 형법을, 선택과목으로 형사정책, 경제법, 영어를 보았다. 2차 시험에서는 공통과목인 헌법, 민법, 형법, 민사소송법, 형사소송법, 행정법, 상법 등 7과목을 보았다. 1996년, 그간 공부한 것을 테스트할 겸 1차 시험을 보았으나 당연히 불합격이었다. 심지어 40점을 넘기지 못하는 과락(科落)도 몇 과목에서 발생하였다. 암울하였다.

1996년부터는 조금 더 큰 입시학원으로 옮겼다. 임팩트 있게 시간을 사용하면서도 페이가 더 세기 때문이었다. 중학생과 고등학생 등 3개 반을 맡아 매주 금요일과 토요일 6시부터 11시까지 풀로 국어강의를 하였다. 경쟁자들에 비해 기본적으로 1주일에 10시간 이상은 손해를 보았다. 수업을 준비하는 시간, 학원을 오가는 시간도 당연히 손해를 보는 시간이었다. 얻는 것이 있으면 잃는 것이 있는 법이었다.

나와 경쟁자들 사이에 출발이 동일한 공정한 경쟁이라는 것은 있을 수 없었다. 나는 국어국문학과를 졸업하여 법률 과목에 문외한(門外漢)이었으나 경쟁자들 대부분은 법대를 졸업하였다. 나는 이제 막 사법고시를 시작하였으나 경쟁자들은 수년간 사법고시를 준비해 오던 사람들이었다. 나는 1주일에 최소한 두 번에 걸쳐 학원 강사로 아르바이트를 하였으나 경쟁자들은 공부에만 몰두할 수 있었다. 억울하였으나 방법이 없었다. 감내하는 수밖에….

주중에는 학교 도서관에서 공부하고 금요일과 토요일은 학원에 가서 학생들을 대상으로 국어를 가르쳤다. 잃어버린 시간을 확보하고자 더 열심히 공부하였다. 1997년 사법고시 1차 시험이 다가오고 그간 공부한 것을 마무리하여야 했다. 학원 원장님과 학생들에게는 미안한 일이지만 학원을 그만둘 수밖에 없었다. 나는 벼랑 끝에 서 있었기 때문에 다른 사람을 배려할 자비심은 이미 바닥나 있었다.

낙성대 자취방에서는 2년 동안 살았다. 그 와중인 1997년, 사법고시 1차 시험에 합격하는 기쁨을 누렸다. 짧은 기간 동안 2차 시험 과목을 공부하였고, 다음 해를 기약하는 차원에서 그해 2차 시험에 들어가 분위기를 보았다. 당연히 시험에는 불합격하였고, 반 이상의 과목에서 과락이 나왔다.

1차 시험에 합격한 후 더 이상 강사 생활을 할 수 없었다. 시간을 낭비할 수 없었다. 이판사판으로 달려들어야 했다. 죽기 아니면 까무러치기다. 이 기회가 지나가 버리면 '고시 낭인'이 될 수도 있는 노릇이었다. 모든 것을 다 투자하여 공부하는 것이 최선의 방법이었다.

정들었던 낙성대 자취방을 떠나 신림동에 자취방을 구하였다. 자취방은 2층 단독주택 중 2층에 있었는데, 주인 할머니는 1층에 계시고 나는 2층에서 살게 되었다. 2층에는 다른 자취방도 3개 있었는데 모두 학교 후배들이 사용하였다. 당연히 화장실과 싱크대는 공용이었다. 후배들이 착하고 성실하여 내가 2차 시험 합격 후 연수원을 수료하여 검사 임용을 받을 때까지 큰 불협화음 없이 생활할 수 있었다.

매일 아침 일찍 학교 도서관으로 가 밤늦게까지 공부를 하였다. 아침에 도서관에 가서 자리를 잡으면 점심을 먹기 위해 일어났다. 스터디 팀과 점심을 먹고 약간의 산책이나 운동을 한 후 도서관으로 들어가 책상에 엎드려 30분 정도 휴식을 취해야 했다. 다시 저녁을 먹을 때 자리에서 일어났다. 저녁을 먹은 다음 다시 도서관으로 들어와 11시 정도 집에 갈 때 마지막으로 자리에서 일어났다. 스터디나 특별한 일이 없으면 하루에 세 번 자리에서 일어났다. 시간을 최대한 확보하고자 하는 의지에서 만들어진 무모한 생활 습관이었다.

당시 고시생들은 고시촌의 유명한 강사들이 시험 과목에 대해 강의한 테이프를 주로 들었다. 법학을 전공하지 않은 나 같은 수험생들에게 아주 유용하였다. 저렴하기도 하면서 학원에 다니는 시간도 절약되었다. 2차 공부가 진행됨에 따라 신림동 고시촌의 중요한 강의는 직접 학원에 가서 들어야 했고, 시험이 임박하여서는 학원에서 실시하는 모의고사에도 응시하여 성적을 테스트해 보아야 했다. 그야말로 배수진(背水陣)을 치고 공부하였다.

내가 최종적으로 시험에 합격할 수 있었던 것은 오로지 스터디 팀 구성원들 덕분이었다. 우리 스스로 '서울대학교 도서관 팀'이라고 불렀다. 약칭하여 'SLA(Seoul national university Library Association)'. 멋있는 이름이었다. 서울대학교 도서관에서 주로 공부하는 학생들의 스터디 팀이다. 1차 시험에 합격한 사람들 40명이 뭉쳤다. 서울대학교 출신뿐만 아니라 고려대학교나 이화여자대학교 출신도 포함되어 있었다. 78학번 형님부터 시작하여 89학번이 막내였는데, 내가 88학번이었으니 막내급에 속하는 고령스터디 팀이었다.

40명을 5개 팀으로 나누어 8명씩 한 팀이 되었다. 각 팀에서는 팀장을 제외하고 2차 시험 과목이 7과목이므로 한 과목씩 과목 담당을 정하였다. 학습 교재나 진도, 학원 수강 여부 등 중요한 사안을 논의하기 위하여 팀장 회의가 열리기도 하였다. 각 과목별로 새로운 판례가 나오거나 새로운 정보를 수집한 경우에는 과목 담당 회의를 열어 학습 내용을 공유하였다. 매우 조직적으로 이루어졌다.

우리 앞 기수에서는 사법고시 전체 수석도 두어 차례 배출되는 등 명성이 자자한 스터디 팀이었다. 합격률도 매우 높았다. 우리 앞 기수는 40명 중 30여 명이, 우리 기수는 40명 중 20여 명이 최종적으로 합격할 수 있었다.

1998년, 마침내 사법고시 2차 시험이 다가오고 있었다. 스터디 팀은 학교 도서관 생활을 청산하고 신림동 고시촌 독서실에서 공부하였다. 학원에서 모의고사를 보기도 하고 마무리 스터디를 진행하기도 하였다. 식사 후에는 소요학파처럼 고시촌을 한 바퀴 돌면서 공부한 것을 상기하기도 하였다.

1998년 6월 26일, 마침내 2차 시험일이 되었다. 시내 모 대학에서 시험을 치러야 했고, 스터디 팀의 대부분은 이미 시험 3일 정도 전에 대학교 앞에 있는 하숙집으로 이동한 상태였다. 미리 학교를 둘러보고 적응을 하면서 컨디션을 조절하기 위함이다. 하지만 나는 시험에 임박하여 거소(居所)를 옮기는 것에 부담을 느껴 신림동 독서실에서 마무리하고 고시촌에서 제공하는 대형 버스를 타고 고사장까지 이동하였다. 시험장은 고요하였고 마지막 정리를 하는 수험생들의 표정에 비장미마저 느낄 수 있었다.

시험은 총 7과목으로 4일 동안 치러졌다. 주관식 서술형인데 시간이 한정되어 있다 보니 글씨를 빨리 써야 하고 점수를 얻기 위해서는 핵심도 적시하여야 했다. 내가 국어국문학과 출신이라서 그런지 몰라도 글씨를 빨리 쓰는 데는 자신이 있었다. 답안지 마지막 장, 마지막 줄까지 빡빡하게 답안을 적었다. 비록 내용이 부실하지만 많은 내용을 적시하다 보면 그중에서 출제자가 원하는 내용이 포함될 수도 있을 것이다. 마지막 줄까지 답안을 쓴 성의를 보아 최소한 과락은 면할 수 있을지도 모른다는 작전이었다.

시험 4일째, 마지막 과목인 형사소송법이 남아 있었다. 전날 시험 후 버스를 타고 신림동으로 돌아왔으나 멀미 기운이 있었고, 머리가 점점 아파져 왔다. 약국에서 약을 사 먹고 저녁을 먹는 둥 마는 둥 하였다. 시간이 지나도 두통은 가라앉지 않았다. 독서실 책상에 한숨 엎드려 눈을 감고 있었음에도 회복될 기미가 없었다. 큰일이었다.

1차 공부를 할 때 학교 뒤편 '버들골'이라는 들판에서 전통 무예인 '기천무(氣天舞)'를 잠깐 배운 적이 있었다. 기를 단전으로 모아 집중할 수 있다고 하여 일부 고시생들에게 인기가 있었던 전통 체조였다. 순간 기천무가 생각나 독서실 옥상으로 올라갔다. 한동안 하지 않았던 기천무의 동작 몇 가지를 1시간 정도 공을 들여 해 보았다. 이게 웬일인가! 효과가 있었다. 바로 독서실로 내려가 밤늦게까지 공부할 수 있었다. 6월 29일 마지막 시험도 무사히 치를 수 있었다.

드디어 길고 긴 사법시험이 끝났다. 시험에 대한 평가를 받아야 한다. 합격과 불합격의 결과를 받아야 한다. 불합격의 결과를 받을 수는 없다. 무조건 합격이 아니면 안 된다. 정말 긴장되는 나날이었다.

시험이 끝나고 마냥 허송세월할 수는 없었다. 2차 시험을 준비하는 동안 지출이 많았으므로 다시 입시학원 강사를 하기로 하였다. 배운 것이 학생들을 가르치는 것밖에 없었다. 다른 재주가 없었다. 1주일에 서너 번 동네 조그만 입시학원에서 중학생들을 대상으로 국어를 가르쳤다. 시험공부를 할 때는 공부에 대한 부담으로 스트레스를 많이 받았으나 이제 시험이 끝난 마당이라 큰 부담이 없었다. 즐거운 마음으로 때로는 홀가분한 마음으로 학생들을 가르쳤다.

저녁에는 학생들을 가르치고 낮에는 사법고시 2차 대비용 행정법 책자를 저술하였다. 우리 스터디 팀 과목 담당별로 시리즈 수험서를 7권을 내기로 한 것인데 내가 행정법 담당이었기 때문에 행정법 과목을 맡았다. 중고 컴퓨터도 1대를 마련하여 작업하였다. 출판사와 계약을 하고 인쇄료도 정하여 얼마 정도의 선불금을 받았다. 소중한 돈이었다. 그 돈으로 행정법 교재 및 관련 서적을 구입하였고 생활비에도 보탰다. 행정법 책자도 조금씩 모습을 갖추어 가고 있었다.

1998년 11월 7일, 사법고시 2차 시험 발표가 있던 날이었다. 통상 합격자 발표는 오후 5시나 6시쯤에 있었고, 고시촌 몇몇 서점에서는 합격자 명단을 붙여 놓았다. 그날도 나는 입시학원에서 학생들을 가르쳐야 했다. 자취방 후배에게 발표 명단에 내 이름이 있으면 학원 사무실로 전화하여 합격하였다는 메모를 남겨두고 내 이름이 없으면 전화를 하지 말 것을 부탁하였다. 당시는 내가 휴대폰이 없던 시절이었으니 불가피하였다.

학원에서 1시간 강의를 하고 저녁을 먹고 들어왔는데도 후배는 연락이 없었다. 초조하였다. 다시 1시간 강의를 하고 교실에서 나왔는데도 학원 원무과에서는 나를 보고도 아무런 말이 없었다. '아, 이렇게 시험에 떨어지는구나. 다시 도전해야 하는가, 이대로 고시 낭인이 되는가' 절망감이 엄습해 왔다. 다시 1시간 강의를 하는데 내가 무슨 말을 하고 있는지도 몰랐다. 기억이 없었다.

그날 강의를 끝내고 내 자리로 돌아왔는데 원감선생님이 어떤 메모지를 들고 나에게 와서 "시험 합격이 무엇이냐?"고 물으셨다. 죄송한 말씀이지만 원감선생님은 내가 사법고시를 본 사실을 모르고 계셨다. 메모지에는 내 수험번호와 합격이라는 단어가 적혀 있었다. '드디어 사법고시 합격이다!' 고함을 치고 싶었으나 차분히 확인할 필요가 있었다. 급히 후배와 통화를 하였고, 합격자 명단에 내 이름이 있다는 말을 들었다. 진짜로 사법고시 합격이다!

드디어 3년 6개월 동안의 길고 긴 사법고시 공부가 끝났다. 경쟁자들과 출발선이 다른 상태에서 일구어 낸 나만의 인간승리라고 생각하였다. 시골에 계신 부모님께 제일 먼저 전화를 드렸다. 어머니의 목소리는 격해 있었고 "잘했다."는 말씀을 연발하셨다. 나도 모르게 눈물이 주르륵 흘러내렸다. 가족들에게도 기쁜 소식을 전했다. 고생한 만큼의 보람을 찾았다는 생각이 들었다. 산골 마을에서 태어나 내가 꿈꾸던 시험에 합격하였으니 그날은 날아갈 듯이 기뻤다.

그해 11월 중순경에 3차 시험인 면접을 보았고, 11월 27일에 제40회 사법시험 최종 합격자 발표가 있었다. 총 700명의 합격자가 배출되었고 수석합격은 평균 63.71점이었다. 합격자 명단에 내 이름도 당당히 들어 있었다.

우리 스터디 팀에도 상당수가 불합격하여 위로를 전해 줄 수밖에 없었다. 오래 공부를 한 고수들은 평균 점수가 높기는 하였으나 이상하리만큼 한 과목씩 과락이 있었다. 평균 점수로는 수석을 압도하는 상태였음에도 불합격의 불운을 맛보게 되니 당사자나 주변인들이나 더욱 아쉬워하였다. 그중 상당수는 그다음이나 또 그다음 해에 합격하였으나 일부 선배들은 결국 고시생의 길을 접고 다른 길을 택할 수밖에 없었다. 안타까웠다.

합격의 기쁜 소식을 들은 이후 행정법 책자를 만드는 작업도 더욱 속도를 낼 수 있었다. 그해 12월 행정법 원고를 마무리하였고, 1999년 1월 스터디 팀의 시리즈 수험서가 출판되었다. 2차 시험 7과목 전부가 책자로 나오지는 못하였고 4과목만 햇빛을 보게 되었다. 일부 선배들은 고시촌에서 저자 직강으로 선풍적인 인기를 얻기도 하였다.

사법연수원을 다니면서도 신림동 자취방을 그대로 사용하였고, 연수원 시험이 있을 때는 나도 독서실에서 공부하기도 하였다. 가끔 수험생들이 내가 쓴 책으로 스터디를 하는 것을 보았다. 한편으로 뿌듯하기도 하고 한편으로는 부끄럽기도 하였다.

이후 2001년에 행정법 개정판이 출판되었으나 검사 임용을 받는 바람에 반 정도만 개정하였다. 내용 요약 부분은 완성이 되었으나 뒷부분에 배치되어 있던 판례 분석은 개정하지 못하였다. 검사 임용을 받자마자 처리해야 할 기록들이 산더미처럼 쌓여 있는 상황에서 한가로이 행정법 판례를 분석하여 평석할 수는 없었다. 당시에 맡은 업무에 충실해야 하기 때문이었다.

얼마 되지 않는 돈이었지만 한동안 인쇄료도 받을 수 있었다. 몇 년 동안은 세금 계산까지 완료된 인쇄료가 통장으로 들어와 신기하기도 하였다. 물론 지금은 행정법 책자가 절판(絶版)이라 국립도서관 정도에 가야 찾아볼 수 있을 것이지만….

나는 정확히 3년 6개월 동안 사법고시를 공부하였다. 그 이전 행정고시 공부까지 포함하면 총 4년이 소요되었다. 법대 출신이 아닌 상태에서 다른 수험생들에 비해 상당히 짧은 기간에 합격한 것이라고 볼 수 있다. 생계를 위해 입시학원에서 학생들을 가르쳐 가면서 시험공부를 하였다. 애초부터 출발선이 다른 기울어진 운동장에서도 희망의 끈을 놓지 않았다. 무모한 도전이었으나 합격을 함으로써 모든 것이 보상되고 합리화되었다.

정해진 적성이나 운명이 없이 어쩌면 스스로 운명을 만들어 갔는지도 모른다. 나에게 주어진 모든 열정을 쏟아부었다. 지성(至誠)만큼 감천(感天)하여 마법 같은 행운이 찾아왔다. 그렇게 나는 인생 2막을 시작하였다.

● '소통'과 '호통'

A 부장은 깐깐하기로 소문이 나 있었다.

A 부장은 검사들에게 '소통'을 강조하였다.

평소 당돌하기로 소문 난 B 검사가 되받아쳤다. "부장님, 제발 '소통' 한다면서 '호통' 치지만 말아 주세요."

A 부장은 검사들에게 자신에게 잘못된 행동이 있을 때는 가차 없이 '진언'해 달라고 주문하였다.

B 검사가 되받아쳤다. "부장님, 제발 저희들에게 '진언'하라면서 '진노'하지만 말아 주세요."

A 부장은 검사들에게 업무 개선에 대한 아이디어를 적극적으로 '제안'할 것을 요청하였다.

B 검사가 되받아쳤다. "부장님, 제발 '제안'하라면서 의견을 '제압'만 하지 말아 주세요."

※ 과연 B 검사는 어떻게 되었을까? 상상에 맡기리라.

사법연수원 생활

사법연수원 30기는 1999년 3월 서초동에 있던 연수원에 입소하였다. 동기는 모두 700명으로 2년 동안 동고동락(同苦同樂)하였다.

사법시험 합격자 숫자가 증가하면서 연수원에 들어가는 연수생 숫자도 늘어났다. 그만큼 경쟁이 치열해졌다는 의미이다. 판사나 검사, 상위권으로 평가되는 로펌에 들어가기 위해서는 연수원에서 좋은 성적을 받아야 했다.

연수원에 들어갈 당시 '선행학습(先行學習)'이 일반적인 현상으로 자리매김했다. 주요 과목 교재를 구입하여 학교 도서관이나 독서실에서 공부하였다. 어떤 사람들은 그룹을 형성하여 스터디를 하기도 하였다. 만만치 않은 연수원 생활을 예고한 것이다. 나도 사법연수원에 들어가기 전에 주요 과목 교재를 한 번씩은 읽어 보았다.

따뜻한 봄날 연수원 대강당에서 입소식이 있었다. 얼마 전에 구입한 휴대폰을 자랑스럽게 주머니에 넣고 신림동 자취방에서 나왔다. 공기가 상쾌하였다. 모든 사람들이 나를 우호적으로 바라보는 것 같았다.

교대역에서 내려 서초동 법원 담장을 따라 올라가자니 신용카드 회사 직원들이 판촉을 하였다. 이미 들은 얘기도 있고 다른 사람들도 모두 통장 개설과 신용카드 신청을 하고 있어 나도 소위 '마이너스 통장'을 개설하였다. 선물로 올드 팝송이 담긴 CD 2장을 받았다. 20여 년이 넘은 아직까지 그때 개설한 통장을 사용하고, 가끔씩 그때 받은 CD를 자동차에서 듣고 있다니 참으로 신기한 일이다.

연수원에는 양복과 구두, 넥타이를 착용한 정장 형태로 다녀야 하였다. 사회의 리더 계층인 법조인이 되려면 이 정도는 지켜야 하는 불문율로 여겼다. 연수원에서 나누어 준 배지를 양복에 달고 다지기도 하였다. 지나다니는 사람들이 내가 달고 있는 배지가 무엇을 의미하는지 모두 알아보는 듯했다. 으쓱했다. 사실은 우리가 달고 다닌 배지에 대해 행인들은 아무 관심이 없는데도 말이다.

동기 연수생들이 모두 700명이었으므로 총 12개 반으로 나누었다. 각 반은 57~58명 정도인데 A, B, C조로 편성하였고, 각 조는 19~20명이 되었다. 각 반에는 교수님 3명이 배정되었는데 부장판사 2명이 A조와 B조를 담당하고, 부장검사 1명이 C조를 담당하여 연수생들을 밀착 마크하였다. 당시 연수원 교수님들은 모두 법원과 검찰에서 탑 클래스에 위치하는 우수한 인재들로 발탁되었다. 그분들이 향후 대법관이 되고 검사장이 되어 법원과 검찰을 이끌었다.

연수생 전체 모임으로 자치회가 있고 가장 나이가 많은 연수생이 '자치회장'이 되었다. 자치회에는 파트별로 '자치회 총무'를 두어 교수님과 학사 및 행사 일정을 논의하였다. 각 반에도 가장 나이가 많은 연수생이 '반장'이 되었는데, 교수님들보다 나이가 많은 경우도 있었다. 초등학교 이후 늘그막에 반장이 되었다고 좋아들 하셨다. 반장 밑으로 '반 총무'가 있었다. 종래에는 반에서 가장 나이가 어린 연수생을 반 총무로 하였으나 반 전체를 이끌기에는 부족하다고 판단하여 우리 때에는 중간 나이 정도를 반 총무로 정하였다. 그 밑으로 학습 총무, 문화 총무 등 여러 총무를 두었다. 각 조에도 가장 나이 많은 연수생이 '조장'을 맡았고, 가장 나이 어린 연수생이 '조 총무'를 맡았다.

결국, 대부분의 직책이 나이 순서로 정해져 다툼의 여지가 없었으나 자치회 총무들과 반 총무들은 자원이나 추천으로 선발하였다. 결론부터 말하자면 나는 반 총무가 되었다. 뒤에 앉아 있던 선배 연수생의 추천과 동시에 자원하였다가 반장에 의해 총무로 지명되었다. 나이가 우리 반에서 중간쯤 된다는 이유에서였다. 자의 반 타의 반으로 총무의 직책을 맡게 되었으나, 당시에는 2년 동안 나름 고생도 많이 하고 시간도 많이 빼앗길 줄은 미처 생각하지 못하였다. 그러나 돌이켜 보면 총무의 직책을 맡았던 것을 매우 고맙고 소중하게 생각한다.

    연수원에서는 정말로 경쟁이 치열하였다. 학업 성적이 중요하였기 때문이다. 판사나 검사로 임용을 받아 공직에 나가거나, 상위권 로펌에 픽업되기 위해서는 좋은 성적을 받아야 했다. 사법시험 성적도 반영되지만 연수원 성적이 더 큰 비중을 차지하였다. 물론, 나이가 많아 판사나 검사로 임용되는 것을 포기하였거나, 변호사로 가기로 마음을 먹었다면 유급을 당하지 않을 만큼의 성적만 받아도 무방하였다.

    연수원 교육과정은 법률가로서 이론 학습과 실무 능력 배양에 초점이 맞추어져 있었다. 사법시험이 학문적인 이론 능력을 평가하였다면 연수원에서는 판사나 검사, 변호사로 진출하였을 때 접할 실무를 미리 공부하는 것이다. 그만큼 새로운 것도 많았고 내용도 쉽지 않았다.

    사법시험 합격으로 공부의 끝이 아니었다. 수업이 끝난 후에도 제시된 과제를 작성하고 그룹을 지어 스터디를 했다. 어떤 사람들은 연수원 시절이 '고등학교의 연장'이라고 하였고, 어떤 사람들은 '사법연수원 2년형에 처해진 죄수'라는 농담도 하였다. 젊은 친구들은 틈틈이 피시방을 찾아 당시 유행하던 '스타크래프트' 게임을 하기도 하였으나 늘 성적이 상위권이었다. 도대체 그들은 언제 공부를 하여 상위권 성적을 유지하고 있는지 궁금하기도 하고 스스로 좌절하기도 하였다.

    연수원 1년 차 때는 중간고사와 기말고사를 치렀다. 1주일 동안 시험을 보았다. 정말로 진이 다 빠졌다. 어떤 연수생은 시험 도중 쓰러져 스스로 유급을 자청하기도 하였다. 가장 중요한 과목으로 평가되는 민사재판실무나 형사재판실무는 시험 시간이 7~8시간에 이르기도 하였다. 아침부터 시험을 시작하여 점심으로 마련한 빵이나 김밥을 그 자리에서 먹으면서 저녁까지 계속 시험을 보았다. 화장실은 1명씩 이용하고 화장실 앞에도 감독관이 서 있었다. 전화 통화를 하는지 기타 부정한 행위를 하는지 감독하였다. 담배도 피울 수 없었다.

어떤 연수생들은 아침에 자리에 앉아 시험을 보다가 점심시간에 빵과 우유를 먹고 저녁에 시험이 끝날 때까지 그대로 앉아서 시험을 보았다. 정말 독한 연수생들이었다. 모두가 혀를 내둘렀다. 인간의 인내란 어디까지인지 가늠할 수 없었다.

공부를 열심히 하는 것과 시험에서 좋은 성적을 얻는 것은 비례 관계가 아닐 확률이 높았다. 그러나, 공부를 열심히 하지 않는 것과 시험을 망치는 것은 항상 비례의 관계에 있었다. 성적이 통보되는 날 인쇄된 A, B, C 앞에 겸손할 수밖에 없었다. 답안이라고 생각되어 자신 있게 작성한 답안지가 채점하는 교수님들 손에서 난도질을 당하였다. 언제나처럼 기대하는 대로 성적이 나오지는 않았다.

연수원에서 공부만 한 것은 아니었다. 사람들이 모여 사는 곳인데 어찌 공부만 하고 살 수 있으랴.

반 대항 체육대회도 개최하였다. 시험이 끝나고 화창한 날을 골라 법무연수원 운동장에서 축구, 족구, 농구 등 스포츠 게임을 하였다. 응원전의 열기도 대단하였다. 내가 속한 반은 족구에서 우승을 차지하는 영광을 안기도 하였다. 그때부터 나는 '부동(不動)의 세터' 자리를 차지하여 '족구 잘하는 연수생'으로 인식되었다. 사실은 내가 잘해서, 공격을 담당하는 선배가 잘해서 우리 반이 우승한 것은 아니었다. 선수들이 혼연일체가 되어 족구에 임한 결과였다. 개개인의 족구 능력을 보면 준우승을 하였던 반 연수생들이 훨씬 우세하였다. 그럼에도 우리 반 선수들은 실수가 있을 때마다 서로 감싸면서 한 점 한 점을 얻어 승리할 수 있었던 것이다. 팀워크의 승리였다.

연수생 전체가 강원도에 있는 콘도에 1박 2일로 단합대회를 가기도 하였다. 난생처음으로 콘도라는 곳에서 잠도 자 보았다. 뭐 별것은 없었으나 그 처음이라는 어감이 좋았다. 더구나, 그 콘도는 내가 군대에서 천리행군을 하면서 나의 심금을 울렸던 그 콘도였으니 개인적으로 얼마나 감흥이 있었을지는 여러분들 상상에 맡기겠다.

졸업 여행으로 전체 연수생들이 금강산을 다녀왔다. 부모님도 참석이 가능하였고, 소년소녀가장들 수십 명도 우리가 마련한 비용으로 동행하였다. 동해에서 출발하는 유람선을 타고 금강선 인근 항구에 정박하였다. 북한군이 실시하는 엄격한 입국심사를 거쳐 북한 땅을 밟아 볼 수 있었다. 정말로 감격적이었다. 금강산에는 김일성대학교에 다니는 엘리트 젊은이들이 안내해 주었다. 어떤 친구들은 먼저 우리에게 말을 걸어 친근감을 표시하기도 하고 농담을 던지기도 하였다. 주간에는 금강산이나 해변을 관광하고 야간에는 항구에 정박한 유람선에서 잠을 자는 방식이었다. 분단된 조국의 앞날을 다시금 되새겨 볼 수 있는 좋은 기회이자 뜻깊은 경험이었다.

  연수원 반과 조의 모임은 연수원을 졸업하고 현재까지도 이어지고 있다. 스승의 날이 있는 주간이나 연말 송년회 때 교수님들 세 분을 모시고 조촐한 저녁을 한다. 항간에서 말하는 법조 카르텔이 아닌지 하는 우려에 대해 자신 있게 걱정하지 말라고 말할 수 있다. 가르쳐 준 스승에게 감사의 인사를 표하고 2년 동안 동고동락한 선후배들의 안부를 묻는 것이다. 어떤 법조인이 이러한 모임을 통해 카르텔을 형성하고 사건을 부당하게 처리할 수 있겠는가? 실제로 그런 일이 발생한다면 그 자체로 법조인의 자질이 없다고 할 것이다.

10명의 검사가 한 사건을?

　검찰에서는 검사의 인사이동, 유학, 파견, 부서 변경 등 여러 사유로 사건 재배당이 이루어진다. 새로운 검사가 사건을 처음부터 다시 검토해야 하므로 사건처리가 지연되는 사유 중의 하나이다.

　A 검사는 평화로운 출근길에 1인 피켓 시위 내용을 보고 깜짝 놀랐다. 자신의 사건이 무혐의가 확실함에도 불구하고 무려 10명의 검사가 배당 및 재배당을 받아 돌려 보면서 사건을 처리하고 있지 않다는 내용이었다.

　A 검사는 청사 사정이 어려워 사건이 여러 번 재배당되기는 하였으나 9번째까지 재배당되었을 리가 없다고 생각하였다.

　사무실에 들어와 사건 표지를 보니, 배당 검사 1명, 정확히 9명의 재배당 검사 도장이 찍혀 있는 것이 아닌가??? A 검사는 신속히 사건 기록을 검토하였고, 1인 시위자에게 사건을 신속히 처리하겠다고 약속하면서 사과를 하였다.

　A 검사는 얼마 후 그 사건을 처리하였다.

> ※ 수사권 조정 이후 사건처리가 현저히 지연되었고, 검찰청 사정에 따라 재배당이 여러 번 이루어지고 있다. 국민의 이익을 위하여 신속한 사건처리가 필요하다.

산골 소년, 검사(檢事)가 되다

우리는 경쟁이 보편화된 사회에서 살고 있다. 인류역사가 시작된 이래 경쟁이 없었던 적이 있었을까? 재화(財貨)와 용역(用役)은 한정되어 있고, 개인적 혹은 집단적인 요구는 이를 추월한다. 자연스럽게 경쟁이 발생할 수밖에 없다.

학생들은 다른 학생들보다 더 우수한 성적을 받기 위해 수업에 집중한다. 어른들도 회사에 출근하여 경쟁을 한다. 내 옆에 있는 동료들, 옆 사무실에 있는 동료들, 보이지 않는 다른 회사 경쟁자들보다 더 우수한 실적을 거두기 위하여 끊임없이 경쟁한다. 최고의 자리는 한정되어 있으므로 언제나 아쉬움을 느낄 수밖에 없고 더 분발하라는 채찍을 받을 뿐이다. 아마도 인간 사회에 경쟁이 없다면 무미건조한 생활만 있을지도 모른다.

사법시험 합격자 수가 증가함에 따라 사법연수생 사이의 경쟁도 가열되었다. 종래에는 크게 경쟁을 하지 않고서도 판사나 검사, 원하는 로펌에 갈 수 있었으나, 이제는 먼 나라 얘기가 되었다. 연수생을 300명 선발할 때와 700명 선발할 때, 나아가 1,000명을 선발할 때는 심리적 압박은 연수생 숫자의 증가에 몇 배를 더하는 법이다.

수년 동안 혹은 10년 이상이나 사법고시를 준비하다가 영광스러운 합격의 타이틀을 거머쥐었으나 본 게임은 이제부터였다. 아침 9시부터 오후 6시까지 수업을 하였다. 당시는 공무원에 준하여 국가에서 월급을 제공하는 때이니 공무원 복무시간만큼 수업도 필요하였다. 판사와 검사, 변호사 직역에서 우수하다는 분들이 교수로 초빙되어 헌신적인 가르침을 주셨다.

수업이 끝난 후에도 그룹별로 스터디 팀을 구성하여 교과서를 강독하거나 최신 판례의 경향에 대해 토론하기도 하였다. 연수원 내 도서관 자리가 부족하여 신림동 고시촌에 있는 독서실에 자리를 잡아 '도로 고시생'이 되기도 하였다. 고시촌에서 간혹 친구들을 만나면 시험에 합격한 것이 아니었냐는 질문을 받기도 하였다.

1년 차에는 중간고사와 기말고사를 치르고 2년 차에는 법원과 검찰, 변호사 직역에 나가 실습을 하였다. 각 직역에 나가 2개월씩 실습을 하였다. 사법시험에는 합격하였으나 아직 변호사의 자격이 부여되지 않았으므로 '시보(試補)'라는 이름으로 불렸다.

법원에서는 이미 확정된 기록을 교재로 삼아 판결문을 작성하고 국선변호인의 역할을 맡아 보기도 하였다. 실제로 구치소나 교도소에 가서 구속된 피고인을 면담하고 법정에서는 변호사의 입장에서 피고인을 변론하였다. 아주 드문 경우이지만 어떤 연수생은 변호사로서 충실한 변론을 통해 무죄를 이끌어 냈다고들 하였다. 운이 좋은 연수생은 법복을 입고 함께 재판정에 들어가 판사들이 재판하는 상황을 법대 위에서 지켜보았다고 자랑하였다.

검찰에서는 '검사직무대리(檢事職務代理)'의 역할을 하였다. 구속 사건을 포함하여 일정한 난이도의 사건을 배당받아 지도검사의 조언을 받아 조사도 하고 사건처리도 하였다. 지도검사를 따라 유치장 감찰을 다녀오기도 하고 변사체 부검을 직접 참관하는 경험도 하였다. 한 달 동안은 깐깐하게 사건처리 방식을 익히고, 두 달째부터는 지도검사의 사건 상당 부분에 대해 조사 및 결정문 작성 지시를 받기도 하였다. 이제는 시보를 믿을 수 있다는 증표이기도 하였다. 수갑을 차고 들어오는 피의자의 모습을 보면서 내가 조사를 잘 끝낼 수 있을까 하는 기대 반 두려움 반의 느낌을 아직도 지울 수 없다.

변호사 사무실에서는 전화나 대면 법률상담을 하기도 하고, 실제로 진행되는 사건 의견서를 작성하기도 하였다. 변호사 사무실 직원들의 생활도 파악할 수 있는 좋은 기회가 되었다.

조직이나 대상에 따라 다르나, 검찰에서의 시보 생활은 대부분의 연수생이 가장 기억에 남는 시간이었다. 주임검사 및 수사관들을 도와 밤늦게까지 함께 수사하고 인근 포장마차에서 소주 한 잔 들이켜는 맛은 우리의 뇌를 떠나지 않았기 때문이다.

시보 생활을 마치고 2년 차 2학기가 되었다. 마지막 졸업시험만 남게 되었고 연수생들은 자신의 직역(職域)을 고민하기 시작하였다. 나이 많은 연수생들 대부분은 일찌감치 변호사로서의 직역을 설계하고 있었고, 아직 군 복무를 이행하지 않은 연수생들은 군 법무관으로 가는 것이 과정이었으므로 큰 고민이 없었다.

나는 검사가 되고자 사법시험을 준비하였다. 진로에 대한 고민이 전혀 없었다. 보다 살기 좋은 사회로 만드는 데 검사의 역할이 크다고 생각하였다. 거창하게 우리 사회를 변화시키거나 우리 사회를 이끌어 나가겠다는 것이 아니었다. 원칙이 지켜지는 공정한 세상, 인간다운 세상을 만드는 데 나도 동참하고 싶어서였다. 내 주변, 우리 동네, 우리 사회가 잘 굴러갈 수 있게 하는 밑알의 역할을 하고 싶었다.

드디어 졸업시험도 끝이 났다. 남은 것은 성적을 확인하고 원하던 검사로 임용을 받을 수 있을지의 문제였다. 생각하는 대로 시험 성적이 나오지 않는다는 것은 여러분들도 잘 아실 것이다. '만점을 받으면 어쩌나', '수석을 하면 어쩌나', '이 정도면 만족할 만한 시험이다'라는 생각이 잠깐씩 들기도 하였지만 기우(杞憂)라는 것을 알게 되는 데에는 많은 시간이 걸리지 않았다. 다만, 지도교수님으로부터 이 정도 성적이면 검사로 임용되는 데에는 문제가 없을 것이라는 말을 듣는 것에 만족해야 했다. 검사로 지망하여 법무부의 면접까지 모두 마쳤다.

2001년 1월 어느 날 저녁, 법무부로부터 한 통의 전화를 받게 되었다. 2월 19일부터 울산지검 검사로 임용되었다는 전갈이었다. 뛸 듯이 기뻤다. 드디어 내가 대한민국의 검사가 된 것이다!

바로 시골에 계신 어머니께 전화를 드렸다. 어머니는 내가 사법시험에 합격하였을 때와 마찬가지로 "잘했다."는 말씀만 연발하셨다. 그간 부모님은 얼마나 마음을 졸이고 계셨을까. 그 기다림에 내가 보답을 할 수 있어서 정말로 행복하였다.

지난날들이 떠올랐다. 먹고 살기 어려운 시골에서 태어나 농사일을 지겹도록 도와야 했다. 고등학교 때부터 시내에서 자취 생활을 하면서 혼자 밥을 지어 먹고 도시락을 싸서 학교에 다녔다. 대학 생활을 하면서도 남들이 누리는 행복이라는 것을 맛보지 못하고 늘 일상생활에 찌들어 살았다. 군대에서도 행정병 타이틀도 달고 편하게 지내지도 못하고 보병으로 소대 소총수의 임무를 맡아 고생하였다. 학생운동의 거대한 물결을 따르느라, 학비와 생활비에 보탬을 얻고자 과외를 하느라 여자 친구 한번 사귀지 못하였다. 캠퍼스에서 내 청춘은 없었다.

대학을 졸업한 후에도 입시학원에서 학생들의 공부를 가르치면서 어렵사리 사법고시 공부를 하였다. 법대를 나오지 않은 독학에 경쟁자들보다 공부 시간도 적을 수밖에 없었다. 애초부터 '기울어진 운동장'에서 벌어지는 게임이었으므로 공정한 경쟁은 없었다. 오로지 나의 희생을 더 하는 것이 경쟁에서 이기는 방법이었다.

참으로 긴 여정이었다. 드디어 산골 소년이 검사가 되었다! 과장하여 표현하자면 개천의 미꾸라지가 용이 될 수 있었다. 과분한 꿈이라고 생각하였으나 고된 노력 끝에 얻은 달콤한 결실이었다.

내 꿈인 검사가 되었다. '이제 무엇을 할 것인가? 처음에 내가 꿈꾸던 뜻을 잊어버려서는 안 된다. 게으르거나 자만해서는 안 된다. 주위 사람들의 고마움을 잊어서도 안 된다. 우리 사회가 잘 굴러갈 수 있도록 하는 밀알이 되자' 그렇게 나는 다짐을 하였다.

검찰에서는 부장 이상의 직책으로 근무하다가 퇴직할 경우 퇴임식을 열어 주는 것이 관례이다. 20년 상당 검찰에 봉직하면서 무사히(?) 검찰을 떠나는 것이기에 그것을 예우해 주는 것이다. 퇴임식에는 통상 배우자와 자식들을 대동하여 오랜 기간의 희로애락을 함께 느끼도록 한다.

A 검사장은 퇴임식을 하면서 일장 검사 생활의 감회를 읊었고 모두가 숙연한 분위기에 퇴임사를 경청하고 있었다.

그런데 갑자기 A 검사장은 다음과 같이 말하였다.

"우리가 텔레비전 사극을 보면 누명을 쓴 사대부가 사약 한 사발을 들이켜려 합니다. 극적인 상황이지요. 이때 저 멀리서 왕명을 받은 자가 말을 급히 몰면서 외칩니다. '멈추시오~~!!!' 이때 사극은 클라이맥스를 달립니다."

(한 템포 쉬고…)

"근데 지금은 왜 '멈추시오'라고 하는 말이 없지요?"

모두가 박장대소하였다.

> ※ 현실에서는 사극과 같은 일이 일어나지 않는다. A 검사장은 마지막 퇴임식에서까지 유머러스한 모습을 보여 주었고, 검찰에 대한 사랑이 지극하였음을 우회적으로 표현한 것이리라.

에필로그

　나는 2015년 부부장(副部長)으로 승진하여 대검찰청 검찰연구관으로 근무하였고, 2016년 부장(部長)으로 승진하여 법무부 보호법제과장으로 근무하였다. 2021년 차장(次長)으로 승진하여 부산지검 2차장검사로 근무하였고, 2022년 7월부터는 수원지검 1차장검사로 근무하였다. 2023년 9월부터는 서울고검 공판부장으로 근무하였다. 2001년 임관한 이래 20년이 훌쩍 넘었다.

　간부가 된다는 것은 즐거운 일임이 틀림없다. 후배 검사들이 수사한 사건 기록을 결재하면서 지도해 줄 수 있다. 이제 막 검사 생활을 하는 초임검사들이 장차 훌륭한 검사로 성장할 수 있도록 도와줄 수도 있다. 내 능력이 허용하는 한 말이다.
　간부가 되면 검사들뿐만 아니라 부서에서 근무하는 수사관들이나 실무관들도 챙겨야 한다. 일선 청 형사부는 모두 20~30명으로 구성되어 있다. 봄이 되면 청사 주변 명소를 찾아 꽃 내음을 맡고, 가을이 되면 알록달록한 단풍의 멋을 즐긴다. 함께 어울려 축구나 족구, 탁구를 한다. 땀을 뻘뻘 흘리면서 서로의 끈끈한 정을 확인하기도 한다.

부장이나 과장, 차장 등 부서장은 권한만을 행사하는 것이 아니라 의무도 따르게 된다. 해당 부서의 업무를 정확하게 파악하여야 하고, 소속 직원들을 잘 관리해야 한다. 업무에 대해 책임을 져야 할 때가 있다. 결재한 사건에 대해 법원에서 무죄가 선고되거나 고등검찰청의 재기수사 명령을 받게 되면 수사검사와 함께 벌점을 받기도 한다. 직원들의 비위에 대해 관리 감독의 책임을 부담해야 할 때도 있다. 조직을 관리하는 일도 쉬운 일이 아니다.

검사를 지도하는 일도 어려움이 상존한다. 요즈음은 소위 '신세대 검사들'을 넘어 'MZ 세대 검사들'이 근무한다. 예전의 '예스 맨(yes man) 검사'와는 차이가 있다. 누가 옳고 그르다는 것이 아니라 '다름'이 있다는 것이다. 검사들이 자신들의 과오에 대해 수줍게 미소를 지으며 인정할 때도 있으나, 때로는 자신들의 주장을 끝까지 굽히지 않기도 한다. 여기에서 "라떼는 말이야~~"라는 말을 하게 되면 바로 '꼰대'가 되고 검사들과 돌이킬 수 없는 강을 건너기도 한다.

후배 검사들에게 화를 내어서는 안 된다. 한번 화를 내게 되면 자꾸 화를 내게 되고 상대방을 마구 대하게 될 수도 있다. 후배 검사들 입장에서는 더 이상 얘기할 필요가 없는 사람으로 비춰질 것이다. 화가 나더라도 한 번만 참고 돌려보낸 후 화가 가라앉으면 차분히 이야기하는 것이 효과적이다. 쉽지 않은 이야기지만 말이다.

후배 검사들의 말을 최대한 잘 들어야 할 것이다. "귀는 친구를 만들고 입은 적을 만든다."는 경구(警句)가 있다. 내 말을 조심하고 상대방의 말을 경청하라는 의미이다. 단순히 듣기만 하는 것이 아니라 마음을 기울이고 그 말 속에 숨은 뜻을 파악하라는 뜻이다.

후배 검사들을 관대하게 대하고 잘못한 부분에 대해서는 허물을 감쌀 줄도 알아야 할 것이다. 후배 검사들의 말이나 행동, 결정에 대한 신뢰를 가져야 하고, 그들의 잘못된 과오에 대해서 관리자로서 책임을 져야 할 때도 있다.

늘 후배 검사들을 칭찬하고 힘을 주는 말을 해 줄 필요가 있다. 12년 동안 미국 메이저리그 엘에이 다저스(LA Dodgers) 야구팀을 이끌면서 두 번의 월드시리즈 우승을 일궈 냈던 토미 라소다(Tommy Lasorda) 전 감독은 우유 통에 적힌 "기분 좋은 소가 더 좋은 우유를 만든다."는 글귀를 발견하였다고 한다. 기분 좋은 선수가 더 나은 경기를 한다고 생각하여 늘 선수들을 칭찬하고 힘을 주는 말을 하기 위해 노력하였다고 한다. 본받을 만한 일이다.

후배 검사들의 성향이나 특성을 정확히 파악하여 그들이 최고의 능력을 발휘할 수 있도록 도와주어야 한다. 자신들의 진정한 가치를 찾을 수 있도록 도와주어야 한다. 팀 수사를 할 때, 집요하게 사건을 추적하면서 달리는 검사, 한 방 먹은 피의자를 달래며 자백을 이끌어 내는 검사, 자료를 꼼꼼하게 분석하는 검사, 수사의 전체 내용을 깔끔하게 정리하는 검사에게 맞는 역할을 부여해야 한다.

물론 후배 검사들도 결재자에게 해서는 안 되는 모습이 있다. 결재자의 지시가 잘못된 것으로 생각하더라도 여러 사람들이 있는 상황에서 바로 결재자가 잘못되었다고 말해서는 곤란하다. 사법연수원이나 로스쿨 교재를 들이밀면서 결재자의 오류를 지적하는 것도 상당히 위험하다. 후배 검사들이 보기에 결재자가 얼마나 무안할 것인가? 그렇게 되면 결재자로서는 자신의 결정에 과오가 있었다는 반성은커녕, 후배 검사가 모욕을 주었다는 생각만 뇌리에 박힐 수도 있다.

우리는 초임검사 시절부터 결재자가 잘못된 결정을 내린다고 하여 "앞에서 바로 들이받지 말라."고 배웠다. 결재자가 나름대로 결정을 내렸고, 후배 검사가 보고하는 내용이 맞다고 하더라도 결재자는 자존심의 문제로 자신의 주장을 굽히지 않는 경우가 있기 때문이다. 얼마 정도의 시간을 두고 부드럽게 접근하여 자초지종을 설명하면 결재자도 못 이기는 척 후배 검사의 보고 내용을 수용한다는 것이다. 이것은 옳고 그름을 떠나 상대방을 배려하는 마음으로 해석할 수 있다.

중간간부라고 하여 전권을 행사하는 것은 아니다. 부장이나 과장, 차장의 지위는 더 위의 상급자가 있음을 뜻한다. 하나의 기관이나 조직이 원활하게 운영되기 위해서 중간간부로서는 기관장 등 상급자의 의중도 읽어야 한다. 기관이나 조직의 방침도 따라야 한다.

맹자는 "천시불여지리 지리불여인화(天時不如地利 地利不如人和)"라고 하였다. "천시는 지리만 못하고, 지리는 인화만 못하다."는 것이다. 중요한 수사나 과제를 수행할 시기가 되고 여건이 충족되었으나 직원들 상하 모두가 한마음 한뜻이 되지 않으면 수사나 과제를 성공적으로 이끌기 어렵다. 평상시에 인화단결(人和團結)에 힘써야 한다.

　나는 2017년 지방의 소규모 지청의 지청장으로 발령을 받아 1년 동안 근무하였고, 2022년에는 지방의 중간 규모 지청의 지청장으로 한 달 반 동안 근무할 기회가 있었다. 종래 부장이나 과장의 역할과는 또 다른 소중한 경험을 할 수 있었다.

　지청장이라는 기관장이 되면 검찰의 유관기관 협조라는 책임까지 지게 된다. 검사 생활을 하면서 지청장으로 발령받기가 쉬운 일이 아니다. 대내외적으로 지청의 업무를 무리 없이 이끌어 나갈 수 있는 검사를 지청장으로 발령 낸다. 지청장의 행동 하나하나가 바로 그 지역 검찰의 얼굴이 될 수도 있기 때문이다.

　아무리 규모가 작은 지청이라고 하더라도 서울중앙지검에서 담당하는 업무의 종류를 대부분 담당하고 있다. 한 직원이 여러 종류의 업무를 담당하고 업무량이 그다지 많지 않다는 차이만 있을 뿐이다. 기관장으로서 조직 관리 업무를 충실히 해야 한다.

　조직 관리 업무 이외에도, 우리 관할 지역의 현황은 어떠한지, 지역적 특성은 어떠한지, 지역민들의 어려움은 어떤 것이 있는지, 숙원사업은 무엇인지, 검찰이 지역사회에서 할 수 있는 일은 무엇인지, 지역사회에 대한 형사적 제재의 개입은 어느 정도가 필요한지에 대해 심각하게 고민을 해야 한다.

　지청장의 발언 하나하나가 중요하고, 지청의 검찰 직원들의 행동거지 하나하나가 지역민들의 뇌리에 남아 있게 된다. 검찰이 지역민과 화합하여 활기찬 지청이 될 수도 있고, 지역민에게 군림하려 한다는 잘못된 지청의 이미지를 심어 줄 수도 있다.

　그간 20년 이상 전국 각지를 돌아다니면서 나름대로 최선을 다해 일해 왔다. 형사부, 강력부, 특수부에서 다양한 사건을 수사하였다. 대검이나 법무부에서 기획검사로 근무하면서 보다 큰 안목에서 대검이나 법무부, 국가 정책 집행을 고민하기도 하였다.
　검찰 간부로서 검사들과 직원들을 지도·감독하면서 지역 주민들과 함께하고자 하였다. 처음 뜻 그대로 우리 사회를 조금이라도 더 맑고 밝게 만드는 사회의 구성원이 되고자 노력하였다.
　당나라의 고승 임제선사(臨濟禪師)의 설법을 정리한 『임제록(臨濟錄)』에는, "수처작주 입처개진(隨處作主 入處皆眞)"이라는 말이 있다. "어느 장소에서든 주인의식을 가진다면 그가 서 있는 모든 곳이 참된 곳이다."라는 의미이다. 그간 스스로가 검찰청의 주인이라는 생각을 가지고 살아왔는지 되돌아본다.
　시골에서 소를 키우던 소년에게 대한민국 검사라는 소중한 기회를 주어 감사하게 생각한다. 그간 여러 검찰청에 근무하면서 아름다운 추억을 만들 수 있어서 행복하였다.
　이제 나 자신을 다시 돌아보는 계기가 되었다. 아직도 많이 부족한 한 인간으로 나 자신의 자화상(自畵像)을 그려 본다. 더 발전된 내일을 기대하며 오늘 하루도 충실히 보내기 위해 최선을 다하고 있다.

검사의 추억, 그리고
검수완박

초판 1쇄 발행   2024. 7. 24.

지은이 박찬록
펴낸이 김병호
펴낸곳 주식회사 바른북스

편집진행 황금주
디자인 양헌경

등록   2019년 4월 3일 제2019-000040호
주소   서울시 성동구 연무장5길 9-16, 301호 (성수동2가, 블루스톤타워)
대표전화 070-7857-9719 | **경영지원** 02-3409-9719 | **팩스** 070-7610-9820

•바른북스는 여러분의 다양한 아이디어와 원고 투고를 설레는 마음으로 기다리고 있습니다.

이메일 barunbooks21@naver.com | **원고투고** barunbooks21@naver.com
홈페이지 www.barunbooks.com | **공식 블로그** blog.naver.com/barunbooks7
공식 포스트 post.naver.com/barunbooks7 | **페이스북** facebook.com/barunbooks7

ⓒ 박찬록, 2024
ISBN 979-11-7263-065-2 03810